NARRATIVA

374

Julia Conrad

# IL REGNO DEI DRAGHI

Romanzo

TRADUZIONE DI
ROBERTA ZUPPET

EDITRICE NORD

Titolo originale
*Die Drachen*

ISBN 978-88-429-1618-5

# IL REGNO DEI DRAGHI

*Alla mia nonna paterna*

«Guardate, nella notte più buia dei tempi caotici
ardeva nel cielo la Triade, occhi scintillanti
pieni di gioia e melanconia: nate da Bûl, il caos
che fluttuava e ribolliva ancor prima degli albori dei tempi...»

*Dai canti del drago Vauvenal*

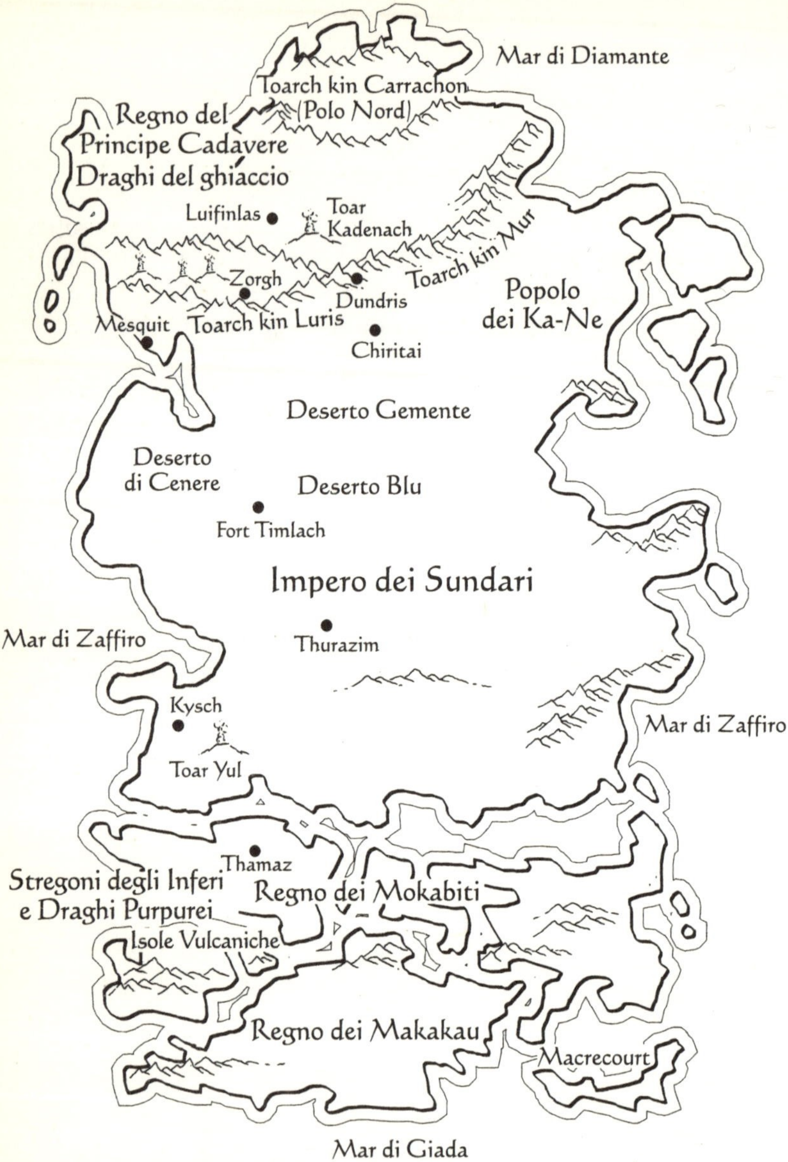

Mar di Diamante
Toarch kin Carrachon
(Polo Nord)
Regno del
Principe Cadavere
Draghi del ghiaccio
Luifinlas
Toar
Kadenach
Toarch kin Mur
Zorgh
Dundris
Popolo
dei Ka-Ne
Mesquit
Toarch kin Luris
Chiritai
Deserto Gemente
Deserto
di Cenere
Deserto Blu
Fort Timlach
Impero dei Sundari
Mar di Zaffiro
Thurazim
Kysch
Toar Yul
Mar di Zaffiro
Thamaz
Stregoni degli Inferi
e Draghi Purpurei
Regno dei Mokabiti
Isole Vulcaniche
Regno dei Makakau
Macrecourt
Mar di Giada


# Chatundra

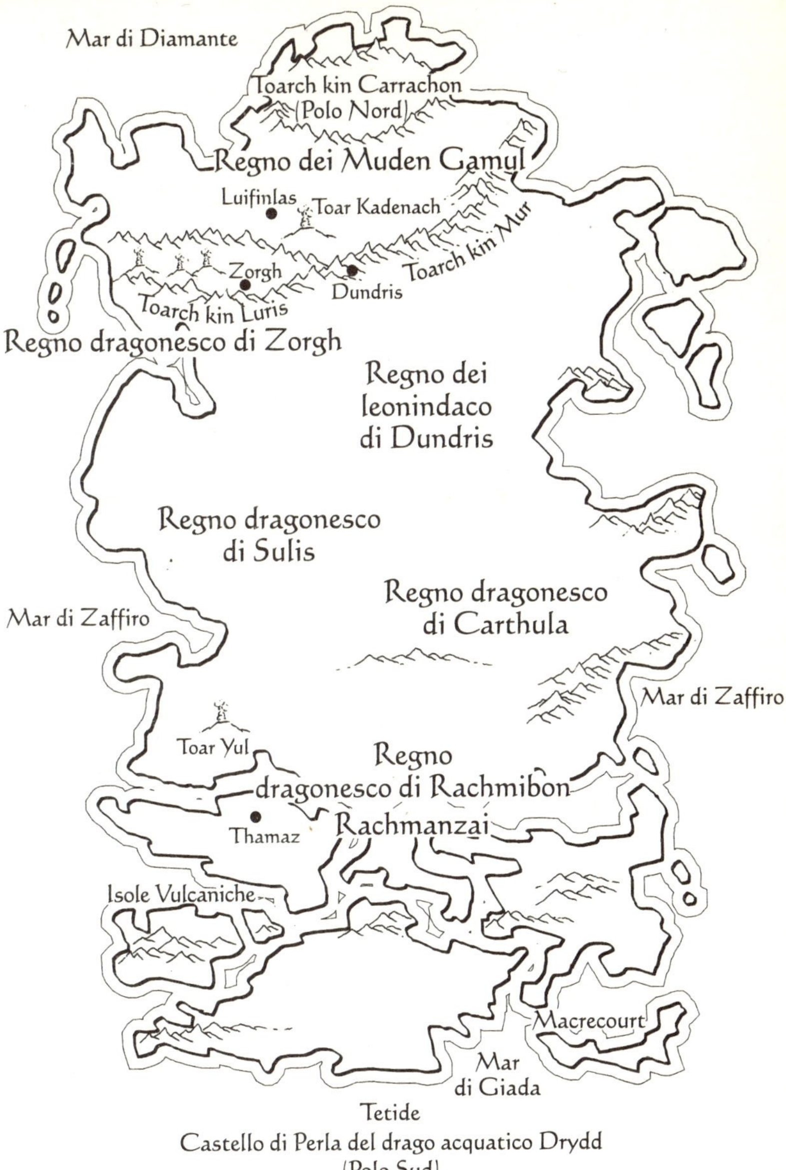
Mar di Diamante
Toarch kin Carrachon
(Polo Nord)
Regno dei Muden Gamul
Luifinlas
Toar Kadenach
Toarch kin Mur
Zorgh
Dundris
Toarch kin Luris
Regno dragonesco di Zorgh
Regno dei
leonindaco
di Dundris
Regno dragonesco
di Sulis
Regno dragonesco
di Carthula
Mar di Zaffiro
Mar di Zaffiro
Toar Yul
Regno
dragonesco di Rachmibon
Rachmanzai
Thamaz
Isole Vulcaniche
Macrecourt
Mar
di Giada
Tetide
Castello di Perla del drago acquatico Drydd
(Polo Sud)

# Murchmaros

PROLOGO

# IL CREPUSCOLO DEI DRAGHI

# L'ATTACCO DAGLI ABISSI

Nel Sud, sull'alto tavolato del regno di Rachmibon, una magnifica creatura riposava tra l'erba profumata di timo e salvia. Era un drago dell'importante ordine dei Mirminay, i draghi del fuoco, e dunque difficile da descrivere, perché l'aspetto esteriore di quegli esseri, che vivevano contemporaneamente in tutte le dimensioni e potevano cambiare forma a piacere, era mutevole come quello delle nuvole durante un temporale.

Spesso si presentavano come animali scarlatti, arancioni o blu con ali di pipistrello, zampe di leone, un corpo squamoso e una coda simile a quella di un serpente, ma quella era solo una regola approssimativa: esistevano infatti draghi del fuoco di tutti i colori - nero, turchese, cannella e così via -, e molti mutavano tinta come camaleonti, caratteristica che i più vanitosi sfruttavano per spiccare il più possibile su qualunque sfondo. Di solito possedevano la capacità di sputare fuoco, ma ve n'erano anche molti che non ne erano in grado e soffiavano solo fumo o vapore. Spesso si vedevano placidi Mirminay il cui corpo aveva perso qualsiasi contorno solido e si era tramutato in una scintillante figura eterea.

In quell'occasione Vauvenal - era così che si chiamava - si sforzò tuttavia di mantenere un'unica forma, perché al suo fianco era appoggiato un essere umano che componeva versi, e il drago celeste non voleva disturbare quell'importante occupazione.

L'uomo accovacciato all'ombra delle sue ali era piccolo e dalle gambe storte, marrone come le pietre del tavolato, panciuto come un pentolone e con grigi capelli stopposi che gli arrivavano fino alle ginocchia. Vauvenal mostrava un profondo interesse per quegli esseri senza ali, che erano comparsi su Murchmaros solo di recente, ed era molto incuriosito soprattutto dai loro poeti, profeti e cantori.

Avendo viaggiato molto, sapeva che esistevano uomini di

vari colori - antracite, bianchi e grigioverdi -, ma conosceva soprattutto quelli marroni, i Makakau, perché vantavano molti poeti tra le loro fila. Erano anche fervidi adoratori dei draghi, perché li associavano con le nuvole ed erano convinti che portassero la pioggia. Che cosa potevano essere i tuoni e i fulmini se non i loro ruggiti e le loro fiamme? Erano anche convinti che i draghi buoni - categoria in cui rientravano senza dubbio i draghi del fuoco - proteggessero gli esseri umani dagli spiriti malvagi e divorassero gli incubi ancora prima che s'insinuassero tra le fessure delle loro capanne di bambù e andassero a tormentare i dormienti. I Makakau consideravano i draghi il simbolo della fertilità, della forza e della velocità nei combattimenti, della gioia di vivere e della buona salute, perciò dedicavano loro innumerevoli inni e danze.

Le tre dragonesse creatrici - Mandora, Plotho e Cuifín - avevano generato un mondo magnifico, così i sacerdoti dei Makakau facevano sacrifici ai draghi celesti con gioia e sincera gratitudine. Regnava la pace, perché i due Draghi Astrali Phuram e Datura - il sole e la luna - camminavano mano nella mano, fratello e sorella, le più belle creature delle dee dragonesse. Emanavano una luce tenue sia di giorno sia di notte e, poiché di tanto in tanto la terra veniva bagnata dalla pioggia, ogni cosa fioriva e prosperava, dalle mangrovie nel Sud alle foreste di cicadacee nel Nord. Più in alto, allo zenit, fluttuava la Triade, l'unica costellazione che non si spostava, bensì brillava immutabile sempre nello stesso punto, argentea di notte e ambrata di giorno.

Andava tutto bene, andava tutto come doveva andare...

Vauvenal sapeva tuttavia che i Makakau erano troppo ottimisti. Sotto la superficie illuminata si celavano cose oscure e inquietanti, e talvolta il drago rabbrividiva all'angoscioso pensiero che si avvicinasse il momento in cui quelle cose sarebbero spuntate fuori. Non riteneva però opportuno confidare le sue preoccupazioni ai fragili Makakau. Così restava immobile, allargando una delle enormi ali dentellate blu cobalto per proteggere l'essere umano dal cocente sole di mezzogiorno, e girava piano la testa, sormontata da una corona di corna candide.

« Ebbene, umano Ion-Ka, come procede il tuo poema epico?» chiese con la sua voce così gradevole e melodiosa da essere conosciuta in tutto il Rachmibon e ben oltre i suoi confini.

«Sempre meglio. Volete sentirlo?» domandò l'uomo con sollecitudine.

«Più che volentieri», rispose Vauvenal. «Nulla mi farebbe più piacere.»

Così l'altro cominciò a parlare nel tono solenne di un profeta.

«Narrerò ciò che mi fu rivelato in sogni e visioni, a me, Ion-Ka, che trascorro la mia esistenza da eremita nelle valli brumose e ascolto i pensieri e i canti dei draghi. In una notte di mezza estate ero steso per terra e guardavo il cielo stellato. Vidi splendere la Triade, ma vidi anche il giallo Occhio di Polpo, e mi domandai come fosse nato.

«'Alzati!' bisbigliò una voce, non con suoni umani e non in una lingua umana. 'E guarda!' Ebbi l'impressione di sollevarmi, trasportato da esseri simili a bianchi brandelli di nebbia. Gli spiriti mi condussero fino allo zenit e oltre, finché non fluttuai nel vuoto e sotto di me scorsi una palla infuocata che mi colmò di sgomento. Girava su se stessa, con striature color bronzo dove la superficie si raffreddava per via della rotazione e lunghe lingue di fuoco dov'era arroventata. Come una ballerina agita i suoi veli mentre piroetta nella frenesia della danza, il pianeta agitava veli di fuoco, sputando polvere incandescente e producendo un suono simile a un boato. Quello spettacolo spaventoso durò a lungo.

«Majdanmajakakis, il serpente cosmico che stringe l'universo nel suo abbraccio, partorì la Triade delle Vergini Madri Plotho, Cuifín e Mandora e il loro fratello, il drago acquatico Drydd, affidando loro il compito di creare il mondo di Murchmaros.

«Stavo assistendo alla nascita del Paese della Terra, del Vento e del Fuoco, alla separazione primigenia degli elementi. Il freddo svanì, e comparvero crateri che si riempirono d'acqua e si trasformarono nelle plumbee acque della Tetide. Dagli altri tre elementi, tuttavia, i Draghi d'Ambra, così splendidi che nessuno può vederli e descriverli, ricavarono dapprima i tre Draghi Astrali – il drago del sole Phuram, la dragonessa della luna Datura e l'Uovo di Drago – e poi i potenti draghi elementali. Dall'etere sottile e scintillante vidi scaturire i Mirminay, i draghi del fuoco. Poi vennero i Bulemay, i Draghi Purpurei, inferiori di grado ma sempre giganteschi. Infine, dalle mani delle Madri uscirono tutti i figli degli elementi: le salamandre del fuoco, i draghi terrestri e i draghi celesti, dai più grandi ai più piccoli.»

Dopo una pausa aggiunse: «Per ora sono arrivato fin qui. Come lo trovate?»

«Niente male», rispose il drago, che era molto cortese e cercava sempre d'incoraggiare i poeti. «Potresti tuttavia renderlo più elegante se lo scrivessi in versi, per esempio...» E prese a recitare con voce simile a un'arpa eolica, un poco cantando e un poco parlando.

*Guardate, nella notte più buia dei tempi caotici*
*ardeva nel cielo la Triade, occhi scintillanti*
*pieni di gioia e melanconia: nate da Bûl, il caos*
*che fluttuava e ribolliva ancor prima degli albori dei tempi,*
*scaturirono le Sorelle, le belle generate dal fuoco.*
*I Draghi d'Ambra crearono la volta celeste,*
*plasmarono la terra e le donarono anche alcuni compagni*
*– il sole, la luna, le splendenti stelle gialle –*
*che la seguissero durante la notte e illuminassero l'oscurità.*
*Crearono i Mirminay, e in seguito gli esseri umani e ogni altra cosa,*
*le creature viventi che vagano sulla terra: i popoli*
*dal nero Sud al freddo pungente del Nord.*
*Avevano...*

S'interruppe e si rizzò sulle zampe posteriori con un movimento così brusco che il poeta fu spinto via e rotolò sull'erba. Gli occhi di Vauvenal, più acuti di quelli di un'aquila, avevano percepito un movimento nel mare, sotto la base della scogliera. Era stata poco più di un'ombra, ma il drago sapeva a chi apparteneva, e il suo corpo possente si contrasse. Là sotto nuotava un drago acquatico piatto e segmentato, lungo un centinaio di passi umani, con sei braccia le cui estremità erano munite di micidiali chele d'osso. Era solo una delle innumerevoli creature spaventose che popolavano il regno del drago acquatico Drydd.

Ion-Ka aveva peccato d'ingenuità se aveva creduto che tutti i draghi fossero buoni. Gli esseri umani, comparsi da poco sul pianeta, non sapevano ancora nulla dell'invidia e del rancore che divoravano Drydd, il principe del mare salato, e del suo odio verso le Tre Sorelle e le loro creature. Tre quarti di Murchmaros, che gli uomini chiamavano Chatundra, erano coperti dal mare, e gli abissi brulicavano di esseri ostili. Fino a quel momento non vi erano ancora stati scontri, perché i due regni erano divisi molto chiaramente. Gli abitanti della terraferma non potevano vivere in acqua, e i sudditi di Drydd non potevano avvicinarsi alla terraferma, a eccezione dei granchi che zampettavano sulla sabbia umida.

Tuttavia, quando lo spirito oscuro e distruttivo s'innalzò negli abissi, un'ombra si allungò sul mondo e tutto cambiò all'improvviso. Non era scuro né chiaro, non era freddo né caldo. Nel cielo velato di foschia non vi erano il sole né la luna né le stelle. Regnava una cruda penombra che permetteva di distinguere ogni dettaglio senza mettere nulla in risalto. Era tutto rigido e immobile, come se il tempo si fosse fermato.

Il mare, però, ribolliva, ed esseri informi si abbatterono a centinaia sulla sabbia, come navi scagliate dai flutti verso la terraferma. Un tanfo di pesce marcio appestò l'aria mentre quella moltitudine confusa avanzava con mille movimenti diversi. Alcuni esseri acquatici erano piccoli, altri giganteschi, alcuni cornei come ragni marini, altri molli, flaccidi e senza zampe, ma avevano tutti una cosa in comune: spinti da una furia cieca e suicida, continuavano a strisciare sul terreno, diretti verso le semplici capanne di bambù e foglie di palma in cui vivevano i Makakau. Fauci spalancate e piene di denti aguzzi come pugnali, tentacoli e chele pronte all'attacco minacciavano gli esseri umani, che avevano già intuito il pericolo. Acute urla di terrore squarciarono il silenzio della valle.

Vauvenal allargò le ali possenti e si lanciò con audacia contro gli aggressori. Altri draghi celesti che prendevano il sole sulle montagne circostanti si erano già accorti dell'attacco, e una dozzina di loro si buttò nella mischia. Evitarono di sputare fuoco per non incendiare il bosco e le capanne, e parevano in netta superiorità rispetto ai mostri marini, molti dei quali, molli come meduse, non potevano opporre resistenza ai loro artigli affilati e alle loro code sferzanti. Altri, tuttavia, erano muniti di denti, come gli orrendi pesci saltanti, che si muovevano rapidamente sulla sabbia umida e morsicavano qualunque cosa incontrassero. Le code dei draghi sbattevano contro le corazze dei granchi, le zampe leonine colpivano i segmenti elastici dei mostruosi anellidi gialli e vibranti, e le unghie affilate laceravano le corazze delle bestie ed esponevano le loro viscere mollicce. Enormi sagome si levavano verso il cielo con le creature marine tra le zampe e le gettavano a terra da altezze inimmaginabili. Le ali rumoreggiavano sopra le onde spumeggianti, da cui, l'uno dopo l'altro, spuntavano orribili crani che fissavano l'aria con occhi vacui e gelatinosi. All'improvviso, tuttavia, i draghi celesti si ritrovarono immersi in una nube pestilenziale. Qualsiasi contatto con le zampe e i tentacoli gelidi e appiccicaticci aveva l'effetto della puntura di uno scorpione, ma a torturarli non era il dolore fisico. Il delicato tessuto della loro anima si lacerò, e il puzzo di cadavere circondò il loro cuore come l'oscurità della morte imminente. Vacillarono e ondeggiarono, in preda a una disperazione e a un'impotenza senza uguali.

Vauvenal sentì che quella forza gli paralizzava le ali e gli irrigidiva gli artigli e che un morbo invisibile gli contaminava tanto la mente quanto il corpo. Con le ultime energie lanciò un grido per avvertire tutti gli altri e, compiendo un enorme sforzo, salì diritto verso il cielo. Sfuggì per un pelo ai tentacoli urticanti di una medusa gigante che, quasi trasparente, barcollava sulla sabbia gonfiandosi e dilatandosi.

Usò il pensiero per inviare un messaggio. « State alla larga, il loro contatto è mortale! » disse agli altri draghi. « Andate sulle montagne. Raccogliete delle pietre e scagliatele contro i mostri! »

Mentre gli esseri umani correvano qua e là come formiche impazzite, arrampicandosi sui pendii boscosi e nascondendosi nella foresta pluviale, i draghi sciamavano ovunque. Ciascuno afferrava i sassi più grossi che riusciva a trasportare, volava a quota di sicurezza sopra le creature marine e le bombardava di proiettili. Di lì a poco la spiaggia si coprì di ripugnanti cadaveri viscidi e pastosi e, quando le fauci spalancate dei draghi celesti presero a sputare lingue di fuoco verso la terra, gli esseri acquatici sopravvissuti si affrettarono a tornare nel loro elemento.

Vauvenal non si fermò a parlare con gli esseri umani che, terrorizzati, si accovacciavano tra la vegetazione o correvano qua e là in preda al panico. Assalito da un brutto presentimento, si librò nell'aria e volò verso le coste di Murchmaros. Di lì a poco la sua premonizione si sarebbe rivelata esatta.

L'attacco contro i pescatori del Rachmibon non era stato un episodio isolato. Il drago celeste vide lo stesso scenario raccapricciante ovunque lo conducessero le sue ali blu cobalto. Su tutte le coste del vasto continente - dal caldo Mar di Giada al gelido Mar di Diamante, passando per il Mar di Zaffiro - i sudditi di Drydd erano usciti dall'acqua e avevano aggredito i nidi di drago più vicini al litorale, le tane degli animali terrestri e le abitazioni umane. Vauvenal scorse ovunque gli stessi mucchi di mucillagine maleodorante sulla sabbia o tra le onde, ma distinse anche i cadaveri di draghi e animali che erano stati uccisi dal tocco velenoso, e i corpi di uomini schiacciati dalle macerie delle loro casupole di pietra. Scorse ovunque i ripugnanti relitti che le onde violente avevano spinto verso la riva. Il mare e la spiaggia che bordava la sua acqua oleosa erano un unico, terrificante cimitero.

Osservò con muta costernazione i resti degli sfortunati che in parte erano già stati rosicchiati dai coleotteri necrofagi, intenti a svolazzare qua e là con le loro ali blu. Altri, gonfi e bluastri, avevano già iniziato a decomporsi. I cadaveri di pesci ed esseri marini erano ammucchiati tutt'intorno, insieme coi resti di uccelli e piccoli animali selvatici. Tra quei corpi, in corrispondenza di estremità simili a dita, si muoveva qualcosa: qualcosa di corneo e luccicante, con artigli storti, lunghi tentacoli sinuosi o code di scorpione. Oppure erano aculei?

Se non altro i mostri non erano riusciti ad allontanarsi dal loro elemento. Quando Vauvenal si abbassò con prudenza e volò rasoterra, vide i resti d'innumerevoli meduse che si erano tramutate in sacche appiccicose a meno di due passi dall'acqua. Altre creature non erano riuscite a muoversi sulla sabbia morbida o sulla ghiaia dura delle coste, ed erano rimaste impantanate come carri nel fango. I granchi, veloci e muniti di molte zampe, avevano tuttavia percorso lunghi tratti, e lo stesso valeva per i pesci saltanti, che avevano aggredito le loro vittime spiccando grossi balzi e morsicandole con le bocche piene di denti.

I draghi morti che marcivano qua e là sulla sabbia non erano Mirminay, perché i draghi del fuoco erano immortali. Erano Bulemay, esseri del secondo periodo della creazione, mutevoli nell'aspetto ma, a differenza dei Mirminay, legati a una sola forma esteriore. Vi erano poi anche livelli inferiori: i draghi dell'acqua e quelli delle gallerie, che erano stati sorpresi dall'attacco nelle loro caverne marine e nelle loro miniere.

Vauvenal si abbassò col cuore colmo di rabbia e disperazione. Si posò su una roccia sporgente, allungò il collo e lanciò un lungo e spaventoso urlo di dolore. Altri draghi lo udirono e lo ripeterono, finché il suono non echeggiò in tutto il Paese della Terra, del Vento e del Fuoco.

Da allora in avanti, lo sapevano tutti, sarebbe stata guerra aperta tra i Draghi d'Ambra e il mostro degli abissi gelidi. Vauvenal ripensò al poeta dei Makakau: il suo popolo non avrebbe mai più intonato canzoni spensierate e gioiose. Era iniziata una nuova epoca, oscura e pericolosa, e solo Majdanmajakakis, la Madre Cosmica, poteva sapere come sarebbero andate le cose.

# IL COMPLOTTO NEL CASTELLO DI PERLA

Tra le Isole Vulcaniche più esterne e il ghiaccio del Polo Sud, al centro delle plumbee acque della Tetide, si ergeva un'isola che si allungava dal fondo del mare fin quasi alle nuvole. Era tutta formata da coralli grigi e perle pallide, e l'acqua fluiva senza sosta dai merli e dalle torri. All'interno scorreva in ruscelli lungo sale e corridoi e gocciolava dai soffitti, perché l'isola era il Castello di Perla del drago acquatico Drydd, che vi dimorava coi suoi due figli: Zarzunabas, dalle sembianze umane, e l'orrendo Tarasque, che aveva la forma di una tartaruga con tre teste umane e strisciava su quattro massicce zampe storte. Quanta paura avrebbero avuto i pescatori del Rachmibon e gli altri uomini se avessero immaginato che cosa si nascondeva tra le tenebre sotto la superficie grigia e vitrea del mare.

Vi era anche un essere viscido, incolore e lungo poco meno di un cubito, che tutti consideravano un perdigiorno e che perciò chiamavano raramente col suo vero nome - Luind -, bensì col nomignolo di Fannullone. La creatura era una salamandra acquatica - la specie più modesta dei draghi acquatici, anche noti come pesci umani - e riceveva solo gli incarichi più umili, ma perlopiù lasciava a metà anche quelli. Preferiva infatti rannicchiarsi in un punto riparato delle balaustre e delle torrette seghettate di corallo grigio che spuntavano dalla superficie dell'acqua, da dove scrutava la terraferma coi suoi sporgenti occhi dorati.

Desiderava vivere laggiù dacché ricordava. Quel desiderio, pensava talvolta, dipendeva dal fatto che aveva sangue umano nelle vene, come Zarzunabas, generato da Drydd e da una regina umana. Rammentava, o almeno così credeva, di aver trascorso l'inizio della sua vita sulla terraferma, perché nella sua testa vi erano le nebulose immagini della luce di una lampada a olio, di figure umane e di un'enorme donna, grigia come un grumo d'argilla, che lanciava uno strillo inorridito, lo afferrava e si apprestava a gettarlo nel fuoco. Vi era tuttavia un'altra donna che glielo impediva e si stringeva Luind al petto. Il suo corpo era così caldo, così morbido, così pieno di nutrimento... In seguito l'aveva portato sulla spiaggia e messo in acqua, al che Luind aveva capito di dover scegliere il mare se non voleva finire nel fuoco. Così si era unito alle creature di Drydd, ma con loro non era felice.

Ora, dopo che aveva avuto tanta nostalgia di lei, sua madre gli era apparsa in sogno. Era diversa da come la ricordava, non grigioverde, bensì marrone dorato, e le sue gambe erano cambiate: dalle anche in giù assomigliava a un leone, e sulla schiena aveva corte ali che però non erano adatte per volare. Aveva tuttavia gli stessi seni sodi e prosperosi e il ventre morbido e rotondo, e non lo chiamava Fannullone, bensì Luind.

«Mio caro, vorrei tanto riaverti con me», gli aveva detto. «Prima devi solo farmi un piccolo favore. Sei così abile e sai mimetizzarti così bene...»

Naturalmente, Luind aveva accettato. Questa volta non si era dunque arrampicato fino al bovindo per fantasticare, bensì per origliare una riunione segreta del Consiglio. Drydd aveva convocato i suoi figli e molti dei suoi cortigiani più importanti sotto la cupola della torre principale, le cui finestre ovali si affacciavano sul mare in tutte le direzioni. Tra i servitori girava voce che progettassero una nuova violenta guerra contro i draghi. Luind non amava le guerre, anzi ne aveva una paura terribile. Voleva solo tornare dalla donna calda, enorme e florida che se l'era stretto al seno e l'aveva salvato dal fuoco.

Era una giornata buia e cupa, e le onde coperte dai lastroni di ghiaccio si frangevano contro le mura del Castello di Perla mentre Luind strisciava come un'ombra tra i ponti e le aperture nelle decorazioni della torre, fino a raggiungere la cupola più alta e avvicinarsi di soppiatto a una delle finestre, da cui riuscì a sbirciare nella sala segreta del Consiglio. Dischiuse il vetro con cautela. Era un'impresa pericolosa, perché Drydd era vorace e insaziabile, e tutti i servitori che sorprendeva a violare le regole sparivano inesorabilmente nella sua gigantesca bocca floscia, circondata da aculei di corno rosso. Luind tremò quando premette il volto mezzo umano contro la lastra e abbassò lo sguardo. La curiosità e la cocente nostalgia della donna superarono tuttavia la paura.

Nella sala semibuia, sulle cui pareti lussuosamente ornate di conchiglie e coralli l'acqua scorreva in ruscelli scintillanti, il possente drago elementale troneggiava su un sedile di pietra. Tutt'intorno si erano radunati i nobili acquatici, i più potenti delle rispettive stirpi, con le loro forme spaventose. Drydd, che nell'ordine della creazione era allo stesso livello delle Tre Sorelle Mandora, Plotho e Cuifín, aveva le medesime capacità dei draghi del fuoco e poteva assumere qualunque sembianza. Per esempio, aveva sedotto la regina Athahatis avvicinandola sotto forma di un bel giovane verde con una cresta di pinne lungo la scriminatura e squame luccicanti come smeraldi. In quel momento, tuttavia, si mostrava nel suo solito aspetto di orrendo pesce-drago, sinuoso e dentellato come una conchiglia gigante, splendente di colori magnifici e dotato d'innumerevoli aculei contenenti ciascuno un veleno mortale. I suoi occhi piatti e rossi avevano lo sguardo di un basilisco.

Al suo fianco sedevano i figli, e vicino a loro era accomodato Chtone, il principe delle paludi, simile a un coccodrillo e coperto di alghe e ninfee. Aveva il potere di far tracimare o ritirare i fiumi, seminando così miseria e sventura sulla terraferma. Spesso si addentrava nella foce di un fiume o in un'insenatura e aspettava un essere umano da divorare. Dall'altra parte del trono era acciambellato il serpente marino Nuzra con le sue pinne paffute e la sua coda squamosa, capace di mandare in frantumi una nave con un sol colpo. Il serpente era tuttavia una creatura stupida, poco perspicace e facile da confondere, ed era già accaduto che si gettasse come una furia contro la sua ombra e combattesse fino allo sfinimento.

Quasi tutti quegli esseri erano legati al loro elemento, ma ve n'erano anche alcuni che, come Luind, potevano vivere sia in acqua sia sulla terraferma. Le più ripugnanti tra quelle creature anfibie erano le tarasque o basilischi, i cui tre re più illustri partecipavano alla riunione del Consiglio. Erano i figli di Tarasque e, pur sembrando minuscoli in confronto alle montagne grondanti di carne pallida e spugnosa tutt'intorno – non erano più alti di un passo umano –, erano più pericolosi di tanti mostri marini. Variopinti come le rane assassine delle Isole Vulcaniche, erano altrettanto velenosi e letali. Kju, il Dorato, poteva avvelenare la terra, l'aria e l'acqua con una sola occhiata. Suo fratello Zan aveva un terzo occhio sulla testa coperta di squame dorate, e il suo sguardo malvagio impietriva e uccideva qualunque essere vivente. Roc, detto il Sanguinario, nascondeva in fondo alla coda un pungiglione velenoso che staccava la carne dalle ossa delle sue vittime. Quei tre venivano anche chiamati «Aliti di morte», perché il loro soffio disseccava qualsiasi forma di vita e sbriciolava persino la roccia. Come il padre, detestavano la luce del sole e della luna e sognavano il giorno in cui li avrebbero divorati, sprofondando la terraferma in un'oscurità eterna.

Tra tutti quei mostri era strano vedere un giovane snello, biondo e grazioso: Zarzunabas, immortale come suo padre, seppur umano per metà. Indossava una lunga e morbida veste verde che gli svolazzava intorno alle caviglie. Era soprannominato Principe Cadavere, perché regnava su qualunque cosa fosse morta e in decomposizione.

Naturalmente, l'argomento era il deplorevole insuccesso del loro primo tentativo di conquistare la terraferma. Gli sfortunati generali che avevano comandato l'attacco erano stati subito incatenati alle pareti della sala con tentacoli nodosi ed erano stati mangiati vivi dai loro simili, ma la punizione degli inetti era una misera consolazione rispetto alle perdite subite dagli abitanti del mare. Avevano perso migliaia di guerrieri e non avevano ottenuto nulla se non trasformare in aperta ostilità il risentimento latente fra le Tre Sorelle e il loro fratello; se questi ultimi avessero potuto raggiungersi, si sarebbe arrivati a una cruenta battaglia. Così i draghi si erano dovuti accontentare di costruire frettolosamente fortezze affacciate sulle coste e di fare la guardia mentre Drydd ritirava le sue schiere nei gelidi abissi della Tetide, che bagnava il Polo Sud. Le creature marine, tuttavia, erano decise a riprendere i combattimenti, ad allagare tutta la terraferma e a divorare i Draghi Astrali, per portare la grigia e cupa penombra del loro regno su tutto Murchmaros.

Furono avanzate diverse proposte su come procedere, ma

nessuna venne approvata, finché non prese la parola Zarzunabas.

« Partiamo dal presupposto sbagliato », affermò. « Se ritentiamo di espugnare la terraferma con la forza militare, non otterremo altro che una nuova sconfitta, e non ricaveremo nulla nemmeno se uno di noi conquisterà un lago e terrorizzerà la zona circostante o si apposterà in un fiume e divorerà le lavandaie. Dobbiamo organizzare un'operazione in grande stile e, per farlo, abbiamo bisogno di aiuto. »

« E chi ci aiuterà? » borbottò Chtone in tono burbero.

« Phuram », rispose Zarzunabas, sorridendo.

Si levò un mormorio confuso e indignato, e Drydd domandò con asprezza a suo figlio se stesse scherzando. Il giovane, tuttavia, scrollò il capo. « No, mio venerabile padre, non sto scherzando, né con voi né con gli illustri aristocratici qui riuniti. Dico sul serio. Phuram ci aiuterà, anche se a sua insaputa. » Poi aggiunse: « Phuram è superbo e assetato di potere. In cuor suo nutre rancore verso le dee, perché è solo una loro creatura e non è dello stesso rango. Se fomentiamo quel rancore, lo convinceremo sicuramente a rovesciare la Triade ».

Chtone sbuffò con aria contrariata. « Innanzitutto vorrei sapere come farà e, in secondo luogo, anche se ci riuscisse, che cosa otterremmo? Phuram non è bendisposto nei nostri confronti e non muoverà un dito per sostenerci. »

Altre voci sinistre espressero opinioni analoghe, ma Zarzunabas aveva la risposta pronta. « Che cosa otterremmo? Phuram ha ciò che noi non abbiamo: libero accesso al palazzo che fluttua tra il cielo e la terra. Le Tre Sorelle non diffidano di lui, perché è bello da guardare con la sua armatura dorata e l'aureola intorno alla testa. Lo amano, perché è il sole, la loro creatura più splendida, e lo accolgono a braccia aperte, senza immaginare quanta superbia e quanta presunzione ribollano in lui. Quando entrerà nella loro dimora, si accorgeranno troppo tardi delle armi letali che porta con sé. »

« Su Murchmaros non esistono armi in grado di uccidere le Tre Sorelle », bofonchiò il serpente marino.

« Non su Murchmaros, hai ragione, lungo verme », replicò Zarzunabas e, mentre l'altro si spremeva le meningi per capire se fosse appena stato insultato, il Principe Cadavere continuò: « Ma esistono, e io so come procurarcele. Sarà la mano di Phuram a impugnarle. Se fallisce, sarà lui a pagarne le conseguenze, ma, se riesce nell'intento, si eleverà a sovrano, e allora lo annienteremo, perché è un nemico assai meno temibile di Mandora, Plotho e Cuifín ».

« Vuoi spruzzarlo d'acqua fino a spegnerlo? » interloquì un orribile ragno marino la cui robusta armatura d'osso s'innalzò in un angolo della Sala di Perla, così alta da sembrare parte della sua bizzarra architettura.

« No », rispose Zarzunabas. « Voglio aspettare il momento in cui verrà offuscato, perché, mentre tu frugavi tra il fango dei fondali marini in cerca di pesci morti, io ho letto le costellazioni e ho scoperto cose che pochi altri sanno. »

Drydd aveva ascoltato con attenzione. Sapeva quanto fosse intelligente quel ragazzo mezzo umano, a differenza di Tarasque, che aveva la perspicacia di una tartaruga. Così ordinò ai cortigiani di tacere ed esortò Zarzunabas a esporre il suo piano. Il giovane obbedì.

Luind, che origliava nervosamente, rabbrividì per il terrore quando udì le sue parole. Zarzunabas, infatti, raccontò ai congiurati cose incredibili: Murchmaros, disse, non era l'unico mondo esistente. Vi erano altri mondi con altri dei e creature, e da uno di quelli - così lontano da essere solo una minuscola stella scintillante nel cielo - era caduta una montagna che era precipitata nella Tetide. Si trovava ancora sul fondo di una gola profonda molte miglia, dove da camini sotterranei usciva un fumo nero e velenoso che appestava l'acqua. Era una montagna di ferro, e chi fosse riuscito a forgiare tre spade con quel metallo non avrebbe ucciso le Tre Sorelle, ma le avrebbe paralizzate come uno scorpione paralizza la sua vittima con una puntura, costringendole a giacere per sempre nelle loro tombe, immobili e prive di sensi.

Il ferro ultraterreno non era tuttavia sufficiente e doveva essere rafforzato con riti e incantesimi del tipo più oscuro e insondabile. Zarzunabas ammise che, nonostante la sua sete di potere, Phuram non sarebbe stato in grado di eseguire neanche uno solo di quei rituali, ma ciò non era necessario. Le creature di Drydd avrebbero forgiato le spade e celebrato i riti funesti, e Phuram avrebbe solo dovuto scoprire che le tre armi avrebbero realizzato il suo desiderio. Non appena pronte, le avrebbero immerse nell'oro liquido e ciò sarebbe bastato a ingannare il drago del sole.

« Phuram crede di essere intelligente, ma è tanto stupido quanto superbo; non si accorgerà mai di essere stato imbrogliato », concluse Zarzunabas.

I cortigiani avevano ascoltato con pazienza, benché molti, come Luind, giudicassero quella storia inverosimile. Mondi diversi da Murchmaros! Montagne di ferro che cadevano dal cielo! E come avrebbe trovato posto una montagna su una stella che non era più grande dell'occhio di un pesce? In effetti era molto difficile crederci.

« Anche se fosse tutto vero, poi come faremmo a sbarazzarci di Phuram? » osò chiedere un millepiedi luminescente.

Anche questa volta Zarzunabas aveva la risposta pronta. « Dobbiamo solo aspettare il momento giusto. Chi padroneggia l'arte di leggere la Clessidra delle Stelle vede arrivare un giorno in cui il potere di Phuram verrà spezzato da Majdanmajakakis o, se non proprio spezzato, almeno paralizzato per sette giorni. La Madre Cosmica, infatti, si adirerà con lui perché si sarà ribellato alle sue creatrici, e lo sconfiggerà oscurandogli il volto. Se allora saremo pronti per combattere, il mondo sarà nostro. »

Luind era così concentrato che trasalì quando dall'altra parte del vetro comparve improvvisamente un viso fatto solo di ossa e branchie. « Ehi, mio piccolo Fannullone, che cosa ci fai qui? » gracchiò una voce. Una ripugnante mano scarna si allungò attraverso la fessura della finestra socchiusa.

La maggior parte dei draghi era poco socievole per natura, e molti membri dei livelli inferiori tendevano persino a un burbero isolamento, ma Vauvenal faceva eccezione. Allegro, temerario e sempre avido di sapere, aveva familiarità con tutte le creature buone di Murchmaros, dai draghi del regno dei Makakau ai sovrani di Zorgh, sui gelidi Toarch kin Luris. Conosceva anche i leonindaco del regno di Dundris - che si stendeva al centro di una vastissima foresta pluviale ai piedi dei Toarch kin Mur, i Monti Urlanti -, e ora fece loro visita per sostenere un'importante conversazione.

Al culmine del suo splendore, Dundris era una città di enorme bellezza. Le case erano molto semplici, perlopiù a forma di piramide o di torre a gradini, ma sorgevano in giardini inebrianti e ospitavano i migliori archivi del giovane mondo. I giganteschi leonindaco - draghi dell'ordine dei Bulemay - erano artisti ed eruditi. Dedicavano molto tempo a incidere nell'argilla fregi smaltati e pressoché interminabili che raccontavano la loro storia e immortalavano le loro idee, e ancora più tempo a sostenere lunghe dispute filosofiche.

Quando Vauvenal si posò stancamente su uno dei tetti piatti della città, vide subito un gruppo di leonindaco davanti a sé. Venivano chiamati così perché avevano una splendente criniera indaco che circondava loro la testa e scendeva sulla squamosa schiena color avorio, prolungandosi fino alla coda pelosa. In realtà erano assai più simili a cavalli alati che a leoni, ma nel Paese della Terra, del Vento e del Fuoco i cavalli erano quasi inesistenti, mentre i leoni si trovavano ovunque e avevano dato nome a quelle creature. Nonostante l'aspetto imponente i leonindaco erano esseri pacifici e tranquilli che disdegnavano la carne e si cibavano di germogli freschi. Salutarono l'ospite con cordialità e, poiché sapevano già che cosa l'aveva condotto a Dundris, alcuni di loro lo accompagnarono da Wyverna.

Persino Vauvenal, che era un drago raffinato ed esperto del mondo, si sentiva sempre un poco in imbarazzo quando compariva dinanzi a quell'essere grandioso. Wyverna non era una delle dragonesse di Dundris, bensì si era stabilita tra i pacifici leonindaco solo perché questi ultimi rispettavano la sua introversione e le garantivano silenzio e raccoglimento.

Era già il crepuscolo e, mentre Vauvenal e i suoi accompagnatori percorrevano i profumati viali punteggiati di nero e turchese verso la casa di Wyverna, comparve Datura, la bellissima dragonessa della luna, con la ragnatela argentea in cui fluttuava nel cielo notte dopo notte. Le estremità della ragnatela erano sorrette dai dodici Fallum Fey, draghi del fuoco leggiadri e semitrasparenti con le sembianze di cavallucci marini alati, e tutt'intorno svolazzava uno sciame delle minuscole creature luccicanti che gli esseri umani chiamavano « stelle cadenti ».

Wyverna abitava in una torre di pietra grigia. Quando Vauvenal entrò nella camera disadorna sopra le cime degli equiseti, accanto alla finestra si alzò una dragonessa alta circa due passi, metà donna e metà bestia feroce. Camminava su due gambe simili a zampe leonine, ma dalla vita in su era una prosperosa giovane color cannella dai seni rotondi e dai lucidi capelli castani che le arrivavano fino alle ginocchia. Il suo volto era magnifico, ma distaccato e malinconico, perché Wyverna era una veggente, e molte delle cose che vedeva le guastavano l'umore. Il petto era coperto da un insolito gioiello di vetro lungo meno di un cubito, a forma di pesce umano e così trasparente da lasciar intravedere lo scintillio della sua pelle.

Vauvenal stava ammirando il monile quando l'oggetto si mosse all'improvviso, guardandolo coi suoi occhi dorati e sbadigliando. Wyverna lo coprì con la mano, lo accarezzò con delicatezza e poi se lo spinse sotto i capelli, dove la creatura si raggomitolò.

*Che cosa non fanno le donne per essere belle!* Vauvenal scacciò quel pensiero e salutò la veggente secondo tutte le regole della cortesia, poi sedettero comodamente sui tappeti, e il visitatore espose la sua richiesta.

« Ho il presentimento che i draghi acquatici non si siano arresi e che tramino nuovi piani malvagi contro i quali guardie e cittadelle non serviranno a nulla. Inoltre, quando incontro Phuram, sopra di me si stende una nube. Sento in ogni fibra del mio essere che sta per accadere qualcosa di terribile. Sai dirmi altro? »

« Sì », rispose Wyverna. « Ti dirò che cosa succederà, come l'ho detto anche a Mandora e alle sue sorelle, ma conosci la maledizione che incombe su noi veggenti: anche se dico la verità, non mi crede nessuno. Ho avvertito Mandora che Phuram è suo nemico, ma il bel Dorato le ha ammaliato il cuore, e nemmeno Plotho e Cuifín vogliono che gli capiti qualcosa di male. »

Mandora, innamorata della sua creatura, non aveva trovato nulla di sospetto nel fatto che Phuram avesse fatto spesso visita a Zarzunabas nel suo palazzo di ghiaccio al Polo Nord e avesse intrattenuto lunghe conversazioni con lui. Era convinta che avesse fatto davvero ciò che diceva: era partito per una missione diplomatica e aveva cercato di concludere un accordo col figlio del principe acquatico per una pace duratura tra i due regni. Avrebbero forse dovuto appostarsi in eterno sulle torri di guardia e sputare fuoco contro ogni granchio che strisciava fra la sabbia in cerca di vermi? Non erano forse tutte creature di ordine superiore, ben al di sopra dei bisticci della razza umana? I draghi dovevano forse continuare ad accapigliarsi, com'era cattiva abitudine della nuova razza che si diffondeva sempre più su Murchmaros?

« Temo il peggio », mormorò Wyverna, angustiata. « Se leggo il futuro, vedo morte e rovina, tradimento e distruzione. Vedo la Madre Cosmica Majdanmajakakis che si adira e scaglia una maledizione su noi draghi. So che Drydd forgia armi segrete il cui metallo viene da un altro mondo, perché nessuna spada o pugnale di Murchmaros potrebbe essere una minaccia per la Triade. Il mio cuore mi dice che accadrà il peggio, che Phuram intende uccidere le Tre Sorelle e sedere al loro posto. »

Vauvenal s'infuriò. « Non riesco a crederci! No, questo no! Dubiterei anche se mi dicessi che Drydd vuole uccidere le sue sorelle, ma Phuram... no! Mai! È un Drago Astrale, più illustre e nobile persino di noi Mirminay. Come potrebbe compiere un gesto così terribile? Le tue visioni devono averti ingannata! »

Wyverna gli rivolse un sorriso mesto. « Vedi? Ecco che cosa succede a tutti coloro che metto in guardia. Inorridiscono, montano in collera e mi rimproverano anche se io sono solo uno specchio del destino. Ma continua pure a inveire contro di me, perché ti dirò dell'altro. » Chiuse gli occhi, tacque per un poco, quindi intonò a bassa voce la canzone dei Draghi d'Ambra, composta da Vauvenal.

*Vedete, negli abissi delle acque, della plumbea Tetide,*
*nascosto in gole su cui nessun occhio si è mai posato,*
*regnava il quarto dei draghi creatori,*
*il padrone del freddo, del buio, della sterile acqua salata:*
*il suo nome era Drydd, il principe dell'orrore.*
*Odiava le Vergini Madri e odiava*
*il fuoco, l'aria e la mite terra feconda.*
*L'orrido mostro voleva divorare ogni cosa.*

La canzone narrava di Plotho, Cuifín e Mandora, le madri degli elementi fuoco, aria e terra, più splendide di qualunque essere gli uomini avessero mai veduto. Non esistevano parole per descrivere il dolce bagliore dei loro corpi impalpabili che ribollivano e ondeggiavano nell'etere primitivo come un mare, flutti di scintillante bellezza marrone dorato. Di sera le loro ali facevano calare il tenue crepuscolo, e di mattina provocavano la folata di vento che annunciava la luce del giorno, dissipando le tenebre. I loro occhi brillavano di saggezza e conoscenza.

Poi, tuttavia, Wyverna cambiò tono, cominciando a cantare con voce rabbiosa e carica di dolore, perché intonò un lamento funebre. Benché le Tre Sorelle fossero immortali, Phuram sarebbe riuscito a relegarle nella voragine più profonda della terra e a imprigionarle in un'immobilità mortale. Il mondo sarebbe mutato, e non in meglio, perché la Madre Cosmica si sarebbe infuriata col ribelle, e anche con le tre creatrici, così stolte da non accorgersi del torto subito. Da allora in avanti Tidha tan Techta, la confusione, sarebbe discesa sui draghi e sugli esseri umani e li avrebbe avviluppati come un drappo, cosicché non potessero più riconoscere se stessi né gli altri.

«E le cose resteranno così?» domandò Vauvenal con voce rauca quando Wyverna ebbe finito.

«Forse. Forse si realizzeranno anche le parole che ho udito nelle mie visioni.»

*Nero ribolle il Bûl, la materia della vita.*
*I draghi si levano dai camini infuocati, figli del caos.*
*Zarzunabas torna.*
*L'oro combatte con l'oro, il ghiaccio col ghiaccio,*
*ma invano.*
*Chi ci aiuterà?*
*In tredici son stati chiamati,*
*rami senza tronco, senza radici,*
*nati sotto il plenilunio, marchiati*
*dall'artiglio dei draghi.*
*Esattamente metà uomini e metà donne.*
*Quando l'oro perirà e sarà divorato,*
*la speranza sarà vicina, ma pochi la scorgeranno.*

Vauvenal ascoltò con attenzione, ma alla fine scosse la testa. «Questi versi non mi dicono nulla. Forse deve prima accadere ciò che dà loro un senso. Puoi dirmi quando si compirà la profezia?»

Wyverna si avvicinò alla finestra e indicò il cielo. Un piccolo astro rosso, chiamato Sole Notturno o Uovo di Drago, orbitava con solennità intorno al seguito della dragonessa della luna. Assomigliava a un guscio perlaceo e trasparente in cui si vedeva maturare un frutto femminile, la Figlia del Drago. Il Sole Notturno, simile a una melagrana accanto a un melone, seguiva fedelmente la luna in tutti i suoi spostamenti.

«Vedi la bambina nel suo ventre?» chiese Wyverna. «Per il momento è ancora una minuscola creatura prigioniera dell'Uovo di Drago, ma tra sette per settanta per settecento lune giungerà a piena maturità, romperà il guscio e spiegherà le ali. Quando la Figlia del Drago nascerà, sul volto di Phuram cadrà un velo, il suo potere svanirà per sette giorni, e i draghi e gli esseri umani entreranno in guerra tra loro. Se i Tredici porteranno puntualmente a termine il loro compito e sveglieranno Mandora, l'ordine sarà ripristinato, la Figlia del Drago salirà allo zenit, tornerà a illuminare la Triade e farà impallidire l'Occhio di Polpo. In caso contrario, tuttavia, scoppierà una terribile guerra, l'ultima guerra, perché poi non rimarrà più nessuno a combattere.»

«Non riesco a crederci», mormorò Vauvenal. «Dev'essere un errore. Non si dice forse che i veggenti percepiscano quanto accade sott'acqua solo in maniera molto confusa? Non è possibile che tu abbia frainteso qualcosa dei piani di Drydd?»

«Dubiti di me? Ti mostrerò un testimone che ha veduto e sentito tutto coi suoi occhi e con le sue orecchie, ma non gli crederai come non credi a me», rispose Wyverna. S'infilò la mano sotto i capelli e, con un gesto delicato, estrasse il pesce umano. «Questo è mio figlio, Luind», disse. «Ha rischiato coraggiosamente la vita per origliare Drydd e smascherare i congiurati. Per poco non è stato preso prigioniero, ma ho incaricato un albatro di portarlo via prima che lo catturassero. Per il suo amore e la sua temerarietà sarà sempre vicino al mio cuore.» La fragile creatura si rannicchiò sulla sua mano e sospirò.

Vauvenal si accomiatò dalla veggente in uno stato di profonda confusione. Il pesce umano aveva ripetuto ciò che aveva origliato durante la riunione del Consiglio, eppure il drago continuava a non crederci.

Quando i leonindaco lo salutarono davanti alla casa, non poté fare a meno di chiedere informazioni sul piccolo Luind. «Non è davvero suo figlio, giusto?» domandò, e ricevette la risposta che si aspettava.

«No. È una creatura mezza umana del popolo ermafrodito della regina Athahatis, che governa un popolo di esseri grigioverdi sulle isole vicino al Polo Sud. Allorché Wyverna ha lasciato vagare la mente, è stata attratta da un desiderio così bruciante e appassionato che si è fermata e ne ha seguito la traccia. Così ha letto nel cuore di quella creatura e ha provato insieme astuzia e compassione. È diventata una spia nel palazzo di

Drydd, e il piccolo ha realizzato il sogno di ritrovare sua madre. Di giorno siede sulle sue ali e di notte dorme tra i suoi seni, e Wyverna lo considera un figlio. Come sapete» - il leone abbassò la voce con prudenza - «è sterile e si affligge per questo difetto.»

«Che strano», mormorò Vauvenal, sentendosi sopraffare dalla tristezza, perché nonostante il suo carattere socievole non aveva ancora trovato un essere femminile che lo amasse con sincerità.

# LA TEMPESTA SOLARE DI PHURAM

In una grotta sulle gelide montagne dell'estremo Nord viveva un drago delle caverne di nome Knucker, uno schivo eremita che conosceva ben poco i fatti del mondo. Perciò non capì neppure quel che vide un giorno, mentre era disteso vicino a una vetta tempestosa su una sporgenza riparata dal vento e lasciava vagare lo sguardo sul paesaggio.

Era una bella giornata di sole. La Triade luccicava argentea nel cielo, che ora, verso mezzodì, era dominato dallo splendore e dalla maestà di Phuram. Il mare si allargava fino all'orizzonte, liscio come un piatto d'argento. Knucker non si aspettava minimamente che accadesse qualcosa d'insolito, quando la terra tremò all'improvviso: non solo la patria del drago, bensì tutto Murchmaros. Pareva che il pianeta si fosse spaccato in due parti; si spalancò una voragine che andava dalla superficie fino agli abissi più profondi e incandescenti, e nel cielo comparve una luce come nessuno ne aveva mai veduta. Phuram e la Triade si fusero in un unico sole gigantesco, impetuoso e guizzante, che fece ribollire la superficie del mare nel giro di pochi attimi. Si alzò un denso vapore che ricadde subito sotto forma di pioggia caldissima, cosicché branchi di animali marini morti si riversarono sulla superficie dell'acqua e sulla terraferma. Un'enorme nuvola a forma d'imbuto si alzò sopra il mare, diventando sempre più grande a ogni rotazione, una trottola nera di nubi impazzite con un luccichio metallico lungo i bordi. Un uragano imperversò sulla terraferma, distruggendo tutto ciò che incontrava. Persino il drago delle montagne, abituato alle tempeste, si spaventò a morte e si rifugiò nella sua galleria, dove spiò da una fessura il vortice accecante di sole, acqua e vento che spazzava via ogni cosa.

Il cielo era coperto di nuvole infuocate, ma splendeva di luce bianca. Lassù stava accadendo qualcosa di spaventoso, una violenta battaglia che coinvolgeva tutto Murchmaros. Scrosci di pioggia calda sferzavano la terra ed evaporavano sibilando sulle rocce, finché la millenaria foresta di cicadacee sui versanti dei Toarch kin Mur non scomparve dietro veli di vapore.

Poi tutto finì con la stessa rapidità con cui era iniziato. Nel mondo echeggiò un urlo, un terribile lamento, e a un tratto la furia celeste si placò. Tra le nuvole ricomparve Phuram, che però si era ingrandito al punto di far ribollire il mare e bruciare i boschi e i prati. Quando Knucker - che, fuori di sé per la paura, correva qua e là nel suo labirinto di gallerie - raggiunse l'apertura affacciata verso nord, vide il ghiaccio che si scioglieva molte miglia sopra la valle abbandonata di Luifinlas e il Toar Kadenach che s'incendiava al centro della conca. Fiumi di lava scendevano dai fianchi del vulcano estinto e si mescolavano al ghiaccio formando ruscelli sibilanti. Nonostante il gigantesco sole accecante calò un'oscurità che non si era mai vista nemmeno nella notte più buia, perché la Triade era impallidita e la luce delle dee dragonesse si era spenta.

Ion-Ka, il cantore dei Makakau, continuava a comporre il suo poema, ma questa volta non sedeva sotto il sole, bensì in una fresca caverna nella parete rocciosa. Seguitava a ripetere le parole a mezza voce per imprimersele nella memoria, perché allora gli abitanti delle isole non conoscevano ancora la scrittura.

«Così mi raccontò il mio nobile amico, il drago Vauvenal, che aveva veduto tutto di persona. Drydd, il mostro, trovò ascolto presso Phuram e gli versò del veleno nel cuore, istigandolo a ribellarsi. Phuram, lo Splendente, il drago celeste del sole, rovesciò con armi avvelenate la Triade dei Draghi d'Ambra. Scacciò subdolamente le Sorelle dal loro trono e vi si accomodò.»

Tacque e chiuse gli occhi. Fu attraversato da un brivido quando ripensò al giorno della sciagura, all'improvviso spegnimento della Triade, al vortice di nuvole rosso sangue che aveva oscurato di colpo il cielo blu notte e aveva immerso il mondo in una debole penombra. Gli esseri umani avevano guardato in su col fiato sospeso, ma non a lungo, perché era scoppiata una violenta tempesta che aveva sollevato rocce e abbattuto palme come se fossero felci, accompagnata da una pioggia scura e insanguinata. Urlando per il timore di essere colpiti dalle gocce venefiche, i Makakau erano fuggiti nelle loro capanne di palme, ma il tifone aveva travolto le fragili costruzioni e le aveva scagliate nell'aria, sicché gli uomini si erano dovuti rifugiare nelle grotte tra le rocce. Molti erano svenuti per la paura, e coloro che non erano stati trascinati via da amici e parenti erano annegati tra le onde del mare o erano stati uccisi dagli alberi sradicati.

Ion-Ka non avrebbe mai dimenticato il giorno in cui un grido aveva echeggiato in tutto il mondo, come se il pianeta stesse per spaccarsi a metà. Colonne di fuoco si erano alzate tuonando dai crateri dei vulcani, e fiumi incandescenti, punteggiati di rosso e nero come il pelo di un leopardo, si erano riversati nei boschi di lepidodendri e felci giganti e li avevano bruciati. Il terreno si era coperto di cenere grigia che si era mescolata alla pioggia formando una poltiglia disgustosa.

Ion-Ka, che si era salvato per un pelo, proseguì: « L'orrore della tempesta e dell'oscurità rossa non durò a lungo. Le nubi si dissiparono e Phuram ricomparve nel cielo, ma il mio cuore si fermò e i miei occhi bruciarono come tizzoni accesi quando vidi la sua trasformazione. Non appena preso il potere, assunse dimensioni mostruose e distrusse tutto col suo calore. I prati s'inaridirono, gli alberi ingiallirono, l'erba si seccò, si sbriciolò e si ridusse a chiazze di licheni brunastri che si stendevano a perdita d'occhio ».

Una visione gli aveva mostrato altre immagini: « Nelle profondità dell'universo si adirò Majdanmajakakis, l'Imperatrice Rossa, il drago che si mangia dalla coda e si partorisce di nuovo dalla bocca. La sua ira colpì Phuram, il ribelle, ma anche le tre Vergini Madri, perché avevano dimenticato se stesse con tanta stoltezza e si erano lasciate stregare il cuore da colui che avevano creato. In preda alla rabbia, la Madre Cosmica disse: 'Vi sarà un periodo di punizione per le Sorelle sconsiderate, e un periodo di punizione per il ribelle Phuram, e un'umiliazione si abbatterà su tutti i draghi: non saranno loro - i belli, i potenti e i saggi - a liberare le Vergini Madri, bensì sceglierò tredici individui fra la stirpe degli uomini, cui ordinerò di sguainare le spade. Tuttavia, affinché gli esseri umani non si elevino sopra i draghi, pretenderò che uno di loro sacrifichi spontaneamente la vita per la Triade, senza obblighi o costrizioni'. Andò nella Sala delle Anime, dove vivono tutti gli esseri prima di essere generati, e l'attraversò come tra sciami di minuscole meduse. Là fluttuavano miriadi di anime, tutte trasparenti e senza volto. L'Imperatrice sollevò un vaso e, quando le prime tredici anime umane degli sciami ronzanti vi furono scivolate dentro, le contrassegnò con l'emblema dell'artiglio: tre segni rossi come chicchi di melagrana, disposti intorno a un triangolo equilatero. Quindi chiuse il vaso con un coperchio e disse: 'Vi conserverò separate dalle altre; dovrete nascere al momento giusto e nel posto giusto per comprendere la vostra missione' ».

Ion-Ka raccontò la visione ai draghi del regno dei Makakau, e ben presto la voce circolò per tutto il Rachmibon, fino al regno di Zorgh. Non tutti i draghi credettero che dicesse la verità, perché all'epoca giudicavano gli esseri umani così deboli e impotenti da non aspettarsi granché.

# IL CONCILIO DEI PRINCIPI-DRAGHI

Luind, che non aveva ancora veduto molto della terraferma, rimase profondamente colpito quando sua madre lo portò al concilio convocato nel regno di Sulis subito dopo la catastrofe. I draghi spaventati arrivarono da ogni dove e si riunirono in tutta fretta nell'enorme cittadella.

Luind era contento che sua madre lo tenesse sotto il mantello, perché il volo notturno attraverso Murchmaros in groppa a un leonindaco e il successivo trambusto della cittadella, la Casa delle Mille Torri, confondevano i suoi sensi poco sviluppati.

Volarono sotto le stelle finché il drago alato non atterrò sopra un luogo in cui ardevano innumerevoli fuochi. Wyverna smontò e si fece largo tra schiere di draghi che correvano qua e là, in preda a un'agitazione convulsa. Luind, che sbirciava con timore dalle pieghe del mantello, vide il gigantesco Tschintano, il principe dei draghi d'acqua dolce, rosso sangue e con la criniera fiammeggiante; là accanto vi era suo fratello Suztano, padrone dei ruscelli e degli stagni, le cui grandissime ali erano coperte da una delicata peluria turchese. Luind scorse piccoli grolm dalla squamosa pelle verde e marrone che serviva loro per mimetizzarsi; incolori draghi delle gallerie che battevano le palpebre, infastiditi dalla luce; e wyrm senza ali né zampe, ma con una pelle che scintillava come una gemma. Draghi con due zampe, le ali, la testa da serpente, gli artigli da aquila e quasi sempre una corona sul capo vagavano qua e là senza meta. Immensi Draghi Purpurei camminavano a passo pesante tra la folla, e i bianchi Corni di Ghiaccio soffiavano neve e grandine dalle narici rosee ogni volta che le fiamme si avvicinavano troppo.

Luind si sentì sollevato quando riconobbe una faccia familiare: il drago del fuoco con le ali di velluto blu cobalto e la corona d'avorio che di recente aveva fatto visita a sua madre. Gli rivolse un cenno e, scorgendolo, Vauvenal si approssimò.

« Ebbene? » domandò Wyverna con la soddisfazione maligna di una profetessa di sciagure le cui previsioni si sono avverate. « Ora mi credi? »

Vauvenal sospirò e disse: « Entriamo ».

Tutti si riversarono in un imponente edificio di marmo rosso vino, in un labirinto di cripte rischiarate solo dalle vampe dei draghi, di corridoi a volta e scale di pietra che si attorcigliavano in interminabili spirali su per le numerosissime torri. La moltitudine si fermò in un ampio anfiteatro senza finestre, in cui trovarono posto tutti gli invitati. I draghi più possenti si stesero sul pavimento, i più piccoli sui gradini, e molti draghi volanti si appollaiarono sugli archi trasversali e sulle controventature. Sopra un fuoco acceso nella conca al centro dell'anfiteatro danzavano le salamandre del fuoco, che affascinavano Luind più di qualsiasi altra cosa. Assomigliavano a graziosi uomini e donne dai capelli fiammeggianti e dagli occhi incandescenti, e fluttuavano e giocavano tra le fiamme come uccelli nell'aria e pesci nell'acqua. Le loro enormi ali di farfalla rosso dorato, così delicate da essere trasparenti, sfavillavano e luccicavano come scintille nella corrente del camino.

Il robusto Tschintano fece segno che la riunione era aperta e formulò la domanda che assillava tutti i presenti: « Ora cosa ne sarà di noi? »

Luind ascoltò con attenzione. I draghi comunicavano tra loro perlopiù col pensiero, ma quei pensieri, esattamente come le voci, non erano percepibili sempre e ovunque, bensì solo a una certa distanza, e ogni tanto la salamandra faticava molto a comprenderli.

Udì che cos'era accaduto dopo l'alto tradimento e l'omicidio nel Palazzo Celeste. A un tratto Phuram pareva aver dimenticato di essere solo una creatura dei Draghi d'Ambra e si era autonominato Principe del Sole. Tra lui e Datura era scoppiata l'ostilità, perché la dragonessa della luna non aveva voluto avere nulla a che vedere con la sua azione malvagia ed era rimasta fedele alle Tre Sorelle. Molti draghi del fuoco erano fuggiti dalla terra maledetta in dimensioni più pure, e solo pochi erano intervenuti al concilio. I due grandi popoli dei Draghi Purpurei si erano ritirati nei loro regni: i Rachmanzai sulle Isole Vulcaniche nel Sud, i Muden Gamul dietro il cerchio dei Toarch kin Carrachon, al Polo Nord. I popoli più semplici non sapevano se restare o andarsene, a eccezione dei draghi delle gallerie, che, non vedendo mai il sole, non erano influenzati in nessun modo dalle sue dimensioni.

Luind ricordò chiaramente la riunione del Consiglio nel Castello di Perla, soprattutto quando la conversazione si spostò su Drydd. I draghi acquatici, affermarono le spie e gli esploratori, erano tutt'altro che soddisfatti del piano escogitato da Zarzunabas. Il piano era riuscito nel senso che le Sorelle erano davvero state imprigionate nelle viscere della terra, dove si trovavano sotto l'influsso malvagio delle tre spade magiche, ma nel regno acquatico nessuno aveva immaginato a quale sciagura sarebbero andati incontro Drydd e i suoi sudditi. Gli strati superficiali del mare erano evaporati, e con essi tutto ciò che viveva in acque basse. Gli animali più piccoli erano stati sollevati in aria dal vortice e sparpagliati sulla terraferma, cosicché le grandi creature marine, ritrovatesi all'improvviso senza nutrimento, avevano iniziato a sbranarsi tra loro. Phuram, inoltre, non mostrava la benché minima gratitudine per l'aiuto dei draghi acquatici. Aveva preso il potere ed era diventato nemico di tutti. Sulla terra e sott'acqua, i più umili rifuggivano il suo viso, che scagliava dardi d'oro incandescente contro i più deboli. La terraferma si era trasformata in un deserto, e di lì a poco i draghi avrebbero dovuto abbandonare i loro regni a causa della fame e del nuovo sole, capace di divorare la loro carne.

Alcune teste calde proposero di attaccare Phuram tutti insieme e di annientarlo, ma i saggi leonindaco rammentarono loro che, così facendo, sarebbero rimasti senza sole, e un mondo senza sole era assai peggiore di un mondo con un sole impazzito. Furono respinte altre proposte, finché Wyverna non si alzò e chiese la parola.

« Quanto sto per dirvi non vi piacerà », dichiarò. « Siete liberi di non credermi, ma dico la verità, perché ho avuto la stessa visione del Makakau Ion-Ka e di altri veggenti: Majdanmajakakis, la nostra Madre Cosmica, è in collera con le Tre Sorelle perché sono state così deboli da lasciarsi ingannare e abbindolare dalla loro creatura. Così ha inflitto loro un periodo di punizione. Il loro e il nostro potere è finito e tornerà solo quando la luna sarà cambiata sette volte per settanta per settecento. Allora nascerà il frutto contenuto nell'Uovo di Drago, Majdanmajakakis getterà su Phuram un velo nero, e il nostro destino sarà deciso una volta per tutte e dipenderà dagli esseri umani. Per ora posso solo consigliarvi di fuggire e di nascondervi dove potete, perché Phuram diventerà potente in questo mondo e i suoi seguaci creeranno un vasto regno. Esistono ancora molti rifugi. Usateli e tenete d'occhio il cielo. Queste sono le mie parole: potete accettarle o rifiutarle.»

Tornò al suo posto, e sulla sala calò un silenzio amaro.

# IL CASTELLO NEL GHIACCIO

Drydd era così furibondo che avrebbe voluto divorare Zarzunabas, ma, poiché era impossibile, mangiò sua madre, Athahatis, che era colpevole di ogni cosa, perché aveva messo al mondo il malfattore. Con lei dilaniò gran parte del suo popolo, cosicché su Murchmaros rimasero solo pochissimi ermafroditi.

Zarzunabas si era rifugiato nel suo castello al Polo Nord, dietro il massiccio baluardo dei Toarch kin Carrachon, dove si era ritirato dietro le mura con la sua servitù di spettri e semimorti, senza più dare notizie di sé.

Drydd non aveva continuato a perseguitarlo, perché era già abbastanza occupato con la ricostruzione del regno. Mosso dall'ira, aveva tuttavia esiliato suo figlio nel luogo in cui i quattro punti cardinali diventavano tutt'uno. Laggiù, nel cerchio degli spaventosi Toarch kin Carrachon, in parte nel mondo e in parte fuori dal mondo, Zarzunabas viveva in un castello di ghiaccio bianco come alabastro, imprigionato in un turbine di vento incessante che vorticava su se stesso con furia e violenza implacabili, come annunciato dalla maledizione di suo padre.

*Un miserabile verme che si dimena,*
*un occulto fuoco che l'acqua spegne a malapena,*
*uno straziante dolore che nessun rimedio cura,*
*un amaro dente che se stesso tritura*
*son io, dell'ultima speranza privo,*
*nessun muore che mai sia stato vivo.*

I suoi amici più cari erano i re dei basilischi, i figli di suo fratello, che stimava più del loro padre, perché erano assai più scaltri e intelligenti di quel mostro ottuso. Sedeva spesso con loro nella Sala Bianca, dove turbinavano fili di nebbia che formavano misteriosi arabeschi e figure. Il pavimento era semitrasparente come il ghiaccio e, quando Zarzunabas allungava il lungo indice pallido, sotto la superficie comparivano bizzarri numeri, simboli e diagrammi che al profano sembravano confusi e insensati, ma che all'esperto permettevano di leggere le costellazioni e decifrarne i messaggi segreti.

«Drydd è molto in collera con voi, zio», disse Kju, il maggiore dei tre basilischi. «Mi sorprende che siate così compiaciuto nonostante la vostra dura prigionia.»

Zarzunabas, la cui avvenenza creava uno strano contrasto con la bruttezza dei suoi nipoti, sorrise e tacque. Era andato tutto secondo i piani. Non gli era mai importato di aiutare Phuram a prendere il potere o di realizzare i sogni di conquista di Drydd. L'unica cosa che gli interessasse era aizzare una forza contro le altre e gettare il mondo nella rovina, distruggendo i regni del cielo e della terra, dei draghi e degli esseri umani, per poi essere il solo a regnare su un pianeta pieno di cadaveri.

Quella era infatti la sola cosa che desiderasse: essere l'unico vivente, l'unico immortale, tra migliaia di morti. Non gli bastava che fossero morti, dovevano essere semimorti, perché così avrebbero sofferto sapendo che solo il loro padrone possedeva lo splendido dono della vita, di cui loro erano stati privati.

Quando i suoi progetti si fossero realizzati, Chatundra sarebbe stato una fossa piena di cadaveri. Fremeva di piacere pensando al giorno in cui avrebbe resuscitato tutti quei miserabili cosicché avvertissero il dolore della loro situazione.

I suoi piani, tuttavia, erano intralciati dal fatto che, nonostante la rabbia, Majdanmajakakis aveva concesso una prova alle Tre Sorelle. Anche il Principe Cadavere conosceva la profezia secondo cui dopo sette per settanta per settecento lune sarebbero stati convocati tredici esseri umani, tutti saggi che erano nati sotto il plenilunio e recavano sul corpo l'Artiglio di Drago. Sarebbero andati nella città morta di Luifinlas – tra i Toarch kin Mur, dove le Tre Sorelle, spaccate in tre pezzi dalle spade di Phuram, giacevano nelle viscere del Toar Kadenach –, e forse sarebbero riusciti a riportarle in vita, perché molti draghi d'alto rango erano pronti ad aiutarli.

Zarzunabas teneva ben nascoste le sue intenzioni, ma poteva parlare apertamente di quell'argomento coi re dei basilischi, perché le creature acquatiche, i draghi cattivi e i semimorti erano tutti d'accordo sul fatto che le Tre Sorelle non dovessero tornare.

«Non dobbiamo assolutamente permettere che i Tredici raggiungano Luifinlas», affermò. «Avete idea di come impedirlo? Non venitemi a dire che i Toarch kin Mur sono una protezione sufficiente! Anche se sono così alti che nessun essere umano e nessun drago è in grado di valicarli, da soli non bastano.»

I maestosi Toarch kin Mur erano disposti a semicerchio intorno all'estrema lingua settentrionale di Chatundra. Esistevano solo due strade che conducevano nella valle di Luifinlas e, più in là, verso i Toarch kin Carrachon: occorreva superare i monti oppure scegliere la via intorno alle loro propaggini più estreme, attraverso acque perennemente ammantate da una fitta nebbia e brulicanti di mostri. Non si trattava di mostri viventi, dei possenti polpi, dei serpenti e dei ragni marini che popolavano gli altri mari, bensì di creature assai più pericolose, ossia i cadaveri semimorti di quegli esseri. Entrambe le strade erano mortali, ma per Zarzunabas non era abbastanza.

Kju il Dorato sibilò: «Lascerò vagare lo sguardo e il respiro, e distruggerò i boschi e le macchie, cosicché nessuno possa avvicinarsi alle montagne di nascosto».

Zan annuì. «Io lo accompagnerò, e il mio terzo occhio ucciderà qualsiasi forma di vita.»

Roc, pieno di rabbia, appoggiò i suoi fratelli.

Così s'incamminarono per creare lo sconfinato Deserto Gemente tra i Toarch kin Luris e la costa all'estremità dei Toarch kin Mur, dove si stendevano le splendide foreste del regno di Zorgh.

Sotto il loro sguardo, le foglie si disseccarono, i tronchi s'inaridirono e presero fuoco, il terreno esplose e si tramutò in sabbia. Il pungiglione di Roc uccise innumerevoli animali che nei boschi avevano trovato riparo dal volto ardente di Phuram, e diffuse un'epidemia che sterminò i nobili Mlokisai, i leonindaco. Zan aprì il suo occhio infuocato e, con la forza del suo sguardo sinistro, continuò a uccidere i piccoli esseri viventi finché non rimase più nemmeno una formica.

Zarzunabas era soddisfatto del loro operato, ma aveva in mente anche qualcos'altro. Sapeva che il nuovo deserto non sarebbe stato un ostacolo per i draghi e che senza dubbio vi sarebbe stato un drago celeste disposto ad accompagnare i Tredici attraverso quella distesa di sabbia mortale. Pensava soprattutto a Vauvenal, che era un fedele vassallo delle dee dragonesse e che frequentava volentieri gli esseri umani. Il principe aveva riflettuto a lungo su come impedirlo, e alla fine aveva deciso di sconfiggere i draghi con le loro stesse armi.

Ordinò ai tre re di tessere una rete di pura malvagità in tutto il deserto, e mandò schiere di semimorti in quella terra desolata affinché vi si stabilissero. Gli esseri umani, coi loro sensi primitivi, non avrebbero percepito la rete, ma i draghi avrebbero avvertito l'alito nero che li aveva già investiti durante il primo attacco delle creature marine, e l'avrebbero sentito tanto più chiaramente quanto più fossero stati nobili e sensibili. Se uno di loro avesse provato ad attraversare il deserto via terra o via aria, le esalazioni invisibili gli avrebbero intorpidito i sensi, annebbiato la mente e riempito il cuore della più cupa disperazione, quindi sarebbe restato senza energia e sarebbe caduto come se fosse stato colpito da mille frecce avvelenate.

Poiché Zarzunabas aveva accesso ai mondi esterni, tese la rete anche in quelli, così i draghi del fuoco non avrebbero avuto via di scampo se avessero cercato una strada in altre dimensioni. Intorno a quella terra venefica scorreva anche un fiume, amaro come la bile e freddo come il ghiaccio, che diventava visibile solo di tanto in tanto.

Quindi il Principe Cadavere mandò sui Toarch kin Mur e nel Deserto Gemente tutti i semimorti cui poté rinunciare, e ordinò loro di sparpagliarsi e andare in cerca di esseri umani. I suoi sudditi diffusero sulle montagne e nel deserto un orrore che spinse gli uomini verso l'estremo Sud.

# TRASCORRONO I MILLENNI

Le sette lune per settanta per settecento volarono via: un periodo breve per i draghi di ordine superiore, ma molto lungo per gli esseri umani, che ormai si consideravano i legittimi padroni del pianeta. I draghi avevano assistito alla loro sorprendente evoluzione. Ora vivevano in alte torri di pietra anziché in capanne di bambù, si facevano trasportare dagli pterosauri e indossavano pelli variopinte che sostituivano più volte al giorno. Diventavano sempre più scaltri e intelligenti, costruivano regni giganteschi, addestravano soldati e crescevano cavalieri che potevano essere pericolosi per un drago solo e ignaro.

Ion-Ka, il cantore Makakau, era morto da lungo tempo, e anche il piccolo Luind aveva esalato l'ultimo respiro dopo aver vissuto felicemente per cinquant'anni, un'età straordinaria per un pesce umano. Continuava a vivere nel ricordo, ma anche in modo più concreto: essendo un essere ermafrodito, si era riprodotto con se stesso e aveva trasmesso quella capacità ai suoi discendenti. Dopo molte generazioni, dalla sua stirpe era nato un essere destinato a compiere una nobile missione. Per tale motivo veniva istruito dall'immortale Wyverna, che vegliava sui figli e sui nipoti di suo «figlio».

Frattanto Phuram e Datura, il sole e la luna, erano diventati nemici, e gli esseri umani, che fino ad allora li avevano adorati entrambi, si divisero in fazioni. Nel regno centrale, governato dagli imperatori, si delinearono a poco a poco due gruppi. I Sundari, che veneravano Phuram, temevano l'oscurità e credevano che i raggi della luna potessero spingerli sull'orlo della pazzia, mentre i Selenari, i seguaci di Datura, non uscivano più alla luce del giorno perché Phuram, pieno di superbia, scagliava i suoi strali dorati su chiunque non s'inginocchiasse al suo cospetto. Poiché l'imperatore era considerato l'incarnazione del dio del sole e aveva una predilezione per i Sundari, i Selenari non avevano vita facile, ma restavano fedeli all'adorazione di Datura.

Nemmeno i draghi vivevano più in pace tra loro, bensì cercavano di scavalcarsi a vicenda. Mentre si avvicinava il periodo aureo degli esseri umani, quasi tutti i draghi, nelle loro infinite varietà, erano poco più di bestie selvatiche: lucertole giganti che popolavano il deserto, le fredde caverne montane e le cavità incandescenti dei vulcani. Pochi avevano conservato la loro saggezza e grandezza originarie, e molti erano impegnati in cruenti scontri coi loro simili.

A odiarsi e detestarsi erano soprattutto i focosi Rachmanzai del Sud e gli algidi Muden Gamul dell'estremo Nord, i Draghi Purpurei e i Corni di Ghiaccio. I Muden Gamul spalleggiavano Zarzunabas ed erano diventati suoi vassalli, mentre i Rachmanzai avevano stretto una solida amicizia con un popolo meridionale di uomini bianchi così astuti, perfidi ed esperti di magia nera da essersi meritati il nomignolo di Stregoni degli Inferi. Strani esseri si erano trasferiti nella città abbandonata dei leonindaco e vi avevano abitato finché il tanfo dei cadaveri non li aveva allontanati e le case erano crollate. Nel regno dei Makakau molti draghi vivevano ancora nelle grotte del tavolato e nelle gole boscose e inaccessibili, e andavano d'accordo con gli uomini marroni, ma Zarzunabas era sicuro che prima o poi avrebbe trovato il modo di porre rimedio anche a quella penosa situazione.

Non appena poteva, aizzava i draghi gli uni contro gli altri, e avrebbe voluto vedere i loro eserciti che si affrontavano in guerre sanguinose. A impedirlo, tuttavia, era Phuram, che proteggeva l'impero al centro di Chatundra - come gli esseri umani chiamavano Murchmaros -, dove il suo culto era più diffuso. Il suo volto incandescente e i suoi raggi intensi avevano costretto i Rachmanzai a ritirarsi nelle viscere dei vulcani e i Corni di Ghiaccio a rifugiarsi dietro il titanico bastione dei Toarch kin Carrachon. Il suo potere cominciava però a vacillare. Quando Zarzunabas consultava la Clessidra delle Stelle, che rivelava il futuro ai saggi e agli esperti, vedeva arrivare una nube cosmica da oriente. Nera come la pece, avrebbe oscurato il volto di Phuram e, in quei sette giorni bui, tutte le forze che il Principe del Sole teneva ancora in scacco si sarebbero disgregate inesorabilmente...

PARTE PRIMA

# L'EPOCA DEGLI ESSERI UMANI

# DEI DRAGHI E DEI LORO SERVITORI

# ANDROGINO

Sugli alti e innevati Toarch kin Luris, vicino alla costa nord-occidentale, un bambino e un vecchio sacerdote dei draghi del fuoco s'inerpicavano verso le cime spazzate da una tormenta. Erano avvolti in pellicce di lupo e volpe, perché l'aria era così pungente che la pelle umida si copriva di ghiaccio. I due viandanti solitari impugnavano bastoni nocchieruti e procedevano imperterriti benché scivolassero e incespicassero spesso sul sentiero ripido. Nel debole chiarore rosso cupo dei laghi di lava che ribollivano nei loro crateri distinguevano l'antichissima via che si snodava davanti a loro. In passato, lassù avevano regnato possenti draghi pieni di bontà e saggezza, e i loro servitori avevano costruito vie e fortezze. Nella notte dei tempi la vasta città di Zorgh sorgeva nel punto in cui i Toarch kin Luris incrociavano l'immenso bastione roccioso dei Toarch kin Mur, ma ormai l'impero dei draghi del fuoco era ridotto a un cumulo di macerie che l'occhio umano non aveva mai veduto.

Di tanto in tanto il vecchio Suramal si fermava e indicava col bastone gli enormi bassorilievi sulle pareti rocciose, cancellati quasi completamente dai venti impetuosi. Alcuni mostravano glifi ormai illeggibili, altri la rappresentazione arcaica di una bella donna alata con tre volti, e altri ancora un viso femminile con grandissimi occhi spalancati da cui uscivano dei raggi. Nei punti in cui il bagliore lontano dei crateri illuminava le pareti, i disegni parevano prendere vita.

Il vecchio sospirò con tristezza e passò delicatamente la mano nodosa sulle raffigurazioni degli dei cui nessuno faceva più sacrifici da millenni, sopravvissute solo perché la città imperiale di Thurazim distava molti giorni di viaggio e nessun inquisitore si prendeva il disturbo di arrampicarsi sui Toarch kin Luris, i Monti Ardenti, per eliminare l'effigie di Mandora.

« Androgino, riesci a immaginare un'epoca in cui questi altari si affacciavano su fruscianti foreste di cicadacee, e processioni di pellegrini gioiosi risalivano i sentieri scoscesi? Danzavano, cantavano e suonavano i tamburi, perché allora il mondo era soave. Oggi, invece, regna Tidha tan Techta, la confusione, e il mondo è distorto. Gli esseri umani mentono a se stessi e agli altri e, accecati da idee assurde, barcollano qua e là come ubriachi. I Sundari diffondono deplorevoli menzogne. Sostengono che Mandora era un mostro col corpo da serpente e con un nido di vipere gonfie di veleno al posto dei capelli, e chiamano basilischi persino i draghi più nobili e illustri, affermando che sono nati da uova deposte da un gallo e covate da un rospo. Pazzi e scellerati! Per paura della violenta Inquisizione dei Sundari gli adoratori delle Tre Sorelle si sono dispersi in tutto il Paese della Terra, del Vento e del Fuoco, dal Mar di Diamante al Mar di Giada, e possono venerare solo di nascosto coloro che hanno creato il nostro mondo dalla palla infuocata sospesa nel vuoto», disse Suramal.

«Me ne avete già parlato, Thainach», replicò il bambino dagli occhi verdi, utilizzando il rispettoso appellativo in uso per le guide sagge. «Per molti giorni e molte notti.»

Il vecchio sorrise. «Ti sei forse stancato? Ma è così che dev'essere, perché alla Triade restano solo pochi servitori fedeli, e chiunque abbracci la loro causa è prezioso. Ti ho spiegato più volte a cosa sei chiamato. Dipende tutto da te. Sei l'erede di Luind, il figlio di Wyverna, e sei colui che completa il numero e soddisfa le condizioni; senza di te, gli sforzi degli altri sono vani.» Ripeté mentalmente un verso della profezia: *In tredici son stati chiamati... Esattamente metà uomini e metà donne.*

Posò delicatamente la mano sulla spalla di Androgino, che era cresciuto tra i draghi e gli era stato affidato da Wyverna affinché imparasse a conoscere anche la natura umana. Ormai il vecchio amava i discendenti di Luind come se fossero i suoi.

L'aria diventò rarefatta, e l'arrampicata tolse loro il fiato. La foschia rossastra era così fitta che il sentiero non si vedeva quasi più. Larghe spaccature che un essere umano non avrebbe potuto superare li costrinsero ad allungare il cammino risalendo pendii scoscesi e tratti ghiacciati. Di tanto in tanto un masso che cadeva minacciava la loro incolumità. Continuarono tuttavia ad arrancare tra rocce e detriti, colmi di soggezione dinanzi all'imponenza e alla sinistra solitudine delle antichissime vette che li sovrastavano.

Il bambino aguzzò i sensi per cogliere i segnali nonostante il cappuccio di pelliccia e l'onnipresente mugghiare del vento. Esperto nella comunicazione col soprannaturale, percepiva i più lievi movimenti: una vibrazione che preannunciava sciagure, e un alito gelido che soffiava sopra il passo e non dipendeva da cause naturali. Gli parve di avvertire un leggero odore, un tanfo pungente e nauseabondo che non aveva mai sentito prima. Sembrava che provenisse da un acquitrino, ma tutt'intorno vi erano solo pietre fredde e brulle.

Aveva anche l'impressione di udire un debole suono provenire dalla città in rovina, un ronzio sordo simile a quello di un nido di vespe, e gli parve di captarlo con organi diversi dalle orecchie, assordate dalla tempesta. Sapeva che il Principe Cadavere aveva ordinato alle sue creature di vagare nella regione tra il fiume invisibile Kao e i Monti Urlanti, e senza dubbio quegli esseri erano stati là, magari persino coi tre re dei basilischi. A giudicare dal puzzo che continuava ad aleggiare nell'aria nonostante la tormenta, non doveva neppure essere trascorso molto tempo. La loro presenza era il motivo per cui Wyverna aveva dovuto rinunciare ad accompagnare Androgino nella sua avventura: la rete di malvagità che Zarzunabas aveva steso sopra la regione antistante i monti era così fitta e buia che nessun drago poteva attraversarla.

Finalmente il sacerdote e il bambino raggiunsero gli edifici della città morta. Androgino era cresciuto tra i draghi nella casa di Wyverna, che ora si trovava nel regno dei Makakau; nel bagliore scarlatto dei laghi di lava notò dunque che l'architettura di Zorgh era stata chiaramente influenzata dalla natura e dalle azioni di quegli esseri. Gli ornamenti a forma di ventaglio, simili ad ali dentellate, erano ancora riconoscibili persino tra le macerie. L'elemento architettonico più frequente erano le piramidi, il simbolo della Triade, decorate di linee irregolari e labirintiche che riproducevano la terra vista da un drago in volo, coi suoi fiumi, campi e coste. Erano forme semplici, nobili, arcaiche e dense di significato, come conveniva alla natura dei draghi del fuoco.

I passi dei due viandanti echeggiarono nella stanza semibuia che un tempo era stata la camera della sentinella. All'interno regnava un'atmosfera opprimente, e nell'aria si respirava una minaccia invisibile. Il locale puzzava come se contenesse qualcosa in via di decomposizione, ma non si vedeva nulla, e lo attraversarono il più rapidamente possibile.

«Androgino, sai bene perché Wyverna ti ha condotto da me», disse Suramal quando si ritrovarono tra gli edifici e lo strepito della tormenta smise di assordarli. «Hai imparato molto da lei, e so che conservi tutto nella tua mente e nel tuo cuore. Sei uno degli esseri umani chiamati a svegliare Mandora e le sue sorelle. Sei nato sotto il plenilunio e porti l'Artiglio di Drago, il simbolo della Triade.»

Con un gesto delicato e riverente sfiorò i tre segni rossi sulla fronte del bambino, piccoli come chicchi di melagrana e disposti a formare un triangolo equilatero. «La veggente ti ha educato con cura affinché tu possa portare a termine questo compito. Questa notte faremo sacrifici coi nostri compagni e canteremo i canti tradizionali in onore delle Tre Sorelle, poi dovrai incamminarti da solo verso Luifinlas. Dovrai procedere velocemente e senza farti notare, perché hai molti nemici intenzionati a impedirti di raggiungere la meta. Drydd e i suoi spaventosi figli sono assetati di potere, come anche gli Stregoni degli Inferi nel Sud.»

«Il mio cuore è pronto, Thainach, ma sapete quanto è debole il mio corpo», disse il bambino. «Mi è costata molta fatica salire fin quassù, e non so se avrò la forza per affrontare una peregrinazione così lunga.»

In effetti Androgino era gracile e deforme, con le spalle curve e il volto pallido e malaticcio, incorniciato da lunghe ciocche di capelli neri. Tutti i discendenti di Luind erano fragili a causa del sangue di pesce umano che scorreva nelle loro vene.

«Non l'avevo dimenticato», replicò Suramal, ed estrasse dalla veste una piastrina metallica non più grande di una moneta. «Me l'ha data Wyverna affinché tu abbia energia a sufficienza, resti incolume e non venga aggredito dai demoni del deserto e da altri spiriti. Ti conferirà un altro aspetto finché non avrai raggiunto la strada buia e la camera del drago.»

« Allora non avete dubbi che Kulabac sia ancora al suo posto? » domandò il bambino, curioso.

Suramal ridacchiò dietro la barba. « Lo so io, lo sanno i draghi più nobili e lo sa anche Zarzunabas, che dispera ma non può farci nulla. L'antico signore è al sicuro nel suo nido sotterraneo e non ha paura dei nemici, perché conosce alla perfezione le fondamenta delle montagne, giù fino all'oceano buio e caldo che ribolle sopra i fuochi degli abissi. » Tacque e allungò la mano, sollevando la luce per mostrargli che cosa teneva sul palmo grinzoso. « Guarda! Infilati in bocca questa piastrina di metallo. Finché la terrai nascosta dietro i denti, sarai un mostro cui nessuno oserà avvicinarsi. Se la sputi, riacquisterai le tue sembianze umane. Ma ora vieni, tra poco saranno qui. »

In effetti, nel cielo si accesero diverse strisce infuocate: dapprima solo due o tre, poi sempre di più man mano che arrivavano draghi da tutte le direzioni. La notte gelida diventò calda e luminosa grazie ai fuochi che ardevano ovunque, e di lì a poco Androgino si ritrovò fra una vivace moltitudine di draghi rossi, verdi e oro appartenenti ai popoli più svariati. Draghi della terra, del fuoco e dell'aria si mescolavano tra loro, l'uno più splendido dell'altro. Alcuni avevano tre teste, altri due paia di ali rivestite da una membrana così delicata e lattiginosa da essere traslucide. Vi erano leggiadri wyrm blu, che assomigliavano a serpenti e non sapevano camminare ma solo strisciare; altri esemplari che ricordavano leoni alati dalla lunga coda squamosa; e poi draghi del fuoco chiazzati di rosso e arancione, draghi delle gallerie verdi e oro e via discorrendo. Androgino non riusciva a smettere di ammirarli, perché brillavano come cento forzieri di pietre preziose. Tra la folla correvano i loro servitori umani, intenti a ridere, danzare e intonare canti in onore di Mandora. Il bambino alzò le braccia e cantò con loro, pieno di un fuoco interiore che riscaldò e rafforzò il suo fragile corpo.

I draghi gioirono quando videro il primo essere umano chiamato a liberare le Vergini Madri. La presenza di Androgino indicava che il periodo dell'ira di Majdanmajakakis volgeva al termine e che, purché i Tredici compissero la loro missione, stava per spuntare una nuova alba. Nessuno voleva pensare all'eventualità che fallissero.

I fuochi rosa arsero per tutta la notte, e nella città morta echeggiarono i canti in onore della Triade e della luna.

Sul far del giorno un animale superò il punto più alto del valico, dirigendosi verso il baratro sul lato opposto. Era lungo cinque passi e aveva le sembianze di un leone, col pelo scarlatto e macchiettato. Aveva un viso umano con bellissimi occhi di un verde luminoso, tre file sovrapposte di denti affilati e una coda costellata di aculei che finiva come quella di uno scorpione.

# DRAGHI E NARRATORI A MESQUIT

Mesquit, un minuscolo villaggio di pescatori, sorgeva nel punto in cui i ripidi pendii dei Toarch kin Luris scendevano fino al mare. Quell'ultimo avamposto settentrionale dell'umanità era solo un mucchietto di casupole in pietra, riunite intorno alla casa comune come pulcini impauriti intorno a una gallina. S'incuneavano tra i fianchi desolati dei monti e una spiaggia sabbiosa dove rumoreggiavano senza sosta le fredde onde del Mar di Diamante.

Là un'aspra e coraggiosa razza umana conduceva una vita di stenti, cibandosi di pesci, granchi, orzo duro e acidule bacche rosse che crescevano negli angoli riparati delle gole. Gli abitanti avevano dovuto ricostruire le case più di una volta a causa di frane o uragani, ma l'avevano sempre fatto con la testardaggine incrollabile con cui strappavano al mare gelido i suoi frutti. Per proteggersi dalle forze della natura, avevano innalzato casupole così ravvicinate che l'intero Mesquit era quasi un unico edificio, con vicoli coperti e angusti su cui si affacciavano minuscole finestre. Verso l'esterno, le costruzioni rivolgevano facciate cieche al mare e alle montagne. Chi mai avrebbe voluto aprire una finestra da cui entrassero raffiche glaciali o spruzzi d'acqua ogni volta che le onde si frangevano contro i muri del porto?

Iarwain e Gillina avevano appena finito di fare il bucato e si alzarono con un sospiro di sollievo. I due giovani, esili e modesti, avevano le mani arrossate e mezze congelate, la schiena indolenzita e lo stomaco vuoto, ma, quando sollevarono le ceste, si guardarono e sorrisero. Che importanza avevano il freddo, il mal di schiena e la fame quando il bucato offriva a due innamorati l'opportunità di trascorrere insieme qualche ora tranquilla?

Erano entrambi servitori nella casa della più anziana del villaggio, verso cui ora si diressero nel crepuscolo purpureo. Non vedevano l'ora che calasse la sera. Per quanto a Mesquit le giornate fossero faticose, le serate erano piacevoli, perché tutti si riunivano nella casa comune per mangiare, tessere, lavorare a maglia, rammendare le reti e raccontare storie. Il fuoco ardeva nel camino di pietra al centro della stanza, e i gatti si acciambellavano là davanti per consumare gli avanzi; si arrostiva il pane d'orzo nel tegame, si cucinava la zuppa di molluschi, e ci si poteva abbuffare di pesce essiccato, perché gli abitanti di Mesquit - fossero essi padroni o servitori - sapevano di dipendere gli uni dagli altri.

Iarwain, un giovane dalla corporatura gracile e dagli occhi tristi, sembrava assai più grande di quanto fosse in realtà. Poiché non era adatto per fare il pescatore o il cacciatore, era stato castrato prima di raggiungere la piena virilità - come si usava a Mesquit - e, come tutti i suoi simili, veniva annoverato tra le donne. Si vestiva anche come loro, con una veste blu che, formata da camicia e pantaloni, gli copriva tutto il corpo ed era legata sul petto da nastri. Talvolta si sentiva offeso, perché la sua inclinazione non era mai stata quella di diventare una donna, ma d'altra parte quella condizione gli permetteva di passare le notti nella camera di Gillina. Di giorno, davanti agli abitanti del villaggio, la ragazza lo chiamava «sorella», come imponeva l'usanza, ma di notte lo stringeva a sé come se volesse inghiottirlo e lo chiamava «mio principe-drago», finché Iarwain non sentiva che il coltello non era riuscito a togliergli tutta la virilità.

Sotto il ponte coperto che si allungava sopra il ruscello si scambiarono un bacio fuggevole e furtivo, perché era proibito amoreggiare durante l'orario di lavoro, quindi si affrettarono a entrare nella casa, il cui timpano era impreziosito da due teste di drago incrociate. Anche se il duro lavoro lasciava loro poco tempo per sacrifici e pellegrinaggi, i Mesquitani erano stati adoratori dei Draghi d'Ambra, e in un certo senso li veneravano ancora pur dovendo il loro sostentamento a Drydd.

La comunità si stava già riunendo sotto i nudi travicelli del tetto, verso cui salivano spirali di fumo e da cui i gatti osservavano comodamente la scena. Iarwain e Gillina s'intrufolarono dentro e, non appena ebbero posato le ceste e steso la biancheria, si riempirono una scodella e si ritirarono rispettosamente nell'angolo dei servitori, dove, dopo mangiato, ripresero il loro lavoro comune: stavano cucendo una calda coperta formata da tante pezze. Era un'occupazione piacevole, che offriva loro la possibilità di sedere fianco a fianco sotto il largo telo.

Fuori, il vento fischiava e le onde si frangevano contro i muri del porto, ma i Mesquitani erano al caldo e al sicuro. Come tutti i piccoli villaggi isolati, di notte Mesquit sprofondava in un'oscurità assoluta. Sulla spiaggia e nelle gole era così buio che non si vedeva a un palmo dal naso, e la luce era scarsa persino nelle case. Le candele erano costose, perciò si lavorava al chiarore del fuoco che bruciava in un forno al centro della stanza. Si raccontavano storie di famiglia che risalivano all'epoca dei progenitori, e avvenimenti emozionanti come le frane e le maree sizigiali venivano infiorettati senza sosta.

Quando il fuoco si spense, arrivò il momento delle storie paurose. Le vecchie raccontarono dell'Uomo della Nebbia, che infilava i bambini nel suo sacco quando li sorprendeva da soli sulla spiaggia, e poi di un orribile mostro che si accovacciava dietro le rocce durante la notte e uccideva le coppie intente ad amoreggiare. Un uomo ricordava con esattezza che suo nonno era stato avvicinato da un pescatore sconosciuto su una scogliera. Quando il forestiero gli aveva teso la mano, il vecchio era stato così astuto da porgergli il manico dell'arpione, ma ciò non aveva impedito all'altro di carbonizzargli tutte e cinque le dita.

Gillina sussurrò all'orecchio di Iarwain: «Questa notte avrò una paura terribile. Dovrai stringermi forte, amore».

«Sì, certo», promise il giovane, che pensò con angoscia all'eventualità di dover uscire di casa per urinare. E se avesse incontrato un mendicante che voleva stringergli la mano?

Le storie raccapriccianti parevano non finire mai. I presenti cominciarono a parlare di Zorgh, che persino i più anziani conoscevano come una lontanissima città in rovina, e delle riunioni che i draghi e i loro servitori vi tenevano più volte l'anno. Nessuno l'aveva tuttavia veduta coi propri occhi, perché ai bambini era vietato guardare dalla finestra quando le code infuocate comparivano sopra le vette e Zorgh risplendeva di una luce rosa. Anche se a radunarsi erano i seguaci dei draghi del fuoco - animali di origini nobili e illustri che erano bendisposti nei confronti degli esseri umani -, non era consigliabile spiarli e ficcare il naso nelle loro faccende. L'unico drago che i Mesquitani conoscessero era il burbero e vecchissimo Knucker, che ogni tanto, quando era di buon umore, svolazzava barcollando intorno alla sua torre di pietra.

In alcuni casi, tuttavia, un bisnonno o un antenato ancora più lontano era riuscito a spiare un incontro notturno, e quelle storie già ripetute centinaia di volte venivano narrate ancora con dovizia di particolari.

« Il mio trisavolo faceva il cacciatore e, in una notte di mezza estate, si smarrì tra le gole, giungendo a Zorgh senza volerlo », disse una donna mentre i suoi ferri da maglia tintinnavano senza sosta e la sciarpa sulle sue ginocchia si allungava sempre di più. « Rimase inorridito quando, avvicinandosi alla città, vide che tutte le finestre erano illuminate e nei cortili ardevano fuochi scintillanti. Si nascose subito tra le macerie di una casa e, terrorizzato, spiò fuori. Lassù era pieno di draghi - neri, turchesi, rossi, gialli, rosa -, ed erano tutti comodamente sdraiati come gatti su un forno, intenti a conversare tra loro. Avevano portato vino e arrosto, pane bianco e dolci, tanto che al mio trisavolo venne l'acquolina in bocca, anche se non sarebbe uscito dal suo nascondiglio per nulla al mondo! Sapeva che i draghi del fuoco non amano i pescatori e i marinai perché li considerano amici di Drydd. »

Iarwain, che ascoltava con molta attenzione, si domandò che cos'avrebbe fatto al posto del trisavolo. Sapeva di essere debole e pauroso, ma i draghi lo affascinavano così tanto che talvolta credeva di vederli nelle nuvole, e in un'occasione aveva veduto davvero un Mirminay, anche se non ne aveva parlato con nessuno a eccezione di Gillina. Gli abitanti del villaggio lo ritenevano un idiota. Avrebbero detto che si era addormentato durante il lavoro e che, almeno per quanto riguardava la trasformazione, aveva sognato ogni cosa. Tutti, infatti, avevano veduto il cantastorie che era giunto al villaggio. Avevano conversato con l'uomo grasso e gioviale di nome Vauvenal, gli avevano offerto acquavite e un pasto abbondante e avevano ascoltato per tutta la sera i suoi racconti e i suoi canti meravigliosi. Iarwain, che raccoglieva bacche dietro un cespuglio, era tuttavia stato l'unico a vedere che, non appena il forestiero si era lasciato alle spalle il villaggio e aveva raggiunto la fine della gola, si era tramutato in uno splendido drago con le ali blu cobalto e una corona candida. Da allora aveva sognato spesso che lo sconosciuto tornasse e si mostrasse ancora in quelle sembianze sorprendenti.

Intanto la donna aveva iniziato a descrivere la festa nella città in rovina e a raccontare che il suo trisavolo aveva anche udito i draghi ordire piani per rovesciare Phuram e riportare le Tre Sorelle sul Trono delle Stelle. Avevano discusso di molte questioni importanti, difficili da comprendere per un uomo semplice: profezie in libri antichissimi e quasi dimenticati, cambiamenti nelle orbite degli astri, segni misteriosi e molte altre cose di cui il trisavolo non aveva capito niente. Alla fine, quando era spuntata l'alba, i draghi erano volati via caricandosi i servitori sulla schiena. Avevano tuttavia lasciato gli avanzi della cena succulenta, cosicché il viandante aveva potuto rifocillarsi prima di cercare la strada di casa.

«Si dice che in molti deserti e gole desolate vivano i sacerdoti segreti dei Draghi d'Ambra, uomini e donne dotati di poteri magici, che si conoscono tutti e si scambiano messaggi per favorire il ritorno delle Vergini Madri», aggiunse un vecchio quando la donna ebbe finito. «Avete mai sentito parlare di Suramal, l'eremita che vive sul Passo di Kauna?»

«Non è morto da tempo? Era già anziano quando io ero bambino», intervenne un altro.

«Può darsi, ma la forza dei laghi di fuoco lo tiene in vita. Si dice che una volta l'anno s'immerga nudo nella lava e ne esca ringiovanito.»

«A ogni modo è un sacerdote dei draghi, e ve ne sono anche altri, che tuttavia vivono nascosti. L'imperatore ha minacciato di morte tutti coloro che offrono sacrifici alle Vergini Madri.»

Quella minaccia, però, non spaventava nessuno. Per i Mesquitani l'imperatore era una figura così nebulosa che talvolta dubitavano persino della sua esistenza, benché i mercanti affermassero che esisteva davvero. Chiunque poteva andare a vederlo, purché non si lasciasse scoraggiare dal pensiero di valicare i Monti Ardenti e affrontare le insidie dei deserti. Gli abitanti del villaggio pensavano tuttavia che non ne valesse la pena, così restavano dov'erano e ignoravano l'imperatore, i suoi sacerdoti e i suoi cavalieri.

Iarwain aveva già sentito parlare del sacerdote dei draghi, e anche dello strano bambino dagli occhi verdi di cui non si sapeva se fosse maschio o femmina. Di tanto in tanto, quando la nostalgia dei draghi gli straziava quasi il cuore, pensava di rintracciare l'eremita e di pregarlo di condurlo da loro. Aveva riflettuto a lungo sul suo piano. I draghi avevano dei servitori, gliel'aveva confermato anche la storia che aveva appena udito. Dunque dovevano aver bisogno di qualcuno che cucinasse, tenesse pulite le grotte e lucidasse loro le squame. Naturalmente, Iarwain e Gillina erano troppo umili per i draghi più nobili, ma non aveva forse sentito dire che ne esistevano anche di più modesti? L'idea era tuttavia così audace e bizzarra che, quando gli era venuta in mente, aveva avuto paura di se stesso. Così, assalito dal rimorso, si chinò sulla coperta e continuò a cucire con foga.

# IL COMPLOTTO DEGLI STREGONI DEGLI INFERI

Nel cuore di Thamaz, la lugubre capitale delle Isole Vulcaniche, sorgeva un palazzo di marmo rosso, denominato la Casa delle Mille Torri. Si stagliava contro il cielo come il corno di una vetta rocciosa, insieme splendido e sinistro. Colonne e cornici contorte decoravano le sue mura, che recavano le immagini di mostri spaventosi: tritoni, rospi e sfingi, arpie e gargoyle dalle forme oscure e raccapriccianti, che guardavano giù dalle torri cacciando fuori la lingua e facendo gestacci.

In quel palazzo risiedeva da millenni la dinastia dei Mokabiti, un'antica stirpe potente e famigerata che generava individui scaltri e corrotti, in gran parte appartenenti all'Ordine degli Stregoni degli Inferi. In passato avevano servito apertamente le forze del male, ma, da quando a Thurazim era cresciuta l'influenza dell'imperatore, avevano finto di rinnegare la magia nera, che tuttavia continuavano a praticare di nascosto. A ogni novilunio s'incontravano in una sala del palazzo per fare sacrifici, ordire piani e sostenere conversazioni segrete coi Rachmanzai, che lo splendore di Phuram aveva costretto a rintanarsi nelle camere magmatiche dei vulcani. Un tempo i loro avi avevano occupato una posizione elevata nell'ordine naturale, ma poi avevano assorbito la natura cupa, avida e spietata del mondo materiale. L'unica cosa che distingueva ancora i Rachmanzai dagli ingenui grolm e dai draghi dell'acqua era la loro astuzia demoniaca.

La sala in cui si tenevano gli incontri segreti era arredata secondo un gusto assai originale. Vi erano statue e quadri che testimoniavano il potere e lo splendore dei Rachmanzai e dei loro alleati umani. Gli occhi e la mente impiegavano qualche istante per abituarsi alle decorazioni grottesche, agli elaborati arabeschi delle tappezzerie e alle avvincenti raffigurazioni degli affreschi e dei ritratti. Quegli orribili ritratti si adattavano perfettamente ai colori sgargianti degli arazzi e dei rivestimenti e al profumo inebriante emanato dall'incenso gettato sui carboni accesi.

Lungo le pareti erano allineati dodici draghi simili alle figure di una scacchiera troppo grande, ciascuno intagliato in una diversa pietra preziosa. Rappresentavano i Rachmanzai, che non potevano partecipare all'incontro di persona, perché la sala non ne avrebbe ospitati più di due. Quando gli assenti venivano interpellati, inviavano i loro pensieri alle statue, e queste ultime parlavano al loro posto.

Nella stanza, arredata sontuosamente ma illuminata solo da deboli lampade colorate, ogni cosa pareva distorta e circondata da un'aura malvagia. Anche gli esseri umani che si riunivano là dentro erano segnati dalla decomposizione, e un osservatore esterno avrebbe avuto l'impressione di assistere a un raduno di cadaveri imbellettati.

Su un trono era appollaiato un uomo decrepito, il capoclan. Aveva una faccia rigida e incolore, devastata da una vita sfrenata e dissoluta. Al suo fianco sedevano due dame d'alto rango, le sue sorelle: una, grassa e asmatica, carica di perle e pietre pacchiane; l'altra, magra, con un viso smorto e scimmiesco sempre contratto in una smorfia nervosa. Tutti quegli uomini e quelle donne, che indossavano sfarzosi vestiti di seta e velluto, merletti e passamani, apparivano avvizziti e giallognoli. Avevano la pelle sepolta sotto uno spesso strato di cipria e costellata di nei finti a forma di palme, farfalle e uccellini, che spesso nascondevano pustole purulente.

All'insaputa degli abitanti dell'impero e del Nord, a Thamaz cresceva una stirpe di perfidi ibridi chiamati «nefri», che univano in sé le caratteristiche peggiori dei draghi e degli esseri umani. Era sufficiente guardare i Mokabiti per capire quanto fosse stretta la loro parentela coi Rachmanzai: i pantaloni di velluto alla zuava avevano una fessura sul sedere per fare posto a una coda squamosa lunga un cubito. Altri indossavano preziose finanziere ricamate e provviste di aperture posteriori guarnite di passamani, da cui spuntavano due ali membranose, e altri ancora avevano accenni di corna sulla fronte o piedi deformi e grossolani che ricordavano da vicino le zampe dei draghi. Quelle particolarità, tuttavia, non erano considerate difetti, bensì segno di una grande quantità di sangue dragonesco nelle vene.

A prescindere da quanto fossero umane le loro sembianze, portavano parrucche tinte di porpora i cui rigidi riccioli artificiali scendevano loro fino alle spalle, e tutto l'oro con cui erano riusciti a adornarsi il collo, le braccia e le dita. In tutto il Paese della Terra, del Vento e del Fuoco non vi era nessuno che amasse l'eleganza quanto gli aristocratici mokabiti. Amavano agghindarsi e camminavano impettiti come galli in un pollaio, imitati, per quanto possibile, dalla gente comune.

Si attiravano così lo scherno e il disprezzo dei Sundari, che trovavano ridicola tutta quella pompa, ma quella era la loro natura. Forse l'avevano acquisita mediante i loro stretti rapporti coi Rachmanzai, imbattibili in fatto di vanità e avidità. A Thamaz i draghi e i maghi erano un cuore e un'anima, perché erano accomunati non solo dalla predilezione per l'oro e il lusso, ma anche dall'odio verso Phuram e il suo rappresentante terreno, l'imperatore.

In quella notte di novilunio la sala offriva lo spettacolo consueto. A una parete si trovava un gigantesco specchio diviso in tre parti che raddoppiava e triplicava le immagini degli invitati coi loro vestiti variopinti. Gli aristocratici mokabiti, seduti o distesi su morbidi cuscini sparpagliati su spessi tappeti, fumavano narghilè mentre i servitori si spostavano qua e là offrendo vino e dolci. Poi i servitori si ritirarono e, dopo aver spento le lampade, alcuni iniziati accesero un fuoco aromatico che, da un tripode, rischiarò la sala con una luce tremolante.

Il conte Nestore - un giovane dalla bellezza ricercata, con lo sguardo freddo e i tratti di un bellimbusto altezzoso - represse uno sbadiglio mentre si svolgeva la solita cerimonia fatta d'inni e sacrifici. Trovava del tutto superfluo adulare in quel modo i Draghi Purpurei; dopotutto questi ultimi non volevano dagli esseri umani meno di quanto gli esseri umani volessero da loro. Si trattava tuttavia di un'usanza antichissima, e suo zio se la sarebbe presa molto a male se avesse notato la sua disattenzione. La « parrucca incipriata », come Nestore chiamava in tono sprezzante il capo della famiglia (anche se solo nei suoi pensieri), teneva molto ai rituali in onore dei draghi e dedicava intere notti a disegnare pentagrammi e recitare formule tratte da libri muffosi.

Quando Nestore fece vagare lo sguardo sulla stanza, scorse due giovani che, poco distante, parevano annoiarsi quanto lui. Senza dubbio erano membri della famiglia, altrimenti non sarebbero stati là, ma la rete dei Mokabiti era così intricata che era impossibile ricordare tutti i cugini e le cugine alla lontana. Con molta probabilità vivevano in una regione così remota da poter partecipare solo raramente alle riunioni di famiglia.

Erano entrambi assai affascinanti. Vestiti all'ultima moda, con un'eleganza che rasentava la leziosità, avevano i capelli lunghi acconciati con cura ed erano avvolti da una nuvola di profumo nauseante.

Nestore, che aveva voglia di un diversivo, cambiò posto senza dare nell'occhio e si avvicinò. « Benvenuti, fratelli », sussurrò. « Purtroppo al momento non ricordo chi siate. »

Il più grande, un tipo slanciato coi capelli ondulati di un biondo chiarissimo e con un viso spigoloso su cui scintillavano occhi intelligenti, lo studiò da sotto le palpebre pesanti e gli tese una mano floscia. Era fredda e un poco umida, come accade spesso alle mani dei libertini. L'altro, un ragazzo dall'aria malinconica, con folti capelli castani e occhi scuri, gli rivolse un cenno sonnacchioso. Avevano occhi luccicanti con pupille minuscole, un chiaro segno che non disdegnavano l'olio di boccamiele. Il biondo disse che si chiamavano Casim e Rasko, e che appartenevano a un lontano ramo della famiglia.

Nestore ricordò di averli già visti. All'epoca, però, erano ancora bambini e non erano ancora stati segnati dalla dissolutezza. Ora avevano il volto rovinato dai vizi, il che non era tuttavia raro tra i Mokabiti.

Quando vi fu una pausa tra la cerimonia generale e quella speciale, il conte cedette alla curiosità e, approssimatosi a una cugina famosa per la sua profonda conoscenza degli affari di famiglia, la interrogò con noncuranza sui due strani ospiti.

L'altra gli rispose subito. Casim e Rasko avevano partecipato alla riunione perché, per ordine del capoclan, sarebbero dovuti andare a Thurazim per fare visita alla loro cugina, l'imperatrice. Erano stati scelti perché erano giovani e belli e avevano modi cortesi. Dopo essere riusciti a maritare una delle loro figlie più avvenenti, la principessa Iwara, con l'imperatore dei Sundari, i Mokabiti tenevano molto a fare buona impressione sulla casa imperiale. Il piano era infiltrarsi nella corte di Thurazim e allo stesso tempo intervenire nel Sud con tutta la violenza possibile.

Pareva tuttavia che i due giovani fossero assai più dissoluti di quanto ci si aspettasse normalmente dai rampolli più viziosi di quella famiglia abietta. Di giorno dormivano e di notte si abbandonavano a piaceri d'ogni genere, recandosi sia ai ricevimenti più raffinati sia nella Fossa del Serpente, il quartiere più malfamato di Thamaz. Laggiù la feccia della città viveva in case storte e muffose che si appoggiavano l'una all'altra come se intendessero crollare al più lieve alito di vento. Prostitute e prostituti vagavano come accattoni per i vicoli puzzolenti, e i bambini rubavano o fingevano di essere storpi per racimolare qualche soldo sfruttando la compassione altrui. In quelle topaie maleodoranti e infestate dalle malattie abitavano assassini, profanatori di tombe e donne che praticavano aborti clandestini. Se ci si avventurava nella Fossa del Serpente, occorreva stare in guardia anche in pieno giorno.

I due giovani tendevano inoltre a infrangere le regole della famiglia e a schierarsi col gruppetto convinto che sarebbe stato meglio allearsi con Drydd piuttosto che coi Rachmanzai; in fondo, essendo il signore degli elementi, il drago acquatico occupava una posizione più alta nell'ordine naturale rispetto ai Draghi Purpurei, comparsi solo durante il secondo periodo della creazione. Il ragionamento non faceva una grinza, ma i Mokabiti, che erano sempre stati conservatori, erano amici del fuoco e non volevano avere nulla a che fare col freddo mare e col suo padrone.

«Ma non è tutto.» La cugina abbassò la voce e lo tirò in una nicchia dove nessuno avrebbe potuto origliare la loro conversazione. «Sii prudente, Nestore! Qualcuno ti ha veduto mentre stringevi loro la mano e rivolgevi loro la parola. Ti farai una cattiva reputazione. Si dice che siano legati a Kju, Roc e Zan, i re delle tarasque.»

Ora Nestore era davvero stupito. I Mokabiti non avevano molti tabù, ma nemmeno il peggiore tra loro avrebbe voluto avere a che fare coi re dei basilischi. Per quanto gli Stregoni degli Inferi fossero avidi, menzogneri, lascivi, vendicativi ed egocentrici, non erano ancora caduti così in basso da fare causa comune con quei mostri. Anche Nestore avvertì un'ondata di disgusto. «Se mio zio lo scopre, li farà cacciare via», mormorò.

«Naturalmente. Ma sono astuti. Nessuno li ha ancora colti sul fatto. Sono solo voci, ma i pettegolezzi hanno sempre un fondo di verità... Si dice che abbiano celebrato cerimonie indescrivibili in un tempio segreto e che, oltre ai nostri parenti, vi abbiano partecipato anche i basilischi. Se non vuoi correre il rischio di cadere in disgrazia con loro, gira al largo! Sai che tuo zio non è bendisposto neppure nei tuoi confronti.»

Il conte avrebbe voluto farle molte altre domande, ma il gong annunciò la fine della pausa, e si affrettò a tornare al suo posto. In cuor suo rimpianse di aver stretto la mano ai due sospettati e di aver parlato con loro. Ora avrebbe dovuto trascorrere diversi giorni a rabbonire suo zio e ad assicurargli che dietro quel saluto non si nascondeva nient'altro. Tarasque! Chi avrebbe potuto immaginare che alcuni membri della famiglia si fossero impelagati con la feccia più infima di Chatundra?

Frequentare quei mostri sarebbe stato un tradimento nei confronti dei Mokabiti e dell'Ordine.

Tutti sapevano che i «tre piccoli re», come venivano chiamati in tono insieme ironico e adulatorio, erano intimi confidenti del Principe Cadavere Zarzunabas. Si erano alleati coi Corni di Ghiaccio, gli acerrimi nemici dei Rachmanzai, e dunque erano anche nemici giurati dei Mokabiti.

Nestore conosceva abbastanza bene la sua famiglia per chiedersi se i sospetti nei confronti di Casim e Rasko avessero qualcosa a che vedere con la loro rispettabile missione diplomatica a Thurazim. Forse suo zio aveva già raccolto prove sufficienti e aveva deciso di mandare i traditori all'estero per liberarsene. A Thurazim vi erano molti nemici dei Mokabiti. Forse i due aristocratici sarebbero stati vittime di un attentato oppure sarebbero andati incontro a una morte ingloriosa in uno dei bordelli dell'impero.

Il gong suonò ancora, tre volte di seguito, e sulla sala scese il silenzio.

Con passi lunghi e solenni entrò un uomo a torso nudo e con la testa rasata, su cui era posato un berretto fatto col cranio e con le corna di un montone. Dalla pelle color cannella si deduceva che apparteneva al popolo dei Makakau, con cui i Mokabiti e i loro sudditi dividevano le Isole Vulcaniche più o meno pacificamente. Intorno alle spalle aveva un'enorme cappa rigida di seta plissettata rosso scuro, che simboleggiava le ali dei Rachmanzai. Era lui a creare il legame tra i draghi e i presenti. Dopo essersi inchinato davanti alle statue, si fece da parte; sarebbe stato interpellato solo se qualcuno avesse voluto parlare coi draghi.

L'atmosfera si ravvivò, e finalmente si ordì un nuovo piano ai danni dell'imperatore. Negli ultimi tempi i Mokabiti avevano provato più volte a usare la magia per liberare uno dei draghi imprigionati nelle camere magmatiche dei vulcani, e avevano anche incaricato piccoli banditi di assaltare i campi dei Sundari e rubare ciò di cui avevano più bisogno: l'oro con cui forgiare le statue sacre di Phuram. Ora, tuttavia, erano riusciti a liberare uno degli enormi Rachmanzai, e il suo compito era tutt'altro che semplice: avrebbe dovuto distruggere in un colpo solo tutta la città di Kysch, l'operoso avamposto dei Sundari.

Nestore giudicò il piano ingegnoso e applaudì con calore come tutti gli altri, ma la sua mente era altrove.

Rifletté su Casim e Rasko. Che cosa li aveva spinti a impelagarsi con le tarasque? Il conte, che non ne poteva più di farsi comandare a bacchetta da suo zio e trovava antiquato e superato il rigido cerimoniale dell'alleanza coi Rachmanzai, divenne sempre più pensieroso. Per quanto i basilischi fossero ripugnanti, erano ibridi dello stesso livello dei nefri. Erano inoltre gli unici sudditi di Drydd con cui gli esseri umani che vivevano sulla terraferma potessero entrare direttamente in contatto.

Si riscosse dalle sue riflessioni quando qualcuno chiamò il suo nome. Avendo la coscienza sporca, temette che volessero chiedergli conto del suo comportamento, ma era completamente fuori strada. L'avevano chiamato per comunicargli che, per via del suo aspetto gradevole e dei suoi modi garbati, avrebbe fatto parte della piccola delegazione in partenza per Thurazim...

# IL RITO DI EVOCAZIONE

Mentre la bella Alcina si dirigeva verso la Terrazza delle Piramidi di Thamaz, soffiava un vento caldo, un vento che avrebbe potuto portare la peste. Le stelle gialle brillavano nel cielo. L'Uovo di Drago, che seguiva fedelmente la luna, era circondato da un alone vitreo in cui pareva galleggiare come un fiore nell'acqua sporca. Stringendo forte il libretto con le formule magiche, Alcina procedeva a passo spedito, col mantello svolazzante e coi lunghi capelli scuri che le ondeggiavano dietro le spalle, una massa ricciuta e arruffata che si agitava tra le raffiche impetuose come se avesse una vita propria.

La donna raggiunse il muro dello spiazzo su cui sorgeva il tempio in rovina, aprì la porta ed entrò con esitazione in quel deserto di pietre e ghiaia. Il tempio e le cappelle antiche, grigioneri e decorati d'iscrizioni dorate, si stagliavano silenziosi nell'oscurità. Gli allori accarezzati dal vento intonavano canti notturni, mormorii sinistri che parlavano di cose inenarrabili.

Alcina rabbrividì nonostante l'aria calda, ma l'impazienza fu più forte della paura. Si affrettò a salire su una delle lastre di marmo che riflettevano debolmente i raggi della luna e si tolse i vestiti, facendoli cadere in un mucchietto floscio sul bordo della tomba. S'inginocchiò e pronunciò con voce lenta e incerta l'invocazione scritta in rune purpuree e irregolari nel libretto.

Era una formula potente, perché Alcina era un'eletta tra le donne che si accoppiavano coi Rachmanzai. Sul corpo recava l'Artiglio di Drago, che faceva di lei uno degli esseri umani chiamati a liberare Mandora, la creatrice di Phuram e Datura, dall'onta della cecità e della prigionia. Adesso era pronta a rinnegare quella vocazione, a sottrarsi al compito assegnatole dal destino e a spezzare qualsiasi legame con la Triade purché Iwara, che sedeva sul trono imperiale di Thurazim, mantenesse la sua promessa. Quello, infatti, era il prezzo che Alcina aveva preteso dagli Stregoni degli Inferi per rifiutare la sua nobile vocazione di salvatrice delle Tre Sorelle...

Di lì a nove mesi avrebbe partorito un maschietto o una femminuccia. Si avvicinava il momento in cui Phuram sarebbe stato oscurato e i Rachmanzai non avrebbero più dovuto temere la luce del suo volto. Avrebbero sfruttato il periodo di penombra per uscire dalle loro tane sulle Isole Vulcaniche e mettere in atto i loro piani. Dapprima avrebbero colpito gli abitanti di Thurazim con la peste e la guerra, sterminando il superbo imperatore umano e tutti i suoi sudditi. Poi avrebbero combattuto contro i bianchi Corni di Ghiaccio del Nord fino a eliminarli tutti. Allora il mondo sarebbe stato loro, e il figlio di Alcina - col suo portamento nobile, con la sua figura perfetta e lo stesso cuore freddo e ribelle del padre - li avrebbe governati dal Polo Sud al Polo Nord. Ad architettare quel piano era stata Iwara, di cui Alcina era stata cameriera e buona amica prima che l'imperatrice si trasferisse a Thurazim, e la giovane l'aveva accettato senza indugio.

Mentre pronunciava le parole maledette, le tremò la voce, perché sapeva che anche le Sorelle non erano del tutto prive di potere e che Datura sarebbe rimasta loro fedele, e temeva di vedersi infliggere una terribile punizione. Il cuore prese a martellarle nel petto quando si legò una benda intorno agli occhi, come prescriveva il rituale. L'entità che si sarebbe avvicinata nel buio non voleva essere veduta, ma solo sentita.

Tuttavia, nulla si mosse. I cespugli seguitarono a sussurrare le loro canzoni sinistre e una civetta urlò. Alcina sentì il sudore che le scorreva sulla pelle e le colava lentamente sulla schiena e sul ventre piatto. Fu pervasa insieme dalla paura e dall'impazienza mentre ascoltava i bisbigli che riempivano l'aria, senza sapere che cosa sarebbe accaduto e come sarebbe accaduto.

Fu sfiorata da una raffica afosa e puzzolente di fiori appassiti, che le procurò un improvviso brivido di repulsione. Sentì che la notte prendeva vita. Il mormorio degli allori divenne più insistente, come se gli alberi cercassero di zittirsi a vicenda. L'aria era carica di elettricità, come se stesse per arrivare un temporale, ma non cadde nessun fulmine. Si udivano solo uno scricchiolio e un debole canto, che le accarezzarono il corpo e la avvolsero come un mantello di ragnatela. Ora Alcina percepì anche il Bulemay, il Drago Purpureo, che sedeva come un ragno invisibile all'estremità della tela, perfido e possente, con occhi simili a gemme levigate.

La ragnatela vibrò, e Alcina sentì il mostro che si avvicinava, muovendo un unico minuscolo passo nella sua direzione. Si pasceva della sua impazienza angosciosa e assaporava la paura e il desiderio che pulsavano dentro di lei. La donna rabbrividì sapendosi nuda e vulnerabile, una creatura cieca e indifesa che aspettava l'attacco di un essere potente, ma togliersi la benda avrebbe significato la morte.

Il drago si avvicinò ancora, una presenza forte e oscura, e la sfiorò con gesti così delicati da essere impercettibili. Alcina udì un sussurro simile al fruscio delle foglioline di un pioppo, ma era un sussurro sensato, fatto di parole antiche e sconosciute che la spaventavano e la affascinavano allo stesso tempo. Calò il silenzio. Dai bordi della ragnatela si propagò un crepitio che parve disegnarle linee infuocate sulla pelle, o almeno quella fu la sua impressione.

Qualcosa s'infilò tra le sue gambe, ma non aveva dimensioni umane. Era troppo grande per entrarle dentro, eppure sembrò riuscirci. Anziché penetrarla, la riempì come fumo che filtra dagli spifferi e acqua che gocciola dalle fessure. Quando quell'essere sovrumano s'impossessò di lei, Alcina rabbrividì. Sopraffatta, lo percepì in ogni fibra del suo corpo. Più passava il tempo, e più aveva la sensazione che l'intruso fosse la sua natura più autentica.

«Soddisfatta?» bisbigliò una voce che non aveva nulla di umano.

Alcina sospirò di piacere. Ciò che si era impadronito di lei le pulsava negli organi e le riempiva il ventre; ne era così satura da temere che la pelle stesse per scoppiarle.

Una risata fragorosa e sprezzante le spaccò i timpani. «Hai perduto tutto, ambiziosa Alcina, e non hai guadagnato nulla!» sibilò la voce, in cui la giovane riconobbe quella dell'imperatrice. Un urlo assordante tremò sulle sue labbra e si trasformò in un grido di morte, perché un artiglio affilato come una sciabola di Nurdim le affondò nella nuca e le strappò via la testa, facendola rotolare tra le rovine del tempio, avvolta dai lunghi capelli grondanti di sangue.

# I PROFANATORI DI TOMBE

« Ecco, qui c'è l'ingresso. » Baskom, il vecchio guardiano del cimitero, sollevò la lanterna schermata e illuminò una stretta scala nascosta tra le tombe e i mausolei. In una profonda nicchia in fondo ai gradini si trovava un'angusta porta di pietra. « Ti dico che hanno seppellito Alcina con tutti i suoi gioielli, così come l'hanno trovata. Non hanno celebrato le esequie e non l'hanno imbalsamata; l'hanno chiusa nella prima tomba vuota. » All'improvviso, come se non riuscisse più a nascondere la soddisfazione, si strofinò le mani dalle dita lunghe, inumidendosi la labbra con la punta della lingua triangolare e incolore.

I due uomini erano nella parte più antica e fatiscente del cimitero di Thamaz, tra cappelle funerarie dai tetti sfondati e tombe dalle lapidi affossate che permettevano di sbirciare in abissi spaventosi. Là non arrivavano più cortei funebri, e nessuno lasciava offerte per gli spiriti dei defunti.

« Chiudi il becco. Fai un passo indietro e solleva la lanterna », ringhiò Zorban, il suo compagno. Quando l'altro obbedì, il gigante dalla barba nera infilò il piede di porco e spostò la pietra che chiudeva la piccola apertura. La lastra cedette con uno scricchiolio, e i due uomini spiccarono un salto indietro quando cadde sul pavimento. Zorban, un esperto in quel campo, aveva steso per terra un mucchio di sacchi per attutire il rumore. Starnutì forte quando fu investito da una zaffata di sangue e liquidi organici. Per quante tombe avesse già violato, non aveva mai sentito un tanfo così disgustoso. Borbottò un'imprecazione e trattenne il respiro sinché il fetore non si fu un poco attenuato. Quindi introdusse la lanterna nella tomba e fece scorrere lo sportellino per vedere meglio.

Baskom aveva detto la verità. Al centro della stanzetta vi era un sarcofago con un coperchio di pietra che doveva essere stato collocato frettolosamente, perché non era nemmeno chiuso bene. I segni di una sepoltura sbrigativa e indegna erano visibili anche altrove: le orme dei portantini sul pavimento, le gocce di sangue che avevano formato croste marroni tra la polvere, la tavola sporca su cui era stato trasportato il cadavere gettata in un angolo. Sul coperchio era dipinto un simbolo di cui i due uomini conoscevano fin troppo bene il significato: era un avvertimento per chi intendesse avvicinarsi al cadavere maledetto.

Zorban non vi badò. Infilò l'estremità del piede di porco sotto la lastra e spinse con forza. La pietra cedette con un gemito, scivolò oltre il bordo e cadde.

« La lanterna! » sibilò Zorban.

Baskom arrivò zoppicando e sollevò la luce con una mano, tappandosi il naso con l'altra. Sebbene Alcina fosse stata seppellita solo quel mattino, subito dopo il suo ritrovamento, il corpo era già in avanzato stato di decomposizione. Sul fondo della bara vi era un liquido brunastro e torbido che puzzava di marcio. Il sudario bianco era chiazzato di marrone, e così rigido che scricchiolò quando Zorban lo strappò via con un gesto brusco.

Poi l'uomo lanciò un urlo che echeggiò nella stanzetta. Baskom, che aveva guardato a sua volta nel sarcofago, mollò la lanterna e fuggì con tutta la velocità consentita dalle sue vecchie gambe artritiche. Zorban lo spinse via, superò la porta e scomparve nell'oscurità, ma non fu abbastanza rapido. Qualcosa lo sfiorò come un uccello notturno, avvolto da una nuvola di tanfo infernale, e una folta ciocca di capelli umidi spuntò dalle tenebre e gli circondò il collo. Terrorizzato, Zorban incespicò e cadde su un ginocchio. Un'altra ciocca lo tirò indietro con la forza di un braccio umano e lo gettò sul pavimento, mentre il lungo riccio che gli serrava la gola si stringeva sempre di più. Zorban cercò di divincolarsi, ma invano. I capelli spettrali si chiusero come un cappio e lo strangolarono.

Il mattino successivo uno stormo di avvoltoi che svolazzava sopra la parte fatiscente del cimitero avvertì gli altri guardiani. Corsero subito sul posto e trovarono i cadaveri di Baskom e di un certo Zorban, molto conosciuto nei bassifondi di Thamaz. Gli uccelli avevano già iniziato a mangiarli, ma era chiaro che i due uomini erano stati strangolati. Non vi era tuttavia traccia del colpevole né dell'arma con cui erano stati commessi i delitti.

# LA FUGA DELLA *ZEFIRA*

Nel porto di Kysch era ancorata una nave straniera, comandata dal capitano Osandro, che aveva portato in città stoffe e spezie e aspettava una spedizione di olio e grano. Tuttavia, più l'uomo guardava le montagne, e più dubitava che avrebbe avuto abbastanza tempo per caricare la merce.

Era una mattina limpida e soleggiata, mite e senza vento. I monti, conici e imbiancati, s'innalzavano intorno alla città e al suo porto vivace con un'aria sognante e pensierosa. Una lieve brezza sollevava la neve e faceva vorticare i suoi cristalli scintillanti intorno alle vette immacolate. Le irregolari pareti rocciose su cui il sole proiettava sfumature rosa e ocra spuntavano con la loro bellezza ultraterrena dall'orlo dei boschi di lepidodendri.

Osandro diffidava di quella pace. Il giorno prima era sceso dalla nave e, girando per le taverne, aveva udito racconti di fatti singolari. Venendo dalla città di Nurdim, sulle Isole Vulcaniche, sapeva decifrare i segni che gli abitanti di Kysch non erano in grado d'interpretare.

Da alcune spaccature sui fianchi del monte, si mormorava, erano uscite nuvole di vapore giallastro e puzzolente che avevano raggiunto la periferia. Quelle emissioni erano anche il motivo per cui un esercito di serpenti spaventati era fuggito dai boschi di lepidodendri e aveva strisciato fino in città, dove aveva morsicato diverse persone. I cacciatori narravano che un cratere vicino alla cima, prosciugato da molti anni, si era riempito d'acqua ribollente. Quelli erano cattivi auspici, ma gli abitanti di Kysch li consideravano fortuiti e insignificanti.

Osandro, che fissava intensamente la montagna immersa nella sua tranquillità ingannevole, aveva l'impressione che i pennacchi di neve intorno alla vetta più alta dello Yul si scurissero, come se al bianco luccicante si mescolasse cenere o fuliggine. Si voltò di scatto verso il timoniere.

« Musa, non conosco queste montagne, ma, se il nostro Toar Kurgas apparisse così, che cosa faresti? » domandò con voce rauca.

« Leverei gli ormeggi, alzerei le vele e fuggirei finché il vento è favorevole », rispose prontamente l'altro.

« Anche se ciò significasse rinunciare alla spedizione? »

« Signore, anche se significasse abbandonare il mio mantello e i miei sandali », disse il timoniere, asciutto.

Osandro annuì. « Ordina agli uomini di alzare le vele. »

Tutti si stupirono quando l'equipaggio della *Zefira* si rifiutò di caricare la merce già pronta sul molo. Mercanti e scrivani correvano qua e là urlando all'indirizzo del capitano.

« Che cosa? Avete paura del Toar Yul? Siete pazzo! Da anni quel monte è morto e silenzioso come una tomba. Ciò che è accaduto appartiene al lontano passato! Ieri avete forse bevuto troppo, e oggi vedete cose che non esistono? »

Osandro, tuttavia, non cambiò idea. Nonostante le lamentele, le risate di scherno e le imprecazioni dei mercanti levò l'ancora e girò la prua della *Zefira* verso il mare aperto. La nave si allontanò rapidamente dalla costa e avanzò con una spumeggiante onda di prua, seguita dalle risa e dai gesti offensivi dei perdigiorno sul molo.

Osandro non vi fece caso. Si era messo al timone e pilotava la *Zefira* tra i flutti verde scuro, mentre il vento gonfiava le vele e faceva gemere le assi. Gli uomini che non erano occupati con le attrezzature erano sul ponte e contavano in silenzio i nodi filati.

Quando si furono lasciati alle spalle l'ampio semicerchio delle montagne intorno a Kysch, il capitano Osandro si voltò ancora.

Sopra il Toar Yul si era alzata una nube color antracite in cui balenavano lampi di calore.

# LA TORRE DI GUARDIA SUL CONFINE

Sulle montagne lungo il confine tra l'impero e il regno dei Mokabiti sorgeva una torre di guardia, un edificio di dimensioni ciclopiche, perché era stato costruito da enormi mezzidraghi. Spuntava dalle rocce, alto e snello come un pilastro di basalto grigio, sostenuto da un antemurale ottagonale. La torre più elevata aveva finestre affacciate su tutti i lati. Dopo che i giganti avevano abbandonato il Paese, la costruzione era stata occupata dagli esseri umani, soldati e soldatesse dell'impero che lassù svolgevano il loro lavoro solitario. Il loro peggior nemico era la noia, perciò era naturale che si svagassero raccontandosi storie mentre andavano da una finestra all'altra e scrutavano la notte, in cui si vedevano solo le luci e il faro di Kysch a sinistra, e un lontano baluginio più a ovest, dove le torri di Thamaz si stagliavano nel cielo.

Molte di quelle storie parlavano di draghi, perché, alzando lo sguardo, le guardie scorgevano spesso un bagliore rosso durante la notte o un profilo simile a un pipistrello durante il giorno. A Thurazim non avrebbero mai osato affrontare quell'argomento. Se fosse stato per l'imperatore e i suoi sacerdoti, infatti, la parola « drago » non avrebbe più dovuto essere pronunciata. Circolavano stupide leggende: i draghi celesti, chiamati « basilischi », morivano di paura o restavano pietrificati alla vista della propria mostruosità, avvelenavano i pozzi, diffondevano malattie ed erano tanto ridicoli quanto ripugnanti. In quelle saghe le Vergini Madri erano orribili mostri con facce di bronzo, zanne da cinghiale e corpi da serpente; invece dei capelli, sulla testa avevano un nido di vipere guizzanti e i loro occhi impietrivano chiunque le guardasse.

Mentre le guardie sedevano intorno al fuoco nella camera di pietra, una di loro osservò in tono insieme serio e scherzoso: « Una volta dovremmo abbattere una di quelle creature con le nostre frecce, perché la loro carne ha grandi poteri per coloro che la sanno usare. Se si mangia il cuore di un drago, si acquisisce la capacità di comprendere il linguaggio degli animali; se s'inghiotte la sua lingua, si esce vincitori da qualsiasi alterco e, se ci si cosparge la pelle del suo sangue, si è protetti da qualunque colpo o fendente».

Un altro parlò del carbonchio che, secondo la leggenda, viveva nel cervello di un drago marino e aveva un enorme potere. «Tuttavia, non si tramuta in una pietra preziosa finché l'animale non viene decapitato; ecco perché i maghi mozzano la testa ai grolm addormentati. Gli uomini abbastanza audaci da entrare nelle caverne dei draghi vi spargono chicchi di grano imbevuti di vino dolce per stordire gli animali e, quando questi ultimi si addormentano, li decapitano ed estraggono le gemme.»

«Ascoltatemi bene!» esclamò un terzo. «La storia che sto per raccontarvi mi è stata narrata da un commilitone che è stato nel palazzo maledetto e ha veduto tutto coi suoi occhi! Là dentro vi era una stanza sempre sprangata da cui provenivano un baccano e uno strepito costanti, cosicché si era tentati di spiare dal buco della serratura, ma bisognava evitarlo a tutti i costi. E sapete perché? Ascoltatemi!

«Una volta un drago giunse in un piccolo villaggio e prese alloggio nella sua unica locanda. L'oste era un uomo povero ma onesto che aveva tre bei figli. Quando il drago li vide, pensò: *Devo averli, costi quel che costi.* La creatura poteva assumere qualunque forma desiderasse, anche le più belle e le più pure, e aveva scelto quella di un signore illustre e distinto. Quando l'oste gli servì da mangiare, lo sconosciuto si dimostrò assai gentile e disse: 'La vostra povertà mi commuove profondamente, buonuomo! Poiché non avete i mezzi necessari per far imparare un mestiere ai vostri figli, affidatene uno a me. Lo adotterò e non gli farò mancare nulla'. Alla fine, con tutta la sua capacità di persuasione e tante belle parole, riuscì a convincere l'uomo riluttante.

«Così il drago si avviò verso il suo castello col ragazzo e, quando furono arrivati, gli disse: 'Devo ripartire subito; nel frattempo abbi cura dei miei averi'. Gli consegnò tutte le chiavi della casa, compresa una piccola chiave d'oro, e spiegò: 'Non devi mai aprire la porta chiusa da questa chiave, altrimenti andrai incontro alla morte'. Quindi se ne andò.

«Per qualche tempo il ragazzo obbedì, ma, vedendo che il drago tardava a tornare, un giorno aprì l'uscio proibito e trovò un tavolo di pietra su cui giaceva una mano mozzata. Terrorizzato, richiuse la porta.

«Di lì a poco il drago ricomparve con le sembianze del signore distinto, gli chiese di restituirgli le chiavi, aprì l'uscio e domandò: 'Sei stata sola per tutto il tempo, mano?'

«'No, un ragazzo è venuto a farmi visita', rispose quella.

«Il drago andò su tutte le furie. 'Dunque è così che obbedisci ai miei ordini! Vieni con me!' urlò, e condusse il malcapitato in una segreta in cui pezzi di cadavere pendevano da grossi ganci. 'Ora sai che cosa ne sarà di te', disse, afferrandolo e appendendo anche lui.

«Quindi si ripresentò alla locanda e disse all'oste: 'Vostro figlio si trova così bene da non voler più tornare a casa, ma desidera vedere suo fratello'. Così lo convinse ad affidargli il secondo ragazzo.

«Quest'ultimo fece la fine del primo: aprì la porta, sbirciò nella stanza, la mano lo tradì e il mostro lo impiccò in cantina.

«Quando il drago andò a prendere il terzo figlio, il ragazzo intuì che non lo aspettava nulla di buono. Possedeva tuttavia un piccolo osso di morto che gli aveva già dato molti consigli preziosi, e gli domandò che cosa fare.

«'Ascolta, non avrai altra scelta se non seguire il drago, perché ha persuaso tuo padre a farti andare con lui', disse l'osso. 'I tuoi fratelli sono morti, ma, se farai come ti dico, ti salverai.' Quando furono arrivati al castello e il drago diede al ragazzo il mazzo di chiavi, l'osso gli consigliò di stare allegro e di gironzolare per le stanze lussuose. Poi aggiunse: 'Quando aprirai la porta – e so che lo farai anche se ti è stato proibito –, portati dietro il gatto'.

«Il ragazzo obbedì. Non appena aprì l'uscio, il gatto saltò dentro, afferrò la mano e la divorò. Senza mano, il drago perse il suo potere. Quando tornò e trovò la stanza vuota, riassunse le sue sembianze orrende e cadde all'istante sul pavimento, schizzando sangue ovunque.

« 'Bravo', disse l'osso di morto. 'Ora mozzagli la testa.'

« 'Non ci riesco', replicò il ragazzo, spaventato.

« L'osso di morto, tuttavia, insistette finché l'altro non obbedì.

« 'Ora prendila e gettala nel fuoco!' ordinò l'osso di morto.

« Il ragazzo, però, si rifiutò di toccare la testa cornuta e squamosa, che era diventata blu e lo fissava coi suoi occhi gialli e vitrei. In preda alla paura e al raccapriccio, la buttò nella stanza maledetta e chiuse la porta, e da allora nessuno ha mai più osato entrare là dentro. Spesso si udiva la testa che rotolava e strepitava, e di tanto in tanto pare che qualcuno abbia spiato dal buco della serratura. Quei coraggiosi hanno veduto la testa sulla mensola del camino, blu e sanguinolenta come il giorno in cui era stata tagliata. Se si accorgeva di essere osservata, saltava subito giù e si scagliava contro l'uscio, cosicché al curioso passasse la voglia di guardare dentro. »

La storia piacque molto alle guardie, perché gli abitanti di Thurazim ritenevano che i draghi si nutrissero di carne umana, preferibilmente quella di bambini teneri e innocenti.

« Tuttavia ho sentito dire che alcuni draghi sono benevoli », intervenne una soldatessa. « Conoscete la storia del mutaforma Vauvenal? »

Poiché tutti risposero di no, iniziò a raccontare. « Molto tempo fa viveva un drago saggio di nome Vauvenal. Era un drago del fuoco di origini così nobili che poteva assumere qualsiasi forma, e aveva molti poteri magici. Talvolta prendeva le sembianze di un essere umano e si recava alla corte dell'imperatore, dove si presentava come trovatore ed era molto stimato e apprezzato per la sua voce soave. Un giorno, mentre vagava nei boschi, udì delle disperate richieste d'aiuto. Seguì le urla e scorse una donna che cercava di difendersi da alcuni malintenzionati. Il trovatore abbandonò il suo travestimento, si trasformò in un drago capace di sputare fuoco e inghiottì gli aggressori in un batter d'occhio. Quindi si caricò sulla schiena la donna svenuta e la portò nel suo palazzo.

« La curò, e di lì a poco lei si riprese. Vauvenal le fece visita e ascoltò la sua storia. La famiglia aveva tentato di costringerla a sposare un cavaliere crudele e malvagio. Non volendone sapere, la giovane era fuggita, ma era caduta nelle mani degli scagnozzi e dei seguaci del suo promesso sposo, che avevano cercato di rapirla. Vauvenal, tuttavia, l'aveva salvata. Il drago, commosso dalle sue disavventure e dalla sua bellezza, le offrì protezione e sicurezza nel suo palazzo.

« Da allora divennero inseparabili. La donna scoprì anche la vera natura di Vauvenal, ma ciò non la allontanò. La dolcezza e la cordialità del drago compensavano tutto il resto e, dal canto suo, Vauvenal trovò in lei l'amicizia e la comprensione che aveva cercato a lungo. Trascorrevano insieme tutto il loro tempo, cantando e componendo poesie, e vissero tre anni felici. Poi, però, la donna sprofondò improvvisamente in un sonno simile alla morte da cui nessun rimedio e nessun incantesimo riuscirono a svegliarla. Si dice che Zarzunabas l'avesse toccata con le sue dita fredde e letali per vendicarsi sul principe-drago, che odiava più di chiunque altro.

« Vauvenal era inconsolabile. Aveva perduto il suo grande amore e l'unica donna che l'aveva amato per ciò che era. »

Soprattutto le soldatesse furono molto toccate dalla storia e si domandarono se fosse possibile abituarsi alle rozze coccole di un drago qualora l'animale avesse un cuore buono e nobile come quello di Vauvenal. La sentinella che aveva guardato fuori dalla finestra lanciò un urlo improvviso, e gli altri si precipitarono al suo fianco.

La cima del Toar Yul, solitamente invisibile durante la notte, brillava di un rosso spaventoso. Al suo interno splendeva una luce simile alla fiammella di una lampada, e il camino, spento da secoli, sputava vampe che cadevano sul terreno a distanza di miglia. Si udì un rimbombo sordo. Il cielo sopra il monte assunse una sfumatura rossastra, e in quel chiarore comparvero nuvole sempre più alte e veloci. Nell'aria salivano enormi colonne di fumo, vapore e cenere incandescente, alte due o tre volte la montagna, e i fulmini guizzavano qua e là nell'orrenda nube.

Poi, mentre i soldati increduli continuavano a fissare la scena, la sommità del Toar Yul esplose come un fiore di pietra; fiumi infuocati presero a scorrere giù per i pendii come oro liquido e, con uno schianto violentissimo, dalla cavità si levò un orribile drago. Salì nel cielo con un boato e si avventò sulle navi, sulle case e sui palazzi di Kysch, incendiando l'intera città.

# NELLA CITTÀ DORATA

# LA LETTERA

Nelle stanze private del palazzo imperiale di Thurazim l'imperatore Hugues porse una lettera a sua moglie. « Leggetela e ditemi che cosa ne pensate. »

L'imperatrice Iwara prese il foglio e lo lesse avvicinandosi una lente agli occhi per decifrare meglio la calligrafia. Il mittente era un uomo fuggito da Kysch, che implorava l'aiuto dell'imperatore. Il suo resoconto della sciagura era il seguente:

*A Kysch siamo scoppiati tutti a ridere quando abbiamo appreso che l'equipaggio della nave straniera* Zefira *aveva tagliato la corda a causa di una minuscola nuvoletta uscita dalla cima del Toar Yul. Nel pomeriggio, tuttavia, le risa sono cessate e i dubbi hanno cominciato a diffondersi, perché la nuvola diventava sempre più grande e scura e i fulmini guizzavano al suo interno.*

*La luce è diventata fioca e pallida come prima di un temporale, e nell'aria aleggiava un fetore di uova marce. Gli animali hanno cominciato a essere irrequieti: i gatti e i topi fuggivano insieme, dimenticando la loro inimicizia, e anche i cani scappavano. Gli animali incatenati nelle stalle emettevano versi spaventosi; molti hanno spezzato le catene, ed è stato necessario lasciare liberi gli altri, perché altrimenti si sarebbero strangolati. Non appena il tanfo li raggiungeva, gli uccelli piombavano a terra come se fossero stati colpiti da frecce invisibili.*

*Dalla terra saliva un mormorio sordo, come se sotto la sua superficie vi fossero voci impegnate in una conversazione sinistra, e il lastricato delle strade si è sollevato in alcuni punti, sicché i carri sono scivolati via anche se avevano sassi infilati sotto le ruote. A un tratto il mare si è ritirato, come se tutta l'acqua del porto fosse stata risucchiata in una voragine, e sull'ampia striscia disseccata si dimenavano moltissimi pesci. Dalla vetta dello Yul, che era rimasto inattivo per tanti secoli, è scaturita una spaventosa nuvola nera, squarciata da improvvise vampe che si accendevano qua e là, ardendo in lunghe lingue di fuoco simili a fulmini.*

*Pioveva cenere e, quando quest'ultima si è mescolata all'umidità che si levava dal mare surriscaldato, sono caduti frammenti di pietra pomice grandi quanto teste umane. Una fitta nuvola di fumo che si muoveva sopra la terra come un fiume impetuoso si è diretta verso la città, portando con sé un'ondata di caldo incandescente e miasmi velenosi.*

*Al culmine dell'orrore, la cima dello Yul si è spalancata come un gigantesco fiore infuocato e ha gettato nell'aria zampilli di pietra liquida, come se fossero esplose le viscere della terra. Al centro del camino, tuttavia, è comparsa un'orrenda figura di dimensioni inimmaginabili, con quattro ali di fumo e fuoco e un corpo che pareva fatto di bronzo scuro. Si è sollevata con un urlo agghiacciante ed è sparita nel cielo torbido, lasciandosi dietro una densa scia di cenere e braci che è precipitata sulla città e l'ha sepolta in breve tempo, lasciando fuori solo le punte degli obelischi più alti.*

*Vi preghiamo dunque, nobile imperatore, di venire in nostro aiuto e di assisterci dopo che una sciagura così terribile ci ha portato via ogni cosa.*

«Ebbene? Che cosa ne pensate?» domandò Hugues, spazientito.

Iwara si allungò comodamente sul divano di velluto rosso, facendo tintinnare i gioielli fatti di cerchietti e bastoncini d'argento (nemmeno l'imperatrice, infatti, poteva indossare il metallo divino). «Mio signore e imperatore, non spetta a una debole donna consigliarvi su questioni di guerra e missioni eroiche», rispose con voce dolce e soave, piena di finta deferenza.

«Ditemi ugualmente la vostra opinione», ordinò Hugues.

Iwara fece la leziosa ancora per un poco, simulando fragilità e candore, due caratteristiche che sicuramente non le appartenevano. Cedette solo quando suo marito s'infuriò. «Che cosa vuole da voi questo pazzo? Le montagne sul mare meridionale sputano fuoco e distruggono villaggi dalla notte dei tempi. Nessuno può impedirlo, nemmeno l'imperatore.»

La sua voce aveva una sfumatura particolare, e Hugues si domandò - non per la prima volta - se si prendesse gioco di lui. Aveva avuto spesso quell'impressione, ma Iwara non era mai stata così impertinente da dargli un motivo per punirla.

Così si limitò a chiederle: « E il Rachmanzai? Che cosa ne dite di quello? »

« Mandate un cavaliere a ucciderlo, come avete fatto finora. »

« Sì, è vero, ma i cavalieri non sono più tornati. Abbiamo trovato solo le loro ossa bruciacchiate. » L'imperatore andò in collera. Aveva l'impressione che sua moglie prendesse la faccenda troppo alla leggera. « Leggete la lettera! Quel drago è gigantesco. »

Iwara scoppiò in una risata che lo colmò di vergogna. « Oh! Tutti i draghi sembrano giganteschi a un osservatore impaurito. »

Hugues si avvicinò alla finestra aperta e guardò la città che si stendeva sotto i raggi del sole mattutino. Era una giornata limpida anche se brumosa; il disco di Phuram sembrava una lastra di vetro scintillante, e soffiava una brezza calda. L'oasi in cui sorgeva Thurazim era vasta e fertile, ed era facile dimenticare che ai suoi bordi si allargava un deserto spietato. Come sempre, Hugues ammirò la bellezza fragile dell'enorme città, al cui splendore aveva dato un notevole contributo. Era il suo scrigno, il suo tesoro, e la custodiva come una donna avida custodisce i suoi gioielli.

Vi erano centinaia di snelle torri cilindriche in cristallo e pietra chiara, impreziosite da decorazioni dorate, così trasparenti da parere più sospese nell'aria che ancorate a terra. Le loro estremità rastremate sormontavano punti d'osservazione da cui, all'alba, i corni invitavano gli abitanti alla messa in onore di Phuram. Le torri di cristallo sfavillavano con le loro tinte tenui - oro, lilla, bronzo, rosa chiaro e azzurro ghiaccio -, e i raggi del sole si dividevano in prismi oscillanti che emanavano arcobaleni di luce.

Su tutti i lati del palazzo imperiale - che, essendo il simbolo del Principe del Sole, sorgeva al centro della città - si dipartivano larghe strade a raggiera da cui si diramavano viali bordati da una vegetazione curata e lussureggiante. Le palme e le cicadacee si alternavano agli eucalipti e alle esili canne di bambù, le cui foglie giocavano nel vento. Ovunque risuonavano lievi canti e ronzii provenienti dai fiori che crescevano sul terreno e sugli alberi. Assomigliavano ad anemoni di mare e, come questi ultimi, erano più animali che piante.

Le paradisee dalle code sgargianti saltellavano da un ramo all'altro e si univano al canto dei fiori. Nel cielo, simili a barche bianche in un lago blu, volavano gli enormi esseri alati che, mansueti e obbedienti, fungevano da cavalcature aeree per i cittadini. Più giù, sulle strade ampie, arrancavano sauri corpulenti e coperti di squame variopinte, che brillavano come vetro cotto e producevano uno sfavillio di colori.

La città era l'orgoglio dell'imperatore, e un pugno gelido gli serrò il cuore quando immaginò la terribile distruzione di Kysch.

Iwara lo osservava da sotto le palpebre abbassate. « Un focherello, un piccolo basilisco! » disse in tono sprezzante. « Vale davvero la pena di preoccuparsi? »

Hugues si voltò di scatto. « Altroché! I Rachmanzai non distruggono solo villaggi e città, ma saccheggiano anche i giacimenti d'oro e scacciano i minatori. Il flusso dell'oro da sud si sta prosciugando. I sacerdoti di Phuram mi stanno già col fiato sul collo. Le offerte e il metallo per le statue cominciano a scarseggiare. Se non onoriamo più il Principe del Sole, si adirerà con noi, e allora chi ci proteggerà? »

Lo studiò con gli occhi socchiusi sul volto perlaceo e imperturbabile. « Se è solo questo a impensierirvi, ho un consiglio da darvi. Nel Nord vi sono altri giacimenti. »

« Credete che non lo sappia? » ribatté Hugues, seccato. « Ma sono piccoli e remoti. Le spedizioni arrivano a intervalli di settimane, e solo quando non sono state assalite dai predoni del deserto. »

« Non parlo delle miniere conosciute. » Iwara gli fece cenno di sedersi sul divano e abbassò la voce, assumendo un tono da cospiratrice. « Vi sono altre vene d'oro nei Toarch kin Mur, vicino alla città distrutta di Chiritai. Non vi hanno raccontato di re Kurda? Durante il suo regno è stato estratto tanto metallo prezioso che i cani mangiavano in ciotole d'argento e i bambini giocavano a biglie con le pietre preziose. »

« Può darsi, ma che ne è stato di re Kurda e dei suoi sudditi? Non si hanno loro notizie da secoli. Probabilmente si sono trasformati in ghiaccio o sono stati dilaniati dai ruggenti demoni delle tempeste.»

«Tanto meglio», replicò l'imperatrice, impassibile. «Così nessuno v'impedirà di reclamare l'oro. Mandate un cavaliere temerario che s'impossessi delle miniere e ordini la ripresa dell'estrazione. Che cosa ne dite del conte Viborg? È famoso per il suo coraggio e la sua spada affilata.»

L'imperatore ascoltò. Più rifletteva, e più la proposta gli sembrava valida, sebbene non riuscisse a capire se fosse l'avidità a spingerlo in quella direzione. Gli dispiaceva tuttavia separarsi da Viborg, uno dei suoi seguaci più fedeli.

Iwara notò la sua esitazione e aggiunse astutamente: «Vi servirà un governatore nei regni del Nord, e chi è più affidabile di Viborg?»

Hugues si convinse. Chiamò il suo cameriere particolare, che, servile e silenzioso, era accovacciato in un angolo in attesa di ordini, e disse: «Chiama il conte Viborg».

Di lì a poco, sulla scala di marmo echeggiarono i passi di un guerriero corazzato, quindi l'uomo entrò nella stanza.

Il conte Viborg era uno dei più devoti paladini dell'imperatore, il fiore all'occhiello della corte di Thurazim. Era alto due passi, slanciato come un giovane albero, con tratti regolari e lunghi capelli gialli come la sabbia del deserto. I suoi occhi verdazzurri, freddi e luminosi come stelle, brillavano su un volto splendido ma duro e spietato. S'inginocchiò davanti all'imperatore finché l'altro non lo sollevò con un gesto quasi delicato.

«Mio amico e fedele servitore, devo affidarvi un incarico che solo uno dei miei uomini migliori può svolgere», disse Hugues.

Viborg suppose che volesse mandarlo nel Sud per combattere contro il Rachmanzai responsabile della devastazione di Kysch, una missione che avrebbe compiuto volentieri. Dunque si rabbuiò quando il suo padrone gli ordinò di andare nel Nord a cercare miniere d'oro. Se non fosse stato così devoto, avrebbe replicato: «Perché, per tutti i basilischi degli inferi, non mandate un cercatore di tesori? Sono loro le persone giuste! » Poi lo sguardo gli cadde sull'imperatrice, che, distesa sul divano, si nascondeva dietro un ventaglio d'avorio e penne di pavone. Allora capì: era sicuro che Iwara rideva sotto i baffi. Quella figlia di drago! Quella serpe diabolica! Com'era potuto accadere che un principe nobile e illustre come Hugues cadesse nelle grinfie di quella creatura? Viborg era convinto che non fosse neppure umana.

Ma che cosa doveva fare? Hugues non si lasciava mai dissuadere nemmeno dai suoi confidenti più intimi. Così il cavaliere rispose in tono rigido: « Farò come mi avete ordinato ».

Quando lasciò il palazzo, era in preda alla collera. Aveva bisogno di parlare con qualcuno e, poiché avrebbe dovuto far visita al sommo sacerdote per ricevere la benedizione ufficiale prima della partenza - la violazione di quella regola sarebbe stata considerata un'offesa a Phuram -, decise di approfittarne per aprirgli il suo cuore.

# IL SOMMO SACERDOTE FURGAS

Nel Tempio Dorato di Thurazim il sommo sacerdote Furgas dava la benedizione ai credenti. La sua voce cupa e solenne rimbombava nella sala, accompagnata dalle note dei corni di montone. Tutt'intorno erano riuniti i sacerdoti con le loro sfarzose tuniche giallo zafferano decorate dalla ruota dorata di Phuram e le loro rigide e altissime mitre coniche. Alle loro spalle era accalcata la frusciante moltitudine dei servitori, dei cantori, dei campanari e dei confratelli che contribuivano alla complessa liturgia della messa di Phuram.

Centinaia di candele si riflettevano sulle superfici di marmo, sebbene la luce del sole filtrasse attraverso grandi finestre. Dall'altare si alzava il fumo delle offerte, che tuttavia non proveniva dalla carne bruciata. Al centro del tavolo di pietra bianca vi era una cavità riscaldata da un fuoco scoppiettante, e il sacerdote vi deponeva i doni d'oro che i fedeli compravano nell'atrio del tempio per ottenere misericordia. Piccole membra metalliche chiedevano la guarigione dai disturbi fisici, minuscole ruote del sole imploravano la liberazione dalle maledizioni e dalle persecuzioni dei Nottambuli, e le monete invocavano fortuna e benessere. Quando si scioglievano, il metallo liquido scorreva, sibilando e fumando, in una stanza sotto l'altare, dove cadeva in una forma da fonderia. Dalle offerte dei fedeli nasceva così una nuova statua di Phuram.

Per via della sua corpulenza il sommo sacerdote trovava faticoso stare in piedi a lungo, e si sentì sollevato quando la musica solenne dei cembali e dei tubi ronzanti – formati da lunghissime canne di bambù scavate – annunciò la fine della messa. Congedò gli ultimi fedeli con un gesto irritato e barcollò spedito verso la stanza attigua per controllare le offerte. Le sue dita pingui rovistarono con avidità tra l'oro scintillante. Nonostante il flagello dei basilischi nel Sud le ceste erano ancora piene. Tutto l'oro dell'impero apparteneva al dio, e portare gioielli d'oro o usare il metallo nobile a scopo mondano erano crimini punibili con la morte.

«Phuram l'Incandescente - che i suoi nemici si dissecchino! - sarà soddisfatto», disse, annuendo con aria pensierosa. «E ora portatemi a casa.»

Sebbene vivesse negli alloggi dei sacerdoti alla base della montagna, non andava mai a piedi, bensì viaggiava in una lettiga trasportata da un brontosauro a scacchi porpora, arancioni e argento. Era un animale gigantesco, di corporatura robusta, ma docile come un bue e abituato a muoversi con attenzione per non sballottare troppo l'illustre religioso. In città nessuno poteva sfoggiare qualcosa di simile a quella lettiga elegantemente intagliata e rivestita di seta arancione.

A sessant'anni, il sommo sacerdote era un uomo goffo, con polsi spessi e dita rozze e pelose. Una pancia flaccida gli pendeva sopra i fianchi come un sacco vuoto. Aveva corti capelli color sabbia e una barbetta che gli spuntava sul doppio mento. Gli occhi erano così chiari da parere incolori. Piccoli e gonfi, brillavano sulla faccia dalle guance cascanti, ma il loro sguardo torpido era ingannevole. Furgas, infatti, era scaltro e privo di scrupoli, e aveva già ucciso diverse persone che l'avevano considerato un ciccione innocuo.

Si mise comodo e lasciò vagare lo sguardo sulla città, studiando con particolare piacere le statue d'oro alte venti passi che ornavano i luoghi pubblici. Rappresentavano Phuram nelle sembianze di un uomo gigantesco: ora come un cavaliere su un possente milledenti, ora come un eroe intento a conficcare la spada nel corpo di un drago, un'orrenda donna con serpenti al posto dei capelli, la pelle squamosa e zanne da cinghiale. Di solito, tuttavia, era raffigurato come trionfatore, protetto da un'armatura luccicante, con un fascio di dardi solari nel pugno vigoroso e un elmo il cui lato anteriore mostrava un bel viso maschile incorniciato da ricci dorati. Anche il lato posteriore era d'oro, ma mostrava l'orribile cranio di un milledenti dalle zanne affilate come pugnali e dagli occhi rosso fuoco. Era inoltre guarnito di pesanti catene a mo' di avvertimento per i sacrileghi.

Il sacerdote annuì in segno di approvazione. Era giusto che

fosse così. Il Principe del Sole palesava il suo volto più bello ai fedeli e agli obbedienti, e quello più brutto agli infedeli e ai ribelli. E i ribelli non erano pochi.

A Thurazim e nelle regioni circostanti non tutti adoravano il sole, con grande rammarico dei sacerdoti e dell'imperatore. In realtà, nonostante tutto lo sfarzo e la pompa, solo una piccola élite s'inginocchiava davanti a Phuram per vero timore reverenziale, e solo quei fedeli potevano muoversi liberamente sotto il sole senza temere la sua vendetta.

Gran parte degli abitanti - detti Pezzati perché avevano scottature quasi ovunque - assisteva alle messe e faceva offerte per non irritare il dio e l'imperatore, ma non provava un amore e una devozione sinceri per lo splendido Phuram. Quest'ultimo li disprezzava, ma consentiva che si muovessero alla luce del giorno (dopotutto, pagavano le tasse al tempio e portavano doni d'oro) e mostrava la sua disapprovazione solo di tanto in tanto, bruciando loro il naso e le guance, le mani e i polpacci, e costringendoli a uscire di casa protetti da veli, guanti e cappucci. Infine vi erano i Selenari, i luridi parassiti notturni che adoravano Datura. Che Phuram li arrostisse!

Furgas sbuffò con espressione seccata. Sarebbe stato un gioco da ragazzi snidare quelle canaglie dalle loro tane sotterranee e ripulire la città dagli eretici. Essendo intelligente oltre che pio, il sommo sacerdote sapeva tuttavia che Thurazim aveva bisogno dei Selenari, anzi che non sarebbe sopravvissuta senza di loro. Chi altri sarebbe stato disposto a fare gli sporchi lavori notturni che erano necessari per la vita di una città? Nessun Sundario sarebbe sceso in una dispensa sotterranea né tantomeno in una cloaca. La prescrizione della purezza liturgica vietava loro di toccare cose morte, impure e disgustose. I Pezzati, invece, erano disposti a sbrigare quegli incarichi in cambio di soldi e favori, ma erano sciatti, inaffidabili e inclini ai piaceri del dannoso olio di boccamiele, con cui s'inebriavano a ogni occasione. Perciò molti di loro avevano i denti guasti e la pelle costellata di macchie marroni, perché la droga consumava tanto il corpo quanto la mente.

Accadeva così che l'Inquisizione, competente sia in materia di gravi crimini contro lo Stato sia in materia di bestemmie ed eresie, condannasse con forza le opinioni dei Nottambuli, ma li perseguitasse solo in rari casi. Molto più spesso erano i Sundari infedeli a finire in catene davanti ai giudici ecclesiastici.

Infatti, come il sommo sacerdote aveva appreso dai rapporti dettagliati delle sue spie e dei suoi inquisitori, nemmeno i Sundari erano totalmente affidabili. Ecco perché portavano tutti un gagliardetto triangolare sul lato destro del petto. Il pezzo di stoffa, lungo una spanna e fissato ai vestiti con un fermaglio, poteva essere di diverso colore: bianco, giallo, arancione, rosso, porpora, viola. La tinta indicava la considerazione goduta dal proprietario: i bianchi erano i più stimati, i viola i più disprezzati. Quelle differenze di rango, tuttavia, non erano immutabili e venivano modificate costantemente dai funzionari imperiali. I bianchi e i gialli potevano diventare viola da un giorno all'altro e temere di essere dati in pasto all'Animale della Giustizia. Nel palazzo imperiale vi era un milledenti chiuso in una cisterna prosciugata. Veniva chiamato Animale della Giustizia perché l'imperatore gli gettava coloro che avevano violato la legge. A Thurazim si diceva che il mostro non fosse mai andato a dormire con lo stomaco vuoto.

*È giusto così,* pensò il sacerdote. La religione era utile solo se generava paura e terrore. A cosa servivano gli dei se non a castigare tutti coloro che erano sfuggiti al pugno di ferro dell'Inquisizione? Bastava pensare a quel furfante di Beck, l'inquisitore che si era ribellato a Phuram e si era sottratto alla giusta punizione con l'aiuto di una traditrice. Si era salvato dall'ira imperiale, ma Phuram l'avrebbe trovato e annientato.

Una corrente d'aria fredda e umida lo riscosse dalle sue riflessioni; il brontosauro stava superando a passo misurato uno degli ingressi delle catacombe in cui vivevano i Nottambuli. L'entrata del tunnel, decorata da sculture grottesche, era sorvegliata da spaventosi doccioni ghignanti.

Sotto l'arco della porta scoppiò un tumulto confuso. Un uomo con la toga blu dei Sundari e il gagliardetto viola urlava e cercava di difendersi mentre una dozzina di soldati lo spingeva verso la scala con le alabarde.

Il Sundario, un tipo esile e asciutto coi capelli arruffati, era in preda al panico. Pallido come un cencio e con gli occhi strabuzzati, gridava disperatamente, balbettando preghiere e suppliche e promettendo di tenere sempre un comportamento irreprensibile, ma invano. I soldati continuarono a spingerlo senza pietà verso il mondo sotterraneo, finché non crollò sull'ultimo gradino. Incapace di rialzarsi, s'inginocchiò con le mani sollevate e implorò clemenza in tono lamentoso, ma nessuno lo ascoltò. I soldati gli voltarono le spalle e risalirono la scala.

Furgas ordinò di fermare la lettiga e chiamò il comandante con un cenno. « Chi è quello? » domandò, indicando i gradini.

« Lo studioso Jannis, reverendo. Lavorava nella Casa dei Libri. »

« E quale crimine ha commesso? »

L'altro esitò, imbarazzato, quindi si piegò in avanti e sussurrò la risposta nell'orecchio grasso e grinzoso del sacerdote. « È un Vhul, reverendo. »

Furgas fece una smorfia disgustata. « Che schifo! Nessuna pietà, per nessun motivo al mondo! Lasciatelo marcire laggiù. »

Lanciò un'ultima occhiata alla figura sulla scala. Il malcapitato singhiozzava sul pavimento del tunnel. Alcuni Nottambuli si avvicinarono e cercarono di sollevarlo e tranquillizzarlo, ma quello sferrò loro calci e pugni come un forsennato finché non lo lasciarono stare. Infine strisciò in un angolo buio e vi si accovacciò, paralizzato dalla disperazione, con la testa posata sulle ginocchia e le braccia strette intorno alle caviglie.

Furgas sentì montare la rabbia. Che cos'aveva da piagnucolare quel tizio? Avrebbe dovuto essere contento di essere ancora vivo!

Si voltò di scatto e richiamò il comandante. « Ci ho ripensato. Inseritelo nella prossima spedizione e vendetelo a un mercato degli schiavi nel deserto settentrionale. »

Una volta arrivato a casa, Furgas si lasciò cadere pesantemente sul divano imbottito. Là, in quella stanza arredata lussuosamente e illuminata da innumerevoli candele, teneva le udienze, riceveva le sue spie e i suoi agenti e ascoltava i rapporti degli inquisitori.

Un vivace boccamiele coperto da una dozzina di profumati fiori rosa aspettava il ritorno del suo padrone in una gabbia elaborata vicino alla finestra. Quando fiutò che il sacerdote prendeva il piattino coi pezzetti di carne, le sue braccia avide s'insinuarono tra le sbarre. Furgas gli allungò un boccone che emanava già l'odore dolciastro della decomposizione. Una corona di piccole dita rosa si chiuse e accostò il cibo alla bocca, da cui gocciolava un denso liquido porpora simile al miele.

Quegli zoofiti erano molto amati a Thurazim. Erano in grado di pensare - sicuramente più delle altre piante - ed erano dotati di una coscienza primitiva ma subdola. Quando crescevano liberi, cacciavano le loro prede. Talvolta distraevano la vittima agitando energicamente nell'aria alcune braccia mentre un altro braccio le si avvicinava da dietro e le si attorcigliava improvvisamente intorno al collo. Ecco perché venivano tenuti dietro le sbarre.

Le gabbie altissime erano distribuite lungo tutti i viali, e i passanti sfamavano i boccamiele con pezzetti di carne essiccata che si acquistavano dai venditori presenti a ogni angolo. Si trattava di creature ributtanti; i loro fiori rosa e giallo pallido, grandi come pugni e simili a orchidee, apparivano infatti marci e carnosi. Le piante erano formate da un tronco rosa e marrone - unto, a forma di botte e delle dimensioni di un paiolo - e da una dozzina di braccia vuote e nerborute che si muovevano senza sosta. Le braccia erano insieme arti e bocca: alle loro estremità si trovava una corona di carnose dita rosa disposte intorno a un'apertura che continuava ad aprirsi e chiudersi.

«Ora basta, mio caro, altrimenti ti rovini lo stomaco.» Furgas spinse dietro le sbarre un dito umido e lucido e si rivolse al suo segretario. «Quali sono gli altri impegni di oggi, Milas?»

Il solerte servitore estrasse una tavoletta dalla veste. «Il conte Viborg aspetta di presentarsi al vostro cospetto. Chiede la vostra benedizione, reverendo, per la missione che gli è stata affidata.»

«D'accordo, d'accordo. Lo benedirò.» Furgas sapeva bene

che al cavaliere non importava per niente della sua benedizione. Viborg credeva solo nel suo pugno forte e nella sua spada affilata, ma era usanza che i cavalieri chiedessero la benedizione del sommo sacerdote prima di partire per un'avventura pericolosa. « Fallo entrare. »

I Sundari erano una razza bellissima. Persino Furgas era stato un giovane attraente prima che la vecchiaia e l'ingordigia lo facessero diventare brutto e grasso. Il conte Viborg era tuttavia il più bello di tutti. Furgas sapeva che la gente, e soprattutto le donne, lo considerava la personificazione del Principe del Sole.

Il sacerdote lo osservò con un certo orgoglio. Lo riempiva di soddisfazione vedere la splendida pianta in cui si era trasformato il misero germoglio che aveva trovato un mattino di ventiquattro anni prima davanti alla porta del tempio, avvolto in lenzuola pregiate e con una lettera che diceva: *Questo bambino è di origini nobili e illustri, ma è orfano e noi non osiamo occuparcene. Abbiate pietà di lui!*

Senza dubbio il lattante abbandonato era figlio di aristocratici uccisi dall'Inquisizione o dalla cavalleria imperiale. Mosso a compassione, Furgas aveva fatto sparire la lettera e aveva portato il bambino tra gli allievi dei sacerdoti, dov'era cresciuto. In seguito il ragazzo, che non mostrava nessuna inclinazione per la vita ecclesiastica, aveva frequentato la scuola per scudieri ed era stato adottato da Viborg, un vecchio cavaliere senza figli.

« Sono contento di vedervi. » Furgas gli porse la mano con l'anello, e Viborg accennò una genuflessione e un bacio, entrambi molto frettolosi. Quindi sedette al tavolo imbandito con frutta, dolci e vino del regno dei Makakau.

« Vi ringrazio per la vostra benedizione, reverendo », disse con uno sguardo di scherno. Poi aggiunse in tono rabbioso: « Ne avrò bisogno. Sapete quale incarico mi ha affidato l'imperatore? »

« Cercare nuovi giacimenti d'oro nel Nord, perché quelli nel Sud sono stati saccheggiati da Rachmanzai rapaci », rispose Furgas con gli occhi socchiusi.

Il cavaliere sferrò un pugno al tavolo, facendo tremare le

coppe. « Non prendetemi in giro! » sbottò in tono sprezzante. « Sapete bene che cosa sta succedendo. L'imperatrice vuole sbarazzarsi di me, mandandomi lontano ed esponendomi a mille pericoli. Non desidera altro che io muoia nel Deserto Gemente. »

Furgas sapeva che era vero. Viborg era un uomo dell'imperatore, un autentico guerriero e, quando giurava fedeltà a qualcuno, si dimostrava irremovibile. Da qualche tempo l'imperatrice cercava di allontanare tutti gli uomini di quel tipo col pretesto di varie missioni. Senza dubbio tramava un rovesciamento, ma i dettagli erano ancora avvolti dalla nebbia degli intrighi di corte.

Essendo un uomo prudente, tuttavia, il sacerdote si guardò bene dal dare ragione al conte. A suo parere quei militari erano tutti ingenui. Parlavano senza preoccuparsi di chi potesse ascoltarli e poi si meravigliavano quando venivano trascinati davanti al tribunale dell'Inquisizione. « Non fidarti di nessuno »: era quella la parola d'ordine nella Città Dorata.

Il conte Viborg, invece, non conosceva la cautela. « Quando la prima imperatrice era ancora viva, Hugues era un vero principe, ma, da quando ha sposato quella Mokabita, è solo una pappamolla senza spina dorsale! Sarà la nostra rovina! » aggiunse, furibondo.

« Non avete un'alta opinione del nostro grande signore », osservò il sacerdote a mo' di avvertimento.

Il conte, tuttavia, non si frenò. « Potete dirlo forte! Sapete quale stirpe di negromanti e draghi malvagi vive sulle Isole Vulcaniche. D'accordo, può darsi che i Mokabiti non pratichino più la magia nera apertamente, ma lo fanno di nascosto, e non mi stupirei se l'imperatrice avesse a che fare con la perdita dei giacimenti d'oro. È tanto bella quanto perfida! » Gli lanciò un'occhiata penetrante. « Siete un sacerdote e un inquisitore. Perché non fate nulla per fermarla? »

« È l'imperatrice », rispose Furgas, che non si sognava nemmeno di rivelare i suoi piani segreti a quel babbeo piagnucoloso. « E dovreste ricordarlo anche voi, conte. »

Viborg borbottò qualcosa e si alzò. « Be', mi metto in marcia.

Posso dirvi che mi sentirò meglio quando non dovrò più servire una donna, e per giunta una Mokabita.» Così dicendo, uscì.

Il sommo sacerdote rimase immobile per qualche istante, assorto nei suoi pensieri. Quindi si alzò, andò verso la porta e tirò il chiavistello. Dopo aver coperto il buco della serratura con un panno, si avvicinò agli scaffali intagliati e sfiorò una delle spirali di legno. Si udì un lieve cigolio, e il mobile ruotò su se stesso, rivelando una cavità da cui usciva un odore forte e pungente di libri antichi. Furgas si chinò nella nicchia segreta ed estrasse i volumi.

Detestava l'imperatrice Iwara che, senza dubbio grazie alla magia diabolica della sua famiglia, aveva ammaliato Hugues al punto di indurlo a giustiziare la sua legittima moglie con l'accusa infondata di alto tradimento e a sposare la bella Mokabita subito dopo. Sapeva tuttavia che Iwara e i suoi intrighi erano solo una piccola parte della sciagura incombente, una sciagura che circondava la città imperiale come le iene circondano un recinto pieno di pecore. Fino a quel momento Furgas non aveva fatto molto caso alle chiacchiere dei Selenari, secondo cui nel Sole Notturno cresceva un piccolo drago che, una volta raggiunta la completa maturità, avrebbe posto fine al regno di Phuram. Tuttavia, anche le costellazioni indicavano mutamenti pericolosi, e per di più vi erano i resoconti di esploratori e fuggitivi che narravano avvenimenti inquietanti nell'estremo Nord e nell'estremo Sud. I Rachmanzai diventavano sempre più ostili, rapaci e ambiziosi e, in combutta coi Mokabiti e coi nefri, cercavano di conquistare il potere. Gli attacchi ai giacimenti d'oro erano solo l'inizio. Nel Nord i Muden Gamul imperversavano più che mai sulle vette dei Toarch kin Mur, e talvolta si avventuravano fino al Deserto di Cenere e al Deserto Blu per distruggere i villaggi solitari.

Furgas studiò i libri. Erano tomi antichissimi, in parte così ingialliti che occorreva girare le pagine con delicatezza per evitare di strapparle. Avevano i dorsi grinzosi e le copertine consumate, e il vecchio li posò sul tavolo. Doveva impedire che qualcuno li vedesse, altrimenti avrebbe dovuto temere prima una perquisizione da parte degli inquisitori e poi una morte vergognosa. Ma dove avrebbe potuto effettuare le ricerche se non nei libri proibiti, giacché quelli permessi dicevano solo ciò che l'imperatore voleva leggere?

Decise d'iniziare con la Raccolta Arcana. Se non avesse trovato nulla là dentro, avrebbe sempre potuto consultare opere più esaurienti e oscure.

# IL MERCANTE DI PIETRE PREZIOSE

Sin dal tramonto del loro impero i draghi celesti contavano le lune e osservavano il Sole Notturno, nel cui ventre cresceva la Figlia del Drago; quando si avvicinò il momento, iniziarono a cercare gli eletti in ogni angolo di Chatundra per offrire loro protezione. Se solo gli esseri umani non fossero stati così numerosi! In passato era stato molto più semplice, ma negli ultimi tempi si erano moltiplicati a una velocità così incredibile che persino per l'occhio magico era quasi impossibile individuare le persone giuste. La veggente Wyverna ce la metteva tutta, aiutata dal vecchio Kulabac, il principe-drago con l'occhio di carbonchio che penetrava anche l'oscurità degli inferi. Con tutti quegli esseri umani era tuttavia come cercare un ago in un pagliaio.

Coloro che possedevano lo sguardo magico lo usavano per scrutare il Paese, ma non potevano studiare singolarmente tutti gli uomini. Nemmeno la loro capacità arrivava a tanto, anche se percepivano alcuni mutamenti nel tessuto del mondo che rivelavano loro la presenza di fatti insoliti. Quei mutamenti si palesavano talvolta sotto forma di una nebbia luminescente che ammantava determinati luoghi, oppure questi ultimi erano immersi in una strana luce ultraterrena; a volte i veggenti li vedevano anche assumere colori singolari, cosicché un piccolo villaggio d'argilla grigia appariva improvvisamente avvolto da sgargianti veli rossi, verdi e arancioni. In ogni caso i draghi sapevano già che alcuni eletti risiedevano nella Città Dorata e altri nel lontano Nord-ovest, dove deserti sconfinati si stendevano lungo le strade militari.

Anche Vauvenal aveva seguito con attenzione gli avvenimenti su Chatundra. Benché fosse afflitto da gravi preoccupazioni personali – sua moglie era sprofondata nel sonno mortale in cui l'aveva gettata uno degli spiriti malvagi di Zarzunabas –, faceva tutto ciò che era in suo potere per aiutare le Tre Sorelle.

Sapeva che i loro nemici avrebbero fatto il possibile per rintracciare i Tredici e impedire loro di portare a termine la missione. Vauvenal non era troppo in pensiero per Androgino, che si trovava sotto la diretta protezione di Wyverna e aveva un potente talismano protettivo. Alcina, tuttavia, era stata il loro primo fallimento. Il drago aveva scoperto che era un'eletta solo dopo la sua morte.

Vauvenal si era stabilito nella Città Dorata e fingeva di essere un mercante di pietre preziose. Non aveva difficoltà a recitare quella parte, perché poteva procurarsi tutte le gemme che voleva nel suo palazzo segreto nella giungla del regno dei Makakau. Era anche una professione assai redditizia, perché i Sundari acquistavano molte pietre preziose per decorare i templi e le statue di Phuram.

Chi entrava nella bottega situata nella via dei lapidari e dei gioiellieri si trovava di fronte un uomo alto e corpulento con un viso rotondo, furbesco e gioviale, incorniciato da lunghi capelli biondo-rossicci pettinati con cura. Indossava vestiti degni di un negoziante rispettabile e aveva modi impeccabili, sicché i mercanti del tempio impararono ben presto ad apprezzarlo. Poiché offriva sempre ai suoi clienti leccornie e ottimi vini e liquori del regno dei Makakau, accadeva spesso che qualcuno si fermasse a fare quattro chiacchiere e Vauvenal apprendesse qualcosa che in realtà sarebbe dovuto rimanere segreto. Come tutti i draghi, parlava con eloquenza e sapeva raccontare storie, indovinelli e barzellette, fare allusioni velate e, soprattutto, dare l'impressione al suo interlocutore che durante la conversazione informale non fosse stato detto nulla di significativo.

Sapeva bene chi era l'imperatrice. Sapeva che i Mokabiti avevano mandato a Thurazim tre giovani di cui volevano sbarazzarsi e che quei tre intendevano sfruttare la loro missione diplomatica per schierarsi dalla parte di Drydd e negoziare coi basilischi. Teneva d'occhio anche un erudito di nome Ninian, il cui appassionato studio del mondo dei draghi gli sembrava interessante. Se non altro forniva l'unica prova inconfutabile che gli eletti avevano perduto i genitori da piccoli ed erano nati sotto il plenilunio, e ciò semplificava un poco la ricerca. Ora, tuttavia, Vauvenal aspettava un visitatore da cui sperava di apprendere importanti novità.

Poiché i Sundari erano una razza assai pudica, aveva avuto qualche difficoltà quando aveva provato a raccogliere informazioni riguardo a un singolare segno sul corpo. In pubblico, i Sundari indossavano sempre toghe celesti che li coprivano dal collo ai piedi con le loro pieghe morbide, e anche in privato - persino durante gli incontri intimi - consideravano sconveniente mostrare più pelle del necessario. L'unico momento in cui si potesse vedere un Sundario nudo era il bagno settimanale nel tempio, prescritto dalle leggi religiose. Anche in quel caso, tuttavia, i fedeli venivano rigorosamente divisi per sesso ed entravano da soli nelle stanze da bagno, dove si spogliavano e si facevano lavare da un servitore.

Dopo aver scoperto che molti personaggi di spicco avevano perduto i genitori da piccoli, Vauvenal aveva mandato a chiamare il servitore che gestiva il Bagno degli Illustri. L'uomo arrivò puntuale e rispose volentieri alle domande dell'affabile gioielliere. «Sai, Sandron, cerco una persona che mi ha rubato molto denaro e che reca uno strano segno sulla pelle: non un tatuaggio o una cicatrice, bensì un segno naturale», disse Vauvenal.

«Se frequenta il mio bagno, sarò sicuramente in grado di dirvelo», replicò l'altro, sorridendo. «Di che segno si tratta?»

«No, facciamo il contrario», disse il drago. «Non voglio che tu riconosca quell'individuo, altrimenti potresti allarmarlo senza volerlo e ti taglierebbe la gola. È un vero farabutto.»

Quelle parole convinsero Sandron, che gli descrisse minuziosamente i segni insoliti sui corpi dei notabili della città. Vauvenal ascoltò una lunga lista di porri, macchie epatiche e via discorrendo, finché non arrivò la notizia in cui aveva sperato: il servitore accennò a quattro uomini che erano rimasti orfani nella prima infanzia.

«È una cosa curiosa, nobile signore, e l'avevo notata da tempo. Ma, sapete, nella mia professione non si può parlare di dettagli intimi se non in via strettamente confidenziale. Vi sono quattro uomini d'alto rango che hanno tutti lo stesso segno, anche se ciascuno in una zona diversa del corpo: tre punti rossi, simili a chicchi di melagrana e disposti a triangolo.» Rise forte. «Nel caso del sommo sacerdote Furgas non è facile vederli, perché sono nascosti tra i rotoli di grasso della sua pancia, ma il cavaliere Viborg e i due studiosi, Maestro Ninian e Jannis, l'esperto di antiche culture... Ma sto parlando a sproposito, perché dubito che tra signori così rispettabili si nasconda una canaglia capace di derubare un mercante onesto!»

«No, certo che no!» esclamò Vauvenal, ridendo e versandogli dell'altro vino. «L'imperatore stima così tanto quel cavaliere che l'ha nominato governatore del Nord!»

«Esatto, e Maestro Ninian lo accompagnerà per ordine imperiale. Quelli sì che sono uomini distinti! Anche se non si può mai sapere», continuò il servitore corrugando la fronte con espressione eloquente. «Jannis, che tutti consideravano un erudito tranquillo e riservato, non si è forse rivelato un criminale così riprovevole da essere stato cacciato via e venduto come schiavo?»

«Che cosa? Davvero? L'ho veduto la settimana scorsa, quando sono andato alla Casa dei Libri con uno scrigno di pietre preziose per la rilegatura di un volume.»

«Sì, sì! Si era camuffato bene, ma alla fine è stato smascherato. È emerso che era un Vhul!»

«Disgustoso!» esclamò Vauvenal, indignato. In realtà aveva già sospettato che Jannis fosse stato trascinato nel deserto perché qualcuno aveva scoperto la sua natura di eletto. «Spero che l'abbiano portato molto lontano, cosicché non possa più nuocere a nessuno.»

«Ma certo! Potete stare tranquillo! L'hanno mandato a Fort Timlach, dove ogni mese si tiene un mercato degli schiavi, e spero che quello schifoso farabutto muoia nel deserto più torrido.»

«Be', me lo auguro anch'io. Ebbene, Sandron, temo che il mio uomo non sia tra i tuoi clienti... Inoltre, a quanto ne so, il segno cui hai accennato non è nulla di speciale; è solo una cicatrice che rimane quando si viene morsi da un particolare insetto notturno. Ne ho già veduti molti.»

Dopo aver dissipato i sospetti di Sandron, lo congedò.

Il giorno successivo la bottega rimase chiusa, perché Vauvenal era occupato altrove. Doveva assicurarsi che Jannis finisse nelle mani giuste e, per farlo, aveva bisogno dell'aiuto di Wyverna. Dalla tempesta solare la veggente lavorava di nascosto per creare una sorellanza di donne: dragonesse, ibride o anche maghe bendisposte. A quella comunità appartenevano personalità significative come la regina del popolo dei Ka-Ne, che aveva trecento anni e governava il Deserto Gemente, e la maga Umbra, che viveva nel Deserto Blu, poco lontano da Fort Timlach. Quelle donne orgogliose non avrebbero mai preso ordini da un uomo, nemmeno da un Mirminay, così Vauvenal dovette pregare Wyverna di chiedere a Umbra di trovare Jannis prima che scomparisse ancora.

Inoltre, il drago era preoccupato all'idea che il cavaliere Viborg e Maestro Ninian andassero nel Nord per ordine dell'imperatore e dovessero sostare lungo la strada militare a Fort Timlach, dove si teneva il mercato degli schiavi. In altre parole, valeva la pena fare una puntata nella noiosa cittadina di guarnigione.

Vi era tuttavia un pensiero che lo angosciava. Lui e i suoi compagni erano in grado di rintracciare i Tredici, ma non di accompagnarli nel deserto, che era l'unica via d'accesso alla città di Luifinlas. Vauvenal aveva provato più volte ad attraversare il Deserto Gemente, ma aveva dovuto rinunciare quasi subito. La rete maleodorante ottenebrava i suoi sensi delicati, intorpidendogli gli occhi e le orecchie e facendolo barcollare come un pipistrello ubriaco non appena superava il fiume Kao. A meno di un miglio dal confine invisibile era stato costretto a tornare indietro ed era riuscito ad atterrare solo per miracolo. Era stato quasi sopraffatto dal fetore pestilenziale, rischiando di morire sotto il malvagio sole cocente.

No, lui e gli altri draghi non potevano aiutare i loro compagni. Dovevano trovare esseri umani disposti ad accollarsi quel compito. Aveva bisogno di una o più guide esperte, ma non i farabutti che sbarcavano il lunario come cercatori di tesori e pietre preziose e conducevano gli altri nel deserto per il vile denaro, bensì persone cui poter affidare tranquillamente i salvatori delle Tre Sorelle.

Sapeva anche quale dei numerosi fili che componevano la vasta rete delle sue conoscenze avrebbe dovuto tirare per trovare gli individui giusti. Tra i Selenari che la adoravano, Datura, la dragonessa della luna, aveva selezionato un gruppetto di uomini e donne che erano i suoi servitori più stretti e fidati: coraggiosi, d'animo nobile, capaci di affrontare fatiche e pericoli e assolutamente fedeli alla luna, di cui erano i paladini. Venivano chiamati «raccoglitori» perché erano incaricati d'incoraggiare, incitare e riportare all'ovile i credenti caduti in errore o in tentazione. Svolgevano tuttavia anche molti compiti misteriosi e confidenziali, che li rendevano sospetti agli occhi degli inquisitori. Erano considerati agenti segreti, spie e informatori incaricati d'individuare le debolezze dell'impero e di minare i suoi punti di forza. Ecco perché, quando venivano identificati e acciuffati, erano gli unici Selenari che venissero condannati alla pena di morte.

Vauvenal sapeva che entro breve sarebbe stato molto indaffarato, ma prima doveva ancora sistemare una piccola questione che sarebbe stata proficua sia per lui sia per gli altri. Non aveva dimenticato il pallido giovane che, accovacciato tra i cespugli nel bosco dietro Mesquit, l'aveva osservato con occhi colmi di desiderio. Aveva incontrato di rado un essere umano come Iarwain, che amava i draghi al punto di parlare con loro in sogno e si sarebbe accontentato anche solo di lucidare loro gli artigli.

Così partì alla volta di Mesquit.

## UN CEFFONE E LE SUE CONSEGUENZE

Iarwain era furibondo, perché era sicuro di non essersi meritato il ceffone. Non era inciampato in corridoio, mandando in frantumi un'intera pentola di lardo, a causa della sua goffaggine o della sua distrazione, bensì a causa del gatto che gli era sgusciato tra le gambe in silenzio e nella penombra.

Naturalmente, non era il primo ceffone che riceveva dalla sua padrona, la più anziana del villaggio, ma la donna era stata ingiusta, e ora la misura era colma. Poco dopo, quando fu mandato con Gillina all'estremità posteriore della gola per raccogliere la corteccia secca dei lepidodendri – che si prestava benissimo ad accendere il fuoco e diffondeva un profumo aromatico –, le rivelò la sua decisione.

« Vado dai draghi e voglio che tu venga con me. »

Gillina lo fissò, incredula. Sapeva che Iarwain pensava ai draghi giorno e notte, ma in fondo non sognavano tutti qualcosa d'irrealizzabile? « Cara sorella! » protestò. « Che idea assurda! »

« Non sono tua sorella », la rimbeccò Iarwain. « Sono un uomo, anche se mi manca un pezzettino qua e là. Te lo chiedo seriamente: vuoi venire con me? »

« Che cosa vuoi fare? » chiese Gillina, prendendo tempo.

« Voglio andare da Suramal, l'eremita, e pregarlo di chiedere ai draghi se per caso uno di loro abbia bisogno di due servitori diligenti. Non è forse questo che siamo? Lavoriamo dall'alba al tramonto e diamo raramente adito a lamentele, sappiamo tenere pulita la casa, lavare e rammendare i panni, cucire coperte e strofinare le pentole, e sappiamo persino cucinare un poco. » Quando vide l'espressione scettica della giovane, si affrettò ad aggiungere: « Ascolta! Ho pensato a tutto. I draghi illustri hanno servi e serve, esattamente come gli esseri umani più ricchi. I servitori, tuttavia, scarseggiano, sicché penso che non sarà troppo difficile trovare un drago solo e disposto ad accoglierci. Non chiediamo molto in cambio, solo vitto e alloggio ».

« Devo rifletterci sopra. » Gillina sedette su una pietra lungo il bordo del bosco e giunse le mani in grembo. « E se le cose non andassero come pensi? E se i draghi non avessero bisogno di nessuno, o Suramal si rifiutasse di aiutarci? Dovremmo tornare a Mesquit, e gli altri ci metterebbero alla berlina e ci getterebbero addosso i pesci marci. »

« Che i draghi ci aiutino oppure no, non tornerò mai più a Mesquit », dichiarò Iarwain in tono rabbioso. « Quando merito di essere picchiato, non dico nulla, ma questo ceffone è stato ingiusto, e non voglio più essere schiaffeggiato ingiustamente. » Sedette accanto a Gillina e le mise un braccio intorno alle spalle. « Ascolta! Siamo giovani e laboriosi. Possiamo fare un tentativo con Suramal e, se non ci aiuterà, andremo a Zorgh... »

« A Zorgh! Come ti salta in mente? »

Notando la sua indignazione, Iarwain si corresse subito. « O da qualsiasi altra parte... Cercheremo un drago. Non dev'essere necessariamente un drago del fuoco. Ne esistono anche di più modesti, che vivono nei boschi o nelle caverne. » Lanciò un'occhiata insieme intimorita e rancorosa al villaggio e al suo porto. « A ogni modo devi decidere, perché io vado in qualsiasi caso. »

Gillina deglutì forte, ma sapeva che Iarwain diceva sul serio, così replicò con gli occhi lucidi: « Sai che non ti lascerei partire da solo. Andiamo! Prima ci mettiamo in marcia, e più tempo ci rimane prima che si accorgano della nostra scomparsa ».

Iarwain la strinse e le baciò le guance umide. Non era certo che sarebbe riuscito a partire senza di lei, e ora fu pervaso da un'ondata di sollievo. Senza voltarsi indietro, si presero per mano ed entrarono nel bosco, percorrendo il sentiero che conduceva al Passo di Kauna.

Non avevano fatto molta strada, quando Gillina si fermò di colpo. « Ascolta! » sussurrò, spaventata. « Che cos'è? Sta forse tuonando? »

Iarwain tese le orecchie. Sì, si udiva un rumore. In qualsiasi altro posto avrebbe detto che era il fracasso delle ruote di un carro, ma sapeva bene che nessun carro riusciva a salire fin lassù. «No, non sta tuonando», bisbigliò, stringendola a sé con fare protettivo. «Sembra... sembra...»

Prima che potesse finire la frase, tuttavia, la fonte del rumore divenne visibile, ed era davvero un carro. Non si trattava però di un carro da contadini, bensì di una carrozza così alta e sottile da entrare perfettamente nel sentiero, trainata da due splendidi draghi rosso dorato con l'andatura e le dimensioni di cavalli. Avevano le ali piegate e avanzavano rapidamente. A cassetta sedeva un uomo alto e corpulento che indossava un mantello di velluto blu cobalto e un berretto dello stesso colore, guarnito da un ciuffo di piume bianco latte.

«Ehi, ragazzi!» urlò quando vide i due giovani, paralizzati dallo stupore e dalla paura. «Siete di queste parti? Sapete dirmi dove posso trovare un mercato degli schiavi?»

Gillina, che si era ripresa dallo spavento prima di Iarwain, s'inchinò. «Siete completamente fuori strada, nobile signore, perché questo sentiero conduce solo all'eremo del vecchio Suramal, e là non troverete certo nessuno schiavo.»

«Che stupido!» esclamò lo strano viaggiatore. «È tuttavia fondamentale che oggi trovi dei servitori, siano essi schiavi o liberi, perché nei prossimi giorni viaggerò molto, e nel frattempo non voglio che la mia casa si riempia di polvere. Devo tornare indietro, dunque.»

«Fermo! Fermo, aspettate!» urlò Iarwain, riscuotendosi all'improvviso. «Cercate dei servitori? Allora siete nel posto giusto! Noi stiamo cercando un nuovo lavoro. Sappiamo fare tutto ciò che ci si aspetta da un domestico, persino cucinare un poco, e non chiediamo molto in cambio.»

L'uomo tirò le redini e studiò la giovane coppia. «Mmm... Non sembrate molto robusti», borbottò. «Ma che cosa importa? Dovrò accontentarmi, perché non sarà semplice trovare qualcun altro. Forza, salite!»

Lo sportello della carrozza si aprì da solo e, prima di rendersene conto, Iarwain e Gillina sedevano su un comodo sedile imbottito. Lo sportello si richiuse e, poiché il veicolo non aveva finestrini, rimasero al buio. Udirono lo schiocco della frusta e un crepitio di ali che si allargavano, e la carrozza ripartì dolcemente e senza far rumore, come se le ruote solcassero l'aria.

« Speriamo di aver fatto la cosa giusta! » bisbigliò Gillina, ma Iarwain era così entusiasta che la abbracciò e le sussurrò all'orecchio: « Certo che è la cosa giusta! »

Quando il veicolo si fermò, Iarwain e Gillina non avevano idea di quanto fosse durato il viaggio. La carrozza cadde letteralmente in pezzi. Il tetto, la cassetta e le pareti si staccarono come i petali di un fiore appassito e sparirono non appena toccarono terra. I due giovani, sbalorditi, si ritrovarono seduti sul terreno nudo e si guardarono intorno con aria confusa. Erano scomparsi anche i draghi, ed era rimasto solo il cavaliere.

« In piedi! » ordinò, battendo le mani. « Sbrigatevi, voglio spiegarvi le vostre mansioni prima di ripartire. »

I ragazzi obbedirono. Mentre seguivano rapidamente il loro nuovo padrone, capirono di essere in una vasta oasi o in una giungla, perché erano circondati da una folta macchia di equiseti giganteschi, felci arboree e possenti alberi dalle corone larghe, alti più di quaranta passi. Al centro sorgeva un palazzo di pietra bianca, sfarzoso ma in parte fatiscente. Molte terrazze e torri laterali erano crollate, formando un mare di calcinacci. Iarwain e Gillina seguirono l'uomo in una sala e rimasero a bocca aperta, perché un enorme mucchio d'argento, coppe, pietre preziose e oro coniato e non coniato si levava sul pavimento di marmo fino alla scala del primo piano.

« Non sarete voi a occuparvene », affermò il cavaliere. « Ho assunto un guardiano, e ci resterebbe molto male se scoprisse che manca qualcosa. Confido tuttavia nella vostra onestà anche in sua assenza. »

Iarwain e Gillina videro qualcosa di nero che scivolava sul mucchio d'oro e, con stupore e raccapriccio, capirono che era un drago felino: la metà anteriore era quella di un gatto nero dal pelo liscio, dagli occhi incandescenti e dagli artigli affilati, ma la parte posteriore era quella di una lunga salamandra nera, sicché l'animale aveva zampe da gatto davanti e zampe da lucertola dietro. Li guardò con aria minacciosa e sbuffò.

« Balor sorveglia i miei tesori e protegge la mia casa dai ladri », continuò l'uomo. « Ma ora veniamo al vostro lavoro. Io ci sarò raramente, e voi dovrete occuparvi soprattutto della padrona di casa. Ricordate, su questo non transigo: non fatele mancare niente! »

Li condusse su per la scala scolpita, fino a un'ampia camera lussuosamente arredata in cui ardeva una lampada rosa. Iarwain e Gillina, che consideravano una cassapanca intagliata un mobile prezioso, rimasero a bocca aperta. Che meraviglia! Tappeti, arazzi, tavolini forgiati e intagliati e armadi di legno pregiato, vetro e marmo, così ricchi di torrette e bovindi da assomigliare a castelli.

Al centro del locale vi era un grande letto a baldacchino rosa su cui era distesa una donna smunta e immobile. Il padrone di casa avrebbe anche potuto evitare di far loro segno di camminare in punta di piedi, perché era evidente che la donna era molto malata. Aveva un colorito pallido come il marmo, non si muoveva e pareva che non respirasse nemmeno.

« Questa è mia moglie », asserì il cavaliere, e gli occhi gli diventarono lucidi. « Colei che amo più della mia stessa vita. È in questo stato da lungo tempo, né viva né morta, imprigionata in un sonno magico dal quale neppure io riesco a svegliarla. Posso solo sperare che il ritorno di Mandora la riporti in vita. Ma ora veniamo ai vostri compiti. »

Spiegò loro che avrebbero dovuto lavarla e asciugarla tutti i giorni, impomatarla e spazzolarle i capelli, infilarle vestiti puliti e cambiarle le lenzuola. La bella signora non era in grado di mangiare, ma sul suo petto era posato un frammento d'ambra magica che la nutriva e la dissetava. Ogni giorno avrebbero anche dovuto cogliere fiori freschi in giardino e portarli in camera, pulire la stanza e sedere al suo capezzale, cantando canzoni e raccontando storie come si faceva coi malati. Di notte avrebbero dovuto dormire con lei, sul tappeto davanti al letto, affinché non restasse sola e non le si avvicinasse nulla di malvagio. Non disse a cosa si riferiva; raccomandò solo che svolgessero il loro dovere con la massima meticolosità, specificando che in quel caso non avrebbe fatto mancare loro niente. Ma guai se avessero trascurato il loro lavoro!

Iarwain e Gillina gli assicurarono che avrebbero assolto tutti i loro compiti, benché avessero l'impressione che fosse tutto molto strano. Avevano infatti la sensazione di dover servire una morta.

« Bene », disse il cavaliere. Indicò una ciotola d'argilla smaltata su un tavolino e una caraffa dello stesso materiale. « Quando avete fame o sete, bussate sulla ciotola e sulla caraffa, e si riempiranno di cibo ogni volta che lo desiderate. Ma non lasciate sola la signora! Almeno uno dei due deve restare sempre con lei. »

Così dicendo, si congedò e uscì, e subito dopo i giovani udirono possenti ali che si agitavano sopra il tetto.

« Oh, Iarwain! » sussurrò Gillina. « Ora il tuo desiderio si è avverato, ma... ma è tutto così lugubre. »

« Non temere », la consolò il ragazzo con un nodo alla gola. « È tutto molto curioso e insolito, ma qui non è forse assai più bello che a Mesquit? Senti che caldo! E come profumano i fiori in giardino! No, ci prenderemo cura della povera signora affinché non le manchi niente, e le faremo compagnia perché non debba avere paura. »

Si avvicinarono al letto con prudenza per guardare meglio la donna addormentata. Il suo volto era cereo ma bellissimo, e folte ciocche di capelli biondi s'inanellavano sul cuscino.

« Ho paura che sia un vampiro e che dobbiamo restare qui perché ci succhi il sangue », disse Gillina con un sussurro appena percettibile.

« No, no, certo che no! » protestò Iarwain. « Sai che cosa penso? Quel cavaliere è il cantastorie Vauvenal, che ha visitato il nostro villaggio e che è volato via davanti ai miei occhi sotto forma di drago, con ali blu cobalto e una corona bianco latte sulla testa. Sono sicuro che è un drago del fuoco, e in questo caso non sposerebbe una donna malvagia, giusto? Dunque la signora è buona e nobile quanto lui e merita di essere curata al meglio. »

Gillina sospirò. Rammentò con disagio le veglie funebri a Mesquit – durante le quali avevano dovuto lavare e vestire i cadaveri, che talvolta erano stati trasportati a lungo dal mare prima di essere sospinti sulla spiaggia –, e desiderò che la bella signora non sembrasse così morta.

# MAESTRO NINIAN

Nella Città Dorata, al piano più alto della Casa dei Libri, Maestro Ninian guardava dalla finestra. Era un Sundario bruno e slanciato, con lineamenti aristocratici e malinconici. Avrebbe potuto fornire al sommo sacerdote le risposte ai quesiti che lo tormentavano, ma non era stato interpellato. Era infatti caduto in disgrazia da quando aveva rimproverato l'imperatore per l'impiccagione di sua moglie e l'infelice matrimonio con la Mokabita.

Quello era anche il motivo per cui gli avevano ordinato di accompagnare il conte Viborg nei deserti del Polo Nord. Sapeva bene che non sarebbe mai tornato da quel viaggio, ma partire era sempre meglio che essere sollevato dalla carica con disonore e ignominia. Gli avevano offerto l'ultima occasione per uscire di scena con dignità. Se non fosse partito, sarebbe stato perduto.

Senza accorgersene, sfiorò il gagliardetto sul lato sinistro della tunica e abbozzò un sorriso amaro. Per il momento il panno era ancora bianco, ma le cose sarebbero potute cambiare rapidamente. Come tutti gli altri funzionari, anzi come tutti i sudditi dell'imperatore, anche gli eruditi venivano convocati a intervalli irregolari per il cosiddetto «esame di giustizia», durante il quale si decideva il colore da assegnare al candidato. La cosa insopportabile era l'assenza di regole. Ciò che era giusto il giorno prima poteva non essere più giusto il giorno dopo. L'imperatore non era forse l'unico a poter interpretare la criptica Pergamena delle Regole? Spettava solo a lui decidere chi aveva peccato e chi no, chi superava l'esame e chi doveva essere esiliato e condannato.

Ninian strinse le mani intorno al davanzale. Non era forse ciò che era capitato al suo migliore amico, il giudice Beck, un ex inquisitore imperiale? Per non parlare poi di Jannis, il povero pazzo che lavorava nel reparto culture primitive. Quei due non si erano neppure visti offrire la possibilità di andare incontro alla morte sotto il manto di una missione onorevole. Poteva dunque considerarsi privilegiato.

Si voltò gettando un'occhiata triste ai numerosi scaffali di legno lucido che fiancheggiavano le pareti. A Thurazim non avrebbe lasciato moglie e figli, e nemmeno amici fidati. Aveva trentacinque anni, e la sua vita era sempre stata quella di uno studioso solitario, orfano sin dall'infanzia e cresciuto da parenti restii. Avrebbe tuttavia sentito la mancanza della sua collezione: decine di migliaia di documenti, scritti, ritratti, schizzi e statue che rappresentavano tutto ciò che c'era da sapere sui draghi, dai mistici Fallum Fey fino al più umile grolm della terra. Nessun abitante di Chatundra conosceva i figli degli elementi meglio di lui.

Naturalmente, il suo lavoro non era mai stato particolarmente apprezzato. Anzi, i sacerdoti e i cortigiani nutrivano molti sospetti sul suo conto. Si era giustificato dicendo che studiava la natura dei draghi per trovare il modo più efficace per sconfiggerli.

I suoi detrattori cercavano in tutti i modi di cancellare ogni ricordo di quelle creature, ma, sebbene fossero trascorsi millenni da quando i draghi del fuoco avevano regnato su Chatundra, erano rimaste troppe tracce della loro esistenza. La presenza d'innumerevoli piramidi testimoniava l'adorazione della Triade, come i coni di pietra bucherellata che erano ancora usati come decorazione e raffiguravano un monte attraversato dai draghi delle gallerie. Le persone semplici portavano ancora amuleti a forma di « occhio di carbonchio », che tenevano lontano il male, e, quando qualcuno aveva una bella voce, si diceva « canta come Vauvenal ».

Un tremendo rumore interruppe le sue riflessioni. Da un capo all'altro dell'enorme città echeggiò il cupo gemito dei corni notturni. Quel suono indicava la chiusura delle porte che conducevano nella città bassa. Guai a chi non fosse tornato in tempo! Girare per le strade a quell'ora era una dimostrazione di cattive intenzioni.

La motivazione ufficiale del coprifuoco era che, notte dopo notte, i Selenari uscivano dal loro mondo sotterraneo percorrendo sentieri segreti e attraversavano la città alla ricerca di finestre aperte in cui introdursi per rapire i figli dei Sundari. Il vero scopo, tuttavia, era impedire ai Sundari insoddisfatti di fuggire dalla Città Dorata col favore delle tenebre. L'imperatore Hugues diffidava tanto dei fedeli quanto degli infedeli. Temeva tutti, e tutti temevano lui, persino i suoi funzionari e cortigiani, che erano alla mercé dei suoi capricci quanto chiunque altro.

Quando il suono si placò, Ninian capì che era giunto il momento di ritirarsi. Lavorare dopo il calar del buio era considerato sconveniente, anzi sospetto e, pur non essendo così ingenuo da credere che i raggi della luna potessero stregarlo e spingerlo sull'orlo della follia, condivideva l'avversione dei Sundari per l'oscurità.

Al diavolo, pensò con insolita testardaggine. Che lo mandassero pure nel Deserto Gemente! Forse così avrebbe ottenuto una vita più ricca e una morte più dignitosa di coloro che sarebbero rimasti nella Città Dorata. Era solo questione di tempo, infatti, prima che Zarzunabas, il Principe Cadavere, schiacciasse la città tra le sue dita pallide o gli Stregoni degli Inferi la attaccassero da sud sputando fuoco.

Tutti i segni indicavano una sciagura imminente, ma l'imperatore si rifiutava di vederli, e i funzionari e i sudditi vedevano solo ciò che l'imperatore permetteva loro di vedere. Ninian era convinto che Phuram sarebbe stato oscurato di lì a poco. I disordini nel profondo Sud erano un'avvisaglia inequivocabile. Probabilmente si erano già svegliati anche i bianchi Corni di Ghiaccio nel Nord. Hugues si cullava nella speranza che il Principe Cadavere fosse morto, ma i saggi sapevano che non sarebbe mai morto. Continuava a vivere nel castello di ghiaccio vorticante dentro i lugubri Toar kin Carrachon, che circondavano il Polo Nord. Sempre giovane e immutabile nel suo splendore, fossilizzato nel fiore della sua giovinezza e dei suoi peccati, intendeva allungare verso sud le sue mani bianche e fredde, finché l'intero Paese della Terra, del Vento e del Fuoco non fosse avvizzito e morto nel suo abbraccio.

Tuttavia, quando Phuram fosse stato oscurato, sarebbe scoppiato un pandemonio, e un'antichissima profezia, di cui erano stati conservati solo alcuni frammenti, avrebbe deciso il destino del mondo.

*L'oro combatte con l'oro, il ghiaccio col ghiaccio,*
*ma invano.*
*Chi ci aiuterà?*
*In tredici son stati chiamati,*
*esattamente metà uomini e metà donne.*
*Quando l'oro perirà e sarà divorato,*
*la speranza sarà vicina, ma pochi la scorgeranno.*

Ninian era convinto che l'ultimo verso si riferisse alla rovina della Città Dorata, anche se la teoria ufficiale affermava che Thurazim non sarebbe mai stata distrutta. Secondo la storiografia ufficiale, i Sundari erano gli unici fondatori della cultura e della storia su Chatundra. Erano arrivati dal sole molto, molto tempo addietro e avevano colonizzato il pianeta. Gli avevano dato un nome e avevano tramutato il suo deserto spopolato in un luogo di luce e saggezza.

Nei documenti fragili e ingialliti, tuttavia, il pianeta si chiamava Murchmaros ed era stato colonizzato dai draghi. I loro regni si chiamavano Dundris, Carthula, Rachmibon, Sulis e Zorgh. Quelle creature erano gli antenati di popoli dai nomi curiosi e dall'aspetto ancora più curioso, progenitori mitici dei mesri e dei capridi cornuti, nonché dei mostruosi multipedi che erano arrivati a Dundris dopo che i giganteschi leonindaco erano stati decimati da una catastrofe sconosciuta agli uomini. Nel corso dei millenni, tuttavia, i Draghi Purpurei erano sprofondati sempre di più nella materia, diventando man mano più corporei, e la loro vita quasi eterna si era via via accorciata, cosicché nessun drago superava i mille anni d'età a eccezione dei Mirminay e, naturalmente, anche dei Draghi Astrali.

Ninian era uno dei pochi saggi sundarici che conoscevano il destino di Mandora e la speranza dei suoi servitori di rivederla sul Trono delle Stelle, ma si guardava bene dal divulgare quelle informazioni. Per qualsiasi Sundario sarebbe stato pericoloso parlarne e anche solo pensarci, e per Ninian sarebbe stato letale, perché era nato durante il plenilunio di mezza estate, e sotto l'ascella sinistra aveva tre segni rossi simili a chicchi di melagrana e disposti a formare un triangolo equilatero.

Cercava di convivere con le sue conoscenze segrete ricordando che, in ogni caso, la profezia era irrealizzabile. Eletto oppure no, nessuno poteva valicare le altissime vette dei Toarch kin Mur, i Monti Urlanti dell'estremo Nord, un titanico baluardo di pietra dove imperversavano sia violente tempeste sia frane e valanghe incessanti. I loro pendii erano infestati da chiassosi demoni delle bufere, spiriti delle nebbie e mortali vampiri delle nevi che si avvolgevano in veli di ghiaccio scintillante e paralizzavano le loro sfortunate vittime, mentre nelle gole incrostate di ghiaccio e sui passi spazzati dal vento si nascondevano i semimorti del Principe Cadavere.

Anche se, contrariamente a ogni aspettativa, qualcuno fosse riuscito nell'impresa, che cos'avrebbe trovato oltre le montagne? Quella che agli albori dei tempi era stata una città doveva ormai essere un cumulo di macerie consumate dagli uragani e sepolte da uno spesso strato di ghiaccio, così fredda che la calda carne umana sarebbe congelata prima che il suo proprietario avesse percorso mezzo miglio. In sogno, Ninian vedeva spesso quel deserto ghiacciato: nevai sconfinati in una lugubre notte rischiarata solo da stelle spietate, gli abissi di una caverna in cui luccicanti cascate d'acqua gelata si riversavano in voragini senza fondo, i muri di vetro nero e blu di una gola di ghiaccio eterno... Le scene che s'insinuavano nei suoi sogni diventavano sempre più grandi e spaventose: le cime dei Toarch kin Mur, ammantate dall'oscurità e dal mugghio delle tormente, un deserto di trasparenti blocchi azzurri, così freddi che la carne vi rimaneva appiccicata, un sole gonfio e rossastro sopra un mondo esploso per via del gelo...

Quelle immagini raccapriccianti, sempre presenti nel suo subconscio, lo perseguitavano anche quando non dormiva, per poi svanire un attimo prima che si mettesse a gridare: un paesaggio desolato, coperto da un vitreo cielo polare verde scuro, in cui un fango incolore gorgogliava intorno alle rovine bianche; un fango così gelido da essere mortale, ma capace di rumoreggiare e formare bolle. E in quelle bolle, come i piccoli nelle uova di serpente, si distinguevano teste dalle fattezze insieme umane e disumane...

No, anche se la profezia fosse stata esatta, nessuno avrebbe potuto realizzarla, e quella era una consolazione per un codardo come Ninian, che tremava al solo pensiero di un'avventura eroica.

# I PIANI DEI SEGUACI DI DRYDD

Il conte Nestore notò che il suo mondo interiore aveva subito profondi cambiamenti da quando era arrivato a Thurazim con Casim e Rasko. I tre giovani stavano sempre insieme, perché i cortigiani imperiali li trattavano con estrema freddezza e la gente comune li rincorreva per la strada coprendoli d'insulti. Anche se l'imperatore aveva sposato una Mokabita, i Sundari, i Pezzati e i Selenari continuavano a considerare i loro vicini meridionali l'incarnazione del male. Nestore, Casim e Rasko capirono ben presto che era consigliabile trascorrere le giornate nelle loro stanze all'interno del palazzo.

Là sostenevano lunghe conversazioni confidenziali.

«Il vecchio ci ha mandati qui perché morissimo, ma non ho intenzione di fargli questo favore», dichiarò Casim, e Rasko annuì. «Piuttosto è stato lui a fare un favore a me, così non ho dovuto lasciare Thazim di nascosto. Ne ho fin sopra i capelli di adulare i Rachmanzai, quelle bestiacce rintanate nei loro buchi infuocati e intente solo a cianciare del loro passato glorioso. Se dobbiamo allearci coi draghi, perché non coi più potenti?»

Aggiunse che, dopo il rovesciamento delle Tre Sorelle, Drydd era l'unico sovrano legittimo di Chatundra, l'unico drago elementale che avesse il diritto di governare quel regno. Nell'ordine naturale era superiore a Phuram e Datura, i Draghi Astrali, e ancora di più ai draghi del fuoco, per non parlare poi di quelli Purpurei.

Nestore dovette ammettere che Casim aveva ragione, ma non riusciva a dimenticare la sua avversione innata per le creature acquatiche. Il solo pensiero del mostruoso demone marino gli procurava un brivido gelido lungo la schiena, e non esitò a confessarlo. Gli avevano raccontato spesso che Drydd aveva una forma simile a quella di un polpo, ma assai più raccapricciante: un ammasso di carne pallida e lacera, gonfio come il cadavere di un annegato, con tentacoli che terminavano in fili velenosi e che potevano sferrare colpi mortali. I suoi occhi brillavano nell'oscurità degli abissi marini, sul cui fondo nudo strisciava facendo cadere brandelli di carne putrefatta e trascinandosi dietro lunghe strisce di pelle bianca.

Casim scoppiò in una risata sprezzante. «Credi davvero a queste brutte storie?»

«Sei proprio ingenuo, Nestore! Che cosa mi risponderesti se ti dicessi che Drydd non ha assolutamente l'aspetto di un mostro, bensì può assumere a piacimento le sembianze di uno splendido pesce drago o di un uomo avvenente?» intervenne Rasko in tono di scherno.

«Come fai a saperlo?» domandò Nestore, furibondo.

«Perché l'abbiamo visto», rispose Casim. «E, se non credi alle nostre parole, puoi vederlo anche tu.»

Nestore proruppe in una risata sdegnosa. «Ah, allora vi siete tuffati in mare e vi siete immersi fino ai fondali dove sorge il Castello di Perla?»

«No, ma possediamo uno strumento che ci permette d'immergerci mentalmente negli abissi marini, come quando, a casa, parliamo con gli spiriti dei Rachmanzai nelle loro inaccessibili camere magmatiche. Suvvia! Vogliamo mostrarti una cosa.»

Casim posò sul tavolo una lastra piatta e l'aprì, rivelando che, come un grosso medaglione, conteneva due ritratti. Casim avvicinò la luce e Nestore si chinò sull'oggetto con curiosità.

Il primo ritratto, eseguito con una tecnica antiquata ma senza dubbio realizzato di recente, raffigurava un uomo con un lungo caffettano di seta indaco e un mantello argenteo morbidamente drappeggiato intorno alle spalle. Si trovava in un'ampia stanza vuota sul cui pavimento spiccava un motivo floreale disegnato dalle piastrelle bianche e blu; su entrambi i lati vi erano candelabri che, come dimostravano i lunghi fili di fumo, erano appena stati spenti. Sullo sfondo si scorgeva una finestra ogivale affacciata su case tetre e su un cielo plumbeo. Nestore rabbrividì un poco, perché conosceva molto bene quella stanza. Si trovava nel palazzo di Thamaz.

Il secondo ritratto aveva le stesse dimensioni e una cornice identica, ma era assai più antico. La vernice si era staccata, e alcuni punti avevano assunto un colore marrone scuro. Su un accurato sfondo di volte buie e gocciolanti, simili a tombe, si profilava una ripugnante creatura ermafrodita. La parte inferiore, che sfumava nell'oscurità, non aveva forma umana, bensì era una bizzarra struttura che ricordava la corazza di uno spinarello o una strana conchiglia; tuttavia, da quelle spire cornee, punteggiate e macchiettate spuntava a poco a poco la sagoma di un essere umano. La creatura - era impossibile stabilire se fosse uomo o donna - era avvolta in un mantello argenteo che, sollevato davanti al volto, lasciava scoperti solo gli occhi: ardenti occhi verde smeraldo che spiccavano sullo sfondo scuro, pieni di luce velenosa e di malvagità ultraterrena.

Nestore guardò i suoi compagni con espressione dubbiosa. « Dove avete preso questi ritratti? »

Casim gli diede un colpetto malizioso sul naso. « Niente da fare, curiosone! Non facciamo nomi. Il fatto è che alcuni Mokabiti si chiedono da sempre: 'Perché dobbiamo adulare i draghi del fuoco quando il sommo potere ci tende la mano?' Hanno visto Drydd come l'abbiamo visto noi, e sono della nostra stessa opinione. Drydd è il legittimo sovrano del mondo e ricompenserà coloro che sono abbastanza intelligenti da schierarsi al suo fianco. »

Poiché Nestore continuava a dubitare, Rasko gli mostrò una pergamena. « Leggi questo! L'ha scritto una persona più coraggiosa di te. »

Con riluttanza, ma anche con curiosità, Nestore lesse il testo, che evidentemente era tratto da una lettera; Rasko aveva piegato il foglio in modo da mostrargliene solo una parte.

*Avevo l'impressione di aver assunto due droghe diverse, con effetti opposti; avevo la febbre e, anche se dall'altra parte stavo bene ed ero tranquillo, sapevo che dietro la fragile parete di quella calma innaturale si celava un orrore come non ne avevo mai veduti. Mi colpì l'arredamento insieme bizzarro e sontuoso della dimora sottomarina. Nei punti in cui non vi era la tappezzeria, le pareti erano fatte di coralli grigi e perle appena luccicanti, e scintillavano di decorazioni dorate. Alcuni arazzi coprivano la carta da parati di seta argentea, e il pavi-*

*mento era spoglio e liscio come vetro verde scuro, cosicché le candele che ardevano nei candelabri d'argento vi si riflettevano e io avevo l'impressione di camminare su un lago ghiacciato pieno di fuochi fatui. Su tavoli di ossidiana fiocco di neve erano posate diverse ciotole, tutte coperte. All'epoca non sapevo ancora che cosa contenessero; l'avrei scoperto in seguito. Nelle stanze echeggiava una musica sgradevole, simile a quella del vecchio carillon a casa di mio zio, che, quando qualcuno lo apre, suona una gavotta triste e rauca.*

*Quelle sale insieme spettrali e incantevoli erano gremite di persone che conversavano o passeggiavano alla luce delle candele, degnandomi a malapena di un'occhiata. Osservandole, capii di essere a una riunione di caricature, di mostri con antiquati vestiti di uno sfarzo smodato. Catene di giada, malachite e diamanti verdi ornavano i loro colli tozzi, orecchini di perla pendevano dalle loro orecchie simili a foglie di lattuga, e diademi scintillavano sulle loro teste calve e schiacciate. Dozzine di profumi si mescolavano in un olezzo che eccitava e confondeva i sensi. Alcuni volti avevano sembianze umane, altri meno, ma tutti erano accomunati da uno sguardo freddo e da lineamenti malvagi. Qua e là una lingua simile a un verme spuntava da una bocca nera, oppure un collo flaccido si gonfiava ritmicamente.*

*Inorridito, avrei voluto darmi alla fuga. Voltandomi, tuttavia, vidi due uomini a una certa distanza, così pallidi e immobili da rammentarmi le figure di pietra sulle pareti della Casa delle Mille Torri. Il primo, avvolto in una lunga veste verde, era esile e fanciullesco, con lunghi ricci biondo chiaro; il secondo, vestito d'indaco e argento, era più grande e virile, coi capelli scuri e con gli occhi che ardevano come fosforo. Ciascuno a modo suo, erano entrambi belli, incredibilmente belli. Si mossero, producendo un rumore simile a un frullo d'ali e avvicinandosi sempre di più. Vedendoli avanzare, fui assalito da un tale orrore che mi svegliai di soprassalto e cercai in tutti i modi di dimenticare quelle visioni. Negli ultimi istanti del sogno avevo avuto la netta sensazione che, se fossero riusciti a toccarmi, mi avrebbero ucciso.*

Il biondo, spiegò Rasko, era Zarzunabas, il mezzodrago che Drydd aveva generato con l'antica regina umana Athahatis e che ora governava i regni del Polo Nord.

Quindi Casim e Rasko dissero che Drydd veniva disprezzato non solo dai sudditi dell'imperatore, ma anche dai Mokabiti, e che quell'avversione dipendeva dall'aspetto deforme delle tarasque.

« Ma che importanza hanno le apparenze? » esclamò Rasko, così innamorato della propria bellezza che avrebbe potuto baciare lo specchio. « Belle o brutte, sono le discendenti del potente essere che al momento governa il mondo in assoluta libertà e tranquillità! »

Le cose continuarono così per giorni, finché Nestore non riuscì più a frenare la curiosità e chiese di provare quella droga straordinaria.

Casim gli somministrò l'elisir con un bicchiere di vino forte. Poi gli suggerì di stendersi sul divano e di aspettare le visioni che presto si sarebbero impadronite di lui.

Nestore, che aveva una lunga esperienza nel campo delle bevande inebrianti, si mise comodo e fece vagare tranquillamente lo sguardo da un capo all'altro della stanza mal illuminata. Le allucinazioni iniziarono di lì a poco. In un angolo che poco prima era vuoto sembrava che ora vi fosse qualcuno.

Il conte distinse con chiarezza due occhi, due gocce allungate e infuocate che spiccavano su un'ombra nell'oscurità. Tutt'intorno non si vedeva nessuna superficie bianca, nessuno scintillio di pelle chiara, come se il proprietario degli occhi si fosse avvolto completamente in un panno o in un velo e avesse lasciato scoperte solo quelle due fessure dal luccichio malevolo. Più giù si notava un bagliore, come se nell'angolo si fosse infilata una persona ammantata di stoffa argentea.

La figura sbiadì, e allo stesso tempo la stanza divenne sempre più grande e buia. Il conte scorse un movimento nella penombra, poi distinse forme via via più nitide. Il mormorio d'innumerevoli voci, che a tratti pareva quasi un canto monotono, riempì il locale, creando uno sgradevole sottofondo musicale per la graduale comparsa di nuove creature. Poi l'immagine divenne chiara all'improvviso. Da un'estremità all'altra, da un lato all'altro, l'enorme sala ospitava una fitta folla di esseri curiosi e impazienti.

Nestore era paralizzato. A terrorizzarlo non furono la bruttezza e la disumanità delle creature – dopotutto, aveva sangue nefrico nelle vene –, bensì un soffio di estrema perfidia e corruzione che sgusciò tra la nebbia e gli penetrò nell'anima, come se sotto i suoi piedi si fosse spalancato un abisso. Avrebbe voluto distogliere lo sguardo da quella scena raccapricciante, ma cedette all'irresistibile tentazione di guardare ancora.

Questa volta non vide le tarasque, bensì un giovane con le insegne imperiali e lunghi capelli che gli si riversavano sul mantello argenteo. Sulla testa portava una triplice corona appuntita, decorata da centinaia di perle che emanavano uno sfavillio gelido. La creatura era bella, assai più bella di qualsiasi uomo terreno, ma di una bellezza sinistra. Il volto era freddo e pallido come marmo; le labbra scarlatte erano umide e turgide come se avessero appena succhiato una ferita fresca; e gli occhi, quegli occhi sottili, circondati da ombre blu scuro e ardenti come fosforo...

L'essere non parlò, e Nestore era sicuro di non aver profferito parola. La sua mente si estraniò per qualche attimo e tornò portandogli una risposta. Il giovane conte si sentì imprigionato in una rete fredda e umida di pensieri che lo minacciavano e lo attiravano allo stesso tempo. Drydd lo chiamava a sé, gli offriva tutti i tesori dei fondali marini, pretendeva la sua devozione. Nestore ansimò e credette di sentire il cuore che si fermava. Era madido di sudore e aveva le ginocchia molli. Avrebbe voluto urlare, ma le sue labbra non produssero nessun suono. Provò ancora, ma emise solo un gracchio muto e tormentato.

Non aveva mai affrontato un simile orrore. La distruzione era scritta negli occhi di Drydd, quegli occhi totalmente inespressivi, che fissavano il vuoto con freddezza e indifferenza, come se fossero già morti. Quel vuoto era tuttavia indissolubilmente legato a una volontà... una volontà sovrumana che aveva il solo scopo di afferrare, svuotare e portare negli orribili abissi della Tetide qualunque cosa riuscisse a catturare.

*Mi hai chiamato, e ora sei mio!* lo minacciò una voce impercettibile.

Il possente drago scivolò silenziosamente nella sua direzione; spiccò un energico salto, coi capelli che ondeggiavano e col mantello che si sollevava. Il conte vide le membra snelle e forti che scattavano in avanti, le mani palmate che si allargavano e si allungavano nell'aria, le labbra che si ritraevano sugli affilati denti bianchi e i tendini del collo che sporgevano mentre Drydd rimaneva letteralmente sospeso nell'aria per un istante.

Nestore saltò su con un urlo agghiacciante, agitandosi come qualcuno che sta per annegare. Quindi ansimò e rantolò finché non riuscì a scrollarsi di dosso l'effetto dell'elisir. Sedette e notò che la sua mente tornava lucida, che gli arabeschi luminosi davanti ai suoi occhi scomparivano e che il suo respiro rallentava. « È stato... terribile. Ma avevate ragione. È magnifico. »

# BEPHZA

L'imperatrice Iwara era affacciata alla finestra della sua camera e guardava verso sud. Intorno al collo aveva una catenina d'argento da cui pendeva un minuscolo fischietto. Se lo portò alle labbra e produsse un suono lieve e cupo.

Sul davanzale di marmo comparve una nuvola di nebbia che divenne rapidamente più fitta e assunse un color oliva. Poco dopo, al suo interno si materializzò un drago-cadavere alato, non più grande di un gatto, marrone e malconcio come se fosse morto e decomposto da lungo tempo. Solo i fiammeggianti occhi blu zaffiro indicavano che era ancora vivo.

Allungò il più possibile la lingua spaccata, e l'imperatrice fece lo stesso, finché le due punte non s'incontrarono vibrando. Dedicarono un minuto buono a quell'antica cerimonia di saluto, quindi Iwara alzò il braccio come un falconiere, e la creatura vi saltò sopra con un leggero balzo e si posò sul suo polso.

« Porto notizie da Thamaz », sibilò. « Alcina, la vostra rivale, è morta. »

« Me l'aspettavo », replicò l'imperatrice, sorridendo.

« Tuttavia, le cose non sono andate come previsto. Due profanatori di tombe hanno disturbato il suo riposo prima che fossero trascorsi un giorno e una notte, e sapete che entro quel termine l'anima può tornare nel corpo. I due uomini sono stati uccisi da qualcosa che non ha lasciato tracce. »

« Pretendi forse che pianga quei farabutti? »

Il piccolo drago-cadavere cambiò argomento. « Avete qualche messaggio? »

« Sì, Bephza. Riferisci a mio padre che ho scoperto chi, a Thurazim, reca il segno di Mandora. Mi ci è voluta una lunga ricerca, e sono riuscita a individuare solo tre dei Tredici, perché lo sguardo magico non copre tutta la vastità di Chatundra. Sono riuscita a neutralizzarne due. Ho mandato il conte Viborg e Maestro Ninian nel Nord, nel Deserto Gemente, insieme con un gruppo di altri uomini e donne che avrebbero potuto ostacolarci. Non passerà molto tempo prima che il Principe Cadavere Zarzunabas li divori. Che ci serva pure da boia prima che lo distruggiamo. »

« D'accordo », sibilò la malvagia creatura simile a una mummia. « Avete altri messaggi? »

« No, ma ho due compiti da affidarti. Come sai, nella sua maledizione Majdanmajakakis ha detto: 'Gli esseri umani riusciranno a risvegliare le Vergini Madri solo quando uno di loro sacrificherà la sua vita spontaneamente, senza obblighi o costrizioni'. Devi trovare quell'essere umano. »

Bephza sbuffò forte. « Non sarà facile, perché il sacrificio avviene naturalmente, senza essere stato deciso dal destino. Esiste un indizio? »

« Forse, ma non l'ho trovato. È affar tuo come troverai quell'uomo o quella donna. Chiunque sia, uccidilo! E ora il secondo compito: bisogna assassinare il sommo sacerdote Furgas. Il fatto che voglia spodestarmi è l'ultima delle nostre preoccupazioni. È il terzo dei Tredici e, anche se non credo che seguirebbe la vocazione, non voglio correre rischi. Eliminalo. Scegli tu come procedere. » Un orrendo sorriso obliquo le deformò il volto splendido. « Ma assicurati che abbia una morte dolorosa. »

# LE CHIACCHIERE DEI SELENARI

In una delle basse volte dei sotterranei di Thurazim, elegantemente arredata con tappeti e cuscini, sedeva un gruppo di Selenari impegnati nella loro occupazione preferita: chiacchierare. Vauvenal adorava quelle riunioni, che, oltre a essere una fonte di notizie importanti, erano anche molto piacevoli. Il cavaliere-drago era sempre felice di ascoltare una storia che ancora non conosceva. Perciò, quando frequentava i Selenari, assumeva sempre l'aspetto di un cantastorie e faceva onore anche a quella professione. Si era tinto i ricci lunghi e folti con polvere vegetale rosso fuoco e vi aveva intrecciato sassolini colorati, palline di rame e rose essiccate; indossava i tipici vestiti rossi e arancioni di quel mestiere e aveva con sé un albero di sonagli con cui chiedeva silenzio ogni volta che iniziava un nuovo racconto.

In realtà avrebbe già dovuto essere a Fort Timlach, perché aveva appreso che laggiù si trovavano altri eletti, ma prima aveva voluto seguire una pista che l'aveva condotto diritto in quella volta, da una famiglia di Selenari e da un orfano che viveva con sua zia.

La conversazione era molto vivace. I Selenari parlavano soprattutto della terribile distruzione di Kysch, del mostro che era uscito dalla vetta del Toar Yul e della misera fine di coloro che avevano cercato di ucciderlo.

« In città ho sentito dire che diversi cavalieri si sono scagliati contro i Rachmanzai nel Sud, ma ne sono rimaste solo le ossa bruciacchiate e le armature fuse », disse uno dei presenti.

« L'ho sentito anch'io », intervenne una donna di nome Bana. « E vi dico una cosa: quegli illustri signori con le loro spade e le loro lance non concluderanno niente, perché sono avidi, crudeli e assetati di potere quanto i Draghi Purpurei. Lo afferma anche un'antica profezia, di cui purtroppo sono rimasti solo alcuni frammenti sconnessi:

*L'oro combatte con l'oro, il ghiaccio col ghiaccio,*
*ma invano.*
*Chi ci aiuterà?*
*In tredici son stati chiamati,*
*rami senza tronco, senza radici,*
*nati sotto il plenilunio, marchiati*
*dall'artiglio dei draghi.*
*Esattamente metà uomini e metà donne.*

«Ma come possono tredici persone essere esattamente metà uomini e metà donne? Dodici, sì, oppure quattordici, ma non tredici!» osservò un dodicenne di nome Jajn.

«Nessuno lo sa», replicò Bana. «Mia nonna, che mi ha insegnato la formula, mi ha detto solo che i tredici rami senza tronco e senza radici sono tredici orfani nati sotto il plenilunio; sono stati chiamati a liberare Mandora e a salvare il mondo dalle forze del male.»

«Orfani! Hai sentito, Jajn?» interloquì la zia del ragazzo. «E non sei forse nato durante il plenilunio di primavera? Chissà, forse sei uno degli eletti e diventerai un fiero cavaliere!»

Jajn abbassò la testa, imbarazzato. Sapeva bene che lo stavano solo canzonando. Tuttavia, il suo cuore prese a battere forte all'idea che potesse essere tutto vero. Prima di morire, sua nonna non gli aveva forse sussurrato all'orecchio che era un bambino speciale? All'epoca aveva creduto che la buona vecchia volesse solo confortarlo, ma l'aveva tirato a sé con la sua mano fredda e nodosa e gli aveva bisbigliato: «Lo capirai quando i tempi saranno maturi, Jajn. Fino a quel momento non rivelare a nessuno che hai un segno sulla nuca, sotto i capelli».

Non sapeva se quelle parole significassero davvero qualcosa. Che cosa potevano avere di tanto speciale tre macchiette rosa, non più grandi di chicchi di melagrana, nascoste sotto i folti capelli sulla sua nuca?

Ora stava cominciando a cambiare idea, ma non voleva parlarne con sua zia né con Bana o con un altro membro del gruppo. Doveva aspettare d'incontrare qualcuno che s'intendesse davvero di quelle questioni.

La vecchia Bana riprese la parola. «Ho sentito parlare di

persone che hanno visto i draghi del Sud. Sono creature gigantesche e parlano come gli uomini, anche se in una lingua orribile che l'orecchio umano non riesce a udire. Nessuno può scacciarli o ucciderli.»

«Nemmeno l'imperatore coi suoi soldati?» chiese un bambino che, come tutti i suoi coetanei, era profondamente affascinato dall'esercito dei Sundari, anche se ciò non si addiceva a un Selenario.

«No, perché la magia degli Stregoni degli Inferi li protegge», rispose qualcuno. «Inoltre, l'imperatore non farà nulla contro di loro, poiché ha sposato una dragonessa malvagia.»

«Come? Che cosa?» fecero tutti. Poiché i Selenari non avevano mai veduto l'imperatrice, che si mostrava in pubblico raramente e solo di giorno, nessuno di loro sapeva che aspetto avesse. «Ma come mai non se n'è accorto? Sua moglie sarà sicuramente coperta di squame e sputerà fuoco.»

«Se strillaste di meno e mi lasciaste raccontare, sapreste già tutto», sbottò Bana. «Dunque state zitti e ascoltate. Come sapete, esistono creature, dette 'ibridi', che discendono dai draghi e dagli esseri umani. Molti ibridi sono buoni e saggi, anche se spesso hanno un aspetto bizzarro. Ma guai se i draghi malvagi si accoppiano con esseri umani malvagi! Gli Stregoni degli Inferi – che impallidiscano sotto la luce della luna! – e i Rachmanzai sono amici da sempre, perché sono accomunati dalla spietatezza e dalla sete d'oro, ed entrambi, maghi e Draghi Purpurei, amano manipolare gli altri. Accadde così che generarono dei figli, i nefri, che sono per metà draghi e per metà umani. Molti sono esseri orrendi, con un corpo da serpente. Alcuni hanno le ali, altri hanno un nido di vipere sibilanti al posto dei capelli, col corpo squamoso e con l'alito infuocato. Tuttavia, esistono anche nefri con un aspetto totalmente umano. L'imperatrice Iwara è uno di questi e, se l'imperatore non fosse un Sundario, se ne sarebbe già accorto!»

Fece una pausa a effetto, e gli ascoltatori, che sapevano di non poter interrompere il racconto con le loro domande, aspettarono con impazienza.

«Sapete che cosa pensano i Sundari dell'amore», continuò finalmente Bana.

Qualcuno ridacchiò. Le usanze dei Sundari in quell'ambito erano un'inesauribile fonte d'ilarità tra i Selenari.

« Ciò che per noi è la cosa più bella della vita per loro è sporco e ripugnante. Ecco perché non si vedono mai nudi, bensì s'incontrano solo al buio e completamente vestiti, e, quando sono sposati, non dormono nello stesso letto, bensì in camere separate. Se non fosse così, l'imperatore avrebbe capito da tempo che cos'è davvero sua moglie, perché i nefri hanno tutti il sedere scarlatto e macchiettato di giallo, come le lucertole velenose del deserto. »

Jajn tirò un sospiro di sollievo. Adesso era sicuro che la sua amica Phisa non era una dragonessa. Il suo sederino, infatti, era tutto rosa.

« Inoltre, l'imperatore noterebbe che sua moglie dorme sempre su uno strato di lingotti d'oro, perché è questa la natura dei nefri, per quanto abbiano un aspetto umano. Non solo amano smodatamente l'oro, ma ne traggono anche la loro forza. Ecco perché ambiscono alla Città Dorata. S'inebriano col metallo scintillante come i Pezzati fanno con l'olio di boccamiele », proseguì Bana.

Si udirono mormorii e sbuffi di disapprovazione. Nessun Selenario avrebbe mai bevuto una goccia della bevanda tanto amata dai Pezzati. Molti di loro erano stati condannati ai lavori forzati nelle piantagioni di boccamiele – la pena più frequente per i reati minori –, e sapevano bene quali pasti ributtanti consumassero quei necrofagi.

« Ho sentito dire che il cavaliere Viborg è partito per ritrovare il regno di re Kurda e conquistare le miniere d'oro di Chiritai », disse un uomo.

« Davvero? » fece Bana, pungente. « Allora che stia attento a non finire come Kurda, perché è della stessa risma! »

Sulla stanza calò il silenzio, e tutti aspettarono con impazienza la storia successiva.

« Kurda era ricco e potente e, per quanto si possa dire di un sovrano superbo, non era nemmeno un cattivo re: divideva col suo popolo le ricchezze che estraeva dai monti, e persino il più umile abitante di Chiritai aveva la pancia piena e indossava vestiti eleganti. Scavando nell'oro giorno dopo giorno, il re e i suoi sudditi cominciarono tuttavia ad amare così tanto la ricchezza, lo sfarzo e il lusso che il loro cuore si trasformò in oro, seguito a poco a poco da tutto il corpo. Si tramutarono in grassi sauri coperti di squame dorate, che scendevano sempre di più nelle miniere per strappare alla montagna una quantità sempre maggiore di metallo prezioso coi loro artigli. E laggiù, nell'oscurità, si pietrificarono completamente, nel bel mezzo del loro ultimo movimento. Da allora, su Chiritai incombe la maledizione dell'oro, che colpisce tutti i cuori duri e avidi. Se il cavaliere Viborg e le sue salmerie riusciranno a raggiungere la città, diventeranno statue d'oro come Kurda e il suo popolo», concluse Bana.

Poiché avevano toccato l'argomento dei «nobili maledetti», la conversazione si spostò ben presto sugli Stregoni degli Inferi.

Negli ultimi tempi, in città si erano visti spesso tre curiosi aristocratici provenienti dal lontano Sud. Erano imparentati con l'imperatrice e dunque avevano il diritto garantito di farle visita, anche se tra i Mokabiti e l'impero non correva buon sangue. Quasi tutti gli abitanti di Thurazim – fossero essi Sundari, Pezzati o Selenari – erano rimasti un poco delusi dal fatto che i forestieri, a parte l'abbigliamento singolare, non fossero diversi dagli altri esseri umani, anzi fossero addirittura tre giovani molto avvenenti. Secondo i Selenari, quelle sembianze innocue erano solo una finzione, e i visitatori indossavano vestiti lussuosi, parrucche e cappelli a tesa larga solo per nascondere la loro vera bruttezza.

Jajn, che aveva ascoltato con attenzione, sentì qualcuno che gli sfiorava la spalla. Era il cantastorie, che gli chiese a bassa voce: «Ho notato che ascolti con molto trasporto. Ti piacerebbe sentire nuove storie ogni giorno e imparare a raccontarle?»

«Oh, non potrei chiedere di meglio!» esclamò il ragazzo. «Ma bisogna essere apprendisti di un cantastorie.»

«Se vuoi, ti prenderò come mio apprendista.»

Jajn trovava simpatico il forestiero, perché aveva una voce melodiosa. Gli tese la mano. «Piacere! Io sono Jajn. Come vi chiamate?»

Una mano calda e forte strinse la sua. «Vauvenal.»

PARTE SECONDA

# LA FINE DELL'IMPERO

# NEL DESERTO OCCIDENTALE

## LO STUDIOSO VENDUTO

Nella cittadina di Kuskal, poco distante da Fort Timlach, fervevano i preparativi per il mercato mensile degli schiavi, che era sempre un grande avvenimento per quel buco sonnacchioso. I mercanti arrivavano all'alba coi loro carri trainati da sauri, trascinando gabbie di ferro munite di ruote e zeppe di schiavi. Poi giungevano i soldati che accompagnavano la spedizione imperiale di Thurazim, una grande gabbia piena di militari esiliati, funzionari infedeli, lacchè disonesti e amanti cadute in disgrazia.

La spedizione suscitava sempre molta curiosità tra i compratori, perché comprendeva anche personalità illustri di Thurazim. Chi era fortunato e s'intendeva di commercio poteva acquistare a buon prezzo una signora che fino a poco prima era stata l'amante di un cortigiano, o un funzionario che sapeva leggere e scrivere ed era esperto di tasse, anche se andava sempre tenuto d'occhio.

Jannis, che aveva trascorso gli ultimi giorni in uno stato di cupo stordimento, accorgendosi a malapena di quanto gli accadeva intorno, si riscosse dal suo torpore quando due mani rozze lo afferrarono e lo tirarono fuori dalla gabbia. Dovette mettersi in fila con tutti gli altri e passare davanti al funzionario incaricato di verificare se ogni persona corrispondesse all'annotazione sulla lista. Quindi tutti si videro appendere intorno al collo una tavola che elencava le loro qualità. Nel caso di Jannis si leggeva:

JANNIS, ERUDITO, 35 ANNI, SANO E SENZA DIFETTI FISICI.
SA LEGGERE E HA UNA BELLA CALLIGRAFIA.
OBBEDIENTE E BENEDUCATO.

Quindi lo condussero su per la scala di legno del palco e lo incatenarono a un palo.

Il mercato era sempre più gremito. Da tutte le parti arrivava il profumo del cibo - dopotutto, il fervore delle trattative metteva appetito -, e un vocio assordante riempì la piazza intorno all'albero di Babona. I mercanti urlavano cantando le lodi della loro merce, mentre i compratori la criticavano a voce altrettanto alta per tirare sul prezzo. I crimini che avevano condotto a quella severa punizione non erano mai indicati, altrimenti gran parte degli schiavi non sarebbe sicuramente stata piazzata. Gli acquirenti sapevano di comprare la gatta nel sacco, perciò continuavano a dire: « Che cosa? Tutti questi soldi per quel tizio? Chi mi garantisce che non sia un furfante intenzionato a derubarmi? E la bella laggiù non avrà un difetto di cui verrò a conoscenza solo in un secondo momento? Non intendo spendere più di due monete imperiali! »

I soldati respingevano i compratori che volevano invadere il palco per toccare la merce con mano. Jannis osservò con orrore e incredulità alcune proprietarie terriere che affondavano le dita nelle braccia degli schiavi, che sferravano loro un pugno nel ventre sodo e che pizzicavano loro il sedere. Altri venivano palpeggiati in punti assai più intimi, tanto che l'erudito si premette contro il palo e contrasse la pancia finché non riuscì quasi a respirare, per paura che una di quelle donne volesse toccarlo tra le gambe.

A un tratto, sulla folla scese uno strano silenzio che lo indusse ad alzare lo sguardo. Le urla si erano placate, e la moltitudine fece ala al passaggio di una donna alta che, con un mantello dotato di cappuccio, avanzava a passo lento e sicuro. Si fermò davanti a Jannis e lo studiò.

Quindi si abbassò il cappuccio, rivelando folti e crespi capelli biondo cenere. Il volto non era esattamente bello, ma molto particolare, con lineamenti marcati e spigolosi, luminosi occhi verdi e una bocca larga in cui - come notò lo studioso impaurito - vi era il doppio dei denti di una persona normale. Erano anche assai più lunghi e aguzzi, e avevano il colore giallastro dell'avorio vecchio. La donna sfoderò un sorriso ferino, singolare e inquietante.

Ancora più singolare era tuttavia lo snello quadrupede che la accompagnava come un cane. Alto come un bambino, aveva la testa e il corpo di una lucertola e la pelle a macchie verdi, marroni e oro di un rettile, ma anche gli occhi a mandorla, giallo ambra e sorprendentemente umani. Anche le sue mani delicate erano antropomorfe, se si prescindeva dal fatto che avevano solo quattro dita. La creatura camminava ora su quattro zampe, ora solo sulle due posteriori, sostenendosi con la lunga coda robusta. Nonostante la paura e la vergogna Jannis comprese di avere il raro privilegio di vedere un mesri vivo.

Poi, però, il terrore tornò ad assalirlo, perché udì i mormorii degli spettatori.

«Guardate, la maga Umbra!»

«Comprerà sicuramente un altro uomo per cuocerlo nel suo pentolone.»

«Che cosa ne dici del ciccione laggiù? La cannibale sceglierà lui?»

«No, guarda, Umbra è interessata allo smilzo dall'aria triste!»

«Che cosa vuole cucinare con quello? Il brodo di pollo, forse?»

«Zitto! Chiudi il becco, idiota! Se sente le tue stupide parole, può darsi che ti lanci un incantesimo e ti trasformi in un maiale, come ha già fatto in passato!»

Mentre il povero Jannis ascoltava tutti quei discorsi, la donna lo osservò con sguardo sempre più penetrante. Quindi gli domandò quando fosse nato e quando fossero morti i suoi genitori, e gli ordinò di alzarsi la toga blu fin sopra l'ombelico. Jannis obbedì come un sonnambulo, riscuotendosi e lanciando un urlo di terrore solo quando la sconosciuta annuì con aria soddisfatta e concordò il prezzo col mercante. «Cuocere, pentolone, maiale», gridò come un forsennato prima di cadere svenuto ai piedi del palo.

«Caricatelo sul mio carro», ordinò la donna. «Presto riprenderà i sensi.»

# I RAMI SENZA TRONCO

Il giorno del mercato volgeva al termine. Contadini e mercanti esausti sedevano intorno ai fuochi arrostendo polli e lepri o cuocendo schiacciate, bevendo vino annacquato e chiacchierando dei successi e degli insuccessi della giornata. Il caldo era stato intenso, perciò si sentirono tutti sollevati quando nuvole leggere velarono il sole e una brezza prese a soffiare nell'oasi. Quindi calò un silenzio improvviso, perché nella piazza risuonò una voce.

« Avete mai sentito parlare del drago del carbonchio, quello che nessun cavaliere coraggioso riuscì a sconfiggere? »

Il cantastorie Vauvenal scrutò i mercanti e gli abitanti del villaggio riuniti intorno all'albero di Babona. Teneva in mano un albero di sonagli e lo scuoteva con vigore ogni volta che iniziava un nuovo racconto. Ora i sonagli tintinnarono forte.

« Come, non ne avete mai sentito parlare? Be', vi siete persi qualcosa d'interessante! Sedetevi qui e ascoltate con attenzione! »

La giovane Kaira diede una gomitata alla sua amica Tataika e sussurrò: « È tardi. Dovremmo già essere sulla strada di casa. Che cosa facciamo se ci sorprende l'oscurità? »

« Sciocchezze! » mormorò Tataika. « Siamo forse Sundarie che muoiono di paura per un poco di buio? E poi non è così tardi. Ancora una storia! Rientreremo in tempo. »

Kaira sospirò, ma non insistette. Quando Tataika e Thilmo, il ragazzo che le aveva accompagnate al mercato, s'impuntavano, non vi era modo di dissuaderli. Inoltre, voleva ascoltare anche lei la storia. Così si appoggiò al tronco crepato dell'albero di Babona e si coprì il volto col velo ruvido per sottrarsi agli sguardi penetranti degli uomini. Era una ragazza carina, piccola ma forte e muscolosa, con una chioma color ocra sotto il velo marrone. Se non fosse stata orfana, qualcuno avrebbe già chiesto la sua mano, ma chi voleva una moglie senza famiglia e senza patrimonio?

Vauvenal cominciò a raccontare: « Molto tempo fa, dove oggi si stende il Deserto Gemente, viveva un potente drago di nome Kulabac, che nella lingua di quella regione significava 'serpente con un occhio solo'. Era un magnifico essere tempestato di pietre preziose. Era grande come una nave con tanto di vele, le sue squame scintillavano come diamanti e sulla testa portava una corona di perle. Più prezioso di tutte quelle gemme messe insieme era tuttavia un enorme carbonchio rosso sangue che era collocato al centro della sua fronte, esattamente tra le corna, e costituiva il suo occhio magico. Il carbonchio brillava e luccicava così tanto che, quando Kulabac volava alto nel cielo, pareva circondato dal fuoco.

« Molti desideravano quello splendido monile e decisero di uccidere il drago, ma quest'ultimo era tutto rivestito di squame verdi e oro, così robuste che nessuna freccia riusciva a scalfirle ».

Gli ascoltatori applaudirono calorosamente, lo ringraziarono per la storia con numerose monete e, come sempre, chiesero il bis. Così Vauvenal si apprestò a raccontarne un'altra.

« Ascoltate, dunque! A circa duecento miglia da qui, tra alcune colline desolate, vi è un lago abitato da un mostruoso drago acquatico. È impossibile sapere quanto sia profondo. Quando alcuni servi provarono a misurarlo gettandovi dentro un poco di filo legato a un sasso, dall'acqua echeggiarono le parole:

*Se tu mi sondi,*
*io t'inghiottisco.*

« Da allora nessuno ha più cercato di misurare il lago. Si dice che chiunque osi sfidare il drago a duello riceva in cambio una botte piena d'argento! » L'albero di sonagli tintinnò così forte che i polli sulla piazza del mercato sbatterono le ali, spaventati. « Che cosa mi dite di voi, giovanotti? Chi di voi vuole combattere contro il mostro? Voi, giovane Sundario, mi sembrate un vero eroe. Non volete fare un tentativo? »

Così dicendo, indicò Thilmo, e il ragazzo arrossì, lusingato. Era un Pezzato, ma, essendo biondo ed esile, veniva spesso scambiato per un Sundario e ne andava molto fiero. Viveva con Kaira e Tataika nell'orfanotrofio della sonnolenta Fort Timlach e si era fatto assumere come servitore nella casa dell'unico Sundario di quella zona, dove leggeva e studiava tutto ciò che, a suo giudizio, un Sundario doveva conoscere.

Kaira sapeva che ambiva a essere accolto nelle file dei Sundari, ma era una speranza con poche possibilità di realizzazione. Un Sundario poteva essere espulso in qualsiasi momento dal gruppo degli eletti, ma i Sundari non accettavano persone esterne a meno che non avessero reso straordinari servigi a Phuram.

Tataika, che si arrabbiava spesso col ragazzo presuntuoso, disse in tono sprezzante: « Sì, nobile signore! Mostrateci come uccidete il drago acquatico. Di recente non siete forse riuscito a salvarvi i pantaloni da un vecchio cagnaccio? » Con un gesto di scherno si portò il ruvido velo marrone davanti al viso e urlò: « Caspita, come brillate oggi! State accecando i miei poveri occhi! »

Kaira, anch'essa arrabbiata con Thilmo, diede man forte all'amica: « Sì, vai pure! Conquisterai sicuramente il carbonchio e, in caso contrario, forse potresti portare all'imperatore un poco di escrementi di drago. Quelli sono più facili da trovare! »

Gli ascoltatori risero, e il ragazzo, furibondo, ribatté: « Chiudi il becco, Nottambula! »

« Come sarebbe a dire, Nottambula? Io sono una Pezzata rispettabile! »

« Pezzata e rispettabile? » sbuffò Thilmo. « Un Nottambulo è entrato dalla finestra di tua madre e ha lasciato un bambino invece di rapirne uno! »

« Ripetilo, e ti do uno schiaffo! »

Vauvenal, che aveva seguito il litigio con un certo divertimento, alzò le mani ed esclamò: « Oh-ho, credo che il giovane signore abbia già trovato il suo drago! Ma vi prego, stimato signore, risparmiate l'animaletto mordace, è troppo giovane e carino! »

Gli ascoltatori risero ancora. Thilmo era rosso di rabbia, ma non osò dire nulla per non istigare ancora di più le malelingue. « È ora di tornare a casa. Guardate come Phuram scende a bordo della sua nave notturna! »

Le ragazze gli diedero ragione. Andarono a prendere il cavallo, che li aspettava pazientemente all'ombra dell'albero di Babona, e salirono sul carro. Stavano per partire, quando il cantastorie si avvicinò e chiese se potessero dargli un passaggio.

« Dove siete diretto? » domandò Thilmo. « Noi torniamo a Fort Timlach e non possiamo allungare la strada, perché è già tardi. »

Kaira e Tataika gli diedero una gomitata nelle costole. Quando si aveva l'occasione di godere della compagnia di un cantastorie, come si poteva chiedergli dove fosse diretto? Non vi era niente di meglio per ingannare il tempo durante il viaggio. Inoltre, anche se Kaira non l'avrebbe mai detto ad alta voce, era contenta che un adulto viaggiasse con loro, perché la Stella Ardente toccava già l'orizzonte con una scia oro, turchese e rosso fuoco, e l'oscurità sarebbe calata prima di aver raggiunto Fort Timlach.

Per fortuna Vauvenal rispose: « Ottimo! Vado nella stessa direzione. Fatemi salire, sarò io a dirvi dove devo scendere ». Montò sul pianale con un'agilità e una leggerezza sorprendenti per un uomo della sua stazza. Thilmo sedeva a cassetta mentre Kaira e l'alta e robusta Tataika - che avrebbe potuto competere con qualsiasi uomo - si accovacciarono sul pianale facendo attenzione che le ceste e i fagotti non cadessero giù.

I tre erano stati contenti di trascorrere la giornata lontano dal solito tran tran. La cittadina offriva qualcosa in più rispetto ai muri d'argilla gialla, ai boschetti di melograni e alle esercitazioni dei soldati. E come raccontava bene Vauvenal! Prima si erano sbellicati dalle risa per le sue barzellette, poi erano rabbrividiti per i suoi racconti spaventosi e ora ascoltarono altre due storie gratuite, perché l'uomo non narrava solo per soldi, ma anche per diletto.

Così conversò e chiacchierò, e raccontò loro un divertente aneddoto sui Selenari: « Conoscerete sicuramente lo stagno che si trova poco lontano da qui, lungo la strada militare, e che si chiama Burzen. Ebbene, una volta, quando alcuni Selenari vi passarono accanto nell'oscurità, videro la luna piena che si rifletteva nell'acqua. Allora urlarono e piagnucolarono: 'La luna è caduta nel Burzen. Presto, tiratela fuori, altrimenti affonda!' Accorsero subito, gettarono una corda in acqua, tirarono e tirarono, e caddero tutti a gambe all'aria. Mentre erano stesi sull'erba, si accorsero che la luna era tornata nel cielo. Così lanciarono un grido di gioia ed esclamarono: 'L'abbiamo estratta dal Burzen!' »

Iniziarono così a parlare dei Nottambuli. All'orfanotrofio quell'argomento era vietato, perché la direttrice sapeva bene che i Semifiniti - come venivano chiamate su Chatundra le persone giovani e non ancora cresciute completamente - lo usavano come pretesto per risatine soffocate e battute lascive. Dopotutto, i Nottambuli erano la quintessenza della malvagità e della licenziosità. Gli orfani s'incuriosivano sempre quando i Selenari vagabondi arrivavano alla guarnigione e prendevano alloggio nel « Buco » per trascorrervi la giornata al riparo dalla luce. Chissà che cosa facevano là sotto! Il fatto che, quando i Nottambuli salivano in superficie, fossero sempre avvolti nelle loro rozze tuniche - che, a eccezione di una fessura per gli occhi, tramutavano i loro corpi in anonimi coni blu, neri o marroni - li rendeva ancora più misteriosi. Una facezia assai popolare tra i Semifiniti recitava: « Se restassi da sola nel deserto con un Nottambulo, che cosa credi che ti farebbe? »

« Assolutamente nulla », rispondeva Tataika. « Perché gli spezzerei le braccia e lo getterei tra le dune! »

Dopo le burle Vauvenal passò ad argomenti sempre più seri e importanti, e infine chiese loro se avessero mai sentito parlare dei rami senza tronco. La risposta fu un triplice no.

« Non avete mai studiato com'è nato il mondo? » domandò il cantastorie.

Le due ragazze tacquero, imbarazzate. Come la maggior parte dei Pezzati, non nutrivano grande interesse per le scienze e si accontentavano di ascoltare i buffoni e i cantori di ballate. Thilmo urlò da sopra la spalla: « Nessuno sa chi l'abbia creato, ed era desolato e arido, ma i Sundari sono arrivati dal sole e hanno portato con sé la loro saggezza, permettendo la nascita degli animali, delle piante e di tutte le altre cose ».

« Sì, questo è quello che raccontano i Sundari », confermò

Vauvenal, sorridendo. « Ma alcuni narrano un'altra storia. Ascoltate! » Iniziò a cantare piano con la sua voce melodiosa.

*In ciel splendea la Triade*
*nella notte buia, di eoni una miriade*
*ne trascorse quando ancor notte e dì non esistevano,*
*fu allor che intraprendevano*
*le tre nobili Sorelle a concepire*
*e il mondo a costruire.*

Thilmo gridò in tono rabbioso: « Guai se un Sundario sentisse queste canzoni vergognose! »

« Ma qui non ci sono Sundari », replicò Vauvenal con un sorriso furbesco, prima di riprendere a cantare.

*Il giorno deplorate*
*in cui Phuram maturò intenzioni sbagliate*
*e, dalla superbia divorato, si domandò*
*come il mondo esser suo può.*
*Rifletté notte e giorno*
*e infine fece la mossa senza ritorno*
*con cui divenne signore del mondo*
*salendo su un podio tondo tondo.*

Quindi proseguì: « Tuttavia, le Sorelle non sono ancora perdute. Ora la Ruota Celeste si è girata, la Triade scintillante sale fino all'altezza del giallo Occhio di Polpo, e tutti i segni indicano che un'antica profezia sta per avverarsi. Si dice infatti che arriveranno esseri umani incaricati di ricomporre il corpo smembrato di Mandora. Sono state chiamate tredici persone, ma non tutte risponderanno ».

« E chi sono? » chiese Kaira.

« Tredici orfani nati sotto il plenilunio, che recano sul corpo un segno detto Artiglio di Drago: tre minuscoli punti rossi simili a chicchi di melagrana. »

I tre lo fissarono allibiti, poi Tataika esclamò: « Oh, vi prendete gioco di noi! Avete sentito parlare della questione e ora volete farvi beffe di noi! »

« Io non ho nessun segno sul corpo! » dichiarò Thilmo, arrossato e furioso.

« Sì, invece! » lo contraddisse Kaira. « Tutti sanno che ce l'hai, esattamente come me e Tataika. » Quindi si rivolse al cantastorie con espressione imbronciata. « Ma da parte vostra non è gentile punzecchiarci con questa stupida storia. È già abbastanza fastidioso che all'orfanotrofio tutti ci credano parenti anche se non lo siamo! »

« Sarebbe davvero il colmo se io fossi imparentata con un fiorellino come Thilmo », borbottò Tataika. « Ma ora siate sincero, signore. Come fate a saperlo? Ve l'hanno raccontato? »

« Sì », rispose Vauvenal. « Me l'hanno raccontato, e mi hanno addirittura mandato a cercarvi per condurvi da un personaggio illustre. »

Kaira cominciò a provare un senso di disagio. No, non era disagio, era paura. La questione del segno era sempre stata inquietante, anche se la direttrice aveva tentato di ridimensionarla e aveva detto che era solo una coincidenza priva di significato. Ora, tuttavia, la ragazza era certa che quell'uomo strano tramava qualcosa. A un tratto si sentì pervadere da una paura così agghiacciante che urlò: « No, no! Volete solo prendervi gioco di noi, confessatelo! »

Vauvenal non rispose. Sorridendo, ricominciò a cantare e, senza che i tre giovani se ne accorgessero, il canto li cullò con la sua dolcezza finché non si addormentarono l'uno dopo l'altro, sprofondando in sogni bizzarri.

## LA CASA DELLA VECCHIA SIGNORA

Kaira sognò di passeggiare nel cuore della notte in un giardino come non ne aveva mai veduti. Da nessuna parte nelle oasi del deserto la vegetazione cresceva così lussureggiante, i fiori sfoggiavano colori così splendidi e l'erba profumava di rugiada. Benché fosse buio, ci vedeva chiaramente, perché i fiori e le foglie scintillavano di un tenue bagliore simile alla luce della luna.

Il giardino era popolato da numerosi animali, ma non riuscì a capire a quali specie appartenessero. Scivolavano, guizzavano e fluttuavano come silenziose ombre nere e blu, la seguivano a qualche passo di distanza e tornavano a scomparire tra le foglie rigogliose dei cespugli che fiancheggiavano il sentiero. L'odore di cimitero che aleggiava ovunque divenne più intenso, un odore di fiori avvizziti e frutti troppo maturi, di terra appena smossa e alberi antichissimi. Fra i tronchi Kaira scorse piedistalli di marmo bianco che reggevano sculture. Alcune di quelle figure scolpite nel marmo assomigliavano a mappamondi terrestri e celesti, altre a meridiane, altre ancora a costellazioni o simboli astrologici, e alcune non avevano la benché minima somiglianza con le cose che conosceva, bensì sembravano venire da un mondo d'idee e immagini totalmente estraneo.

Brillavano tutte nella notte calda, luminose come se fosse la pietra candida a emanare un lieve luccichio. Non parevano nemmeno fredde e rigide come le normali figure di marmo, bensì pulsavano di vita, tanto che sembravano respirare.

Tutto il giardino palpitava di un'energia insieme vibrante, spettrale e amichevole. Gli alberi storti mormoravano e s'inchinavano, dai cespugli provenivano fruscii e schiocchi, gli animali si scambiavano messaggi con voci alte e sottili, e gli uccelli notturni cantavano. Persino il terreno su cui Kaira camminava assomigliava alla schiena di un essere vivente. Si piegava e s'inarcava in modo così sensibile che ogni tanto la giovane temeva d'inciampare.

Poi, quando si avvicinò alla casa, ne avvertì la forza d'attrazione. Come il centro di un vortice, risucchiava tutto ciò che si muoveva nel giardino, e ogni cosa andava nella sua direzione: i cipressi neri, i fiori notturni, gli animali. Kaira si fermò per prudenza, lottando contro quel magnetismo, ma ormai era troppo tardi. La porta si aprì senza far rumore e la invitò a entrare nella penombra di una sala inondata dai raggi della luna. Prima di rendersene conto, la ragazza era già dentro, e l'uscio si richiuse alle sue spalle con un *clic*, come se fosse stato spinto da una mano invisibile. Kaira non dovette provare a girare il pomolo per sapere che la porta si sarebbe riaperta solo quando l'avesse deciso la padrona di casa. Sentì montare la rabbia, ma la tenne a freno.

Non era buio pesto, anche se non riusciva a capire da dove venisse quello sfavillante chiarore grigiazzurro. Le ricordava la luce della luna, ma poteva esserlo solo in parte, perché l'unica finestra - una lastra di vetro rotonda suddivisa in molti segmenti - si trovava all'estremità opposta di una lunga sala alta due piani. Le pareti erano rivestite fino a metà di pannelli finemente intagliati, e il pavimento era coperto da un tappeto il cui elaborato disegno brillava di luce propria, come se fosse intessuto di fili d'argento. Una scala vertiginosa conduceva ai piani superiori, e la sua sommità spariva in fitte ombre che pendevano dal soffitto come tende.

Quando Kaira si fermò ad ascoltare, credette di udire un rumore di passi che arrivava dall'alto e un debole strepito che proveniva dalla cantina. All'improvviso, nell'aria vibrò una risata sommessa. Alcune porte si aprirono e si chiusero, adagio ma con decisione. Pareva che qualcuno, o qualcosa, camminasse nervosamente per le stanze ai piani superiori. L'aria si mosse come se fosse stata disturbata da un frullo d'ali invisibili. Per qualche istante la giovane rabbrividì per via di un freddo inspiegabile, pungente come quello di una ghiacciaia, poi tornò ad avere caldo. Era impossibile dire quale fosse stata la causa della raffica gelida.

A un tratto comparve una sfavillante luce azzurrognola,

piccola come la fiammella di una candela. Fluttuò a una certa distanza dal pavimento, come trasportata da una mano invisibile. Kaira indietreggiò quando vide che scendeva la scala e scivolava nella sua direzione. Non vi era nessuno che la tenesse in mano: quel pallido bagliore alto una spanna era sospeso nell'aria. Pareva tuttavia che fosse intelligente, o che venisse pilotato da qualcuno, perché andò diritto verso di lei e si fermò così vicino da rischiararle il viso. Quindi sgusciò via, percorrendo la lunga fila di porte socchiuse, tornò indietro e sostò ancora davanti a Kaira.

La ragazza esitò a seguirlo, ma quale altra scelta aveva? Restare là da sola era spaventoso quanto seguire il fuoco fatuo, se non peggio, e inoltre aveva la sensazione che non sarebbe stato facile rifiutarsi di obbedire. Così si avviò a passo lento e rigido. La luce si fermava a intervalli regolari, aspettando che la raggiungesse, poi riprendeva ad avanzare. Salì rapidamente la scala e, vibrando e tremolando, la aspettò in cima.

Kaira dovette trarre un profondo respiro per controllare la paura. Si aggrappò al parapetto e si costrinse a salire i gradini verso la cavità buia e spalancata del piano superiore. Credette di vedere figure che si nascondevano tra le ombre e ridevano con vocette sussurranti. Qualcosa di simile a un rospo deforme era accovacciato dietro la cassapanca sul pianerottolo e sbirciava fuori con luminosi occhi sporgenti. In cantina i sonnambuli continuavano a vagare qua e là, mentre in soffitta passi nervosi si muovevano da una parte all'altra, avanti e indietro.

Kaira si bloccò; non riusciva più a camminare. La paura era così paralizzante che il suo corpo si rifiutò di fare ancora un passo verso la penombra. Anche se avesse voluto, non avrebbe potuto proseguire, perché era come se avesse le gambe infilate in calze imbottite di stoppa. Emise un lieve suono lamentoso e si accasciò. Il fuoco fatuo si fermò e le svolazzò davanti con irrequietudine. Pareva che volesse incoraggiarla a seguirlo, ma Kaira non ne aveva più la forza. La luce le girò intorno un paio di volte, quindi rinunciò e scomparve tra le tenebre in cima alla scala.

Più in alto si aprì una porta, e lungo il corridoio si udì un rumore di passi. Kaira si strinse le braccia intorno alle ginocchia rannicchiate e si fece piccola piccola. Era convinta che lo scalpiccio annunciasse l'arrivo di un orribile mostro intenzionato ad aggredirla, e si raggomitolò il più possibile. Che cos'era peggio, tenere gli occhi chiusi o aperti? Se li avesse tenuti aperti, avrebbe visto il mostro e sarebbe morta di paura, ma, se li avesse chiusi, il nemico si sarebbe avvicinato e l'avrebbe sfiorata con le sue dita gelide, e a quel punto sarebbe morta davvero. No, era meglio guardare.

Sentì qualcosa di freddo che le toccava la faccia. Aprì la bocca per urlare, ma qualcuno batté forte le mani e gridò con voce rauca: «Chi ti ha autorizzato? Forza, torna in cantina! Sbrigati!»

Il mostro obbedì con prontezza sorprendente. Kaira udì i suoi movimenti e il suo sbuffo cupo mentre rotolava via. Quindi lo sentì scendere rumorosamente la scala, come se qualcuno gettasse dei sacchi pesanti giù per i gradini. L'uscio della cantina girò sui cardini con un cigolio e si richiuse con una violenza che fece tremare le fondamenta della casa.

Kaira sentì il sudore che le scorreva su tutto il corpo mentre scrutava l'oscurità. Udì un calpestio, lento e regolare come l'andatura di una persona anziana. Quindi, in cima a un'altra scala, scorse una nuova luce, più grande del fuoco fatuo e di una tenue sfumatura rosa. Il bagliore, che avanzava al ritmo dei passi echeggianti, s'ingrandì e infine si fermò, rischiarando una parte del parapetto intagliato e la parete del corridoio.

China sulla balaustra vi era una vecchia con una lampada rosa tra le mani. I vestiti scuri e sgualciti le arrivavano fino ai piedi, e i lunghi capelli grigi e castani le scendevano sulle spalle. Il volto era solcato da mille rughe, ma gli occhi grandi erano limpidi e vigili, e la bocca larga era piegata in un sorriso. Era un sorriso cordiale, anche se Kaira ebbe l'impressione che la donna avesse più denti del normale.

«Buona notte e buon chiar di luna», disse con voce profonda e carezzevole come le note di un flauto di legno. «Mi fa piacere che tu sia venuta. Ti stavo aspettando.»

Kaira era così confusa e imbarazzata che riuscì solo a balbettare: «Buona... buona notte. Ma... chi siete?»

«Una persona che non vuole farti nulla di male. Vieni, non

restare sulla scala.» La sconosciuta le tese la mano, una mano scarna e rovinata con lunghe unghie color madreperla. «Qui giocano i miei figli, i sogni e le visioni notturne. Ti spaventano. Quassù è più tranquillo.»

Kaira non aveva altra scelta se non obbedire, anche se si sentiva ancora a disagio. La donna sembrava gentile, ma era molto strana, a partire dalla voce echeggiante e dai grandi occhi scuri da falena, nei cui abissi ardeva un fuoco color ambra, come in una pietra preziosa. Quando si muoveva, era come se un alito di vento attraversasse il corridoio, e l'aria all'interno della casa si riempiva del profumo inebriante di una notte di luglio. Inoltre, fra le mani non aveva una lampada, bensì una sfera levigata di quarzo rosa che brillava di luce propria.

«Vieni.» La vecchia allungò ancora la mano.

Pur avendo paura di toccarla, la giovane gliela strinse e avvertì subito l'energica pressione delle dita rugose. Non era semplicemente una stretta cordiale, bensì così vigorosa da darle l'impressione che la donna avrebbe potuto sollevarla e scaraventarla in aria. Spaventata, ritrasse la mano e se la nascose dietro la schiena con un gesto involontario. Le pareva di aver toccato un fuoco blu.

«Voi... voi non siete un essere umano», balbettò, rimpiangendo disperatamente di non aver comprato uno degli amuleti che i sacerdoti vendevano nella città del mercato. «Che cosa siete? Una lamia? Una demone del deserto?»

«Non temere. Guarda!» L'altra andò alla finestra e indicò la luna arancione che percorreva tranquillamente la sua orbita nel cielo blu cobalto. «Ecco che cosa sono. Sono Datura.»

Kaira ripensò a tutte le storie terribili che i perdigiorno e i chiacchieroni raccontavano su Datura e sui suoi servitori, e per poco non svenne dallo spavento. Tuttavia, prima che potesse lanciare un grido di terrore, la donna le accarezzò la fronte e sussurrò: «Zitta. Non avere più paura».

Stranamente, la giovane si sentì subito rassicurata.

«Vieni, Kaira. Mettiamoci comode.»

Arrivata in fondo al corridoio, la vecchia si voltò, aprì una porta e le fece segno di entrare.

La ragazza varcò la soglia e si paralizzò. Era in una stanza ottagonale decorata di arazzi svolazzanti. Si guardò intorno con diffidenza. Al centro vi era un tavolo con due vecchie sedie dallo schienale diritto, e sulla sua superficie era posato un grande globo di vetro in cui era infilata una pallida testa senza corpo; la testa si girava qua e là, roteando gli occhi e recitando versi incomprensibili con voce rauca.

« Siediti. » Datura sollevò le lunghe vesti fruscianti e si accomodò su una sedia, indicando l'altra con la mano ossuta.

Kaira obbedì, continuando a fissare la testa con incredulità.

Quella si muoveva e farfugliava senza sosta, seguitando ad annuire e a roteare i grandi occhi con solennità.

*Bobus phatunzilam*
*Murmaros echti,*
*glumus aburzolos*
*kebit! Agloi!*

Kaira distolse lo sguardo. « Perché... perché mi avete portata qui? » domandò con voce tremante.

« Il cantastorie ve l'ha già spiegato, giusto? » rispose Datura. « Tu, Thilmo e Tataika fate parte del gruppo dei tredici eletti. Siete destinati a liberare Mandora e ad aiutarla a riconquistare la posizione che le spetta. »

« Ma perché proprio io? » chiese Kaira, inorridita. « Non sono nulla di speciale e, perdonatemi, non voglio nemmeno essere nulla di speciale! »

« Ciò che vuoi o non vuoi non ha nessuna importanza, Kaira », replicò Datura. « Ormai sei stata scelta. Certo, puoi rifiutarti di accettare l'incarico, ma te lo sconsiglio. Non ti semplificheresti la vita, e aggiungeresti alle sofferenze il rimorso di aver fallito. Compi il tuo destino e troverai persone disposte ad aiutarti. » Le sorrise. « Io, per esempio, sono qui per aiutarti. Non posso dimenticare che è stata Mandora a crearmi. Ecco perché aborro ciò che ha fatto Phuram e perché da allora esiste un profondo rancore tra me e lui, tra i miei adoratori e i suoi. Ed ecco perché farò tutto il possibile per aiutare coloro che vogliono resuscitare Mandora e rivedere la Triade splendere nel cielo. »

« Ma perché sono stata chiamata proprio io? » insistette Kaira. « Esistono così tante guerriere e donne coraggiose per le quali sarebbe un gioco da ragazzi portare a termine la missione, e... »

« Non scervellarti », la interruppe Datura. « Questo non è un tuo problema. Forza, guarda nella sfera di cristallo. »

Kaira vi sbirciò dentro con esitazione.

La testa impallidì, trasformandosi in una figura fumosa che svanì a poco a poco, cedendo il posto a immagini indistinte che provenivano dalle profondità del globo magico. Kaira vide giganteschi draghi celesti che combattevano tra loro e centinaia di guerrieri umani che si falciavano a vicenda in cruente battaglie. Vide draghi che volavano nel cielo notturno come comete, trascinandosi dietro le loro code infuocate, e vide altari di pietra fatiscenti su vette montane spazzate dal vento. Ogni scena compariva e scompariva con la velocità delle figure di un caleidoscopio, ma alla fine ne rimasero alcune molto nitide.

La ragazza scorse un cavaliere di straordinaria bellezza, che, indossando un'armatura, superava l'ingresso di un castello e sollevava la spada con un gesto furioso. I lunghi capelli biondi ondeggiavano nel vento, e la corazza scintillava sotto il sole mattutino come se Phuram fosse sceso dal cielo. Lo seguiva la sagoma di un altro uomo, alto e nobile, con una lunga veste grigia, intento a montare in groppa a un drago volante. Quindi apparve una piccola creatura deforme coi capelli lunghi e coi tratti pallidi, che sedeva sulla riva di un fiume e beveva dall'incavo della mano. Quando ebbe finito, s'infilò qualcosa in bocca e all'improvviso si trasformò in un leone rosso dal volto umano e dalla coda di scorpione, così spaventoso e sinistro che Kaira si ritrasse con un sussulto.

Poi la scena svanì e comparve Tataika, che andava a prendere l'acqua nel cortile della caserma di Fort Timlach e rispondeva in malo modo a un soldato che aveva osato rivolgerle gentilmente la parola. Ed ecco Thilmo, che usciva dalla casa dei Sundari e si guardava intorno con orgoglio, come se fosse il proprietario anziché un umile servitore. Quindi apparve un uomo magro e grigio, coi capelli arruffati e col volto sciupato, visibilmente impaurito e rannicchiato in una baracca. Infine, una nuvola fumosa scacciò le immagini, e la testa tornò a recitare la sua litania inintelligibile.

«Anche quelle persone sono state chiamate?» domandò Kaira.

«Sì. Sono tredici in totale, ma non tutte accetteranno la missione. E tu, Kaira? Lo farai?»

«Ho paura.»

La Vecchia Signora posò una mano sulla sua. «Lo so, ma ti ho domandato se lo farai.»

Quale altra scelta aveva? La ragazza trasse un profondo sospiro. «Ci proverò, ma non posso promettere niente. Non sono proprio tagliata per le gesta eroiche.»

«Qualcuno ti darà una mano. Il cantastorie non può più aiutarti, perché Zarzunabas ha creato il Deserto Gemente, che i draghi non possono attraversare. Tuttavia, quando avrai superato il fiume Kao, il mio servitore verrà a prenderti e ti accompagnerà affinché tu non sia sola. Ora guarda nella sfera. Ti porterà nel luogo giusto.»

«E i miei amici?» chiese Kaira, preoccupata.

«Non temere, verranno con te.» La donna si alzò, andò dietro di lei e le posò le mani sulle spalle. «Guarda nella sfera.»

Kaira obbedì, anche se era così raggelata che tremava. Fissò la testa, che aveva ricominciato a girarsi qua e là. Seguì i suoi movimenti con lo sguardo, finché non avvertì un lieve senso di vertigine. Chiuse gli occhi e ascoltò le sillabe senza senso, declamate con pomposa solennità.

*Bunchthan marbubilos*
*Nubulc pampa*
*Kor pisztum sangrabus*
*Ude kabbalo...*

Dopo che ebbe ascoltato a occhi chiusi per qualche istante, le si annebbiò la vista e sprofondò in una piacevole oscurità.

# IL TRASFERIMENTO

Quando Kaira aprì gli occhi, la prima cosa che vide fu il cielo trapunto di stelle sopra il Paese della Terra, del Vento e del Fuoco. Si sentiva confusa e intontita, come se avesse bevuto olio di boccamiele. Ai margini della sua coscienza indugiava ancora un sogno grottesco in cui una testa senza corpo diceva boriose assurdità in una sfera di cristallo.

Per qualche istante cercò di recuperare il sogno, poi ebbe freddo di colpo. Mentre dormiva, una forza misteriosa l'aveva riscaldata, ma ora si accorse di essere all'aria aperta e senza protezione. Si alzò a sedere di scatto. Dov'era il cavallo? E il carro? Dov'erano Thilmo e Tataika? E dove si trovava?

Un orrore improvviso la fece balzare in piedi. Aveva sognato, ma che cos'era accaduto prima? Vauvenal... L'aveva forse stregata? Era forse un demone che aspettava le sue vittime sul bordo del deserto? Ricordava con chiarezza che era stato il suo canto a gettarle addosso la rete del sonno e a trascinarla in quel sogno curioso.

Corse alla cieca nell'oscurità. Aveva il viso sudato, e i polmoni cominciarono a bruciarle quasi subito. Il terreno ghiaioso trasformava ogni passo in una tortura, e dove mai poteva andare? In preda al panico, avanzò finché non incespicò in qualcosa e cadde con violenza.

Vedendo in cos'era inciampata, strabuzzò gli occhi per il raccapriccio. Avrebbe voluto urlare, ma dalla gola riarsa le uscì solo un verso rauco e stridulo. Era inginocchiata al centro di uno scheletro.

Quello che giaceva mezzo sepolto sotto la ghiaia e la polvere scura non era tuttavia uno scheletro umano. Benché fosse alto come un uomo e avesse anche la stessa corporatura, aveva un cranio dal muso allungato come quello di una capra e due corna a spirale levigate dalla sabbia. Poiché Kaira era caduta all'interno della gabbia toracica, le costole si erano spezzate.

Ansimando, si mise carponi e fissò il teschio con le sue orbite oculari ovoidali.

Sopraffatta dal ribrezzo, si ritrasse, si alzò e fuggì senza badare a dove metteva i piedi. A un tratto si ritrovò a precipitare nel vuoto. Lanciò uno strillo acuto, convinta che di lì a poco si sarebbe schiantata sul fondo di un burrone, invece cadde in acqua. L'impatto fu così violento da mozzarle il fiato, ma ormai era già sprofondata e respirava acqua anziché aria, deglutendo e agitandosi in un'oscurità gelida e impenetrabile. Per un attimo la corrente fu così irresistibile e impetuosa che ebbe l'impressione di essere incastrata in una fessura della roccia. Non riusciva più a muoversi, non sapeva più dove fossero il sopra e dove il sotto, e non era più in grado di respirare.

Era da molto tempo che non faceva un simile sforzo di volontà, ma, mentre veniva trascinata dalla corrente come un pesce morto, si accorse di poter muovere un poco le mani, e subito dopo anche le braccia e le gambe. Riusciva a nuotare, anche se non serviva a granché contro l'implacabile risucchio dell'acqua. Urlò, si riempì la bocca di liquido ghiacciato e amaro come la bile, deglutì, sputò e si dimenò come un cagnolino, ma ce la fece. Ce la fece! Riusciva a nuotare, riusciva a stare a galla, sebbene fosse intirizzita e i polmoni le bruciassero a ogni respiro. Con gli occhi fuori dalle orbite, si dibatté e cercò di raggiungere la riva buia. I vestiti fradici le si appiccicavano addosso come pesi di ferro. Le lacrimavano gli occhi, le doleva il collo, e aveva la nausea a causa dell'acqua che aveva inghiottito. Sotto la superficie, insidiosi mulinelli le afferravano i piedi e la tiravano sotto, cosicché doveva remare con le braccia e le gambe per tornare su. Una fitta acuta ai muscoli annunciò l'arrivo di un crampo, e la sponda era ancora lontanissima.

Alla fine stentò a credere di aver toccato blocchi di pietra scivolosi, prima con le dita dei piedi e poi con le ginocchia. Con le ultime energie, tossendo e sputacchiando, cercò un appoggio e sentì la ghiaia ruvida sotto le suole dei sandali. Strisciò verso la riva.

Non appena ebbe la certezza di essere al sicuro, le ultime forze la abbandonarono e si accasciò in avanti come morta, col naso e con la bocca tra l'erba ispida, e le braccia e le gambe allargate. Ondate di dolore rosse e scintillanti le pulsavano nel corpo sfinito. Era scossa dai brividi e da forti starnuti, e le gocciolava il naso, ma in quel momento non gliene importava nulla.

Rimase immobile per mezz'ora buona prima di trovare almeno l'energia di mettersi carponi. Quando si mosse, fu assalita dalla nausea e vomitò un fiotto d'acqua fredda e amara. Poi si sentì meglio e, a poco a poco, riuscì persino a gioire della sua vittoria. Era incredibile, ma ce l'aveva fatta.

Si mise seduta con prudenza, constatando che aveva i capelli, il velo e gli altri vestiti completamente asciutti. Tremando, si tastò dalla testa ai piedi. No, non c'erano dubbi. I suoi indumenti e il suo corpo erano asciutti come se non avesse immerso nell'acqua nemmeno la punta di un piede.

Magia. Quella era sicuramente magia. Prima Vauvenal l'aveva stregata, e poi quella vecchia signora sinistra che aveva sognato... Il sogno era stato così nitido che continuavano a tornarle in mente nuovi dettagli, comprese le stupide chiacchiere della testa.

*Bobus phatunzilam*
*Murmaros echti,*
*glumus aburzolos*
*kebit! Agloi!*

*Bunchtan marbulibos...*

Si alzò e si guardò intorno. La luna, rossa come un'arancia, brillava circondata dalle stelle in un cielo nero come l'inchiostro, e il paesaggio sottostante era buio e desolato. I cespugli che crescevano sul terreno arido sprigionavano un profumo di mirra e lavanda.

Si chinò e passò cautamente la mano sul suolo. L'erba era corta e ispida, e si punse le dita quando sfiorò le foglie acuminate di un cetriolo della sabbia. Ritrasse il braccio con uno strillo acuto e s'infilò in bocca le dita ferite. Quindi trasalì forte quando udì una voce, perché era convinta che a chiamare il suo nome fosse stato uno spettro o un demone.

Invece, vide Thilmo e Tataika che spuntavano dall'oscurità. La cosa strana era che riusciva a distinguerli con chiarezza sotto i deboli raggi della luna, perché emanavano entrambi lo stesso bagliore giallo pallido del fiume. Apparivano smunti e impauriti, ma anche loro erano perfettamente asciutti.

« Hai idea di dove siamo? » chiese Tataika, guardandosi intorno. « Rammento solo di essermi sentita stanca all'improvviso e di aver fatto un sogno assurdo su una testa umana in un globo di vetro e su una vecchia... »

« Anch'io! » esclamò Kaira.

« Anch'io », le fece eco Thilmo. « Ma che cosa significa? »

Kaira si strinse nelle spalle.

Thilmo, tuttavia, dichiarò in tono categorico: « Vauvenal è uno Stregone degli Inferi, e anche la donna che abbiamo sognato era una maga. Un'esperta di magia nera ».

« Ma ha detto di essere la luna. »

« E allora? È la stessa cosa! » mugugnò Thilmo. « È tutta colpa vostra! Avete permesso che lo Stregone degli Inferi salisse sul nostro carro, e ora ci ha attirati qui e non sappiamo neppure dove siamo! »

Tataika arrovesciò la testa e girò su se stessa come un animale che cerca di orientarsi. A un tratto lanciò un urlo soffocato. « Ehi! Lassù c'è una luce! » Indicò un punto così in alto che dovettero piegare il capo all'indietro per vederlo. Dapprima Kaira pensò che Tataika avesse scorto una guizzante stella rossa, ma poi capì che il baluginio doveva venire da un fuoco acceso in cima a una scarpata.

Tataika si era già incamminata. « Dobbiamo andare lassù. »

Gli altri due la seguirono, insieme fiduciosi e diffidenti. Nonostante i dubbi e i timori Kaira si sentiva attirata dalla luce rossa come una falena da una fiaccola; così avanzò, obbedendo a un istinto ancestrale che associava il fuoco col calore e con la sicurezza.

# RUADH IL RACCOGLITORE

Non era facile arrampicarsi sulla scarpata di terra dura e detriti scivolosi, e Kaira si sbucciò più volte le mani e le ginocchia prima di riuscire finalmente a guardare oltre il bordo.

La prima cosa che vide fu un fuoco, un minuscolo fuoco il cui fievole chiarore illuminava un uomo accovacciato.

Lo sconosciuto aveva fra i trenta e i quarant'anni. Aveva il volto segnato da profonde rughe intorno al naso e alla bocca, e la pelle arrossata che si screpolava in più punti, come se avesse camminato troppo a lungo sotto il sole. Doveva aver vissuto molte esperienze, e non tutte piacevoli. I suoi occhi grigiazzurri erano limpidi e vivaci, con uno sguardo così intenso da essere quasi doloroso. I lineamenti marcati indicavano che non era un tipo debole, e sicuramente nemmeno stupido.

A giudicare dall'aspetto, tuttavia, era senza dubbio un mendicante. Com'era consuetudine dei vagabondi, portava vari strati d'indumenti, perché intorno ai polsi si vedevano i bordi di tre o quattro maniche diverse. I vestiti erano così sbiaditi da aver perduto qualsiasi forma e colore. Erano tutti di un grigiobruno uniforme e ricordavano le bende logore di una mummia. Le mani erano infilate in guanti di filo color sabbia le cui dita erano tagliate sopra la prima falange. I folti capelli biondo-rossiccio erano trattenuti da un nastro di cuoio, e accanto al fuoco vi era una borsa in pelle di sauro che probabilmente conteneva tutti i suoi averi, perché era gonfia e bitorzoluta.

Sebbene la ragazza fosse ancora in penombra, l'uomo l'aveva vista – o, pensò Kaira con un brivido, l'aveva fiutata – e le fece cenno di avvicinarsi. «Qui, Kaira! Sei arrivata proprio nel momento giusto.» Così dicendo, sollevò il bastoncino che stava girando sopra il fuoco, e la giovane vide qualcosa che sfrigolava alla sua estremità.

Avvertì un odore di cactus arrosto ed ebbe un crampo allo

stomaco per la fame. Allo stesso tempo, tuttavia, fu pervasa dalla paura. I Pezzati non temevano l'oscurità quanto i Sundari, ma nemmeno loro amavano molto la notte, soprattutto nel deserto. Chi era quell'uomo? Il deserto brulicava di demoni, perciò poteva essere uno di loro... Oppure un vampiro, che tendeva agguati ai viandanti solitari e succhiava loro il sangue dalle vene. Oppure un Selenario. *Se restassi da sola nel deserto con un Nottambulo, che cosa credi che ti farebbe?*

Kaira esitò, dibattuta tra emozioni contrastanti. Il suo cervello voleva sapere come mai quel tale conoscesse il suo nome, come mai l'avesse aspettata nel bel mezzo del nulla, e se fosse un amico o un nemico. In quell'istante, però, il suo corpo prese il sopravvento sul suo cervello. Al suo corpo non importava nulla di tutto ciò. Era stanco, affamato e malconcio, e riusciva a concentrarsi solo sul profumo dei cactus.

« Chi... chi siete? » balbettò lei, confusa.

« Ruadh », rispose l'altro. Aveva una voce rauca e profonda, con una sfumatura presuntuosa e quasi provocatoria. « Alcuni mi chiamano anche Volpe di Fuoco. E puoi tranquillamente darmi del tu. »

Kaira annuì, a disagio. « Ebbene, Ruadh. Ditemi... Dimmi... Come fai a conoscermi? E stavate... Stavi aspettando noi? »

« Certo. È questo il mio compito. Non ricordi? La Vecchia Signora ti aveva detto che uno dei suoi servitori sarebbe venuto a prendervi. Eccomi qua. Da soli non fareste molta strada. Ma guarda, ecco i tuoi compagni! Benvenuti! Avvicinatevi. »

Thilmo e Tataika, che erano avanzati con esitazione, si sentirono in parte sollevati per aver incontrato un essere umano nel deserto, e in parte intimoriti perché non sapevano se fosse un nemico.

Tataika lo fissò con aria minacciosa, strizzando gli occhietti fino a ridurli a due minuscole fessure sul suo grazioso viso rotondo. Quando si piazzò davanti al fuoco con le mani sui fianchi, parve un animale goffo e robusto, con una lunga criniera marrone e occhi colmi di diffidenza. « Siete un Selenario? A guardarvi, si direbbe proprio di sì », dichiarò senza mezzi termini.

L'uomo annuì. Il chiarore delle fiamme si rifletteva sul suo volto, conferendogli ora una sfumatura ramata e ora l'aspetto di una maschera su cui scintillavano solo due occhi penetranti. Ruadh incrociò le mani dietro la nuca e si stiracchiò finché le scapole non gli schioccarono forte. « Esatto. Sono un Selenario. E non solo, sono addirittura un raccoglitore. » Così dicendo, alzò la sinistra e si sfilò il guanto lurido. Kaira vide che sull'anulare portava un anello con una pietra bombata. Il cerchietto sembrava fatto di comune acciaio, liscio e disadorno, ma la gemma ovale era davvero insolita. Era molto pallida, come madreperla, eppure sfavillava con tanta intensità da ammantare tutta la mano in una luce fioca. La giovane la fissò. Non aveva mai veduto una pietra che brillasse al buio.

« Che anello è? » domandò.

« Magia nera, scommetto », mormorò Thilmo.

« No, al contrario », ribatté Ruadh. « Protegge dalla magia nera e da tutte le sue creature. Questa è una pietra lunare, un dono della Vecchia Signora, l'emblema di tutti i raccoglitori. » Si rinfilò rapidamente il guanto, e lo splendore della gemma misteriosa scomparve.

I tre ragazzi si scambiarono un'occhiata perplessa. Anche se non sapevano granché dei Nottambuli, avevano sempre sentito dire che i raccoglitori erano i più pericolosi tra loro: servitori fedeli della Strega della Luna, sempre in viaggio per svolgere i suoi incarichi segreti. Si diceva che preparassero veleni, evocassero i demoni, corrompessero i bambini e mangiassero i cadaveri. Erano così malvagi che l'Inquisizione imperiale, piuttosto tollerante verso l'eresia dei normali Selenari, condannava a morte i raccoglitori.

Tataika ricordò quanto fosse stata sbruffona qualche ora prima, perché contrasse i muscoli e minacciò: « Non osare toccarmi, altrimenti ti spezzo le braccia e le gambe! »

Ruadh sorrise. « So quanto sei forte, Tataika, ma non è necessario che mi minacci. Non ho cattive intenzioni nei vostri confronti. Anzi, sono stato mandato qui per aiutarvi. E dobbiamo sbrigarci. Voi siete i primi, ma non gli unici, sulla mia lista. »

« E se non volessimo seguirti? » domandò Thilmo.

Il raccoglitore fece spallucce. « Non posso costringervi, e sicuramente non vi trascinerò con la forza. Potete anche restare qui. Tuttavia, durante il giorno il Deserto di Cenere è così torrido che i sassi esplodono, e non c'è nemmeno una goccia d'acqua.»

«Siamo appena usciti da un fiume!» lo contraddisse Thilmo.

Ruadh scosse la testa. «Nessuno può bere l'acqua di quel fiume e, se ora lo cercassi, non lo troveresti più. È il Kao, il confine. Siete molto lontani da Fort Timlach.»

Kaira si posò la fronte sulle ginocchia. Stava malissimo. La pelle le bruciava, e le sembrava di avere gli occhi pieni di sabbia. Se per scottarsi le bastava restare senza velo per mezza giornata, come avrebbe fatto nel Deserto di Cenere? Il sole le avrebbe ridotto la pelle a brandelli, e non vi era nulla da mangiare e da bere...

I tre giovani si guardarono. Che cosa potevano fare? Fino al giorno prima non sarebbe mai venuto loro in mente di fidarsi di un Selenario, e meno ancora di un raccoglitore. Tuttavia, se non volevano morire di fame e di sete, non avevano altra scelta, perché non sarebbero mai riusciti a tornare a casa da soli. Non sapevano neppure quanto fossero distanti da Fort Timlach.

Inoltre, Kaira aveva la sensazione che, pur essendo un Nottambulo, Ruadh non fosse cattivo né pericoloso.

Thilmo, però, s'innervosì e protestò: «Questa è magia! Tu sei uno Stregone degli Inferi! Quel furfante di Vauvenal ci ha stregati, e tu sei in combutta con lui! Ti denuncerò ai sacerdoti!»

«Esistono diversi tipi di magia», ribatté Ruadh in tono aspro. «La Vecchia Signora non vi ha stregati. Vi ha solo accompagnati per un tratto di strada, e Vauvenal non ha ricevuto il suo incarico da me, bensì da altri. È un servitore delle tre dee, mentre io sono un servitore di Datura.»

«Che differenza fa? Gli eretici sono eretici!» bofonchiò Thilmo, abbassando tuttavia la voce.

Ruadh porse loro i cactus arrosto e un otre di pelle di capra. «Mangiate e bevete! Dovete mantenervi in forze, vi aspetta una marcia faticosa.»

Continuarono a essere riluttanti, ma ormai Kaira aveva capito che non avevano altra scelta. Dovevano seguire lo sconosciuto, che lo volessero oppure no. Che cos'altro potevano fare? Tanto valeva rifocillarsi, dunque. Così mangiarono i cactus e bevvero l'acqua. Kaira ebbe l'impressione di non aver mai assaggiato nulla di più delizioso di quelle croccanti fettine marroni. Che fossero stregate?

« Che cosa c'è là dentro? » domandò Tataika con un'occhiata obliqua alla borsa stracolma di Ruadh.

« Oh, un poco di questo e un poco di quello », rispose l'uomo. « Tutto ciò che mi serve. Sai, è una borsa da raccoglitore. »

« Una cosa? » domandò Tataika, aggrottando le sopracciglia.

« Una borsa da raccoglitore. Ognuno di noi ne ha una. La sua particolarità è di contenere sempre ciò di cui abbiamo bisogno. »

Tataika lo fissò strizzando gli occhi con aria sospettosa. « Vuoi dire che puoi trovare tutto ciò che vuoi in quel sacco di stracci? »

« No. Non ciò che voglio. Solo ciò che mi serve, e solo nel caso in cui non riesca a procurarmelo in altro modo. Ascoltate », aggiunse, lanciando un'occhiata penetrante a ciascuno di loro, « non azzardatevi a frugare nella mia borsa! Innanzitutto, obbedisce solo a me e, in secondo luogo, fa brutti scherzi a chiunque cerchi di usarla in modo sbagliato. L'ultima volta che qualcuno ci ha provato era piena di vipere. »

Spense il fuoco con qualche manciata di sassolini. Quindi si alzò e disse: « Aspettatemi per qualche minuto. Ho ancora una cosa da fare; nel frattempo potete decidere se rimanere o venire con me ».

Si allontanò di qualche passo. Kaira pensò che dovesse urinare, ma poi vide con stupore che s'inginocchiava sulla sabbia e alzava le braccia verso il cielo tenendo i palmi delle mani orizzontali, come se volesse afferrare qualcosa che scendeva dall'alto. Evidentemente stava pregando, perché aveva gli occhi chiusi e pareva che il suo volto venisse accarezzato da qualcosa d'invisibile. I tre Semifiniti si scambiarono un'occhiata, ma nessuno osò profferire parola. Ruadh non ci mise molto. Quando ebbe finito, si alzò e si buttò il sacco sulla spalla.

« Ebbene? » domandò. « Venite con me? Ci resta poco tempo prima che sorga la Stella Vorace. »

« Siamo Pezzati. Non dobbiamo temere Phuram come te », osservò Thilmo nel suo solito tono altezzoso.

« E invece sì », lo contraddisse Ruadh. « Perché, se mi seguite, vi odierà quanto odia me, e dunque vi consumerà non appena salirà sulla sua nave diurna. »

Kaira si sentì raggelare. Dov'erano finiti? Che cosa stava accadendo? « Ho paura. Perché non possiamo semplicemente tornare a casa? » mormorò.

« Perché non è quello il tuo destino, e neppure il mio né quello dei tuoi amici. Ma fatti coraggio. » Ruadh le mise un braccio intorno alle spalle e la tirò a sé con fare protettivo. La giovane notò con stupore che il suo aspetto cencioso e trascurato non la ripugnava. L'uomo aveva un odore insolito, ma molto gradevole, di foglie secche e legna asciugata dal sole. Kaira gli appoggiò la testa sulla spalla e affondò il naso negli strati di vestiti. Di solito non dava subito confidenza agli estranei, ma era fermamente convinta che Ruadh non fosse un estraneo. Era un amico.

Tataika si strinse nelle spalle. « D'accordo, veniamo con te. Quale altra scelta abbiamo? »

Si avviarono diligentemente dietro il raccoglitore, verso una notte buia e un futuro incerto.

# CATTIVI AUSPICI

# LA MORTE DEL SOMMO SACERDOTE

I corni chiamavano i fedeli alla messa del sole dalle torri del tempio, ma a celebrare la cerimonia davanti alla titanica statua di Phuram era un altro sacerdote. Furgas aveva lasciato il suo incarico da alcuni giorni. Si era scusato con l'imperatore accennando a una delle occasionali indisposizioni causate dalla sua pinguedine: disturbi che, togliendogli l'appetito, non gli consentivano di svolgere il suo compito. In realtà, però, non erano le sue viscere ad affliggerlo, bensì le cose che aveva scoperto consultando i libri proibiti.

Cose che lo riguardavano personalmente.

Era sempre stato un fedele servitore di Phuram, ma, non essendo stupido, conosceva la vera storia del pianeta e riteneva che sarebbe stato assai più saggio riconoscere l'esistenza degli antichissimi regni mistici dei draghi ed etichettarli come regni del male, anziché negare quella realtà in una cecità puerile. Esperto conoscitore delle costellazioni, sapeva che l'offuscamento di Phuram era imminente e che, quando fosse arrivato, si sarebbe deciso il destino di Chatundra per gli eoni successivi. Mentre leggeva, gli erano tornate in mente molte cose che aveva quasi dimenticato... E poi quella scoperta incredibile!

Non aveva pensato nemmeno per un momento di seguire quella vocazione empia. Il suo dio era Phuram, a prescindere da ciò che avevano stabilito le stelle. Non avrebbe mai contribuito a ripristinare il regno della Triade, anche se le costellazioni astronomiche della sua nascita, della morte prematura dei suoi genitori e della sua vita successiva lo designavano inequivocabilmente come uno dei Tredici chiamati a compiere quella missione. Il segno sul suo corpo era solo un'ulteriore conferma.

No, non avrebbe vacillato. Il destino era una cosa; la sua vocazione e la sua scelta personale un'altra. Le stelle l'avevano chiamato, e lui aveva resistito. Per un attimo aveva sperato che bastasse rifiutarsi e infrangere il numero magico, ma i libri proibiti - sulle cui pagine brunastre il testo prendeva fuoco non appena qualcuno lo leggeva - l'avevano deluso. Non spiegavano che cosa sarebbe accaduto se uno o più eletti si fossero rifiutati di partecipare alla missione né a cosa sarebbero andati incontro. E non dicevano nemmeno che il gruppo doveva essere al completo.

Se Phuram fosse tramontato, Furgas sarebbe tramontato con lui, come suo devotissimo sacerdote e servitore. Vi era una cosa che lo accomunava al conte Viborg, pensò abbozzando un sorriso. Nonostante tutti gli errori che potevano aver commesso, erano rimasti fedeli: il cavaliere al suo imperatore, il sacerdote al suo dio.

Ora, tuttavia, si trovava davanti a un arduo dilemma. Sarebbe stato suo dovere avvertire l'imperatore. Avrebbe dovuto dirgli che si avvicinava il momento del pericolo, il momento in cui i Tredici si sarebbero messi in marcia per ricomporre Mandora e scatenare la potenza della Triade. Hugues doveva sfruttare ogni singolo giorno per sguinzagliare i suoi scagnozzi e catturare gli eletti prima che portassero a termine il loro compito. Doveva affrettarsi ad armare il suo esercito per opporsi ai Mokabiti e al Principe Cadavere quando avessero schierato le loro truppe contro di lui. Doveva sapere che cosa si celava dietro l'enigmatico verso: « Quando l'oro perirà e sarà divorato », perché i libri proibiti rivelavano anche quello, e Hugues doveva trovare e uccidere al più presto la persona cui quelle parole si riferivano, la persona disposta a sacrificarsi spontaneamente, perché così avrebbe impedito il ritorno di Mandora una volta per tutte. Soprattutto, però, doveva liberarsi della serpe che covava in seno.

Ma come poteva Furgas fare tutto ciò senza confessare di aver consultato i libri proibiti? E, cosa ancor più grave, che era uno dei Tredici scelti dalle stelle per quella missione empia? Il sacerdote conosceva l'imperatore e sapeva bene che non gli avrebbe perdonato nessuna delle due cose, anche se - almeno per quanto riguardava la vocazione - il suo suddito non aveva nessuna colpa. L'avrebbe giudicato subito colpevole di empietà e alto tradimento e l'avrebbe fatto gettare in pasto all'Animale della Giustizia.

Fu riscosso da uno sbatacchiare contro le sbarre della gabbia. Negli ultimi giorni era stato troppo assorto nelle sue preoccupazioni per trascorrere del tempo col boccamiele. Gli aveva solo dato da mangiare e poi l'aveva subito dimenticato. Lo zoofito possedeva tuttavia una coscienza abbastanza avida ed egoista da prendersela a male per quella trascuratezza. Infastidito, scuoteva le volute della gabbia e allungava le braccia, aprendo e chiudendo le sue gocciolanti boccucce rosa.

«Sì, d'accordo. Sto arrivando.» Furgas si alzò ansimando dal divano e prese il piatto che il servitore zelante aveva preparato sin dal mattino. Barcollò con prudenza fino alla gabbia, tendendo un pezzetto di carne verso le dita voraci. Lo divertiva stimolare l'ingordigia della creatura e farla allungare invano un paio di volte prima di darle l'agognato boccone. Sapeva esattamente quanto avvicinarsi alle sbarre. Anche se la pianta era imprigionata, poteva benissimo accadere che gli afferrasse il dito e il polso con un braccio e glieli torcesse fino a fargli male.

«Ecco! Prendi! Oh, niente da fare! Era troppo lontano? Vuoi provare di nuovo?»

Si avvicinò ancora per prendersi gioco del boccamiele.

Quindi lanciò un grido gutturale. Lo sportello, di solito sprangato con cura, si spalancò, e ne spuntò fuori un fascio vorticante formato da una dozzina di braccia umide, fredde e robuste. Con straordinaria astuzia, un tentacolo si premette come un bavaglio sulla sua bocca aperta, mentre gli altri gli bloccavano le braccia e l'ultimo gli si attorcigliava intorno al collo.

Furgas lottò con un'energia di cui nessuno l'avrebbe ritenuto capace, ma invano. Un braccio gli strinse la gola, un altro gli tappò la bocca, un terzo gli spinse alcuni petali carnosi contro le narici, e gli altri lo tirarono verso la gabbia con forza inesorabile. Il viso grassoccio dell'uomo si gonfiò e divenne paonazzo. Le gambe si agitarono e i talloni sussultarono sul pavimento quando scivolò in posizione seduta. I tentacoli non erano abbastanza forti per sostenere il suo peso, ma portarono ugualmente a termine il loro compito mortale. Un braccio vigoroso gli affondò nel doppio mento, gli strinse il gargarozzo e gli schiacciò la laringe. Gli occhi iniettati di sangue gli uscirono dalle orbite a causa della tremenda pressione. Quando Milas, allarmato dal rumore, entrò nella stanza, trovò Furgas morto davanti alla gabbia, un orrendo cadavere tumefatto con la faccia color mora, e i vestiti e la carne corrosi dai succhi gastrici della pianta. Inorridito, guardò prima il morto, e poi lo sportello spalancato. Qualcuno doveva averlo aperto. Il sacerdote aveva forse commesso uno stupido errore? Oppure aveva subito un attentato da parte di uno dei suoi numerosi nemici?

Milas non perse tempo a valutare le diverse possibilità. Sapeva che l'avrebbero arrestato e giustiziato a prescindere dalla sua innocenza o colpevolezza. Era sempre stato fedele al suo padrone, ma ora doveva abbandonarlo.

«Sono certo che mi capireste, reverendo», sussurrò accennando un inchino, quindi fuggì dalla casa e dalla città senza parlare con anima viva.

# PAURA A THURAZIM

A Thurazim regnavano l'inquietudine e la preoccupazione. I funzionari imperiali cercavano di spiegare alla popolazione la morte improvvisa e raccapricciante del sommo sacerdote dicendo che lui o un servitore distratto - che sarebbe stato squartato non appena fosse stato catturato - avevano lasciato aperta per sbaglio la gabbia del boccamiele. Se si fosse trattato solo di Furgas, tutti avrebbero presto dimenticato lo spavento. Il sommo sacerdote era stato più temuto che amato, e la sua carica l'aveva tenuto così lontano dalla gente comune che quest'ultima lo considerava più una figura simbolica che una persona in carne e ossa. La sua morte, tuttavia, era stata seguita da altri segni che avevano inquietato il popolo.

La gente aveva paura sia delle nubi temporalesche che, quasi ogni giorno, si addensavano a sud avvicinandosi minacciosamente al disco di Phuram sia del vento che soffiava dalla medesima direzione e odorava di zolfo. Le nuvole che si rincorrevano nel cielo giallastro non promettevano nulla di buono. Giravano intorno al sole disegnando lunghe scie che si allungavano come dita verso la terra. I cortigiani e i sacerdoti, invece, erano preoccupati per la trasformazione subita da Hugues. Divenne sempre più evidente che, senza la fede e la forte personalità di Furgas, l'imperatore era condizionato dall'influsso quasi stregonesco di sua moglie. Impartiva ancora ordini, ma era facile intuire quale mente li aveva partoriti. Tutti coloro che frequentavano quotidianamente il palazzo notarono quel cambiamento. L'imperatore, un tempo così fiero e audace, appariva sempre più assente e non ottemperava quasi più ai suoi doveri.

«È stregato!» sussurravano alcuni.

«È diventato schiavo dell'olio di boccamiele ed è sempre ubriaco!» mormoravano altri.

« Iwara lo sta avvelenando pian piano! » dicevano altri ancora.

Tra l'aristocrazia di Thurazim vi erano alcuni individui prudenti ed egoisti che ritennero opportuno abbandonare la città e ritirarsi nelle loro tenute con pretesti d'ogni tipo. I Pezzati e i Selenari non si presero nemmeno il disturbo d'inventare scuse cortesi, bensì tagliarono la corda alla prima occasione.

Inoltre, faceva molto caldo, come se Phuram stesse raccogliendo tutta la sua forza e il suo splendore per difendersi dal nemico. La città era oppressa da una cappa d'afa. I boccamiele divennero così irrequieti e dispettosi che alcuni uomini determinati diedero l'ordine di portarli nel deserto e di gettarli tra le fiamme dei forni per l'incenerimento dei rifiuti. Nei parchi, i pavoni e le paradisee lanciavano urla assordanti e perdevano le loro penne colorate fino a sembrare polli spennati, e i fiori simili ad anemoni di mare smisero di cantare e avvizzirono.

Churone, il nuovo sommo sacerdote, ordinò di venerare Phuram da mattina a sera con canti e offerte d'oro per scacciare la sciagura che arrivava dal Sud. Mentre era davanti all'altare, tuttavia, i suoi pensieri volarono ad altre cose. Non riusciva a dimenticare la morte del suo predecessore e non dubitava che l'imperatrice l'avrebbe condannato allo stesso destino, perché era un uomo dell'imperatore, e Iwara l'avrebbe eliminato non appena possibile, per assegnare la carica a uno dei suoi favoriti. Doveva dunque essere più rapido di lei.

Un sogno l'aveva avvertito che correva un grave pericolo. Nella visione si era ritrovato su una vetta ammantata da fitte nuvole, dove l'aria era troppo gelida e rarefatta per respirarla e la mente cominciava a creare fantasmi. Sulla sommità vi era la statua di un Rachmanzai che stringeva i bordi del piedistallo coi suoi lunghi artigli a sciabola, mentre le zampe poggiavano su enormi ginocchia e l'orrendo teschio si protendeva in avanti con espressione indagatrice. L'idolo, che aveva le dimensioni di una casa, proiettava un'ombra gigantesca sebbene nel cielo non splendesse nessun sole. Churone si era sforzato di leggere i segni sul piedistallo, ma erano rune dragonesche, troppo strane e contorte per poterle decifrare.

Stava per distogliere lo sguardo, quando all'improvviso aveva notato una sottile linea nera che si allungava sul muso della statua e sulla parte anteriore del suo corpo, esattamente al centro, come se gli artigiani avessero unito le due metà della forma in quel punto. La linea si era allargata sempre di più, fino a diventare una fessura. Ansando, Churone aveva veduto l'idolo mostruoso dividersi in due parti, che si erano spalancate come i battenti di una porta. Aveva sbirciato nell'interno buio e aveva visto che i lati erano coperti di affilati pugnali lunghi un braccio.

Dopo quel sogno non aveva dubbi che il malvagio potere di Thamaz avrebbe spalancato la bocca per inghiottirlo definitivamente.

A differenza di Furgas, che era ricorso agli intrighi per conservare il potere, Churone era un uomo audace e risoluto, e sapeva che solo un gesto rapido e temerario avrebbe potuto salvarlo. Aveva dunque ordinato ai suoi inquisitori di sequestrare la raccolta di Maestro Ninian nella Casa dei Libri, dicendo che la collezione rappresentava un pericolo per lo Stato, ma in realtà con l'intenzione di studiarla attentamente. Ninian era stato uno studioso molto preciso e aveva annotato con esattezza che cosa aiutasse e che cosa danneggiasse ogni specie di drago. Churone aveva esaminato i suoi scritti ed era giunto alla conclusione che la splendida imperatrice apparteneva alla razza dei nefri, che avevano un aspetto perfettamente umano e usavano la magia per diventare così avvenenti da affascinare qualsiasi uomo. Era quello il suo potere; persino un sicario prezzolato si sarebbe tolto la vita con una pugnalata davanti alla bellezza ultraterrena di quella donna.

Esisteva tuttavia un mezzo per sconfiggerla, seppur così orribile e ripugnante che, in cuor suo, il sacerdote rabbrividì all'idea di usarlo.

# SOGNI PERICOLOSI

Il conte Viborg non aveva perso tempo. Aveva scelto un centinaio dei migliori soldati imperiali e aveva ordinato la partenza. Attorniato dal suo seguito, cavalcava in testa alla colonna sul suo splendido destriero; poi venivano i soldati e, tra loro e la fila di sauri da soma stracarichi, i pochi civili, tra cui anche Maestro Ninian.

L'erudito era dibattuto tra emozioni contrastanti. Da una parte, era entusiasta al pensiero di recarsi in un luogo di antichissimi enigmi. Dall'altra, non era un eroe né un avventuriero, temeva le insidie del deserto e soffriva per il disprezzo con cui lo trattavano i militari.

Quell'atteggiamento contraddistingueva soprattutto Katanja, un'addestratrice di cani e una soldatessa di professione il cui alto rango era segnalato, come voleva l'usanza di Thurazim, da una mezza maschera di bronzo. Quel che era peggio, i suoi cani mostravano la medesima avversione per il maestro, che doveva continuamente stare attento a non farsi mordere i polpacci.

Percorrevano un vecchio sentiero fortificato che serpeggiava lungo il fianco dei Toarch kin Luris, e avevano proceduto in salita per tutto il pomeriggio. La strada era stretta ma ben tenuta, e di tanto in tanto presentava persino un'indicazione o una pietra miliare. Li condusse dapprima in una conca in cui fiori rossi e arancioni crescevano tra l'erba e un ruscello gorgogliava tra i sassi, e poi su per un pendio così ripido e brullo che da sotto si aveva l'impressione di trovarsi davanti a una parete verticale. A ogni svolta, l'aria diventava più fredda e il vento più pungente. Il mondo perse ogni colore, tramutandosi in una distesa di pietra grigia ed erba argentea sotto un cielo coperto.

Il sentiero si snodava tra spuntoni di roccia, e Ninian notò che stavano aggirando un ostacolo di cui comprese la natura solo in un secondo momento. Si trattava di una valle allungata - buia, scoscesa e spaventosa - le cui pareti nude si riflettevano in un lago... Un lago in cui non avrebbe immerso nemmeno la punta di un piede. Nonostante l'acqua turchese e la superficie tranquilla, aveva un'aria davvero sinistra. Inoltre, ogni minimo rumore echeggiava nella conca, producendo ora un mormorio rauco e malevolo, ora un suono cupo e spettrale. Le truppe tacquero e avanzarono così piano da non far scricchiolare nemmeno un sassolino, ma un rumore di tanto in tanto era inevitabile, e in quegli attimi l'eco inquietante faceva rabbrividire il maestro. Non c'era dubbio: là sotto non vi erano solo sassi e acqua. Lo studioso avvertiva una presenza malvagia con tanta chiarezza da non aver bisogno di vederla.

Sul fondo del lago verdazzurro giaceva un drago acquatico di nome Pilas, che aveva scelto quel luogo come rifugio. Il Lago Blu, come lo chiamavano i contadini dei dintorni - che si guardavano bene dall'avvicinarsi -, era così profondo e scendeva così tanto nelle fondamenta screpolate e spaccate delle montagne che nemmeno Phuram sarebbe riuscito a prosciugarlo. Così il vecchio Pilas vi dimorava indisturbato. Era un enorme drago cattivo; il suo sangue era così velenoso che una goccia sarebbe bastata per disseccare un albero, e il suo alito paralizzava qualunque essere vivente. Doveva tuttavia fare un uso limitato di quelle capacità, perché, se avesse ucciso tutte le creature del lago, non avrebbe più avuto di che sfamarsi. Così, ogni tanto si avvicinava alla riva, allungava la testa fuori dall'acqua e soffiava verso un capriolo intento ad abbeverarsi o verso un paio di castori impegnati a costruire una diga.

Inoltre, Pilas era un fedele servitore del Principe Cadavere, non per affetto o simpatia, ma perché di tanto in tanto Zarzunabas gli mandava un prigioniero che veniva gettato nel lago. Non appena la carovana fu passata, il drago sporse la testa fuori dall'acqua ed emise uno strano fischio. Arrivò un corvo che ascoltò il suo messaggio e ripartì per portarlo a Zarzunabas.

Nessuno badò all'uccellaccio nero che svolazzava nel cielo. Erano tutti contenti di essersi lasciati il lago alle spalle.

Ninian non sapeva bene se dovesse essere sollevato o doppiamente preoccupato quando vide che, a una certa distanza, il sentiero entrava nell'imboccatura di un tunnel. La galleria gli avrebbe risparmiato la vista del baratro sempre più profondo, ma quali nuovi pericoli erano in agguato là dentro?

Morisai, il medico militare che procedeva con la retroguardia e che trattava il maestro con discreta cordialità, gli spiegò: « Nel tunnel vi saranno sicuramente dei serpenti. Tuttavia, non dovete spaventarvi se ne vedete uno. Non sono velenosi. Scavalcateli e basta ».

Ninian si strinse le braccia intorno al corpo in un gesto involontario. Serpenti! Ci mancava anche quella! Velenoso oppure no, ciò che non aveva le zampe lo riempiva di disgusto. Ecco perché si era sempre opposto alla teoria secondo cui i draghi celesti e i serpenti appartenevano alla medesima specie. Avevano senza dubbio alcune somiglianze superficiali, ma in ogni caso i draghi avevano almeno due zampe – e il più delle volte addirittura quattro –, mentre i serpenti non ne avevano neppure una.

S'infilarono nell'apertura e seguirono il sentiero buio. Non trascorse molto tempo prima che il maestro vedesse un serpente. Era un animale bianco e spesso quanto un braccio, senza occhi visibili, che si trascinava pigramente sui sassi umidi. Quando udì i loro passi, si raddrizzò e fece guizzare la lingua con aria minacciosa, ma poi fuggì. Di lì a poco ne comparve un secondo, quindi un terzo. Il cuore di Ninian si fermò ogni volta.

A un certo punto passarono accanto a una profonda fossa. Sul fondo strisciava una dozzina buona di serpenti, che si annodavano tra loro per poi districarsi in un brulichio viscido e scintillante. Il maestro trattenne il respiro mentre procedeva con la schiena contro il muro. Non osò immaginare che cosa sarebbe accaduto se fosse scivolato sulla pietra sdrucciolevole e fosse precipitato là dentro. I serpenti non erano velenosi, aveva detto il medico, ma erano lunghi e spessi quanto il suo braccio. Forse l'avrebbero strangolato come facevano gli orribili boccamiele con le loro vittime. Riprese a respirare solo quando la fossa scomparve dietro una curva.

Anche Katanja si era accorta che qualcosa non andava. Parlottò con Buiko, il suo scudiero, e ordinò a tutti di fare il meno rumore possibile. Ninian camminava in punta di piedi. A un tratto credette di udire un raschiare e uno strascicare proprio sopra la sua testa, come se una massa gigantesca si trascinasse avanti con movimenti simili a quelli di un bruco, ma poteva anche essere stata l'eco. In quei pozzi e in quei camini ogni suono si moltiplicava all'infinito.

Finalmente il tunnel finì, e Ninian si rilassò. Si girò tuttavia verso l'entrata e gli parve che nel buio dell'apertura vi fosse qualcosa di ancora più buio, una forma rozza e massiccia che strisciava alle loro spalle.

Guardò le cime dei Toarch kin Mur luccicanti di neve. L'imponenza di quei monti, in confronto ai quali persino le alte catene montuose di Luris sembravano colline, era visibile anche da lontano. Su quell'insormontabile bastione dalle pareti grigio piombo s'innalzavano picchi minacciosi che parevano arrivare fino alle stelle e ostruivano qualsiasi visuale. Lassù imperversavano gli uragani, mentre nelle gole e nei passi scoppiavano tempeste così furibonde che, nei momenti di quiete, il loro mugghio si udiva persino in campagna, spesso mescolato al boato delle valanghe e al rimbombo irregolare delle frane. Ninian aveva visto molte antichissime mappe di Chatundra, ma mai una che rappresentasse i territori oltre i Toarch kin Mur. Talvolta vi era una freccia puntata verso il Polo Nord, con la scritta: *Qui sorgeva un tempo Luifinlas, la più antica di tutte le città, costruita da esseri sconosciuti.*

A un tratto qualcosa ronzò nell'aria, e un lazo cadde sul terreno proprio davanti al maestro. L'erudito non riuscì nemmeno a urlare prima che la fune si ritirasse dopo aver mancato il bersaglio, sparendo con un sibilo oltre i sassi.

Gli altri civili avevano spiccato un rapido balzo di lato e si erano stretti l'uno contro l'altro mentre si guardavano intorno alla ricerca degli aggressori. Katanja scavalcò gli spuntoni di roccia dietro cui era scomparsa la corda, e i cani la seguirono. Ninian udì uno scalpiccio, come se qualcuno corresse con foga sui detriti, quindi un urlo sordo, una serie di latrati rabbiosi e il tonfo di un corpo. Katanja tornò poco dopo. « Eliminato », disse a Buiko. Non precisò chi o che cosa avesse eliminato, e aveva un'espressione così rabbiosa che Ninian non si azzardò a chiedergli elo. Di lì a poco, tuttavia, la udì aggiungere a bassa voce: «Non dobbiamo trattenerci qui più del necessario. Qui sono nel loro territorio e hanno tutti i vantaggi dalla loro parte».

Nell'animo del maestro, il timore di un uomo appena sfuggito a un lazo si mescolò alla curiosità dello scienziato. Non appena Katanja e Buiko si furono allontanati, si voltò verso Morisai. «Voi siete già stato molte volte nel deserto. Quali creature vivono qui?»

L'altro, tuttavia, si strinse nelle spalle. Chi poteva rispondere a quella domanda? Nei caravanserragli, tra la luce delle lampade e il fumo dei narghilè, i viandanti blateravano di tribù feroci, selvagge e sanguinarie, di esseri più somiglianti ad animali che a uomini, di mezzidemoni, dei piccoli e malvagi Saltatori - minuscole creature simili a scheletri, con teschi da scimmietta e denti affilati come pugnali - e d'incantevoli lucertole variopinte il cui tocco bastava per uccidere un uomo. Di quelle creature, però, non si sapeva più di quanto riferissero gli eremiti, i vagabondi e i cercatori d'oro, e non bisognava credere a tutto quel che dicevano. Qualunque cosa avessero veduto, diventava più grande e spaventosa a ogni ripetizione del racconto, finché una lucertola non si trasformava in un drago. Quando viaggiavano per troppo tempo da soli, molti di loro soffrivano inoltre di allucinazioni.

Poiché si era fatto tardi, fecero una sosta. I soldati trovarono uno spiazzo in una profonda nicchia schermata da aguzzi spuntoni di roccia. Esausti, posarono i bagagli e sedettero mentre venivano distribuiti i viveri. Ninian era contento di avere intorno tante persone. Quel posto era tutt'altro che ospitale e, quando la Stella Ardente si spense e il desolato mondo montano sprofondò nelle tenebre, ogni cosa assunse un aspetto così sinistro che lo studioso si avvicinò al fuoco senza volerlo. Quando si voltò, vide un baluginio nell'oscurità e un debole chiarore nei punti in cui la neve copriva le rocce. Qua e là vorticava qualche fiocco. Dalle montagne scendeva un freddo pungente, e il vento ululava forte tra i massi, che erano già svaniti nel buio; il suo canto e il suo fischio tra i passi montani non sembravano causati da uno spostamento d'aria, bensì parevano uscire dalla gola di un essere vivente (e per nulla bendisposto). Ninian ricordò i discorsi sui demoni del deserto, creature dal corpo di serpente che attiravano i viandanti solitari col loro canto melodioso, per poi sbranarli coi loro denti affilati. Udì tuttavia anche rumori diversi da quelli del vento: uno stropiccio, uno scalpiccio e, di tanto in tanto, la fragorosa caduta di un sasso. Che qualcosa avesse strisciato alle loro spalle e ora non osasse avvicinarsi? Oppure il loro inseguitore era troppo grosso e massiccio per quel sentiero angusto?

Ninian non si sarebbe allontanato dai suoi compagni per nulla al mondo. Quando sentì il bisogno di urinare, chiese a Morisai di accompagnarlo.

L'altro si era lamentato per tutto il tragitto, dicendo che le razioni sarebbero state scarse, ma si era sbagliato. Ninian, che aveva sempre condotto una vita modesta, era assolutamente soddisfatto del pane e della carne secca, delle noci, del formaggio e della frutta essiccata, come pure della fresca acqua di sorgente. L'acqua mormorava in uno stretto canale tra le rocce, scendendo verso il placido fiume sul fondovalle, ed era così ghiacciata che occorreva lasciarla per un poco nelle coppe prima di berla.

I soldati si divisero i posti di guardia. La regione era solitaria, ma, come Katanja spiegò ai civili, ciò non significava affatto che fosse disabitata.

Ninian era stanco, ma aveva paura di addormentarsi. Aveva la sgradevole sensazione che l'attentato col lazo fosse strettamente legato al desiderio dell'imperatrice di sbarazzarsi di lui, e che, poiché era fallito, ve ne sarebbero stati altri. Inoltre, si sentiva strano da quando aveva lasciato Thurazim. Era perseguitato da visioni come non ne aveva mai avute.

La cosa peggiore era che in sogno credeva di sapere con esattezza che cos'era accaduto: il tentativo di liberare le Tre Sorelle non era riuscito, e ora il sovrano di Chatundra era il demone acquatico Drydd. Le coste si erano ormai trasformate in cimiteri, ed entro breve la Tetide grigio piombo avrebbe tramutato tutta la terraferma in una palude fetida e scivolosa. La colpa di quella terribile sciagura era di un solo uomo, Maestro Ninian, che sapeva bene qual era la sua vocazione ma era troppo codardo per seguirla.

In un'altra occasione fu tormentato da un sogno altrettanto terribile. Percorreva un ponte angusto, attraversando una superficie che all'inizio aveva scambiato per un lago. Ben presto si accorse tuttavia che era una distesa d'acqua prosciugata o una diga fatiscente. Il terreno era fatto di fango che ribolliva e gorgogliava senza sosta. Il ponte era molto lontano dal fondo del lago, su cui si contorcevano e strisciavano creature d'ogni tipo. Sebbene non potessero raggiungerlo, quando le vide gli si fermò il cuore. Quindi scorse qualcosa, e non seppe se essere sollevato o ancora più spaventato. Là sotto, nella voragine puzzolente, all'ombra dei muri ricoperti di fanghiglia, camminavano alcune persone: una dozzina o più d'individui, vestiti di grigio e tutti molto affaccendati. Non riuscì tuttavia a capire che cosa facessero. Ora pareva che pulissero il fondo del lago, ora che cercassero qualcosa tra le macerie. Alla fine uno di loro salì una scala lungo il bordo del muro e attraversò la strada proprio davanti a Ninian. Quando si voltò, il maestro vide con orrore che il suo volto grigio e inespressivo era una maschera, nient'altro che una maschera.

«Tutto questo è solo colpa tua, Ninian», gracchiò una voce. «Ora dobbiamo servire il demone acquatico, e siamo grigi e morti come la Tetide in cui egli dimora. Tra millenni e decine di millenni l'umanità continuerà a maledirti, perché sei il codardo che si è rifiutato di liberare Mandora!»

Quando il maestro si svegliava dai quei sogni angoscianti, era sudato per la paura e la vergogna. Accarezzava sempre più spesso l'idea di piantare in asso quel babbeo di cavaliere e di cavarsela da solo. Che cos'aveva da perdere? Non vi erano forse stati altri che avevano avuto paura e l'avevano superata? Essendo uno studioso rammollito, riteneva di non avere nessuna speranza di valicare i Monti Urlanti. Senza dubbio sarebbe morto assiderato o sarebbe precipitato nel vuoto a causa di una frana, ma quella fine non sarebbe forse stata più sopportabile dell'infamia che ora gravava su di lui?

Sapeva perché quei pensieri gli affioravano alla mente proprio in quel momento. Più si allontanava dall'influenza dell'imperatore, e più i suoi ragionamenti diventavano lucidi e la sua conoscenza di sé diventava profonda. Era un vigliacco, come ammise con la rassegnazione dei saggi. Finché vi era stata la possibilità che gli scagnozzi imperiali bussassero alla sua porta, aveva tenuto a freno le ambizioni, ma ora cominciava a provare il profondo desiderio di essere un eroe e di compiere una missione importante.

Il conte Viborg tirò un sospiro di sollievo quando finalmente restò solo col suo aiutante personale - Tersano, un veterano di numerose guerre - e poté parlare con lui senza temere tradimenti o spionaggio. Tersano, un uomo dalla barba grigia e dal volto butterato, era fedele e discreto e custodiva già molti dei suoi segreti.

«Tersano, sai che cos'è successo a Thurazim e chi, a mio parere, è responsabile di quell'azione», iniziò il cavaliere.

L'altro annuì. La notizia della morte di Furgas aveva raggiunto il conte meno di due giorni dopo la sua partenza. Il sommo sacerdote non era stato un uomo particolarmente amato, ma era stato pur sempre un personaggio illustre, e i fedeli erano inorriditi di fronte al crimine e al sacrilegio commessi ai suoi danni. Viborg era rimasto colpito quando aveva saputo della sua morte. Il cavaliere non era il tipo da provare sentimenti affettuosi, ma era sempre stato riconoscente a Furgas per averlo cresciuto e avergli impartito un'istruzione militare. Il conte non dimenticava i suoi nemici né i suoi amici.

«È stata un'azione codarda e subdola», disse. Tersano assentì.

Viborg esitò prima di proseguire. La questione era delicata, anche se ne stava parlando col suo devotissimo servitore. «Si dice che il suo cadavere fosse assai malridotto.»

«Posso immaginarlo, giacché è stato assassinato da un boccamiele», replicò Tersano, asciutto. «Senza dubbio era pieno di bolle, ulcere e lacerazioni.»

«Si dice tuttavia che sul suo corpo vi fosse anche qualcos'altro. Sai a cosa mi riferisco. Era nascosto sotto le pieghe di grasso della sua pancia.»

Tersano, che aveva già capito dove voleva andare a parare il suo padrone, si strinse nelle spalle con indifferenza esagerata. « Mio nobile signore, quasi tutti hanno macchioline o puntini sul corpo. Che cosa dovrebbe significare? Tre punti rossi, piccoli come chicchi di melagrana! È una coincidenza, vi dico, un semplice capriccio della natura. »

Viborg fissò il terreno con aria cupa. « Si dice che sia l'Artiglio di Drago, il simbolo della Triade. Tutti coloro che lo portano sono destinati a rimettere le Sorelle sul loro trono. Perché proprio Furgas, il sacerdote di Phuram, avrebbe dovuto essere destinato a compiere quella missione? Oppure io, l'umile servo dell'imperatore? »

L'altro gli porse premurosamente un boccale di vino forte. « Siete stanco e preoccupato, è questo a rendervi così pensieroso. Artiglio di Drago! Triade! Trono delle Stelle! Siete un guerriero oppure uno smidollato come l'erudito tra le nostre file, che blatera senza posa di aforismi e libri muffosi e vede un segno segreto in ogni sterco di sauro? » Come Tersano sapeva per esperienza, il conte Viborg, che tendeva un poco a scoraggiarsi, aveva talvolta bisogno di parole crude, e – insieme col vino – quel metodo fu efficace anche in quell'occasione.

Il cavaliere si alzò a sedere, bevve e fece un gesto scherzoso, come se volesse versargli il boccale in testa. « Hai ragione! » esclamò. « Sono un guerriero e voglio restare tale! »

La conversazione si concentrò sui disordini che quell'azione scellerata aveva scatenato a Thurazim. Si sospettava dei Selenari. L'odio degli eretici non aveva forse sempre preso di mira il sacerdote del Principe del Sole? Si era alzato un polverone e, se i Sundari non avessero avuto tanta paura di scendere nei corridoi labirintici delle catacombe, avrebbero senza dubbio dato luogo a un massacro. Così i Nottambuli si guardavano bene dal lasciare il loro mondo buio, e i Sundari si accalcavano davanti alle uscite delle catacombe dall'alba al tramonto, maledicendo i presunti assassini e agitando i pugni.

Viborg continuò: « Non mi piace la piega che stanno prendendo le cose. È come se mi trovassi in una sala altissima e dovessi restare a guardare mentre i pilastri oscillano, i doccioni cadono a terra e il tetto minaccia di crollare. Molte cose che prima erano immobili hanno iniziato a vacillare. La Mokabita che siede sul trono di Thurazim allontana dalla città i cavalieri più valorosi con pretesti assurdi, e sono convinto che sia lei la colpevole della morte di Furgas. E che strane notizie ci giungono! I Nottambuli si spostano verso nord, le tarasque - che Phuram bruci i loro corpi! - corrono qua e là nelle loro gallerie sotterranee e allungano le loro teste deformi fuori dalla terra. Creature che prima si nascondevano ora escono dalle loro tane e dalle loro buche. I servi dei maledetti draghi si aggirano durante la notte svolgendo i loro loschi compiti. Tersano, io sono un semplice guerriero e non capisco nulla di religione e magia, ma persino io ho intuito che stanno accadendo cose più gravi e oscure di quanto ci vogliano far credere».

Tersano annuì. Spesso il suo padrone si accontentava di essere ascoltato con attenzione, ma evidentemente ora voleva sentire il suo parere. Così il veterano disse in tono riflessivo: «Anch'io, come voi, credo che sia stata l'imperatrice a volere la morte del sacerdote, ma ritengo che obbedisca solo a un piano più complesso. I miei informatori mi hanno riferito che indovini e astrologi spuntano come vermi dopo un acquazzone e che, a detta di tutti, le stelle profetizzano eventi terribili e le costellazioni annunciano una guerra spaventosa. Circola voce che i Rachmanzai e i Muden Gamul si attaccheranno a vicenda e cercheranno di annientarsi, che Phuram e Datura lotteranno l'uno contro l'altra e che il regno del Nord resusciterà. È questo che affermano gli astrologi».

«Allora dicono un sacco di fandonie», replicò Viborg, brusco. «Gli esploratori mi hanno riferito che di Chiritai sono rimaste solo le rovine e, per quanto riguarda Luifinlas - ammesso e non concesso che esista davvero e non sia solo una leggenda -, dev'essere caduta a pezzi e sprofondata nel ghiaccio tempo fa. Inoltre, chi è in grado di superare i Monti Urlanti? Nemmeno un drago enorme riuscirebbe a sorvolare le loro vette, e sui loro passi sono in agguato le guardie di Zarzunabas.»

Quindi affrontò l'argomento che lo tormentava sin dall'inizio. «Ho paura per il mio padrone, Tersano. Non è al sicuro neppure nelle sue stanze. Preferirei tornare e restare al suo fianco, ma devo eseguire gli ordini.» Colpì il tavolo col pugno in un gesto di rabbia improvvisa. «Maledetto il momento in cui mi ha mandato a cercare l'oro mentre il regno vacilla sin nelle fondamenta! Sono forse un cercatore di tesori? Devo forse sprecare tempo a scavare fra i detriti? »

Tersano, che era assai più perspicace del suo padrone e gli aveva già dato molte idee geniali, gli gettò un'occhiata obliqua e astuta. « Se non erro, mio nobile signore, il nostro ordine non è cercare l'oro, bensì impadronirci delle miniere. L'imperatore non vi ha dato istruzioni precise su come procedere. Potete dunque agire come vi suggeriscono la saggezza e l'esperienza. »

Il conte gli lanciò uno sguardo penetrante. « Parla pure, mio buon servitore. »

« Ebbene, senza dubbio avrete già concluso che prima sarebbe opportuno assoggettare militarmente la zona. Non avevate forse già pensato di occupare le rovine di Chiritai per creare un baluardo contro i Muden Gamul? Infatti, che cosa se ne fa l'imperatore di miniere da cui l'oro scorre come acqua, se esiste il rischio costante che il Principe Cadavere e i suoi Corni di Ghiaccio gliele portino via? Erigete un forte inespugnabile a Chiritai, insediatevi laggiù come governatore e proteggete il confine settentrionale del regno dai Muden Gamul », disse Tersano.

Viborg lo ascoltò con attenzione. L'idea gli piaceva: cancellava l'onta di essere stato mandato nel deserto in cerca di tesori, soddisfaceva la sua passione per le operazioni militari e la sua esigenza di fare qualcosa di utile per l'imperatore, e gli avrebbe consentito di assumere il ruolo di un potente governatore anziché quello di un misero cercatore d'oro. Alzò la coppa e brindò al suo aiutante. « A noi, amico mio, e a una nuova Chiritai! »

Quindi si alzò di scatto, si slacciò il farsetto e scoprì il punto della schiena su cui spiccava l'Artiglio di Drago. Sguainò il pugnale e lo porse al suo servitore. « Arroventa la punta nel fuoco e cancella il segno dal mio corpo », ordinò.

Tersano obbedì. Il conte rimase immobile quando la lama incandescente gli affondò nella carne e gli lasciò tre bruciature.

Durante la notte il cavaliere – che dormì male, perché le ustioni gli dolevano più di quanto avesse immaginato – fece un sogno strano. Non sapeva che uno degli spettri di Zarzunabas era accovacciato accanto alla sua testa e gli sussurrava le immagini all'orecchio per ordine del suo padrone, nel tentativo di spingerlo verso la rovina.

Era su una sporgenza rocciosa e vedeva un palazzo più in basso. L'edificio era solitario e sonnacchioso, così buio da dare l'impressione che laggiù non fosse mai spuntata l'alba. Viborg lo fissava con stupore. L'imponenza della costruzione, che s'innalzava sulle rocce come una gemma intagliata su un grosso anello di pietra, lo inquietava e lo affascinava come il cupo rubino del Sole Notturno che ruotava nel cielo. Al suo sguardo si offriva un paesaggio freddo e spettrale di rocce, acqua e rossi raggi lunari.

Il palazzo era magnifico, ma completamente abbandonato. Le immagini scintillavano nella mente del conte come riflessi di luce su un fiume. Viborg riusciva a trattenere solo un'impressione generale di mura pallide e altissime su cui le scene scivolavano come ombre sotto la luna. Vi erano scalinate titaniche che superavano qualsiasi dimensione umana, e davanti a lui si apriva un portale sontuoso e sinistro come l'ingresso alle sale del mondo sotterraneo.

I due battenti si spalancarono con un lieve fruscio, e Viborg scorse l'entrata di una sala lussuosa.

Era così alta e spaziosa da sembrare un bosco di snelli tronchi d'alabastro le cui sommità si confondevano in un argento crepuscolare. Sul pavimento, in diagonale, si leggeva in lettere fluide: *Benvenuto a colui che osa entrare qui dentro*. Più in là, su un piedistallo, si ergeva una statua: un magnifico stallone bianco montato da un cavaliere con l'armatura candida. Il cavallo era senza dubbio di marmo, e anche il cavaliere pareva scolpito nello stesso materiale, ma girò la testa quando udì i passi di Viborg sul pavimento di pietra.

Quindi sollevò la visiera dell'elmo e, con un misto di stupore e raccapriccio, il conte vide il proprio volto, niveo e marmoreo, che diceva: « Benvenuto. Conte Viborg oggi, re Viborg domani, imperatore Viborg dopodomani! »

# UN RICONGIUNGIMENTO INATTESO

Nella sua camera lussuosa Iwara s'infilò nel letto - il cui pagliericcio, come affermavano i Selenari, era imbottito di monete imperiali - e spense tutte le luci a eccezione di una lampada, che immerse le tende, la testiera d'ebano e il suo corpo alabastrino in un tetro chiarore azzurrognolo. I Selenari si erano sbagliati: non tutti i nefri avevano il sedere punteggiato di macchie gialle e scarlatte; quello di Iwara, per esempio, era bianco come la neve.

Prima di congedarsi tra mille inchini, le cameriere le avevano spazzolato i capelli lunghissimi, l'avevano lavata e impomatata e le avevano preparato una morbida camicia da notte. Iwara era sola, ma ebbe la sensazione improvvisa di essere osservata. Qualcosa si muoveva nell'oscurità.

Accese una candela, ma un soffio repentino spense la fiammella e, quando l'imperatrice - ora veramente inquieta - prese il fischietto per chiamare il suo fidato Bephza, qualcosa glielo strappò di mano. Iwara lanciò un urlo sommesso quando vide che cos'era: una lunga ciocca di capelli femminili, intrisi di muffa e sangue rappreso.

Spiccò un salto indietro e fece per chiamare le dame di corte, ma un secondo ciuffo lungo quanto un braccio le tappò la bocca come un bavaglio. Altri cappi sinistri e puzzolenti le si avvinghiarono intorno alle braccia, alle gambe e al collo. Poi, in una fioca luce spettrale, Iwara vide la testa mozzata da cui spuntavano i capelli assassini: fluttuava nella penombra, trascinandosi dietro un disgustoso groviglio di viscere. Per quanto deturpati, i lineamenti freddi e tumefatti le erano fin troppo familiari. Era Alcina, la sua rivale, cui aveva teso una trappola mortale affinché non partorisse il bambino che un giorno avrebbe regnato su Chatundra.

L'imperatrice lanciò un grido, ma il nodo di capelli nella sua bocca lo soffocò. Il cappio intorno al collo la sollevò finché i suoi piedi non trovarono più nessun sostegno. La tirò sempre più su, fin sotto il soffitto intagliato, e la donna rimase sospesa nel vuoto, dimenandosi spasmodicamente. Il viso di Alcina le sorrise finché la sua dolorosa agonia non giunse al termine e il suo splendido corpo si accasciò.

Il mostro assetato di vendetta, evocato dal sacerdote Churone, si dissolse nel buio.

# LA MORTE DELL'IMPERATORE

Il mattino successivo l'orrore si diffuse nel palazzo quando le cameriere trovarono la loro padrona. Non solo era stata uccisa in modo subdolo e brutale, ma il suo cadavere aveva subito un'orrenda metamorfosi, perché la morte le aveva restituito il suo vero aspetto, e l'imperatrice non aveva quasi più nulla di umano. Le cameriere fuggirono urlando e riferirono l'accaduto ai servitori, e di lì a poco l'intero palazzo precipitò nel caos. Tutti correvano qua e là, piagnucolando e lamentandosi, ma nessuno osò comunicare la terribile notizia all'imperatore, perché sicuramente avrebbe fatto uccidere il messaggero all'istante.

Era però inevitabile che Hugues udisse il baccano e ne chiedesse la causa, e alla fine fu impossibile continuare a nascondergli ciò che era successo. Quando venne a saperlo, impallidì e, coi capelli arruffati e con gli occhi fuori dalle orbite, corse come un pazzo nella camera di sua moglie. Spinse via i domestici che cercarono di fermarlo e le cameriere che si erano riunite strillando davanti alla porta. Decapitò con un colpo di spada un servitore fedele che gli si era parato dinanzi supplicandolo di non guardare la cosa indescrivibile in cui Iwara si era tramutata. Quindi scavalcò il corpo lasciandosi dietro una scia di orme insanguinate, entrò nella stanza e fece per gettarsi sul cadavere, ma indietreggiò subito con un urlo di ribrezzo. Sbiancò e stralunò gli occhi, e i presenti lo videro perdere la ragione.

Nessuno osò fermarlo quando si lanciò lungo i corridoi, scese in cortile e si diresse verso la fossa che ospitava l'Animale della Giustizia. Nell'aria aleggiava l'odore del sangue, e dal basso salivano i cupi ruggiti della bestia. Hughes si buttò nella buca con un grido assordante e rimase immobile sul fondo con gli arti fracassati. I denti implacabili lo afferrarono immediatamente. L'animale che aveva divorato molti dei suoi nemici veri e presunti lo dilaniò. L'armatura d'oro non riuscì a proteggerlo, e l'elmo bifronte fu schiacciato dalla zampe robuste.

Nessuno ebbe il coraggio di recuperare il cadavere orribilmente sfigurato, perciò le ossa dell'ultimo imperatore restarono nella fossa finché la città di Thurazim non fu rasa al suolo.

Quando si sparse la voce, la Città Dorata piombò nel terrore. L'imperatrice assassinata, l'imperatore impazzito, i dissidi tra i seguaci del sommo sacerdote Churone, che era salito al trono come reggente, e i cavalieri fedeli a Hugues: la conseguenza diretta fu una fuga di massa dei Selenari, che temevano di essere accusati dell'omicidio, perché questa volta la rabbia era così furibonda che i Sundari parevano in grado di superare la paura e assaltare le catacombe. Per tutto il tempo le nubi plumbee restarono immobili a sud e le dita sinistre continuarono a protendersi dal cielo verso la terra, mentre all'orizzonte settentrionale una nebbia luccicante fluttuava come un fascio di pennacchi ghiacciati che si avvicinavano sempre di più a Thurazim.

Nel suo nascondiglio Bephza rifletteva sul da farsi. Naturalmente, i Mokabiti avrebbero gioito della morte di Hugues, ma l'avrebbero rimproverato perché non aveva salvato Iwara, benché la colpa non fosse stata sua: dopotutto, l'imperatrice non aveva avuto il tempo di chiamarlo. Quando i Mokabiti erano delusi da qualcuno, avevano il loro modo di valutare la colpevolezza e l'innocenza, e Bephza sapeva di essere condannato a subire le tremende punizioni che la magia nera prevedeva anche per i semimorti. Non erano prospettive allettanti, ma quali altre possibilità aveva? Non aveva più alleati nell'impero, e non poteva contare sull'amicizia di altri draghi. Forse Zarzunabas l'avrebbe accolto, ma era un padrone ancora peggiore dei Mokabiti. La cosa migliore era rifugiarsi nel deserto e condurre la vita di un bandito e di un brigante, cosa che, tra l'altro, corrispondeva alle sue inclinazioni.

Poi, però, ebbe un'altra idea. Iwara gli aveva affidato due

compiti, e lui li aveva svolti entrambi, anche se non era riuscito a comunicarle l'esito del secondo. Se fosse tornato a Thamaz annunciando di aver trovato l'essere umano pronto a sacrificare la propria esistenza - e ancora meglio se fosse tornato portando la sua testa e la sua pelle -, l'avrebbero perdonato.

All'inizio si era spremuto le meningi per capire come individuare, tra la numerosissima popolazione di Chatundra, una persona che in avvenire avrebbe fatto qualcosa di cui forse era ancora all'oscuro. Poiché, come tutti i draghi, aveva la passione degli enigmi e delle scritture segrete, ben presto aveva avuto un lampo di genio: giacché la profezia conteneva molti indizi sugli avvenimenti futuri, forse ne conteneva uno anche sulla vittima. Anche se quest'ultima non sarebbe stata soggetta a obblighi o costrizioni, l'onnipresente Majdanmajakakis sapeva che cosa ogni essere vivente di Chatundra aveva fatto in passato e avrebbe fatto in avvenire, perciò poteva aver usato un codice per inserire il nome del prescelto nella profezia.

Così Bephza aveva studiato attentamente i versi e, poiché li aveva decifrati tutti tranne uno, si era concentrato su quello.

*Quando l'oro perirà e sarà divorato,*
*la speranza sarà vicina.*

Normalmente quelle parole sarebbero state interpretate come un accenno all'oscuramento di Phuram o al declino di Thurazim, ma Bephza era più astuto. Giacché un essere umano era destinato a morire, con molta probabilità la frase si riferiva alla sua morte e alla sua sepoltura, e in quel momento gli venivano in mente solo due persone che potessero essere soprannominate «oro». Il primo era il leggendario re Kurda, detto il Dorato per via della sua ricchezza incommensurabile, e il secondo era il cavaliere Viborg, che aveva ricevuto il medesimo nomignolo per via dei suoi capelli biondo chiaro e della sua bellezza straordinaria.

Viborg non era certo il tipo da sacrificarsi per Mandora, ma era un guerriero che rischiava la vita in battaglia; perché, dunque, non avrebbe dovuto sacrificarsi se l'avesse giudicato opportuno per una qualsiasi ragione? Bephza decise di fare un tentativo. Avrebbe dovuto effettuare ancora qualche ricerca, ma l'assassinio di Viborg non sarebbe stato dannoso anche nell'eventualità che il cavaliere non fosse stato il misterioso personaggio citato dalla profezia. In ogni caso i Mokabiti sarebbero stati contenti di vedere la sua testa mozzata e la sua pelle sanguinolenta.

# TRA AMICI

L'assassinio dell'imperatrice aveva spaventato a morte il conte Nestore. Lui e i suoi due compagni si erano dileguati immediatamente, perché, senza la potente protezione di Iwara, sarebbero stati alla mercé tanto degli ostili cavalieri e sacerdoti della città quanto del popolo furibondo, che si sarebbe scagliato contro gli odiosi forestieri. Seguendo il consiglio degli altri due, si era tolto gli appariscenti abiti mokabiti e aveva indossato i modesti panni di un Pezzato. Senza parrucca, con un vecchio cappello bucato sulla testa e un ampio mantello a ruota intorno alle spalle, il giovane scivolò tra i vicoli del Sentiero del Corvo con le sue bettole e i suoi bordelli. Il brutto intrico di edifici sorgeva all'estrema periferia della città e ospitava Pezzati che si guadagnavano da vivere come contrabbandieri, trafficanti, ricettatori e mercenari. Le persone evitavano di guardarsi in faccia affinché nessuno pensasse di essere stato riconosciuto e avesse la tentazione di eliminare il testimone con una pugnalata fulminea, e tutti tenevano a freno la lingua. Il conte era felice di essersi portato dietro un grosso bastone nodoso; l'aveva preso al posto della spada, che avrebbe sicuramente rivelato la sua vera identità.

Casim gli aveva dato l'indirizzo cui avrebbero dovuto rincontrarsi dopo aver attraversato la città percorrendo strade diverse. Là aveva alcuni amici che li avrebbero aiutati a lasciare Thurazim in segreto.

Nestore faticò un poco a trovare quella lurida topaia, nascosta in un vicolo angusto.

La porta era aperta, e il conte entrò. La stanza dal soffitto basso era invasa da una penombra crepuscolare e da un'aria muffosa e stantia. L'unica minuscola finestra, affacciata sulla viuzza, non lasciava filtrare nessuna luce. In alto, una pesante tenda schermava ancora di più i raggi del sole. Il locale era disseminato di stoviglie sporche e incrostate, e sul tavolo erano ammucchiate le cose più disgustose: orrendi animali mummificati e bottiglie appiccicose dal contenuto sospetto. In quell'angolo vi erano anche due scheletri umani; a giudicare dalla forma delle colonne vertebrali e delle scapole, si sarebbe detto che, da vive, quelle persone avessero avuto la gobba. Su uno scaffale là accanto, la cui tenda blu era tirata solo a metà, rettili e insetti gialli, marroni e grigiazzurri galleggiavano in cilindri di vetro pieni di liquido trasparente. Nestore ricordò che Casim aveva descritto la padrona di casa come una commerciante di erbe. Puah! Quella era senza dubbio la cucina di una strega.

La maga cuoceva qualcosa in una pentola da cui saliva un puzzo nauseabondo di ossa bruciate. Stava davanti al focolare con uno dei vestiti neri, ampi e legati intorno al collo che andavano di moda tra le vecchie dei ceti inferiori. Quando udì i passi di Nestore, si voltò. Il suo grosso doppio mento poggiava sulla gorgiera, e i suoi occhi sporgenti lo fissavano inespressivi da un viso color muffa. La cosa peggiore era tuttavia la totale mancanza di capelli, che la donna non cercava di nascondere con parrucche o copricapi: la pelata unta e lucida le partiva dalla fronte, le passava sopra le minuscole orecchie a sventola e le scendeva fino alla nuca tozza.

Nestore era troppo disgustato dal fetore per preoccuparsi del suo aspetto. « Per tutti gli spiriti notturni! Che cosa bolle là dentro? »

« Non vi riguarda! » ringhiò la vecchia. « Pensate ai fatti vostri e lasciate in pace gli altri. Che cosa volete? »

Nestore rammentò la parola d'ordine che gli aveva detto Casim. « Vorrei comprare dei granelli di senape contro il mal di ventre. Sto malissimo da ieri », si affrettò a rispondere.

« Capisco. » La donna lo scrutò con diffidenza. « Avete già preso qualcosa? »

« No, la boccetta si è rotta. »

La vecchia annuì, scomparve dietro una tenda e tornò con Casim e Rasko.

Nestore trasse un sospiro di sollievo. Durante la loro breve frequentazione aveva capito che quei due l'avrebbero consegnato al boia in qualsiasi momento pur di salvare se stessi, ma questa volta erano stati di parola. Parlottarono frettolosamente con la donna, poi Casim disse: « I nostri amici sono molto timidi e non sono abituati alle visite degli sconosciuti. Preferiscono restare anonimi, perciò dobbiamo bendarti prima di condurti da loro ».

A Nestore non piaceva quell'idea, ma non vide altre possibilità, così accettò. Guidato dagli altri due, scese una lunga scala e percorse corridoi in cui i suoi passi echeggiavano come in una cripta. La strada gli sembrò interminabile, ma sapeva che in situazioni simili era facile sbagliarsi. Avanzò con cautela, stando attento soprattutto a non cadere.

Scese un'altra scala, e questa volta udì un rumore che tradiva la presenza di alcune persone, anzi di molte persone. Alla fine il brusio e il mormorio gli rivelarono che si trovava davanti a un gruppo numeroso e impaziente. Poi uno dei suoi compagni spinse i battenti di una porta e gli tolse la benda, e Nestore vide coloro che Casim aveva chiamato « i nostri amici ».

Quando l'uscio si spalancò, la sala fu attraversata da un movimento improvviso. Tutti gli sguardi si puntarono su Nestore, e il silenzio calò sul lungo locale, rotto solo da qualche risatina e dal fruscio delle tuniche rigide.

Il conte si trovava in una stanza spaziosa e illuminata da lampade polverose e candele mezze consumate, che faceva un'impressione triste nonostante l'arredamento lussuoso. Nestore aveva immaginato un gruppetto di cospiratori; invece, la sala era gremita.

Per qualche istante credette di vedere un vuoto spaventoso, una voragine senza fondo in cui ribolliva un mare freddo, plumbeo e silenzioso in attesa delle sue vittime. Poi la voce di Casim lo riscosse.

« I nostri saluti, nobili dame e signori », urlò il giovane aristocratico. « I nostri saluti, figlie e figli del potente Drydd e della regina umana Athahatis! Siamo venuti da Thamaz per rendervi omaggio e pregarvi di accoglierci nelle vostre file e concederci l'onore di combattere al vostro fianco. »

La folla rispose con un grugnito cupo. Nestore aveva ascoltato senza capire. Era forse un trucco per entrare nelle grazie dei mostri, oppure Casim intendeva davvero tener fede a quei discorsi folli e nominarsi comandante di quell'orda spaventosa?

Poi Rasko intervenne nello stesso tono melenso e ossequioso. Elogiò il drago acquatico Drydd, maledisse tutte le creature di Mandora, Plotho e Cuifín - compresi i Rachmanzai, che erano suoi avi - e augurò ai mostri buona fortuna per la guerra contro gli esseri umani.

« È arrivata la vostra ora! » esclamò. « Prendete d'assalto le case! Rovesciate le statue di Phuram! Siamo qui per venerare con voi il potente Drydd e offrire a voi e a lui uno dei sacrifici che vi piacciono tanto: carne fresca e giovane, ancora intrisa di sangue! »

Dozzine di occhietti rossi e rotondi lo fissarono, e dozzine di bocche cominciarono a sbavare.

« Prendete ciò che è vostro! » gridò Casim, dando uno spintone a Nestore.

Il conte capì troppo tardi. La verità gli balenò nella mente, ma ormai alcune mani umide e spugnose lo afferrarono per le braccia e le gambe, e un lungo tentacolo lo prese per il collo. Si dibatté con violenza, scalciando e colpendo pance viscide e volti sotto i quali le gole si gonfiavano come sacchi. Le creature, tuttavia, erano in superiorità numerica e, grugnendo, ridacchiando, schiamazzando e schioccando la lingua, lo trascinarono in fondo alla cripta, nella stanza di pietra col catino incrostato di sangue.

# UN AVVENIMENTO NEL CIELO

Quando risuonava lo squillo dei corni notturni, le strade di Thurazim si svuotavano. I Nottambuli scendevano le scale verso il loro mondo sotterraneo, e i Sundari si rifugiavano nelle loro torri scintillanti, chiudendo porte e finestre affinché i raggi della luna non filtrassero all'interno e non avvelenassero i loro sogni e i loro pensieri. Nel giro di breve tempo quella città vivace si tramutava in una necropoli buia, silenziosa e abbandonata.

Quella, però, era l'ora in cui uscivano alcuni individui, anche se i Sundari ne tenevano nascoste l'esistenza e l'attività. Il vecchio Semis era uno di loro. Faceva parte di un gruppo di « spazzini », Selenari e Pezzati che comparivano al calare delle tenebre e prelevavano i contenitori d'immondizia dalle cantine delle torri, per poi caricarli sulla schiena di robusti pterosauri e trasportarli fino agli enormi forni d'incenerimento nel deserto.

Si occupavano anche delle carcasse animali e dei cadaveri umani. Nessun Sundario avrebbe toccato un morto, nemmeno se fosse stato il suo parente più stretto e caro. Tutte le cerimonie funebri si svolgevano intorno a una scultura di gesso finemente dipinta, che alla fine veniva distrutta e seppellita in un'urna.

Semis amava il suo lavoro, anche se spesso puzzava come una capra per tutti i rifiuti che maneggiava. Era contento soprattutto di avere molte opportunità di vedere Datura e rivolgerle le sue preghiere mentre volava in groppa al suo sauro.

Anche quella notte lo spazzino guardava il cielo mentre sedeva con le gambe incrociate sulla nuca dell'animale dalle ali pigre e morbide. A un tratto assistette a una scena mozzafiato. All'inizio pensò che una nuvola gli avesse ostruito la visuale, facendogli credere che l'Uovo di Drago, tondo e rossastro, si fosse improvvisamente deformato da una parte. Ma no, le nuvole non c'entravano nulla. Il cielo era limpido, ma Semis – e tutti coloro che guardarono la volta celeste in quel momento - vide l'Uovo di Drago partorire la piccola creatura che era cresciuta nel suo ventre per tutto quel tempo. Il guscio si gonfiò, esplose, e la Figlia del Drago schizzò fuori alla velocità del fulmine, spiegando le ali e salendo verso lo zenit come una stella luminosa e fiammeggiante. L'Uovo proseguì lungo la sua solita orbita, ma Semis e tutti gli altri testimoni videro con chiarezza che ormai era solo un guscio vuoto e perfetto.

Lo spazzino e molte altre persone interpretarono quell'avvenimento come un buon auspicio. Numerosi Nottambuli, invece, fuggirono di nascosto verso nord-ovest, e ad allontanarli non fu solo la paura dei Sundari. Il segno celeste era sulla bocca di tutti. Che i seguaci di Phuram ridessero pure! I Nottambuli sapevano con esattezza che cosa significava la nascita della Figlia del Drago, e molti non si sentivano più al sicuro in città. A un tratto iniziarono a parlare di Chiritai, che per secoli era stata solo una leggenda e che ora attirava i fuggitivi come un vortice magico. *A Chiritai!*

# L'AVVENTURA DEL CAVALIERE VIBORG

# SULL'ANTICO SENTIERO FORTIFICATO

Le notizie viaggiavano lentamente su Chatundra, perciò, quando il cavaliere Viborg si diresse verso nord-ovest, non sapeva ancora della morte dell'imperatore e dell'imperatrice. Le salmerie seguirono per diversi giorni l'antico sentiero fortificato senza che accadesse nulla di particolare. Continuavano a imbattersi nelle rovine di mura e torri di guardia coperte di licheni color ruggine. La luce del giorno andava spegnendosi quando raggiunsero un'opera difensiva cui apparteneva anche una torre mezza distrutta. Ninian considerò un autentico lusso il fatto che la costruzione fosse stata assegnata come alloggio al gruppo di civili. L'edificio aveva ancora il tetto, anche se il controsoffitto di legno era così marcio da lasciar intravedere la volta attraverso i buchi e le fessure. L'intonaco si era staccato da ampie porzioni delle pareti variopinte, in alcuni punti portandosi dietro anche alcune pietre.

Katanja e Buiko erano stati incaricati di proteggere il gruppo, perché il conte Viborg era un guerriero prudente, e il fatto che non fosse ancora accaduto nulla acuiva la sua diffidenza anziché sopirla. I due soldati giocavano coi cani davanti alla torre mentre, all'interno, i civili sedevano intorno al fuoco, mangiavano, si scaldavano e chiacchieravano a bassa voce.

Morisai era un narratore abile, spiritoso e talvolta lascivo, sicché gli ascoltatori scoppiavano spesso a ridere, anche se dovevano fare piano, perché, non appena alzavano un poco la voce, Katanja compariva urlando che erano in un luogo pericoloso, e non nel bazar di Thurazim, e domandando se volessero attirare tutte le creature sinistre col loro strepito.

«Quella sì che è una donna cattiva», sussurrò Morisai quando la soldatessa fu uscita.

«È coraggiosa e molto cauta, ma ha un pungiglione velenoso sotto la lingua», replicò Ninian.

«Scommetto che, se non viaggiassimo sotto la protezione

del cavaliere, ci sferzerebbe tutti con la sua lunga frusta», intervenne un terzo. «Sapevate che, quando dorme, ringhia, brontola e digrigna i denti come un cane?»

Vi fu una risata sommessa, e la conversazione si concentrò su altre donne pericolose. Tutti pensarono all'imperatrice, ma nessuno osò nominarla. Così parlarono dei demoni del deserto – creature per metà donne e per metà serpenti –, che strisciavano sulla sabbia e attiravano i viandanti col loro fischio melodioso per poi divorarli. Qualcuno accennò anche alla maga Umbra, che viveva nel Deserto Blu e aveva il potere di trasformare gli uomini in maiali, e alle Ka-Ne, che non permettevano agli uomini di mangiare a tavola, bensì gettavano loro il cibo sul pavimento.

Ninian, che non era abituato alla fatica fisica, sonnecchiava irrequieto in un angolo. Il Sole Notturno era sorto, e le pareti della stanza coi loro dipinti scrostati erano immerse in un debole chiarore rosso.

Mentre osservava l'Uovo di Drago attraverso un buco del tetto, assistette allo stesso fenomeno che aveva sconvolto Semis. Vide il guscio deformarsi quando il piccolo essere si mosse al suo interno, poi lo vide esplodere e scorse la Figlia del Drago che saliva con una coda infuocata e si fermava allo zenit. Il guscio vuoto continuò a percorrere la sua orbita intorno alla luna.

Ninian si paralizzò per lo stupore e il turbamento. A un tratto comprese di aver veduto le fiabe, gli antichi miti e le storie da bivacco trasformarsi di colpo in una realtà angosciante. La vergine di Datura aveva partorito sua figlia, e a quell'avvenimento mistico ne sarebbero inevitabilmente seguiti altri. Una morsa gelida gli serrò il cuore in un misto di paura e senso di liberazione, come quello che potrebbe provare un prigioniero condannato a morte dopo un lunghissimo processo e consapevole che il suo destino è ormai segnato.

Quanto tempo sarebbe trascorso prima che Phuram venisse oscurato? Giorni? Settimane? Quando la penombra fosse calata sul mondo, le alleanze sarebbero state decise una volta per tutte. Quel pensiero, tuttavia, non lo spaventava più come prima. Nonostante la titubanza iniziale aveva preso una decisione indipendentemente dalla paura che gli chiudeva la gola e dall'incertezza riguardo all'esecuzione dei suoi piani.

Si avvolse nel mantello e finse di dormire per nascondere agli altri che aveva assistito al fenomeno celeste. Nella migliore delle ipotesi i suoi compagni di viaggio l'avrebbero deriso e, nella peggiore, l'avrebbero scambiato per un servitore segreto dei draghi. Alla fine si appisolò davvero, affaticato da quel guazzabuglio di pensieri ed emozioni.

Però non dormì a lungo. Si era appena assopito, quando si svegliò di soprassalto. Aveva udito alcuni lievi latrati, e vide i due soldati che si precipitavano verso la porta impugnando i giavellotti. Sentì qualcuno lanciare un breve urlo simile a un segnale d'attacco, che scatenò ringhi furiosi da parte dei cani. Vi fu un tremendo stridore, seguito prima da uno schiocco e poi da un ronzio sinistro come quello di un nido di calabroni. Alla luce delle fiaccole vide i due soldati che strofinavano i giavellotti contro i cespugli per ripulirli da una sostanza gialla e gelatinosa. Si coprì di sudore freddo, e a un tratto gli parve di avere i capelli stopposi.

Katanja rise. «Ehi, abbiamo fatto proprio un ottimo lavoro!» disse sottovoce al suo compagno.

«Già», replicò Buiko, altrettanto di buon umore. «Ma non avrei mai immaginato che la testa vivesse così a lungo. Gli occhi continuavano a fissarmi!»

«E quelli li chiami occhi? Quella roba viscida?» Katanja appoggiò il giavellotto al muro e si stiracchiò le braccia con aria compiaciuta. «Credi che gli artigli fossero velenosi?» domandò.

«Non saprei», rispose l'altro. «Mi sembrava più pericolosa la falce sulla coda. Ascolta, se ne incontriamo un altro, non limitiamoci a infilzarlo, ma finiamolo subito. Lo trapassiamo col giavellotto e lo decapitiamo con una coltellata.»

«Credi che ne arriveranno altri?» chiese la soldatessa, allegra. Quindi sedettero davanti alla porta, aspettarono che ne arrivassero altri (di qualunque cosa si trattasse) e si abbandonarono ai ricordi di tutto ciò che avevano trafitto, decapitato e fatto a pezzi in passato.

«Una volta, mentre il mio gruppo e io sorvegliavamo i forti

lungo la strada militare, ci siamo imbattuti in una creatura che sembrava una donna dalla vita in su, ma sotto aveva una gamba sola, anzi una zampa di cavallo! Ci saltellava intorno e cercava di colpirci con una piccola balestra di bronzo », raccontò Katanja.

« L'hai freddata subito? »

« Altroché! L'ho decapitata così rapidamente che urlava ancora quando la testa è rotolata per terra. »

« Già, bisogna essere veloci. Ricordi le arpie che ci hanno aggrediti durante la notte? Quelle che poi abbiamo arrostito come monito per tutte le altre? »

Ninian si tirò il mantello sopra la testa e cercò disperatamente di pensare ad altro.

Poco dopo, quando si era quasi riaddormentato, si svegliò ancora di soprassalto. I latrati rabbiosi dei cani squarciarono l'oscurità all'improvviso e, quando lo studioso gettò via le coperte, li scorse davanti alla porta, nella luce rossa del Sole Notturno, con gli occhi gialli, il pelo ritto e i denti scoperti. Tentò di capire perché abbaiassero con tanta furia e si spaventò a morte, perché al principio gli parve che una bellicosa moltitudine d'insetti giganteschi stesse risalendo il pendio.

Enormi antenne ramificate tremavano lentamente davanti alla luna rossa, gli elmi scintillavano e uno scalpiccio sordo risuonava fra le pietre. All'abbaiare furibondo dei cani rispose un rumore cavernoso ed echeggiante, a metà strada fra un ululato e un rimbombo, come se voci umane cantassero un raccapricciante corale con l'accompagnamento dei tamburi. I nemici si fermarono e sollevarono le loro armi massicce, appena visibili nella penombra.

Ninian saltò su e sguainò il coltello che fino ad allora aveva usato solo per spuntare i pennini.

Udì la voce limpida di Katanja che risuonava tra le rocce: « Morte alle creature di Zarzunabas! Avanti, cari amici, all'attacco! »

Tutti si misero a correre, e Ninian fece altrettanto.

Tutt'intorno infuriava un terribile baccano: ululati, latrati, urla e il rimbombo ritmico degli aggressori. Ninian venne urtato da tutte le parti. Una zampa gli calpestò i piedi e, quando si chinò, una coda ruvida gli passò sul viso accaldato. Gli esseri che li avevano attaccati emanavano un fetore soffocante di vecchie pelli animali e immondizia decomposta, tanto che gli venne la nausea.

Lo circondarono figure da incubo: la zona brulicava di bestie mostruose che puzzavano di marcio. Sembravano composte di vari animali imbalsamati, incollati in un ammasso nerastro che impediva di distinguere la pelle dai vestiti e il corpo dalle maschere.

Quando i cani videro le sagome che avanzavano, persero il controllo e azzannarono i nemici alla gola. Ninian udì gli schiocchi delle mascelle e lo scricchiolio dei denti, e vide i musi che addentavano fili biancastri e sempre più lunghi.

Naturalmente, non aveva nessuna esperienza in campo bellico né possedeva il carattere di un guerriero, perciò, quando si ritrovò davanti il primo dei loro robusti aggressori, si limitò a tapparsi gli occhi con una mano e vibrare colpi alla cieca con l'altra. Il coltello affondò in qualcosa, ma il maestro non seppe mai se avesse colpito, ferito o ucciso il suo avversario. Una mano callosa e maleodorante spuntò da un lato e cercò di afferrarlo, ma Ninian la costrinse a ritrarsi brandendo ancora l'arma. Ansimando, saltò di lato, vide il mostro che barcollava e gli lanciò addosso un sasso con tutta la sua forza. L'altro cadde con un gran rumore. Katanja spiccò un balzo, allungò il coltello con l'eleganza di una ballerina e tagliò la testa dell'essere, mandandola a rotolare giù per il pendio.

Una creatura arrivò ruggendo e correndo tra le rocce, una colonna di fuoco che ruotava su se stessa con una furia vertiginosa e incespicava in continuazione. Un soldato agitò una manciata di rami accesi mentre l'essere gli andava incontro. Quella cosa orribile vacillò, saltellando e urlando prima di trasformarsi all'improvviso in una palla infuocata e precipitare giù per il versante. Dalla voragine buia salì una serie di fiamme.

Il maestro provò un enorme sollievo quando qualcuno ordinò: «Smettete di combattere!» Il terreno era disseminato dei cadaveri di venti o più mostri. Erano forse esseri umani degradati al rango di mezzi animali? Nani? Ermafroditi? Non l'avrebbe mai saputo. Vide solo i corpi nerastri e informi, barbuti, coperti di peli arruffati e avvolti in pelli e piume puzzolenti. Avevano corna da antilope sugli elmi e code da iena sulle vesti. Rabbrividendo, indietreggiò e desiderò d'immergersi in un lago per togliersi di dosso il loro tanfo.

# UNA CONVERSAZIONE TRA DUE DRAGHI MALVAGI

Bephza era detestato dai draghi come da tutti gli altri esseri, ma aveva alcuni buoni conoscenti che erano ripugnanti quanto lui, e un esempio era il vecchio Pilas nel Lago Blu. Mentre il drago-cadavere seguiva le salmerie di Viborg con l'intenzione di uccidere il conte, ne aveva approfittato per fare visita a Pilas e chiedergli consiglio. Dopotutto, il vecchio conosceva la zona meglio di lui e gli avrebbe indicato il posto più adatto per un agguato.

Il suo compito si era rivelato assai più arduo del previsto. Ammazzare Viborg sarebbe stato un gioco da ragazzi. Bephza avrebbe potuto diventare invisibile e materializzarsi all'improvviso, cosicché il cavallo del conte s'imbizzarrisse e scagliasse il suo padrone nel precipizio. Oppure avrebbe potuto gettargli addosso una pietra da una notevole altezza. Ma a cosa gli sarebbe servito un cavaliere morto se non fosse riuscito a staccargli la testa e la pelle? Se avesse assassinato Viborg, il cadavere sarebbe stato subito circondato da amici e commilitoni intenzionati a proteggerlo dalla profanazione e dall'attacco degli spiriti malvagi.

Così, al crepuscolo, Bephza si accovacciò su un ramo secco in riva al lago e descrisse le sue difficoltà a Pilas, che aveva allungato il suo cranio da coccodrillo fuori dall'acqua.

« Devo riuscire ad attirarlo in un luogo solitario, lontano dai suoi commilitoni, per avere il tempo di ucciderlo e scuoiarlo. Se torno a Thamaz con una semplice storia, non cambierà nulla. Possono credermi oppure no. »

« Un cavaliere dei Sundari è troppo intelligente per allontanarsi dai suoi compagni », osservò Pilas. « Inoltre, perché vuoi proprio lui, che è così difficile da raggiungere? Che cos'ha di tanto speciale? »

Bephza gli rivelò il vero motivo con una certa riluttanza. Non amava condividere le sue informazioni, ma Pilas, che ne sapeva una più del diavolo, non si sarebbe accontentato di qualche vago accenno.

« Mmm. » Il drago rifletté sulla sua storia. « E sei sicuro che un Sundario sacrificherebbe spontaneamente la vita per aiutare le Tre Sorelle? Mi sembra molto improbabile. »

Bephza dovette ammettere di nutrire qualche dubbio. « Ma esiste solo un altro essere umano detto 'il Dorato', re Kurda di Chiritai, ed è morto da secoli. »

Pilas chiuse gli occhi, lasciando intravedere solo una striscia di luce gialla sotto le palpebre grinzose. « È questo che credi? »

Bephza inclinò la testa. « Come sarebbe a dire, 'è questo che credi'? Era un essere umano e, anche se è vissuto fino a tarda età, dev'essere morto da tempo. Gli uomini hanno vita breve. Non vale la pena che nascano, perché poi muoiono quasi subito. »

« E se ti dicessi che Kurda è un'eccezione? »

Bephza moriva dalla curiosità, ma sapeva che, se l'avesse dato a vedere, Pilas l'avrebbe tenuto in sospeso per ore, solo per il piacere di torturarlo. Pertanto replicò: « Fandonie! Sei così vecchio e rimbambito da credere a simili sciocchezze ».

Naturalmente, Pilas si offese e gli raccontò la storia. « Come saprai, re Kurda e i suoi guerrieri e sudditi furono tramutati in sauri d'oro come punizione per la loro avidità. Il castigo, tuttavia, non li colpì all'improvviso, bensì gradualmente, perché Majdanmajakakis voleva offrire loro l'opportunità di ammettere la loro stoltezza e ravvedersi. Nella maggior parte dei casi la sua indulgenza non servì a nulla. Non appena toccavano l'oro, la metamorfosi procedeva: un frammento di pelle si trasformava in una scaglia dorata, un dito si tramutava in un artiglio. Re Kurda si pentì solo quando non riuscì più a muoversi, e l'oro gli si avvicinò sempre di più al cuore, che diventava più freddo e duro a ogni battito. Implorò la pietà di Datura e s'impegnò a fare un sacrificio a Mandora se fosse stato liberato dalla maledizione. Datura intercedette presso Majdanmajakakis, e la Madre Cosmica emanò il suo giudizio: 'Quell'uomo vivrà finché il pentimento e la saggezza non ritrasformeranno l'oro dentro di lui in carne e sangue, ma non lo considererò vincolato alla sua offerta, fatta in un momento di profonda disperazione, perché essa dev'essere formulata spontaneamente, senza costrizioni e senza ricompense. Quando la sua preghiera si sarà avverata, potrà riproporre la sua offerta, e io l'accetterò. Tuttavia, se non la ripeterà, ne sarà affrancato senza alcun rimprovero'.»

Bephza ascoltava e rifletteva con attenzione. Con un tipo come Pilas occorreva essere astuti, perciò si strinse nelle spalle e osservò con impertinenza: «Be', anche se hai ragione, dopo tutti questi anni nessuno l'ha ancora trovato».

L'altro abboccò. In realtà aveva pensato di tenere Bephza sulla corda, ma il suo spirito di contraddizione prevalse sul piacere di fare mistero delle sue conoscenze, così ribatté: «Forse tu no, ma le persone accorte notano tutto. Che cosa penseresti se vedessi un uomo seduto sulle rocce sopra Chiritai e lo sentissi lamentarsi ad alta voce e piangere il destino dei suoi amici, trasformati in oro nelle camere del tesoro del vecchio castello regale?»

Bephza continuò con la sua tattica e riuscì a manipolare Pilas con tanta abilità che quest'ultimo gli raccontò di aver visto spesso il presunto re Kurda vagare sulle montagne e di averlo seguito senza far rumore per gioire delle sue lacrime e dei suoi lamenti, poiché - come ammise con franchezza - nulla lo divertiva più delle sofferenze altrui. Quell'uomo era ancora più spassoso delle vittime piagnucolose che venivano gettate nel lago, perché il suo dolore durava da secoli.

«Ma sai qual è la cosa strana?» disse Pilas. «Per quanto possa vivere, non invecchia. I servi di Zarzunabas, che s'intendono di queste maledizioni, mi hanno raccontato che la sua età resterà immutata finché non sarà liberato. Poi riprenderà a invecchiare come tutti gli esseri umani. Riesci a immaginare come dev'essere avere quarant'anni per secoli?»

Bephza non riusciva a immaginarlo, perché i draghi misuravano e vivevano la loro esistenza in maniera completamente diversa, e inoltre era semimorto da così tanto tempo che aveva dimenticato la sua vita terrena. Volò via dopo aver ottenuto da Pilas una descrizione dettagliata dell'uomo. Non sapeva se il drago gli avesse detto la verità, ma valeva la pena seguire quella pista. In ogni caso avrebbe ucciso sia il cavaliere Viborg sia quel tipo strambo, così non avrebbe corso il rischio di sbagliare e si sarebbe divertito due volte.

# IL MAESTRO E IL PRINCIPE-DRAGO

Poco prima del crepuscolo le salmerie del conte Viborg raggiunsero la cittadina di Fort Timlach, sul confine del territorio imperiale. Secondo i proclami dei Sundari, questi ultimi erano i sovrani di tutto il continente, ma in realtà governavano solo la parte centrale. Nel Sud regnavano gli Stregoni degli Inferi, nell'estremo Nord i semimorti al servizio del Principe Cadavere, mentre gran parte dei deserti era disabitata o popolata da esseri che non avevano neppure sentito nominare l'imperatore di Thurazim. I seguaci di Phuram vivevano nell'oasi della Città Dorata e si sentivano al sicuro solo laggiù, vicino ai luoghi di culto del Principe del Sole. Ritenevano che il resto del Paese della Terra, del Vento e del Fuoco fosse abitato da esseri umani e spiriti malvagi. Ecco perché, sulle loro mappe, quasi tutte le regioni che non si trovavano nelle immediate vicinanze della città o lungo le strade militari erano segnate come macchie bianche.

L'arrivo del famoso guerriero nella cittadina sonnacchiosa suscitò stupore ed entusiasmo. Tutti volevano vedere e ammirare il conte, e Viborg ne fu onorato, ma alla fine si scusò dicendo che lui e i suoi compagni erano molto stanchi e avevano bisogno di riposarsi. Così qualcuno li condusse negli alloggi migliori, portò loro da mangiare e da bere e li lasciò soli.

Ninian era sveglio nella sua stanzetta solitaria con le pareti di mattoni e una fumosa lampada a olio. Pensava alle città perdute di Luifinlas e Chiritai, che erano luoghi leggendari persino per gli eruditi. Questi ultimi si erano domandati spesso quali esseri avessero costruito Luifinlas. Dovevano essere vissuti in tempi antichissimi, perché si erano completamente estinti. Secondo alcuni erano state le tre Madri degli elementi a erigere la città, ma Ninian non era di quel parere. Forse le dee avevano solo ideato il progetto, come si diceva anche nel caso di Thamaz e Thurazim. Secondo una delle numerose voci in circolazione, le tre donne avevano innalzato città in cui essere venerate da tutti gli esseri e i popoli: Plotho a Thamaz, Cuifín a Thurazim e Mandora a Luifinlas. La tempesta solare aveva tuttavia vanificato i loro sforzi. Thurazim era diventata il cuore del regno dei Sundari, Thamaz si era tramutata in un luogo di saggezza empia e oscura, e Luifinlas era imprigionata nel ghiaccio e protetta dai Toarch kin Mur, il cui enorme baluardo gelido isolava i regni del Polo Nord dal resto del mondo.

Ninian andò alla finestra, aprì le imposte e guardò il cortile, intorno alle cui mura i boschetti di melograni sussurravano nel vento notturno come vecchie zitelle intente a spettegolare. Non si vedeva nessuno a eccezione delle sentinelle e di due Selenari che si dirigevano verso le casematte. Il primo era un uomo robusto e tarchiato con la veste rossa e arancione dei cantastorie, il secondo era un ragazzo di circa dodici anni che indossava con orgoglio la medesima veste e portava la borsa e l'albero di sonagli del suo maestro. Quando scomparvero tra i cespugli, il cortile ripiombò in una desolazione opprimente.

Ninian sospirò. Da quando aveva assistito alla nascita della Figlia del Drago, dentro di sé aveva sentito risvegliarsi qualcosa che non avrebbe mai creduto di poter provare. La paura c'era ancora, talvolta così forte da procurargli il mal di stomaco, ma allo stesso tempo vi era l'impazienza di raggiungere il Nord. Non vedeva l'ora di visitare Chiritai, ma il suo desiderio non finiva lì. Voleva salire sui monti, voleva attraversare l'altissimo massiccio e mettere piede sulla coltre di ghiaccio che nascondeva la potente Luifinlas. Si rese conto di essere sul punto di commettere un sacrilegio ancora più spaventoso di quello del suo amico, il giudice Beck, che era diventato Selenario. Più si allontanava da Thurazim, e più era incline ad ammettere di aver studiato i draghi del fuoco per tutti quegli anni non perché volesse combatterli, bensì perché li ammirava.

Come l'avevano commosso i canti antichi! Quante volte aveva sognato il periodo in cui, invece di masse di sabbia deserte e bruciate dal sole, boschi e giardini fioriti si stendevano su gran parte del Paese della Terra, del Vento e del Fuoco, dalle giungle di mangrovie nel Sud alle rigogliose foreste di cicadacee sui pendii dei monti settentrionali, passando per la florida regione centrale. Secondo le canzoni, a quel tempo le voci melodiose dei draghi del fuoco fluttuavano in ogni alito di vento, e sopra gli altari dei loro templi comparivano messaggi infuocati, mentre il vapore di sorgenti calde formava sculture fuggevoli. Per molti aspetti, quel mondo sconosciuto e meraviglioso era incomprensibile agli esseri umani, perché essi avevano veduto e sentito solo in modo frammentario ciò che i draghi celesti avevano cantato e costruito. Quegli esseri avevano una gamma vocale così estesa che lunghe parti dei loro canti non potevano essere percepite dall'orecchio umano, e talvolta le loro creazioni di fumo e vapore erano così trasparenti che i deboli occhi degli uomini non riuscivano a vederle.

Ninian fu disturbato da un colpo alla porta proprio quando stava per sprofondare nuovamente nei suoi sogni. « Avanti! » disse, e comparve un servitore che gli domandò se desiderasse un poco d'intrattenimento.

« Se il nobile signore si annoia, è arrivato un bravissimo cantastorie che si esibisce anche in giochi di prestigio. Mi manda a chiedervi se abbiate voglia di distrarvi con la sua arte. »

Ninian scosse la testa con espressione rabbiosa. Com'erano fastidiose quelle richieste! Si sarebbe potuto pensare che, oltre i confini di Thurazim, le persone - perlopiù Pezzati - non facessero altro se non i cantastorie, i buffoni, i cicisbei, i giocolieri e i cantori di ballate. « No, non voglio vederlo. Voglio essere lasciato in pace. »

Il servitore, che senza dubbio era stato corrotto, fece un inchino ossequioso e gli tese un pezzettino di pergamena. « Vi prega di leggere questo prima di prendere una decisione definitiva. »

Ninian afferrò il frammento con un gesto rabbioso, e stava per gettarlo a terra quando si paralizzò. Anziché i soliti autoelogi da ciarlatano lesse un nome - VAUVENAL - scritto in rune risalenti al primo periodo della creazione.

Vacillò così forte che il servitore, spaventato, corse a sostenerlo e poi, quando l'ebbe aiutato a sedere sul divano, gli portò un bicchiere di vino. Rinfrancato, l'erudito sussurrò: « Conducilo da me. Subito ».

# RE VIBORG IL GRANDE

Il conte Viborg era un uomo che si abbandonava raramente alle emozioni e che le esternava ancora più raramente. Il suo volto era dunque fiero e imperturbabile quando le sue truppe raggiunsero le rovine di Chiritai, e nessuno - a eccezione forse di Tersano - poteva immaginare quale gioia colmasse il suo cuore. Re di Chiritai! Già, quello era il segno che aspettava. Diventare sovrano di Chiritai non avrebbe diminuito la sua fedeltà verso l'imperatore, anzi un alleato così devoto e coraggioso poteva solo essere utile a Hugues.

Il sentiero cominciò a scendere bruscamente verso l'edificio della porta. Non era ancora spuntata l'alba quando le salmerie s'imbatterono in una strada mezza fatiscente oltre alcuni pendii di detriti. La via era lastricata, aveva rigagnoli su entrambi i lati ed era fiancheggiata da colonne su cui era incisa la distanza da Chiritai.

Oltre l'edificio della porta, re Viborg (come si era già soprannominato nella sua testa) scorse con chiarezza sempre maggiore le rovine di quella che un tempo era stata un'enorme città. Chiritai e la sua porta erano incolori e creavano uno strano contrasto con le rocce dalle tinte vivaci, i cui fianchi blu cobalto e rosso ruggine si stagliavano in lontananza. Più in là le mura diventavano più scure e si protendevano verso il cielo con tanta rabbia da abbuiarlo come nubi temporalesche.

Chiritai era molto grande, ma deserta e silenziosa: una scialba distesa formata dai resti di tetti e cupole, torrette e frontoni, disposti in mucchi che si susseguivano miglio dopo miglio come dune di sabbia. All'inizio la città era ammantata dalle ombre viola e bluastre della notte che volgeva al termine. Poco dopo, tuttavia, sorse la Stella Ardente e, con la comparsa di Phuram all'orizzonte, si accese un caleidoscopio di colori - rosso, oro e porpora - in un cielo fiammeggiante e attraversato da lunghe strisce diagonali di nuvole nere e verdi. Di lì a poco la luce divenne abbagliante. Il Principe del Sole non si limitò a spuntare, bensì saltò fuori dalle nuvole come se un proiettile infuocato fosse stato scagliato con enorme forza e velocità da una fionda invisibile. L'afa calò rapidamente, perché nelle crepe e nelle spaccature dei monti evaporava ancora l'umidità delle ultime piogge. Inoltre, non soffiava nemmeno un filo d'aria, e presto furono tutti madidi di sudore.

Avvicinandosi, notarono che la città non era abbandonata come avevano creduto. Gruppetti d'individui cenciosi - tutta povera gente reduce da un lungo viaggio - erano accovacciati all'ombra delle rovine e, quando scorsero le salmerie, sbirciarono impauriti dalle finestrelle. Katanja avrebbe voluto catturarne alcuni per interrogarli, ma quelli fuggirono come scarafaggi e si nascosero nel labirinto di case fatiscenti. Viborg si stupì della loro presenza, ma non vi badò più di tanto: avere a che fare con una simile marmaglia era al di sotto della sua dignità.

Quando superarono l'edificio della porta (quante somiglianze col suo sogno!) il cavaliere fermò il cavallo e urlò con voce tonante: « Viva l'imperatore! »

« Viva l'imperatore! » ripeterono i soldati in coro.

Viborg si raddrizzò sulla sella. « Uomini e donne dell'imperatore! Ci impossesseremo della città di Chiritai per il nostro imperatore Hugues e la trasformeremo in un magnifico caposaldo contro i Corni di Ghiaccio del Nord. Acquartieramento! »

Da una delle finestrelle buie giunse un lungo lamento. « Che stolto! Per il nostro imperatore? Le ossa di Hugues scoloriscono sul fondo della cisterna in cui si è buttato, e l'anima dannata dell'imperatrice ulula coi venti! »

# LA SCATOLA DI LEGNO

Maestro Ninian si svegliò poco prima dell'alba con le ossa doloranti e la sensazione che la sua esistenza avesse subito un cambiamento radicale. Aprì gli occhi e scoprì di essere disteso su un giaciglio di sabbia e pietre al centro di un'enorme stanza vuota, avvolto in una rozza tunica. Nei punti in cui i raggi lunari illuminavano il pavimento si vedevano detriti e sabbia o polvere scura. Tra i sassi crescevano alti cactus che proiettavano ombre grottesche. Nell'aria fluttuava una sottile polvere di alcali che gli faceva bruciare i polmoni e gli ostruiva il naso. La gigantesca luna arancione si muoveva piano nel cielo, accompagnata da uno sciame di stelle gialle.

Ninian rimase immobile e osservò le creature della notte che pullulavano tutt'intorno.

Un paffuto essere blu cobalto che assomigliava a un armadillo attraversò il sentiero barcollando. Un uccello rapace gli volò silenziosamente sopra la testa. I contorni delicati delle falene si stagliarono più volte davanti alla sfera scintillante della luna: farfalle notturne simili a pipistrelli, le cui ali erano tuttavia coperte da una leggera lanugine.

Il maestro non rammentava più quanto tempo fosse trascorso dall'ultima volta che aveva camminato così tanto. Dovevano essere passati anni. Aveva i piedi doloranti, i polpacci e le cosce indolenziti, la mente vuota e confusa, e la lingua come carta vetrata. Era contento che il cantastorie avesse portato una borsa contenente viveri, otri e una tunica pesante.

Quello strano cantastorie...

Gli riaffiorarono ricordi frammentari, come se si fosse appena svegliato da una forte sbornia. Aveva parlato col cantastorie e col suo apprendista alla guarnigione, poi era stato trasportato sulle ali di un gigantesco drago sino al confine del deserto, e il drago gli aveva detto che là avrebbero trovato qualcuno in grado di accompagnarli fino ai Toarch kin Mur. Ninian gli aveva chiesto come avrebbero superato le montagne, e l'altro gli aveva risposto che esisteva una strada e che la loro guida ve li avrebbe condotti. Poi gli aveva parlato del drago Kulabac, il principe con l'occhio di carbonchio, che conosceva la via per Luifinlas.

Quindi, mentre aspettavano nella fredda notte del deserto, sotto un cielo in cui veleggiavano stelle argentee grandi quanto ricci di mare, Ninian aveva scoperto con profondo stupore che la loro guida non era un vagabondo rugoso ed esperto, bensì un bambino gracile e malaticcio che faticava a reggersi in piedi.

«Non volevo spaventarvi», aveva detto il piccino. «Perciò mi sono presentato con la mia vera forma, ma vi guiderò e vi proteggerò con un'altra.» Quindi si era infilato in bocca una sorta di moneta, e Ninian aveva lanciato un urlo inorridito quando aveva visto comparire all'improvviso un'enorme manticora rossa lunga cinque passi, con tre file di denti e la coda munita di un aculeo da scorpione. Atterrito, si era girato verso Vauvenal, che aveva riassunto le sue sembianze umane. «E voi, nobile signore? Non ci accompagnate?»

«Sì, ma diversamente da come credete», aveva risposto Vauvenal. «Non posso attraversare il deserto sotto forma di drago né di essere umano, perché vi è una rete di malvagità che mi ottenebra i sensi. Ora ascoltate attentamente le mie istruzioni ed eseguitele con puntualità e precisione!» Aveva estratto dalla veste un barattolo di legno col coperchio a chiusura ermetica, come quelli che si usavano per conservare le spezie. L'aveva porto al maestro e si era spogliato mentre continuava a parlare. «Vi sembrerò morto, ma non sarà così. Dovrete tapparmi la bocca con le mani e, se ne uscirà qualcosa, acchiappatelo e infilatelo rapidamente nel barattolo. Chiudete bene il coperchio e non apritelo per nessuna ragione al mondo prima di essere arrivato da Kulabac. Capito? Per nessuna ragione al mondo, qualunque cosa accada! E ora sbrigatevi, non avete tempo da perdere!»

# IL NUOVO REGNO

Il primo istinto del cavaliere Viborg era stato lanciarsi al gran galoppo con le sue salmerie, cacciare l'usurpatore Churone e sedere sul trono, ma Tersano - e ancora di più il ricordo del suo sogno - lo convinse che la città imperiale era una nave sul punto di affondare. I soldati avevano rapidamente catturato alcuni dei nuovi abitanti di Chiritai e li avevano interrogati, e quelli avevano spiegato con dovizia di particolari il motivo per cui erano fuggiti da Thurazim. Perché mai Viborg avrebbe dovuto logorarsi laggiù combattendo contro i sacerdoti, quando a Chiritai poteva essere re e imperatore e governare come meglio credeva? Nella Città Dorata avrebbe dovuto rispettare tutte quelle baggianate religiose, le centinaia di regole e prescrizioni accumulatesi nel corso dei secoli, e la sua forza si sarebbe paralizzata come quella di un uomo che cerca di camminare nelle sabbie mobili. A Chiritai, invece, poteva mettersi all'opera con rinnovato spirito d'intraprendenza e disporre tutto secondo la sua volontà.

Acquartierò i soldati negli edifici meno fatiscenti, consentì ai civili di scegliersi una rovina e decretò che chiunque volesse vivere a Chiritai avrebbe dovuto contribuire col massimo impegno alla ricostruzione della città. Ben presto notò che arrivavano continuamente rinforzi. Ogni giorno giungeva da Thurazim un fiume di Sundari e Pezzati, e ogni notte una nuova moltitudine di Selenari si stabiliva nelle cantine.

Il conte Viborg era un Sundario convinto, ma era innanzitutto un uomo dalla mentalità pratica. Così domandò a Tersano: « Tutti questi Selenari vorranno fare doni a Datura. Dobbiamo permetterlo? »

« Mio re, lasciate che facciano doni a chi vogliono. Tutte le offerte si riversano nelle vostre casse. Inoltre, più numerosi saranno i sacerdoti di diverse religioni, più saranno impegnati a bisticciare tra loro e meno penseranno a far vacillare il vostro trono. Lasciate che i Selenari preghino quanto vogliono, e fate in modo che lavorino quanto vogliamo noi. Se non imporrete loro nessuna costrizione, avremo persone che lavoreranno di notte come le altre lavorano di giorno, e la città crescerà ancora più velocemente», rispose Tersano abbozzando un sorriso.

Tra i Selenari vi fu un'esplosione di gioia quando un decreto reale annunciò che avrebbero avuto gli stessi diritti e doveri dei Sundari, anche se durante la notte. I Sundari stanchi tornavano a casa la sera, e i Selenari riposati prendevano il loro posto, faticando alla luce della luna e delle lanterne. I Pezzati potevano scegliere se lavorare di giorno o di notte, ma dovevano lavorare in ogni caso, e più di quanto desiderassero. Katanja sovrintendeva alla ricostruzione e cavalcava instancabilmente lungo le strade polverose e mezze sconnesse. Ricompensava i più operosi, faceva sibilare la sua lunga frusta sopra le teste dei più lenti e metteva alla gogna tutti i battifiacca e gli scansafatiche.

La vita era dura e difficile nella giovane città, perché i campi circostanti non venivano coltivati dall'epoca di re Kurda, e all'inizio molti dei nuovi arrivati temettero di dover mangiare sassi e sabbia. In un podere ombroso che in passato aveva funto da giardino per gli aristocratici, Tersano fece tuttavia piantare cactus, lingue serpentine e cetrioli della sabbia - tutte varietà che crescevano rapidamente -, e mandò cacciatori e pescatori sulle montagne, dove vi erano torrenti pieni di pesci e boschi ricchi di selvaggina. Il cibo era rigorosamente razionato, sicché non tutti avevano la pancia piena, ma nessuno moriva di fame e, dopo che il primo ladro di provviste fu gettato in pasto ai cani di Katanja, tutti si attennero scrupolosamente alle prescrizioni.

«Devo ammettere che mi piace qui», confidò l'operaio Mungram ai suoi compagni mentre martellavano con vigore. «Quando ho sentito che a Chiritai c'era bisogno di manodopera, ho pensato che non mi sarei mai trasferito nel deserto, e per giunta così vicino ai Monti degli Spiriti, ma mi sono ricreduto. Qui non riceviamo un salario, ma mangiamo regolarmente e abbiamo un alloggio gratuito, e nessuno ci rimprovera se non corriamo di continuo al tempio. A Thurazim la situazione non era più sopportabile dopo tutti i fatti terribili che erano capitati: la morte dell'imperatore e i contrasti fra cavalieri e sacerdoti per la conquista del trono.»

«Sì, ma non c'è l'olio di boccamiele», borbottò Punkas. «Ne sento la mancanza.»

«Abituati a non pensarci nemmeno, e il prima possibile», replicò il terzo, Bozum. «Chi viene trovato ubriaco viene frustato la prima volta e abbandonato nel deserto la seconda. Se volete il mio parere, l'imperatore ha ragione. Che cosa dovrebbe farsene di ubriaconi che poltriscono negli angoli grugnendo come maiali?»

«Non è imperatore, bensì un semplice re», lo corresse Punkas.

«Allora, pur essendo re, è più imperatore dello stupido Hugues, che è stato stregato da sua moglie ed è impazzito al punto di buttarsi nella cisterna dell'Animale della Giustizia», ribatté Mungram, irritato. «A cosa serve la corona imperiale se è posata su una zucca vuota? Re Viborg ha adottato una politica giusta. Usa il pugno di ferro, ma è equo e ragionevole, e soprattutto non corre dietro alle gonnelle.»

Gli altri gli diedero ragione. Anche se la Thainach Katanja occupava una posizione importante in città, il re preferiva ascoltare il vecchio cavaliere Tersano, di cui tutti apprezzavano la saggezza e la prudenza.

I soldati erano soddisfatti quanto gli operai. Nemmeno loro ricevevano la paga, ma non vivevano peggio di quanto avessero vissuto a Fort Timlach – i loro alloggi furono i primi edifici a essere ricostruiti –, e soprattutto potevano sposarsi, cosicché ben presto tutti trovarono moglie. A Thurazim, sotto il controllo dei potenti sacerdoti, i Sundari più modesti non avevano mai potuto sposarsi e, pur vantandosi della propria purezza e morigeratezza, in segreto avevano invidiato i Pezzati e i Selenari, che non erano soggetti a quelle limitazioni. Non appena Viborg si era impossessato della città, aveva autorizzato e incoraggiato i matrimoni fra gli abitanti, attirando così a Chiritai una moltitudine di donne. Ciascuno poteva sposare chi voleva, e i Pezzati e i Sundari potevano persino unirsi in matrimonio tra loro, cosa che sotto l'imperatore Hugues era considerata una vergogna indicibile. Ognuno doveva tuttavia restare fedele a sua moglie, perché l'adulterio, la prostituzione e la violenza sessuale erano puniti severamente. Le poche leggi erano inflessibili e le pene erano crudeli, ma, come diceva la Thainach Katanja, chi rispettava le regole non doveva temere il boia.

# I COMPAGNI DI RE KURDA

Il giovane guerriero Botunis e suo fratello Kalo erano due degli esploratori che re Viborg aveva incaricato di perlustrare i dintorni di Chiritai. Erano due aristocratici del popolo dei Makakau, nati sulle Isole Vulcaniche. Alti e muscolosi, con la pelle color cannella, il cranio ben rasato e numerose cicatrici decorative, erano, in un certo senso, belli quanto Viborg, ed era stata quella caratteristica a suscitare l'interesse del sovrano. Il cavaliere apprezzava infatti la bellezza maschile, anche se solo quando non metteva in ombra la sua.

Muniti di armi sofisticate e di viveri sufficienti per diversi giorni, i due soldati esploravano le colline sopra la città. Erano contenti di aver ricevuto quel compito, perché potevano restare un poco da soli e risparmiarsi per qualche tempo l'incessante abbaiare di Katanja e dei suoi cagnacci.

Il sentiero procedette ripidamente in salita per un breve tratto, poi i due uomini raggiunsero la sommità del colle e presero a camminare tra massi che assomigliavano alla cresta di un basilisco e offrivano riparo dal vento impetuoso. Le nicchie tra le rocce erano coperte da bassi cespugli costellati di gemme rosse, mentre l'erba corta era punteggiata di fiori rosa. Nonostante la sua vastità soleggiata, il paesaggio comunicava una certa malinconia, che si trasformò in tetraggine quando il giorno volse al termine. Quando Botunis alzò la testa, notò che dalle nuvole sopra il passo filtrava una luce fioca, come se in alto piovesse: un chiarore sinistro, luccicante come acqua salmastra e oleosa. La valle si stendeva molto più in basso. Il cielo si rannuvolava sempre di più man mano che il sole si abbassava sull'orizzonte. A sinistra, dove le rocce scendevano verso la conca in spaccature desolate e accumuli di sedimenti, si vedevano qua e là nevai scintillanti. Più in alto la massa delle montagne si confondeva con banchi di nuvole verde oliva che fluttuavano grevi e sonnacchiose ai confini del mondo.

« Dobbiamo cercare un riparo, perché questa notte pioverà, se non addirittura nevicherà », osservò Botunis, il più alto di rango.

Kalo indicò un punto più avanti. « Laggiù! Quella non sembra una fessura tra le rocce? Forse è l'entrata di una caverna. »

Invece, era molto più di una caverna. I due esploratori si ritrovarono in una cattedrale di pietra nera e grigia, così alta che la luce delle fiaccole non arrivava fino al soffitto. L'apertura era l'ingresso laterale di un enorme edificio, scolpito con tanta abilità nella roccia da confondersi con essa. Si allungava in parte sopra e in parte sotto il livello del terreno, piegandosi nei punti più bassi e appoggiandosi agli spuntoni più aguzzi.

Le voci dei due uomini producevano una lieve eco. Botunis si domandò a cosa servisse quella struttura. I costruttori non vi avevano investito molto lavoro, limitandosi a levigare le pareti e a spianare i pavimenti. Il lastricato era intatto, e le scale avevano ancora tutti i gradini. Lo stile architettonico semplice e imponente indicava che l'edificio era molto antico. Botunis era propenso a credere che fosse una fortezza destinata a sorvegliare il passo, perché oltre il burrone posteriore s'innalzavano già i Toarch kin Mur.

La costruzione sembrava abbandonata, ma nell'aria aleggiava un odore forte e pungente.

« Che cosa può essere? » sussurrò Kalo, guardandosi intorno e stringendo il giavellotto.

« Non ne ho idea », rispose Botunis. Non riusciva a classificare il puzzo. Gli ricordava qualcosa di morto, ma non un cadavere fresco, bensì qualcosa che aveva cessato di vivere molto tempo prima: un odore di cenere che solleticava il naso. « Diamo un'occhiata, ma con prudenza. »

Seguirono il corridoio meglio conservato e di lì a poco incapparono in una finestra affacciata sugli scuri Toarch kin Mur. Quindi, mentre salivano e scendevano superando varie curve, videro un numero sempre maggiore di finestre. Si trattava perlopiù di semplici aperture, ma in alcuni casi erano traforate e sgrossate con cura. Erano quasi tutte così in alto che era impossibile raggiungerle, ma in un punto era crollata una parte di muro, e i due soldati si arrampicarono sul mucchio di macerie e sbirciarono fuori. Da là, tuttavia, si vedeva solo un cielo offuscato da vapori ribollenti e rischiarato da un basso e triste sole color rame.

Botunis si fermò e si grattò dietro l'orecchio. «Qui le cose si complicano. Facciamo attenzione, altrimenti non troveremo più l'uscita.»

L'altro annuì. Quando vide gli archi che conducevano in altre stanze, capì che si muovevano in un labirinto intricato, e la paura, che si era un poco placata, tornò ad assalirlo. Kalo era un uomo coraggioso e non temeva nessun nemico umano, ma temeva gli spiriti, e quella era sicuramente una delle loro dimore. Le aperture nelle pareti gli sembravano lugubri, e in lontananza udiva un vago mormorio d'acqua. Sembrava che scorresse su gradini attraverso una serie di pozzi e gorgogliasse in gallerie sotterranee. Quel rumore non gli piaceva per nulla. Se esisteva qualcosa che lo spaventava più degli spiriti, era l'acqua nei corridoi bui. Immaginò di smarrirsi e di precipitare in un lago gelido e insidioso.

Si sentì sollevato quando Botunis scelse una strada che si snodava lungo il lato esterno. Là l'edificio era in pessime condizioni, e all'occorrenza sarebbero potuti uscire dai buchi nelle pareti. Nelle stanze si erano accumulate montagne di macerie. Le scale e le uscite erano spesso bloccate, sicché Kalo dovette arrampicarsi su cumuli di detriti. Il cielo, ora chiaramente visibile, aveva il colore del rame. Intorno alle vette dei Monti Urlanti mugghiava e imperversava una violenta tempesta le cui raffiche penetravano dalle finestre.

Poi trovarono qualcosa. Botunis non riuscì a soffocare un urlo, e anche Kalo fu contento di vedere la scena solo attraverso un soffitto mezzo crollato a dieci o dodici passi di profondità.

La luce del giorno aveva impedito loro di precipitare nel buco, ma, per vedere meglio, dovettero legare una fiaccola a una fune e calarla nel foro. Se non fosse stato per il tanfo, forse non vi avrebbero nemmeno fatto caso, ma il fetore era così penetrante che volevano sapere da dove venisse.

Il locale era senza dubbio la camera del tesoro, perché, nella tremolante luce della torcia, erano chiaramente distinguibili forzieri ammuffiti e arrugginiti da cui uscivano fiumi d'oro. Dopo che gli scrigni si erano rotti, il metallo aveva invaso la stanza, coprendone anche gli occupanti. Le figure giacevano nella loro tomba dorata con gli occhi rivolti verso gli intrusi, una dozzina di creature mummificate che avrebbero potuto essere tanto uomini quanto sauri o ibridi. Avevano i volti infossati, ma ancora riconoscibili. In ogni caso erano soldati d'alto rango, perché ciascuno di loro indossava un pettorale, una cotta di maglia e gambali, tutti di ottima fattura e finemente decorati. Su ogni elmo brillava uno smeraldo, e vi erano spade e giavellotti appoggiati alle pareti e ai resti dei forzieri.

Sebbene le mummie fossero antichissime, quando Botunis le vide si passò una mano tremante sulle labbra, temendo che in quella tomba buia vi fosse un incantesimo in grado di svegliarle. Sembrava che gli occhi strizzati e sporgenti delle guardie non lo perdessero mai di vista. Per quanto si sforzasse, non riuscì a scacciare l'impressione che uno di quei robusti artigli si fosse mosso e che una bocca si fosse aperta mostrando una lingua disseccata e brunastra.

«Sono morti di fame là sotto?» bisbigliò Kalo.

Botunis esitò, quindi scosse la testa. No, le figure erano un po' troppo massicce. Non aveva mai visto membra così pingui né tra il suo popolo né tra i bianchi. Pareva piuttosto che quelle persone fossero state compresse con la forza, perché le braccia, le gambe e i colli erano troppo corti. Inoltre, le loro mani paffute si erano tramutate in chele da granchio. Anche la posizione in cui si erano bloccate due delle mummie escludeva la possibilità della morte per inedia: sedevano diritte, come se si fossero irrigidite di colpo.

Botunis afferrò Kalo per la spalla. «Informeremo il re, ma non voglio passare qui la notte per nulla al mondo. Questo posto è maledetto. Andiamocene!»

Kalo obbedì molto volentieri.

# LE VISIONI DI ANDROGINO

Androgino, nella sua forma umana, sedeva sul bordo del Deserto Gemente e faceva la guardia mentre Ninian e Jajn, stremati dal lungo cammino, dormivano avvolti nelle loro tuniche. Il bambino, che non era maschio né femmina ma possedeva le capacità di entrambi i sessi, era l'ultimo rampollo di un'antichissima dinastia. Wyverna l'aveva protetto, perché era così debole che altrimenti sarebbe morto. Androgino sperava di riprendersi grazie al ritorno di Mandora, perché il suo corpo malandato non avrebbe resistito ancora a lungo, e non avrebbe potuto mantenere per sempre le sembianze di un leone.

Ora sedeva a gambe incrociate nella posizione dei veggenti e, con gli occhi chiusi, lasciava vagare il suo sguardo interiore per il mondo, come gli aveva insegnato Wyverna. Vide scene sinistre e ripugnanti. Vide i Rachmanzai che, nelle camere magmatiche dei vulcani, sognavano la guerra e soffiavano fuoco, e gli Stregoni degli Inferi che confabulavano. Creature che prima vivevano sui fondali allungavano la testa fuori dall'acqua della Tetide. Erano esseri mostruosi, piatti e segmentati come onischi, ma lunghi cinquanta passi e dotati di chele gigantesche.

Volse lo sguardo verso le colline intorno a Thurazim e scorse le tarasque che brulicavano al loro interno come in un termitaio, quindi vide i Corni di Ghiaccio che scendevano dalle cime dei Toarch kin Mur e avvolgevano le capanne solitarie in tormente sibilanti. Schiere di spiriti e semimorti spuntavano dalle gole dei Monti Urlanti e seguivano l'avanguardia dei draghi del ghiaccio verso il deserto, dove avanzavano all'ombra delle rocce, in attesa del giorno in cui lo splendore del Principe del Sole si sarebbe spento.

Quando guardò verso nord, vide brandelli di nebbia che cercavano di liberarsi dal furioso vortice del vento e, quando guardò verso sud, vide nuvole fuligginose che uscivano dai camini dei vulcani e colonne di cenere e scintille che si alzavano nell'aria. I rancorosi Draghi Purpurei si preparavano per la guerra e aspettavano solo l'istante in cui il volto incandescente di Phuram si fosse oscurato per scagliarsi gli uni contro gli altri.

Vide re Viborg che si stabiliva nell'edificio fatiscente sopra la sala in cui i cavalieri di re Kurda si erano tramutati in sauri d'oro. Vide quanto fosse fiero e solenne, e quanto fosse audace la schiera di uomini e donne che gli si era riunita intorno formando un baluardo contro la minaccia proveniente dal gelido Nord. Le sue labbra sussurrarono: «*L'oro combatte con l'oro, il ghiaccio col ghiaccio, ma invano*».

I cuori di quei coraggiosi non erano forse freddi e superbi come quelli dei loro nemici, i Draghi Purpurei? Se fossero stati loro a vincere la battaglia, non avrebbe forse prosperato una nuova stirpe la cui magnificenza e temerarietà sarebbero state celebrate per secoli prima che la maledizione dell'oro consumasse lentamente i suoi membri?

Androgino rivolse lo sguardo in tutte le direzioni. Vide le navi fuggire da Drydd, che gonfiava le onde ma non osava affiorare in superficie. Tra le alghe del tranquillo Mar di Giada si muovevano creature mostruose, mentre nel Mar di Diamante galleggiavano i corpi freddi e insidiosi dei serpenti marini.

Poi le visioni del presente si mescolarono a immagini inattese, a luci tremolanti del futuro, come accadeva talvolta quando una mente affinata dalla magia vagava per il mondo. Sotto un cielo plumbeo, Androgino vide gli spaventosi seguaci dei tre re dei basilischi che infuriavano nella città imperiale abbandonata, vide che profanavano i templi di Phuram e imbrattavano le torri di cristallo. I Rachmanzai, capaci di sputare fuoco, combattevano contro i Corni di Ghiaccio, che portavano con sé un freddo pungente. Quindi comparve una nuova scena: la città era deserta e, dove prima si snodavano viali lussuosi, ora si aprivano profonde voragini in cui i cadaveri dei Rachmanzai marcivano accanto a quelli dei Muden Gamul dopo essere caduti dal cielo durante l'Ultima Guerra. La Città Dorata si era trasformata in una città fantasma, saccheggiata, rapinata e distrutta. Nelle catacombe dei Selenari si erano insediati creature semimorte, tarasque e altri esseri notturni, che rifuggivano la luce e sbirciavano raramente fuori dai loro labirinti bui.

Androgino fu attraversato da un brivido e si riscosse dalla trance per non dover più vedere nulla.

## LE PREOCCUPAZIONI DEI MAKAKAU

Sugli inospitali Toarch kin Luris, all'imboccatura di un passo spazzato dal vento tra due lugubri e altissimi spuntoni di roccia, vi era un segnavia su un piedistallo: un obelisco che, sotto il sole calante, proiettava un'ombra come una meridiana. Il monumento si era scurito e aveva i bordi levigati dalle intemperie, e le foglie delle corone e delle ghirlande di rame che lo adornavano erano arrugginite, ma il fregio dorato sulla sommità ardeva come fuoco. Sul piedistallo vi era un'iscrizione in caratteri antichi:

QUI HA INIZIO IL REGNO DI RE KURDA,
COLUI CHE FU BACIATO DALLA RICCHEZZA

Sotto la sorveglianza del Thainach Botunis, quattro operai e quattro soldati erano intenti a scaricare una tavola da un carro e a liberarla dal telo in cui era avvolta. Con vigorosi colpi di martello e scalpello staccarono la vecchia lastra, la cui scritta era stata cancellata dal vento, e applicarono quella nuova, che diceva:

QUI HA INIZIO IL REGNO DI RE VIBORG

Si sentirono orgogliosi del loro lavoro quando la tavola catturò i raggi dell'ultimo sole e li proiettò lontano. Soddisfatti, tornarono dai soldati che avevano accompagnato il gruppo e che li aspettavano su uno spiazzo erboso.

Botunis, che aveva assistito all'installazione in nome del re, si alzò e agitò il bastone con la coda di cavallo. « Abbiamo finito. Sbrigatevi! Dobbiamo lasciare il passo prima che faccia buio e cercare un rifugio. »

I soldati e gli operai obbedirono volentieri, perché, anche se Chiritai era diventata un luogo ospitale, non si poteva dire lo stesso per i valichi tra i Toarch kin Luris e i Monti Urlanti. Nessuno voleva restare lassù dopo il tramonto, soprattutto Botunis, che non aveva ancora dimenticato la spaventosa esperienza nella cittadella distrutta. Anche se non ne parlava con nessuno a eccezione di Kalo, da allora era attanagliato da una paura e da un'angoscia che non aveva mai provato.

Aveva veduto innumerevoli cadaveri - alcuni così freschi che il sangue scorreva ancora, altri decomposti da decenni -, ma nessuno l'aveva spaventato come quei mostri deformi con le loro armature antiquate. Non erano solo morti, ma anche hju-hju - spettri -, la cosa peggiore in cui si potesse incappare.

Gli uomini si avviarono a passo di corsa, incitando i sauri che trainavano il carro finché i due pigri animali non accelerarono. Quando la truppa raggiunse il fondo della gola, la luce del sole era svanita completamente e aveva lasciato il posto a un crepuscolo il cui azzurro trascolorava sempre di più dall'acquamarina al cobalto. Il cielo orlato di turchese sovrastava una valle desolata il cui terreno piatto era coperto di sabbia rossa e sassi color ruggine. Su tre lati, la conca era circondata da rocce così alte e ripide che nessun essere umano sarebbe riuscito a scalarle, mentre sul quarto si apriva verso una distesa d'acqua: un lago o un fiume. Tra le ombre fitte Botunis riuscì a distinguere solo una lingua d'acqua che si allungava in direzione della valle attraverso un'angusta apertura.

Dovettero usare una fiaccola per raggiungere la conca senza incidenti. Quindi cercarono un punto riparato tra le rocce, abbastanza vicino all'acqua per bere e abbeverare i sauri, e accesero un fuoco con le erbacce tenaci e spinose che crescevano tra i sassi. Si strinsero in una nicchia, si scaldarono le mani e mangiarono mentre un soldato faceva la guardia davanti all'ingresso. Gli uomini chiacchieravano tra indovinelli e domande scherzose, ma Botunis si considerava troppo importante per mescolarsi con gli operai e, avvolto nel mantello di lana, si appoggiò alla parete per riflettere.

Tre giorni addietro lui e Kalo avevano fatto un nuovo tentativo e avevano ottenuto la stessa risposta. Avevano estratto il feticcio della loro famiglia dal suo cofanetto, l'avevano lavato e cambiato, gli avevano offerto cibo, bevande e incenso, e infine avevano gettato gli ossicini per chiedergli consiglio. Il responso era stato ancora una volta: «Sventura. Pericolo. Andate. Fuggite. Oro. Veleno».

Il Makakau rabbrividì. La notte sulle colline ventose era fredda, e dal passo soffiava un vento gelido. Botunis aveva paura. Certe sere, i soldati che avevano esplorato i dintorni si riunivano intorno al fuoco e raccontavano di sinistre apparizioni nelle gole, ma lo facevano solo quando erano al sicuro nei loro alloggi in città. I contadini appena arrivati dicevano di essere saliti sulle montagne e di essere stati terrorizzati dagli spiriti nei burroni solitari e dai piagnucolosi goblin del vento che si aggiravano tra i passi. Nessuno si avventurava in quel deserto di pietra. Botunis ricordò di averli uditi descrivere uno spettro particolarmente ripugnante: era formato solo da una testa femminile coi capelli lunghi e si trascinava dietro un groviglio di viscere.

Dopo che Botunis e Kalo avevano scoperto i cavalieri pietrificati, non era trascorso molto tempo prima che le saghe sulla rovina di re Kurda tornassero in circolazione. Molti soldati e contadini erano rimasti sgomenti quando avevano avuto la conferma che le antiche leggende dicevano la verità, ma ben presto avevano deciso che su di loro non incombeva lo stesso destino. Erano più intelligenti, erano più furbi, e non avrebbero permesso che l'oro stregato di Chiritai li ammaliasse.

Il feticcio era di diverso parere, e Botunis aveva l'abitudine di ascoltarlo.

Lui e Kalo avevano pensato di chiedere al re di congedarli, ma sapevano per esperienza che avrebbe rifiutato. Dunque non avevano altra scelta se non disertare, sebbene fosse un'impresa pericolosa. Viborg non aveva pietà per gli amici da cui si sentiva ingannato. Botunis, tuttavia, preferiva correre il rischio di una morte ignominiosa che ignorare l'avvertimento del feticcio, e Kalo era assolutamente d'accordo.

# L'AVVENTURA DEL RACCOGLITORE RUADH

# NEL DESERTO

Kaira arrancava accanto al raccoglitore in una sorta di trance. Da una parte, percepiva con estrema chiarezza ciò che incontrava; dall'altra, aveva l'impressione che tutto fosse stranamente deformato, mutevole e confuso, sicché dimenticava subito quanto aveva veduto e vissuto un attimo prima. Dopo che il fuoco si era spento, i suoi occhi si erano abituati alla semioscurità quanto bastava perché non incespicasse a ogni passo. I tre giovani si accorsero ben presto che quella strada era già stata percorsa da altre persone, perché uno stretto sentiero solcava il terreno accidentato e, di tanto in tanto, a destra e a sinistra si vedevano i resti di piccoli fuochi da campo. Poco lontano scorsero tuttavia anche la corazza vuota di uno scarafaggio gigante. Le antenne e le zampe si protendevano nell'aria come sterpi secchi e, quando una folata di vento improvvisa soffiò sopra le montagne, lo scheletro vacillò come se volesse rotolare giù dal pendio.

« Che cosa intendevi quando hai detto che sulla tua lista vi erano altre persone? » domandò Tataika.

« Be', se sai contare, puoi arrivarci da sola! Uno, due, tre. Mancano ancora dieci rami senza tronco, e devo rintracciarne alcuni prima di accompagnarvi a Luifinlas », rispose Ruadh.

« La città morta! » esclamò Thilmo. « Dici un sacco di stupidaggini, faccia di luna. Se Luifinlas esiste davvero e non è solo una stupida leggenda narrata da chiacchieroni e perdigiorno, è sepolta nel ghiaccio da millenni, e nessun essere umano può viverci. Non credere di poterti prendere gioco di me con le tue fandonie! Abito nella casa di un Sundario illustre e ho letto tutti i libri della sua biblioteca. »

« Sì, lo so », replicò Ruadh con una punta di scherno. « Lavori a casa del grasso funzionario amministrativo che è stato rilevato dall'incarico per incompetenza ed è stato trasferito da Thurazim a Fort Timlach per ragioni disciplinari, e quel tale possiede esattamente tre libri. La settimana scorsa non ti ha forse tirato dietro i sandali perché non glieli avevi lucidati bene? »

Thilmo lo fissò a bocca aperta. « Come... Come fate a saperlo? » chiese, impaurito, ricominciando a dargli del voi. « Siete forse onnisciente? »

« So molte cose », rispose Ruadh. « Ma non tutto. E ora tacete e risparmiate il fiato. »

Era un buon consiglio. La strada era in salita, e di lì a poco i tre ragazzi si accorsero di non riuscire a parlare e camminare contemporaneamente. Kaira iniziò ad ansimare. Aveva delle fitte ai fianchi e le dolevano le braccia e i polpacci.

Evidentemente Ruadh era abituato alle marce forzate. Avanzava a lunghi passi e non si preoccupava granché del fatto che i suoi compagni faticassero a tenergli dietro.

Sul terreno strisciavano quadrupedi sinuosi che sembravano un incrocio tra gatti e manguste, col pelo liscio e con gli occhi così gialli da parere fosforescenti. A un tratto Kaira credette di sognare, perché uno di quegli animaletti sfrecciò verso Ruadh, si arrampicò sul suo corpo, gli saltò sulla spalla e gli accostò il muso all'orecchio come se volesse sussurrargli qualcosa. Quindi scese e scomparve.

Thilmo lanciò un sommesso urlo di stupore. « Ti ha detto qualcosa? »

« Sì. Portava il messaggio di un'amica. Molti animali sono buoni amici di noi Selenari, anche se non tutti. Ve ne sono alcuni che si sono schierati dall'altra parte. »

Di lì a poco l'oscurità iniziò a dissiparsi. Il cielo scuro cominciò a schiarirsi verso est, e i contorni del paesaggio si delinearono sempre più nitidamente. Kaira vide che stavano attraversando un'ampia valle sterile e pietrosa, delimitata su due lati da montagne ostili, e udì più di una volta un blocco di roccia che si staccava e precipitava nel vuoto con un suono cupo e minaccioso. Quella regione era deserta e selvaggia, insieme inospitale e incantevole. Nella luce sempre più intensa si profilarono montagne dalle forme bizzarre: alcune appuntite, altre piatte come se fossero state tagliate con un coltello o levigate dalle intemperie fino a trasformarsi in figure fantastiche. Il cielo si tingeva di lavanda mentre i monti trascoloravano dal nero al viola e al porpora. Il paesaggio avrebbe offerto un'immagine dalla bellezza straordinaria se non fosse stato per la polvere nera e grigia che copriva il terreno e si sollevava a ogni passo, una pungente polvere di alcali che entrava nel naso e nella bocca e formava grottesche macchie scure sui loro volti sudati.

Poco dopo scorsero un sentiero che si diramava verso sinistra e scendeva in direzione di una spaccatura buia e minacciosa. Raggiunsero un punto da cui si poteva vedere bene la gola. Laggiù aveva vissuto qualcuno, anche se doveva essere stato molto tempo prima, perché il luogo pareva abbandonato. Distinsero i resti di rozze casupole di pietra coniche. La desolazione regnava ovunque, ma il motivo principale per cui proseguirono senza voltarsi indietro fu l'altissima figura al centro dell'insediamento. Non era viva, eppure Kaira ebbe l'impressione che avesse un che di ostile, perché aveva un'aria malvagia e sinistra. Vi era un grosso palo che s'innalzava come un totem e su cui era inchiodato un grottesco guazzabuglio di carcasse animali mummificate. Qualcuno doveva aver fatto sacrifici all'orrendo fantoccio, perché vi era un rozzo altare di pietra, e ai suoi piedi erano ammucchiati ossa e scheletri.

« Che cos'è? » chiese Kaira quando si furono allontanati e arrampicati su per il pendio.

Ruadh si strinse nelle spalle. « Un luogo creato al servizio e in onore del male, come hai visto coi tuoi occhi. Qui vivevano i seguaci del Principe Cadavere. Penso che non ci siano più, perché non avverto la loro presenza, ma cerchiamo di andarcene il prima possibile. »

« Chi è il Principe Cadavere? » domandò Thilmo.

« Non hai mai sentito nominare Zarzunabas, l'eternamente giovane? » chiese Ruadh di rimando. « I libri del tuo Sundario non ne parlavano? »

Thilmo, stizzito, ribatté in tono sprezzante: « Si dice che i Selenari raccontino molte storie cui non sempre bisogna credere ».

« È vero », ammise Ruadh, pacifico. « Ma occorre essere saggi per decidere quali storie siano vere e quali no, e non credo che tu sia molto saggio. In ogni caso non andresti lontano se io non fossi qui a proteggervi. »

In quel momento Kaira notò che il raccoglitore non aveva armi se non il coltello con cui aveva sbucciato i cactus, troppo piccolo e sottile come strumento di difesa. Aveva immaginato che un uomo abituato a percorrere strade così pericolose fosse armato fino ai denti.

Thilmo doveva aver pensato la stessa cosa, perché chiese: «Dimmi, Volpe di Fuoco, se ti hanno mandato a proteggerci, come mai non hai un'alabarda né una sciabola?»

Ruadh sorrise e scrollò il capo. «Noi Selenari non giriamo mai armati.»

«Ma, se incontrassi un mostro come l'uomo-capra, che cosa faresti?» intervenne Kaira.

«Gli starei alla larga.»

«E se ti seguisse?»

Ruadh rise forte. «Correrei più veloce di lui.»

«Non sei un guerriero», osservò Thilmo in tono sdegnoso, non trovando spiritosa la sua risposta.

Kaira non riusciva a distinguere bene il volto di Ruadh, ma udì la rabbia nella sua voce quando disse: «Esistono diversi modi di combattere, signorino, e tu non l'hai ancora capito». Raccolse una pietra grande come un pugno. «Vedi il cactus laggiù?» La pianta che stava indicando era piuttosto lontana e appena visibile nella pallida luce lunare. Ruadh soppesò il sasso, prese la mira e lo lanciò. Una foglia carnosa si staccò dalla sommità quando il proiettile la colpì.

Tataika applaudì con ammirazione, e Kaira disse: «Devi avere un'ottima vista per centrare qualcosa da una simile distanza».

Senza fare commenti, Thilmo proseguì con le mani infilate nei risvolti delle maniche.

Attraversarono una strada ed ebbero il loro primo incontro con uno dei singolari abitanti del deserto. Kaira stava proprio pensando a quanto la notte fosse quieta e tranquilla, quando Ruadh li spinse da una parte, portandosi un dito alle labbra. «Via!» sussurrò. «Via dalla strada! Stendetevi a terra!»

Corsero dietro alcune rocce che distavano una ventina di passi. Si buttarono sulla sabbia e non osarono più muoversi. Kaira era finita tra due massi piccoli e, alzando lo sguardo sopra le braccia incrociate, riusciva a vedere la strada illuminata dalla luna.

Ruadh doveva avere un udito molto sensibile per aver sentito l'essere che si avvicinava, perché quest'ultimo si muoveva su silenziose zampe feline. Oppure non l'aveva sentito, bensì percepito con gli altri sensi?

Kaira trattenne il respiro. La creatura era insieme spaventosa e magnifica, e la ragazza l'aveva già veduta, anche se solo in sogno: un gigantesco leone rosso dal volto umano. I pungiglioni della coda si ergevano in tutte le direzioni, e lo splendore del pelo scarlatto si mescolava coi riflessi delle dune. Quell'animale splendido e terribile era circondato da un'aura di solitudine e dignità maestosa. Strano che nel suo sogno si fosse trasformato in un bambino deforme... Oppure il bambino era la vera figura e il leone solo un camuffamento?

La manticora si bloccò di colpo e lanciò un lungo urlo insolito. Ruadh saltò su e rispose con lo stesso verso. Il mostro si avvicinò e si fermò davanti a loro.

Il raccoglitore alzò le mani aperte. «Sono Ruadh, un servitore della dragonessa della luna, e questi sono i miei compagni. E tu chi sei? Conosci il richiamo degli amici, ma non ti ho mai visto.»

Il leone chinò la testa massiccia e sputò qualcosa tra la sabbia; la sua pelle si afflosciò come una coperta piegata e si ridusse a un pezzo di stoffa. Al posto del mostro comparve un esile ragazzino nudo di circa dodici anni che si coprì col panno rosso.

Era lo stesso bambino che Kaira aveva visto nella sfera di vetro. Era impossibile dire se fosse maschio o femmina. Il suo corpo era fragile e deforme, i capelli neri erano lunghi e stopposi, gli occhi erano circondati da ombre marroni.

«Androgino!» esclamò Ruadh. «Non sapevo che viaggiassi sotto questa forma.» Si piegò e gli mise intorno alle spalle la tunica che portava arrotolata sulla schiena, perché il piccino tremava di freddo.

Androgino sorrise. «Con le mie vere sembianze non andrei molto lontano, Volpe di Fuoco.»

«Benvenuto! Verrai con noi?»

«No. Ho anch'io i miei compagni, Maestro Ninian e il giovane Jajn di Thurazim. Un gruppo numeroso darebbe troppo nell'occhio. È meglio percorrere vie separate per poi riunirsi da Kulabac.»

Il raccoglitore sorrise, imbarazzato. «Sì, hai ragione. Mi avrebbe fatto piacere conoscerti meglio. Ho sentito tanto parlare di te, e vederti di persona...»

Il bambino lo interruppe. «Non abbiamo tempo per le chiacchiere, Volpe di Fuoco, anche se ho sentito dire che sei un bravo narratore. I nemici ci incalzano. I semimorti del Principe Cadavere vagano per il deserto, e i Sundari mandano pattuglie lungo le strade militari e ai forti isolati. A Thurazim sono accaduti fatti terribili. L'imperatore e l'imperatrice sono morti, un cavaliere si è nominato re di Chiritai...»

Ruadh trasalì e si portò la mano al petto. Gli salirono le lacrime agli occhi, e per poco non urlò di sgomento. «Hai detto Chiritai? La città dell'oro maledetto? Che cos'ha indotto quello sventurato a compiere questo gesto, uno spirito malvagio?»

«Sì, uno spirito dei sogni mandato dal Principe Cadavere. Ma ora non ha importanza. Dovete fare molta attenzione. Zarzunabas manda i suoi spettri nel deserto per catturare tutti coloro che lo attraversano.»

«Abbiamo visto un villaggio dei suoi seguaci, ma era abbandonato.»

Androgino annuì. «Sono andati a ovest per ordine del loro padrone, per attaccare le salmerie del cavaliere, ma pochi sono sopravvissuti alla battaglia. Tuttavia, ne sono rimasti abbastanza per inseguirvi e uccidervi. Dove sei diretto?»

«Voglio andare a prendere un amico che fa parte degli eletti: Beck, che vive nel villaggio di Kum.»

«Bene. Ora devo andare. Dovete arrivare a destinazione prima che Phuram alzi il suo volto, e non voglio che mi vedano con voi, perché desteremmo dei sospetti.»

Il bambino si tolse la tunica, sollevò la piastrina che aveva sputato tra la sabbia e se la infilò tra i denti. Si ritrasformò subito in leone, quindi scosse brevemente la criniera, si voltò e si allontanò.

«Che cos'era?» domandò Tataika, affascinata, quando l'animale fu scomparso all'orizzonte.

« Era un demone del deserto, uno spirito ingannatore... Come può dire che l'imperatore è morto? L'imperatore non muore mai! » disse Thilmo con la voce che fremeva d'irritazione.

Ruadh scoppiò in una risata roca. « Signorino, quando avrai visto morire tutti gli imperatori che ho visto morire io... Volevo dire che prima o poi anche un imperatore deve morire. Se può consolarvi, ne arriverà sicuramente un altro. Un trono non resta mai vuoto a lungo. »

Tataika, per nulla interessata all'argomento, insistette: « Ma che animale era, e chi era il bambino di nome Androgino? Sei stato cortese come se fosse un personaggio illustre, ma era magro e malato come un mendicante! »

« Vi spiegherò tutto quando saremo al sicuro. » Ruadh li esortò a proseguire. « Dobbiamo sbrigarci. La strada è ancora lunga, e dobbiamo arrivare all'insediamento prima dell'alba. Di giorno è impossibile camminare nel deserto. La pelle e gli occhi vi si staccherebbero in un istante. »

L'aurora spuntò con sorprendente rapidità. Occorse meno di mezz'ora affinché il cielo passasse dal nero a un delicato rosa e lavanda. Più diventava chiaro, e più Kaira avvertiva la stanchezza, e pian piano cominciò ad avere una nausea ingiustificata, una sensazione che non veniva dallo stomaco, ma nemmeno dalla testa. Le sembrava piuttosto di aver preso troppo sole, anche se ancora non si vedeva nemmeno un raggio. Aveva le braccia, le mani e il viso stranamente intorpiditi e insensibili, ed era solo uno scherzo della sua immaginazione, oppure le si erano gonfiati i polsi e le dita?

Guardò Thilmo, che camminava accanto a lei, e per poco non lanciò un urlo. Il giovane aveva il volto tumefatto e gli occhi gonfi e arrossati. In più, arrancava a fatica, cosa del tutto inusuale per un ragazzo che di solito non stava mai fermo. E Tataika... Be', Tataika era forte come un cavallo e aveva una resistenza straordinaria, ma la sua faccia rotonda era pallidissima, e Kaira intuì che non si sentiva bene nemmeno lei. Grosse gocce di sudore le imperlavano la fronte, e la pelle, solitamente rosea, sembrava argilla bagnata.

Ruadh si fermò. Scrutò il cielo, guardò i suoi compagni e rivolse loro un cenno. « Il Divoratore comincia a far sentire i suoi effetti. Ce l'abbiamo fatta appena in tempo. Presto potrete riposare.» Poi aggiunse con una certa soddisfazione rabbiosa: «Ora vedete il vero volto di Phuram. Non ha pietà per i suoi nemici, e i suoi dardi dorati uccidono chiunque non sia più veloce e abile di lui». Sorrise. «Questa volta siamo stati più veloci noi. Quelle sono le case del villaggio di Kum», spiegò. «Devo passare a prendere una persona, e potremo dormire là. Domani notte cercheremo qualcuno che ci accompagni col suo carro nel Deserto Blu, dove vive Umbra. Così viaggeremo più spediti, e anche più comodi.»

«Chi è Umbra?» domandò Kaira. All'udire un nome femminile, avvertì un'inspiegabile punta d'irritazione.

«Una donna molto saggia e potente.»

«Verrà con noi?» chiese Kaira. La minuscola freccia velenosa conficcata nel suo cuore bruciò più forte.

«No, probabilmente no, anche se è un'eletta come voi», rispose Ruadh. «Ma là ci aspetta una persona che compare nella mia lista. Prima, tuttavia, dobbiamo raggiungere il villaggio.»

Quindi diede loro una serie d'istruzioni su come comportarsi. «Non dimenticate che ora non siete più Pezzati. Dunque siate prudenti! Tenete la testa bassa, non guardate nessuno e camminate rasente al muro. Non parlate con nessuno che non vi abbia rivolto la parola per primo, e anche in quel caso siate concisi. Se qualcuno vi chiede di fare qualcosa, obbedite.»

Kaira procedette a testa bassa mentre Ruadh proseguiva. «Sapete che non posso farmi riconoscere dai Sundari come raccoglitore, perciò mi sono inventato un'identità fittizia. Le persone mi conoscono come un mercante di schiavi che recluta manodopera per la capitale nei villaggi del deserto. Non dimenticatelo. Potete tranquillamente usare i vostri nomi, ma, se qualcuno vi chiede da dove arrivate, dite che venite dai villaggi dell'estremo Est, e nessuno controllerà se sia vero.»

Mentre si avvicinavano, Kaira notò che Kum era un tipico insediamento del deserto. Bassi edifici senza finestre, fatti di mattoni d'argilla grigia e ocra, si assiepavano gli uni contro gli altri, e l'abitato era protetto da un alto muro in cui si apriva un'unica porta. La giovane aveva paura di entrare nel villaggio con Ruadh, ma allo stesso tempo le pareva di essere a casa, perché Kum assomigliava molto a Fort Timlach. Anche là gli abitanti erano convinti che la zona circostante brulicasse di bestie feroci e bande di rapinatori armati, per non parlare poi degli spiriti e, benché fino a quel momento nel deserto non fosse capitato loro nulla di male, Kaira era molto intimorita.

Giunsero all'entrata del villaggio. Due uomini armati fino ai denti erano appoggiati ai pali nel chiarore abbagliante di alcune fiaccole. Non erano soldati né guardie di professione, bensì residenti deputati a quel compito. Portavano elmi, pettorali e stivali pesanti, ma per il resto le loro uniformi non erano molto diverse dagli abiti di Ruadh, perché apparivano poco meno sbiadite e cenciose. Avevano entrambi una grossa alabarda e una sciabola fissata intorno alla vita.

Ruadh diede un ultimo avvertimento ai suoi compagni. « Ricordate tutto ciò che vi ho detto, soprattutto tu, Thilmo. Fate parlare me e tacete. »

Non appena le guardie si accorsero che si avvicinava qualcuno, saltarono avanti e puntarono le armi verso i nuovi arrivati. Una si approssimò così tanto da premere la punta dell'alabarda contro la pancia di Kaira, e la ragazza smise quasi di respirare per paura che potesse trafiggerla con un movimento sbagliato. L'uomo scoppiò in una risata sciocca quando notò il suo spavento. Quindi si rivolse al raccoglitore. « Che cosa ci fai qui, faccia di luna? »

Ruadh teneva il capo chino. Il suo atteggiamento era completamente cambiato: con le braccia penzoloni, le ginocchia molli e lo sguardo fisso sul terreno sembrava il ritratto della sottomissione. « Vorrei dormire, rifornirmi d'acqua, comprare viveri », rispose a voce bassa.

« E i Semifiniti? »

« Lo stesso. »

Il soldato esitò a farli entrare, ma il suo compagno esclamò: « Ehi, quello è Volpe di Fuoco, lo conosco. Lascialo passare ». Poi guardò le due ragazze e rise, mostrando una bocca piena di denti guasti. « Fate attenzione che il Selenario non vi morda il collo, Semifinite. I vostri genitori non vi hanno avvertite che gli Uomini Oscuri succhiano il sangue? »

« Fammi vedere che cos'hai nella borsa, faccia di luna », ordinò la seconda sentinella.

Ruadh posò la borsa per terra e fece un passo indietro mentre la guardia vi frugava dentro ed estraeva una gran quantità di sacchi di lino, un bollitore, un barattolo di miele, un cucchiaio e un coltello.

L'uomo bofonchiò qualcosa, quindi sferrò un calcio alla borsa. « Raccogli la tua robaccia e sparisci. »

I soldati li lasciarono passare, ma, mentre superavano la porta, quello più burbero diede a Ruadh uno spintone così violento da farlo cadere. I due uomini risero con gioia maligna mentre si alzava e si ripuliva le mani dalla sabbia.

Il raccoglitore non fiatò.

La luce delle fiaccole le aveva irritato così tanto gli occhi che per qualche istante Kaira vide solo lampi e ombre danzanti. Solo in seguito notò che, sebbene fosse già tardi, il villaggio non era affatto addormentato, anzi brulicava di vita. Come a Fort Timlach, per sfuggire alla calura, gli abitanti dormivano durante il giorno e si svegliavano la sera.

Subito dentro il recinto sorgeva un edificio bianco a un piano, sopra la cui porta era dipinto il simbolo del sole. Ruadh sussurrò che era la casa dei Sundari. «Sbrigatevi, non voglio attirare la loro attenzione. I Sundari che vivono nei villaggi del deserto sono perlopiù buoni a nulla esiliati da Thurazim, ma potrebbero denunciarci alla cavalleria imperiale.»

Passarono accanto alla costruzione con la testa china e cercando di non dare nell'occhio.

Le case rivolgevano facciate cieche all'ostile mondo esterno, mentre dentro si snodava un labirinto scalcinato di arcate, vicoli coperti e cortili interni. Era buio quasi ovunque, ma in alcuni punti le torce proiettavano la loro luce dorata sugli abitanti, che se ne stavano accovacciati contro i muri d'argilla chiacchierando, masticando radice di konda e bevendo olio di boccamiele. Come le sentinelle, indossavano vestiti logori e scoloriti. La maggior parte aveva la faccia costellata di orribili macchie marroni simili a voglie e, quando ridevano, le loro bocche assomigliavano a cavità nere in cui scintillavano singoli monconi di denti. Sembravano tutti storditi o ubriachi. Alcuni dormicchiavano con la testa sulle ginocchia, altri pronunciavano discorsi sconnessi e strascicati.

Quando i visitatori entrarono in un cortile, un cane uscì all'improvviso da un'apertura schermata da tende. Era una bestiaccia gialla e marrone che sbarrò loro la strada ringhiando. Kaira si paralizzò per lo spavento. Aveva paura dei cani, anche dei più piccoli, e quello era grande quanto un vitello e aveva denti lunghi quanto il suo mignolo. Anche Thilmo fece un passo indietro, e persino Tataika assunse un'espressione preoccupata. Solo Ruadh rimase assolutamente impassibile.

« Cane! » urlò col tono di qualcuno che rimprovera un bambino maleducato. « Bravo cane! Che cosa fai? Lasciami passare. »

Kaira stentò a crederci, ma l'animale chiuse la bocca e si rilassò, smettendo di ringhiare. Lanciò un breve latrato, quindi si avvicinò al raccoglitore e gli annusò la mano.

L'uomo gli accarezzò il folto pelo ricciuto. « Bravo cane », ripeté. « Sei un bravo cane. »

L'animale scomparve nell'oscurità.

« Ehi! » esclamò Tataika, sorpresa. « Come hai fatto? Credevo che volesse sbranarci. »

« È un bravo cane », rispose Ruadh. « E quelli non sono pericolosi. La maggior parte degli animali è buona. Alcuni sono capricciosi e antipatici, ma solo pochi sono davvero cattivi. »

Il Buco, come veniva chiamato in tono dispregiativo il rifugio dei Selenari, si trovava in fondo a un vicolo così buio che dovettero procedere tastoni lungo il muro. Superarono un arco che puzzava di muffa e scesero una ripida scala mal illuminata.

Un secondo arco conduceva in una stanza sotterranea bassa e lunghissima, rischiarata da fiaccole alle pareti. I tre Semifiniti notarono con stupore che il locale assomigliava a una gigantesca discarica, con vestiti, scarpe, borse, attrezzi, pentole, ciotole e molti altri oggetti riuniti in mucchi che arrivavano quasi fino al soffitto grigio. Cinque o sei persone, tutte munite di borse capienti, gironzolavano tra il ciarpame e raccoglievano con foga le cose più disparate.

Ruadh rovistò in un cumulo d'indumenti e porse ai suoi compagni tre tuniche cenciose e tre paia di robusti stivaletti uguali ai suoi. « Prendete, ne avrete bisogno quando torneremo nel deserto. Con le vostre pantofoline e i vostri veli di seta non andreste lontano. »

Thilmo guardò gli stivaletti con aria disgustata. « Devo proprio mettermeli? »

« Nessuno ti costringe », rispose Ruadh con un'alzata di

spalle. « Se non t'importa di calpestare uno scorpione che potrebbe ucciderti con la sua puntura, oppure una teredine che potrebbe penetrarti nel piede e depositarvi le uova, oppure uno di quei piccoli ragni pelosi che... »

« D'accordo, ho capito », bofonchiò il ragazzo. « Per Phuram, queste sì che sono scarpe malconce, e chiunque le abbia calzate prima di me aveva i piedi sudati. Puzzano ancora. »

Ruadh sorrise.

Dietro un tavolo vicino all'ingresso era accovacciato un tipo grassissimo con una tunica macchiata di sudore, intento a esaminare il contenuto delle borse e a determinarne il prezzo. Chiese due monete d'oro e mezzo, ma Ruadh disse: « Paga Beck ».

Il ciccione indicò qualcosa alle sue spalle con un gesto impercettibile della testa. « D'accordo, Volpe di Fuoco, so che non ami toccare il denaro. Beck ti sta aspettando. »

I tre Semifiniti seguirono il raccoglitore, che aprì una porta ed entrò in un'altra stanza sotterranea. Si ritrovarono in un locale mal illuminato e arredato solo da un bancone e da pochi tavoli nascosti in profonde nicchie buie. Una dozzina di uomini e donne - tutti Selenari, come dimostravano i loro denti sani e la loro pelle chiara - beveva e chiacchierava seduta sugli sgabelli. Ruadh spinse i suoi compagni verso un tavolo e disse loro di sedersi mentre andava a ordinare.

Kaira vide che parlottava con un uomo e una donna, entrambi sulla quarantina ed evidentemente i proprietari dell'osteria. Lei era piccola e muscolosa, con un viso grazioso su cui spiccava un simpatico nasino all'insù. Lui era alto e magro, col volto scavato e coi capelli grigi. Il suo aspetto sciupato indicava che non aveva avuto una vita facile. Anche se sorrise quando salutò Ruadh, lo sguardo malinconico dei suoi occhi rimase immutato.

A quanto pareva, Ruadh gli aveva raccontato le novità apprese da Androgino, perché l'uomo giunse le mani ed esclamò: « L'imperatore Hugues! Così è stato punito per la sua stoltezza e per l'ingiustizia commessa nei confronti della sua legittima moglie! » Il suo tono era tuttavia più sorpreso che dispiaciuto, e scosse la testa con energia.

I due si avvicinarono al tavolo, e Ruadh presentò i suoi compagni, quindi disse: « Questo è Beck, che è un eletto come voi e ci accompagnerà nel nostro viaggio ».

Beck lo contraddisse. « Ma non subito, Volpe di Fuoco. Sai che non voglio essere presente quando andrete dalla maga. Dai pure la colpa al mio passato, se non sopporto di trovarmi di fronte a una donna come quella, soprattutto se ha fama di essere cannibale. C'incontreremo non appena avrete concluso la vostra visita. Ma ora venite, voi Semifiniti avete tutta l'aria di aver bisogno di un boccone, e anche tu, amico mio. »

Lo seguirono in una stanza senza finestre in cui una fiaccola illuminava mobili vecchi e ingombranti. Beck fece loro segno di sedersi al tavolo, poi scomparve e tornò poco dopo con un vassoio su cui era posato un grande tegame di uova e prosciutto ancora sfrigolanti, insieme con una focaccia e una crostata. L'oste tenne loro compagnia mentre mangiavano.

Le due ragazze erano soddisfatte, ma Thilmo continuava a borbottare e bofonchiare sopra il piatto, e il suo malcontento era così palese che Ruadh spiegò: « Thilmo non è felice che Vauvenal e la Vecchia Signora l'abbiano portato da me. Preferisce di gran lunga la compagnia dei Sundari ».

« Davvero? » domandò Beck, fissandolo coi suoi occhi malinconici. « E perché? »

Il ragazzo alzò lo sguardo. « Anche se qui ci sono solo Selenari, lo dico apertamente: non mi piacciono. Sono già insoddisfatto di essere un Pezzato, e non vorrei essere un Nottambulo per nulla al mondo. Se potessi scegliere, vorrei essere un Sundario, ma naturalmente non mi capite. »

« E invece ti capisco benissimo, perché per gran parte della mia vita sono stato non solo un Sundario, ma anche uno dei massimi giudici imperiali di Thurazim », replicò Beck. Trasse un profondo respiro e spiegò: « Tu credi che per i Sundari sia tutto rose e fiori, ma guarda com'è infelice la loro vita. Sono sottoposti a continue 'purghe' che si concludono con processi pomposi e punizioni pubbliche. Vivono nella paura costante di essere tirati fuori dal letto e trascinati davanti a un tribunale in cui l'accusatore e il giudice sono la stessa persona. A prescindere da quanto siano leali e volenterosi, da quanto sia elevata la loro posizione e da quanto si siano resi benemeriti, possono essere arrestati e condannati in qualsiasi momento. Tra i lavoratori forzati delle piantagioni vi sono più Sundari che Selenari. Inoltre, non pochi Selenari sono ex Sundari». Rivolgendosi al raccoglitore, disse: «Dovrei spiegare ai Semifiniti chi sono, perché mi trovo qui e per quale motivo sono disposto a venire con voi e osteggiare Phuram dopo averlo servito fedelmente per gran parte della mia vita».

Ruadh alzò la testa di scatto e lo guardò, poi gli posò rapidamente la mano sul braccio. «Non ora, Beck. Sono stanchi e hanno bisogno di dormire. Racconterai loro la tua storia lungo la strada.»

Kaira si era incuriosita, ma era anche stremata, perciò fu contenta quando Beck annuì e disse: «Buona notte».

Gli alloggi dei Selenari erano nelle casematte, dove i figli della notte erano protetti dai raggi del sole. I quattro entrarono in un corridoio sotterraneo su cui si affacciavano porte a destra e a sinistra. Dietro ciascun uscio vi era una stanza senza finestre, non più grande di una cella, con un pavimento di sabbia ruvida su cui erano stese stuoie di paglia. L'arredamento consisteva di sottili materassi affossati e coperte che avevano visto giorni migliori.

«Se Beck è un Sundario apostata, non ha paura di essere scoperto mentre vive qui col suo vero nome, in un villaggio popolato da Sundari?» domandò Tataika.

Ruadh si strinse nelle spalle. «Il pericolo è ovunque, ma qui i Sundari sono così schiavi dell'olio di boccamiele da aver dimenticato chi era l'inquisitore Beck, e non immaginerebbero mai che l'oste Beck sia la stessa persona, anche perché il suo è un nome assai diffuso. E, per quanto vi riguarda, si fida di voi perché viaggiate con me e siete eletti.»

Poco dopo Kaira era sdraiata su una stuoia accanto a Tataika, che russava forte, e cercava invano di addormentarsi. La lunga marcia notturna l'aveva spossata, e il suo corpo desiderava solo rannicchiarsi e sprofondare in un sonno ristoratore. La sua mente non riusciva tuttavia a dimenticare che due piani più su vi era il villaggio inondato dal sole. Credeva di percepire la Stella Dentata attraverso i muri del rifugio... e di udirla: nella sua testa, infatti, vi era un sibilo simile a quello di una fiaccola che vagava alla ricerca di qualcosa. *Dov'è Kaira, dove sono gli altri? Dove trovo da mangiare?* Quella presenza misteriosa cercava un punto debole, non solo nei muri, ma anche in Kaira. Voleva penetrare a fondo nel suo cuore e illuminarlo.

Bianche dita infuocate cercavano una fessura, una finestrella lasciata aperta per errore, lo spiraglio di una porta. La luce tamburellava forte sui muri, furibonda e delusa perché non riusciva ad avvicinarsi agli esseri umani che dormivano nel ventre dell'edificio. Kaira avvertì la malvagità della luce e sentì che la cercava, un bianco uccello rapace dai denti fiammeggianti. *Cibo*, soffiava, *cibo*. La luce voleva pervaderla, voleva illuminare senza pietà gli angoli più reconditi della sua anima. Voleva conficcarle le dita nel petto, tra gli archi delle costole, attraverso i muscoli e i tendini, fino al cuore, per poi ardere là dentro fino a incenerirla.

Trascorse molto tempo prima che si addormentasse.

## IN VIAGGIO

Ruadh svegliò i suoi compagni non appena la Stella Dentata tramontò. « In piedi, gente. La strada è ancora lunga. »

I tre ragazzi avrebbero voluto continuare a dormire, ma il raccoglitore fu irremovibile. « Più a lungo ci fermiamo in un posto, e più è facile che ci trovino. Non possiamo essere sicuri che tra gli abitanti del villaggio non vi sia una spia pronta a denunciarci. Dobbiamo ripartire. » Se non altro diede loro la bella notizia che Beck li avrebbe condotti nel Deserto Blu col suo carro. Kaira tirò un sospiro di sollievo, perché dopo la lunga peregrinazione notturna e il riposo troppo breve si sentiva tutta indolenzita. I muscoli le dolevano a ogni movimento, e non riusciva a smettere di sbadigliare.

« Prima di partire possiamo almeno avere qualcosa da mangiare? » borbottò Tataika, strofinandosi gli occhi arrossati.

« Più tardi, lungo la strada. »

« E non ci laviamo? » protestò Thilmo, che prendeva molto sul serio certe questioni.

« Siamo nel deserto, ragazzo! » disse Ruadh prima di uscire.

Thilmo gli lanciò un'occhiata rabbiosa. « Non mi fido di lui », sibilò. « È un raccoglitore, l'avete dimenticato? Tutti sanno che sono criminali spietati, esperti di arti malvagie, infanticidi e avvelenatori. E noi dovremmo credergli perché si finge nostro amico? »

« Non penso che Volpe di Fuoco voglia ingannarci. Io mi fido di lui », obiettò Kaira.

« Anch'io. È in gamba », concordò Tataika.

Thilmo sbuffò con espressione sdegnosa.

Quando uscirono nel cortile mal illuminato, videro un carro con due goffi sauri da tiro: animali grassocci e dagli occhi torpidi, con squame color ruggine e ali atrofizzate che sventolavano nella brezza come foglie di palma appassite. Ruadh era accanto al veicolo e parlava con Beck, quasi irriconoscibile nel suo sgualcito mantello verde chiaro. Quando i Semifiniti si avvicinarono, l'oste indicò il pianale. «Davanti non c'è posto, perciò dovete salire dietro. Ho preso qualche coperta in caso abbiate freddo.»

Si arrampicarono sul pianale, in gran parte coperto di sacchi. Si erano appena seduti, quando il carro partì con uno strattone. La luce intensa delle fiaccole li inondò quando superarono la porta con le due sentinelle, ma subito dopo furono inghiottiti dall'oscurità. Vi era solo un cerchio di luce gialla dove la lanterna appesa al veicolo illuminava il lastricato della larga strada militare.

Rimasero tutti in silenzio per qualche tempo, ma poi Tataika disse: «Volpe di Fuoco, sei molto diverso da come immaginavo un Selenario».

L'uomo, di cui Kaira vedeva solo la sagoma scura, replicò: «E che cosa immaginavi?» Quando Tataika, imbarazzata, si rifiutò di confessare i suoi pregiudizi, il raccoglitore affermò: «La maggior parte dei Sundari e dei Pezzati ci disprezza, ma Datura è forse inferiore a Phuram? Sono gemelli, dotati della medesima forza e grandezza. È stato Phuram, non Datura, a tradire la sua natura originaria! Ecco perché lei è nobile e benevola, mentre lui è crudele e superbo. Si può guardare la luna senza restare accecati, ma non si può dire lo stesso del Divoratore di Anime. La Stella Vorace è pura luce, la luna ha macchie chiare e scure. La luna cambia costantemente la propria forma, può essere debole o forte, nascosta o ben visibile, mentre il Principe del Sole è immutabile. Phuram permea ogni cosa con la sua luce, la luna è così clemente da permettere l'esistenza delle ombre. La Stella Vorace non conosce nessuna pietà, la luna è indulgente. Datura inargenta ciò che è insignificante, cela ciò che è brutto, trasforma ciò che è monotono». Sospirò come sospira un uomo che si abbandona tra le braccia della sua amata.

Kaira non riusciva a vedere il suo volto, ma udì il tono caldo e felice della sua voce. Ripensò a quando si era inginocchiato sulla sabbia per pregare e aveva assunto un'espressione estasiata, come se fosse stato accarezzato da dita invisibili e delicate. Ruadh continuò a bassa voce, come se stesse leggendo una pergamena sacra: « In passato credevo che l'obiettivo supremo fosse essere impeccabili in tutte le cose. Oggi so che esiste una sola perfezione, ossia la capacità di accettare e amare l'imperfetto così com'è ».

Kaira si appoggiò a un sacco pieno di vecchi vestiti e ascoltò la sua voce calda e profonda. Non ricordava più quando fosse stata l'ultima volta che si era sentita così serena e protetta. Senza dubbio, pensò, Ruadh era felice nonostante la sua vita dura e pericolosa e le numerose umiliazioni che era costretto a subire. Fu sopraffatta dal desiderio di diventare come lui, calma e tranquilla davanti a tutte le difficoltà di un'esistenza sgradevole e faticosa. Ma come avrebbe potuto riuscirci?

Thilmo rimase impassibile. « I Sundari la pensano diversamente », osservò con freddezza.

Ruadh alzò le spalle e replicò: « Che cosa vuoi che me ne importi? » Aveva assunto un tono burbero, e Kaira ipotizzò che non avesse voglia di pronunciarsi sulle idee dei suoi acerrimi nemici. « I Sundari sono convinti che l'imperfetto non abbia diritto di esistere. Ecco perché sacrificano al sole tutto ciò che è imperfetto, offrendoglielo affinché lo distrugga. Sono come l'oro: alteri, superbi e inclementi. Non voglio aggiungere altro. »

Thilmo, tuttavia, non si arrese e lo accusò di essere limitato. « I Sundari sono nobili, perché vedono lo splendore e la maestosità di Phuram come l'incarnazione di tutto ciò che è luminoso e benevolo. Non a caso il loro simbolo è l'oro puro, la cui autenticità viene controllata tra le fiamme di un forno, perché non vi è nulla di più nobile dell'oro », dichiarò.

Ruadh si mise a urlare così forte che le due ragazze trasalirono. « Oro! Oro! Maledetto oro! » gridò. « A cosa serve? Puoi mangiarlo? Puoi berlo quando ti sei smarrito nel deserto e hai la lingua gonfia per la sete? Ti riscalda quando trascorri una gelida notte sulle montagne? Ti consola quando piangi? E che cosa ci ha portato lo splendore di Phuram? Ha trasformato un mondo rigoglioso in un deserto, e tra le fiamme del suo forno brucia tutto ciò che Chatundra aveva di vivo, piacevole e accogliente. Maledetto oro! Che cosa mi ha dato? »

Si coprì il volto con un gesto di profonda disperazione, ma, prima che qualcuno provasse a consolarlo, trasse un lungo respirò e raddrizzò le spalle. « L'oro non vale nulla », disse con una voce rauca che si sforzava di essere tranquilla, ma era ancora scossa da un leggero tremito. « È prezioso solo perché qualcuno dice che lo è, e lo splendore di Phuram è diventato una maledizione quando il sole, spinto dalla superbia e dalla sete di potere, ha raddoppiato le sue dimensioni. Non parlare di cose che non conosci, ragazzo. » Quindi si chiuse in un silenzio ostinato.

Kaira appoggiò il braccio alla sponda del carro e scrutò il deserto con espressione pensosa. Trasalì quando, accanto alla strada militare, vide lo scheletro ripugnante e arruffato di un uccello grande come un'aquila, che da vivo doveva essere stato un animale spaventoso. Il becco era lungo quanto il suo avambraccio e appuntito come un chiodo, e le orbite rotonde degli occhi fissavano il vuoto.

Dopo qualche tempo Ruadh ricominciò a parlare. Si era rabbonito e, sforzandosi di essere conciliante, disse: « È giunto il momento che vi racconti tutto ciò che dovete sapere ».

Parlò loro del grande impero dei draghi, di Wyverna, di Luind e del suo lontano discendente Androgino, della ribellione di Drydd alle sue sorelle, della perfidia con cui Zarzunabas aveva forgiato le spade avvelenate, della battaglia tra il Principe del Sole e la Triade e della maledizione con cui la Madre Cosmica aveva punito gli stolti e i ribelli. Accennò ai draghi nobili, di cui restavano solo pochi esemplari, agli Stregoni degli Inferi nel Sud e agli urlanti demoni delle nevi nel Nord, alle astuzie della malvagia imperatrice Iwara e all'importante missione dei Tredici.

Kaira ascoltò con attenzione, ma quelle parole le sembrarono irreali quanto il tessuto colorato di un arazzo, e stentava a credere che la sua vita fosse intrecciata tra quei fili.

## LA RIUNIONE DEI SELENARI

Non avevano fatto molta strada, quando Beck deviò all'improvviso e imboccò una pista appena visibile sotto la luce della luna. Kaira si raddrizzò, allarmata. «Dove stiamo andando, Volpe di Fuoco?»

«A una riunione dei Selenari», rispose il raccoglitore. «Ci farà bene recuperare le forze prima di proseguire.»

Il carro si fermò in una valle a forma di U, circondata su tre lati da ripide pareti di roccia friabile. A quanto sembrava, in passato quella era stata una cava di pietra, perché vi erano ancora alcune strutture di legno adatte a offrire protezione dal Principe del Sole. Kaira vide che vi erano già diversi carri trainati da sauri. Numerose persone erano in piedi o sedute intorno a un fuoco su cui fumava un pentolone annerito dalla fuliggine. Si udiva una musica cupa e monotona, e la ragazza notò che i musicisti soffiavano nei tubi ronzanti.

Molti ospiti arrivarono di corsa quando videro Beck. Lo abbracciarono e gli diedero qualche pacca sulla spalla, e l'oste reagì a quell'accoglienza calorosa con una delicatezza e un entusiasmo che Kaira non aveva mai veduto in un uomo. Le persone erano tutte vestite di stracci e probabilmente non si lavavano da giorni, ma sembravano cordiali, e la giovane sentì che il battito del suo cuore impaurito rallentava. L'idea di una riunione segreta non era rassicurante, ma, poiché quegli individui erano amici di Ruadh, pensò di potersi fidare e abbozzò un timido sorriso.

«Che belle ragazze hai portato, Volpe di Fuoco», osservò una donna, accarezzando con ammirazione i lunghi capelli di Tataika. «Che la Vecchia Signora le protegga affinché superino incolumi tutte le porte! Ma venite, la cena è pronta. Siete gli ultimi, aspettavamo solo voi.»

Quando si avvicinarono al fuoco, Kaira sentì il profumo che saliva dal pentolone: l'aroma di uno stufato molto saporito, in cui le parve di riconoscere l'odore del cardamomo e del ginepro. Prese con esitazione la scodella che le porsero. Si trattava davvero di carne condita con una salsa piccante e dolciastra. Qualcuno distribuì schiacciate chiare e sottili che evidentemente erano appena uscite dal forno. I Selenari le usavano a mo' di cucchiaio: le arrotolavano a formare un cartoccio e le utilizzavano per raccogliere il cibo dalle ciotole.

La pietanza era calda e speziata, tanto che Kaira cominciò a sudare e ad avere i brividi lungo la schiena, e ogni boccone le procurava strane visioni. Le spezie la scaldarono dall'interno, dandole tanta forza che fu tentata di saltare su, urlare e girare come una trottola solo per sfogare quell'energia. Aveva paura, ma allo stesso tempo sperava che le avrebbero dato una seconda porzione. Non si era mai sentita così forte e coraggiosa in vita sua.

Ruadh le diede una pacca sulla spalla. « Dimmi, ti piace? Ti brillano gli occhi. »

Kaira non avrebbe saputo descrivere l'effetto del cibo, così farfugliò: « È molto piccante. Mi formicola tutta la pancia ».

Ruadh rise. « Sì, anche a me, e anche la testa e il cuore. Ecco perché la chiamiamo 'carne infuocata'. E la schiacciata si chiama 'pane dei cinque giorni', perché ti dà vitalità e allegria per cinque giorni. »

La donna dai capelli biondi e arruffati s'intromise nella conversazione. « Dentro vi sono alcune erbe e spezie che hanno un particolare effetto. » Si rivolse a Kaira. « Questo cibo risveglia le forze nascoste dentro di te, arriva in fondo alla tua anima e apre porte chiuse da tempo. Non può donarti nulla che tu non abbia già, ma, se ciò che possiedi è sotto chiave, riesce a girare quella chiave e a spalancare l'uscio. Capisci che cosa intendo, ragazza, vero? »

« Sì. » Kaira rispose meccanicamente, anche se non avrebbe saputo spiegare che cos'aveva capito. La carne la rendeva forte e vigile. Le spezie destavano sensazioni nuove e inaspettate, sicché iniziò a pensare cose che non aveva mai pensato. Lo stesso valeva per il pane. Le regalava tanta energia da convincerla di poter essere davvero vitale e allegra per cinque giorni.

Nel frattempo origliò anche altre conversazioni. Per esempio, udì un bruttissimo ragazzo dall'altra parte del cerchio che si rivolgeva al suo vicino. « Ehi, giurerei di averti già visto. Eri un Sundario e davi la caccia ai ladri a Burnach, giusto? Se la memoria non m'inganna, eri un tipo spietato. »

L'ex Sundario abbassò lo sguardo con aria avvilita. « Vi ho fatto molto male, ma è stato prima che la luna cambiasse. In futuro voglio rimediare. »

« Tutti commettiamo degli errori », lo consolò l'altro. « Non esiste una vita senza errori. » Gli mise il braccio intorno alle spalle e gli porse una coppa di stagno. « Coraggio, bevi. Ciò che hai fatto è accaduto prima del novilunio. Oggi splende un'altra luna. »

Tataika sussurrò al raccoglitore: « Accogliete persone come quelle dopo tutto ciò che vi hanno fatto? »

Ruadh si strinse nelle spalle e tornò a concentrarsi sul cibo. « Tutti sbagliano, ed è irrilevante se sbagliano perseguitandoci o facendo qualcos'altro. »

« Ma non vengono messi alla prova? Non devono prima dimostrare la loro lealtà? »

« Non da noi, e non nei nostri confronti. La Vecchia Signora nel cielo brilla per tutti. Non devi credere che odiamo i Sundari, Tataika. Stiamo alla larga da loro per non correre rischi e, finché ci affrontano come nemici, li evitiamo. Ma, quando non vogliono più essere nostri nemici, li accettiamo, perché, più che temerli, li commiseriamo. »

I Selenari se la presero comoda, aspettando che anche il più lento finisse di mangiare. Intanto fecero passare alcuni otri pieni di una bevanda dall'effetto altrettanto sorprendente. Quando veniva versata in una ciotola o in una coppa, schiumava come la birra, e aveva un sapore amaro e un color ruggine simili a quelli del tè. Quando Kaira la bevve, ebbe la sensazione che un calore incandescente si diffondesse nel suo corpo, dalla gola alla punta dei piedi.

La donna bionda si chinò verso Ruadh e gli chiese qualcosa a bassa voce. Il raccoglitore esitò per un istante, quindi annuì e si alzò. Si diresse a lunghi passi verso un masso piatto, vi salì sopra e si mise in posa come se volesse tenere un discorso.

Calò subito un silenzio impaziente. Tutte le conversazioni

s'interruppero, e i presenti si girarono per vedere meglio. Kaira pensò che Ruadh stesse per dire qualcosa, invece l'uomo cominciò a spogliarsi.

Tataika ridacchiò, ma tutti gli altri rimasero chiusi in un silenzio solenne, come se stessero assistendo a una messa. Ruadh si tolse con gesti cerimoniosi una dozzina di strati color sabbia – tra cui anche un buffo paio di mutandoni – e, quando si sollevò l'ultima camicia sopra la testa, Kaira lanciò un grido di stupore.

A eccezione della faccia, delle mani, dei piedi e dei genitali, ogni centimetro della sua pelle era decorato di fantastici ornamenti multicolori che si muovevano senza sosta. Dapprima Kaira pensò che il tremolio del fuoco l'avesse ingannata, ma poi vide che i disegni cambiavano davvero. Si spostavano sulla sua pelle come nuvole che si rincorrono in un cielo rischiarato dalla luna, assumendo forme sempre nuove ma raccontando sempre la stessa storia. La giovane non riuscì a capire che cosa raffigurassero le singole immagini – erano troppo minuscole e complicate, e mutavano troppo rapidamente per poterle seguire –, ma sembrava che i Selenari lo sapessero. Annuivano, sorridevano e lanciavano occhiate cordiali all'uomo nudo, occhiate che lo abbracciavano e lo tenevano stretto, che lo baciavano e lo accarezzavano.

Ruadh rimase immobile. Aveva allargato le mani coi palmi rivolti verso l'alto, arrovesciato la testa e puntato lo sguardo verso il cielo, in cui l'Uovo di Drago ardeva in tutta la sua maestà e il suo splendore. Ognuno restò al suo posto. Il silenzio era così assoluto che Kaira udiva gli schiocchi e gli scricchiolii dei rami nel fuoco. Tutti erano assorti nei loro pensieri: pensieri felici, perché i loro volti erano calmi e sereni.

Ogni tanto qualcuno si alzava, si avvicinava al masso e si spogliava, mostrando un altro corpo decorato di magnifici ornamenti. Rimanevano tutti zitti, con la testa alzata e le mani allargate.

Kaira non avrebbe saputo dire quanto tempo fosse trascorso. Il fuoco si spense, e Ruadh restò sotto la chiara luce della luna. La ragazza aveva immaginato che i tatuaggi avrebbero perso ogni colore non appena le fiamme si fossero spente, ma accadde l'esatto contrario. Sotto i raggi lunari scintillavano come se fossero stati disegnati col fuoco liquido. Ogni arabesco continuò a brillare mentre si trasformava a velocità incredibile. Era, pensò Kaira, come cercare di seguire con lo sguardo le faville di uno spettacolo pirotecnico. Era convinta che i disegni raccontassero una storia: una storia che avrebbe voluto leggere, ma che continuava a sfuggirle.

Poco dopo si accorse che il cielo non era più come prima, perché ai bordi della sua distesa nera erano comparse sfumature viola. I Selenari percepirono l'avvicinarsi dell'alba. Ruadh si riscosse di colpo dalla sua estasi, si chinò e si rivestì, mentre gli altri saltarono su e recuperarono giacche, borse e stoviglie. Di lì a poco la solenne comunità si era tramutata in una moltitudine irrequieta che correva in tutta fretta verso le baracche. Ruadh arrivò di corsa, chiudendosi le ultime fibbie della giacca e dei pantaloni. «Forza!» gridò, indicando le casupole. «Dobbiamo sbrigarci, se vogliamo essere al riparo prima dell'alba.» Kaira si rifugiò con tutti gli altri in una delle costruzioni, il cui interno si componeva di un'unica lunga stanza senza mobili né suppellettili. Le uniche due finestrelle erano chiuse da dentro con imposte di legno, e il locale aveva un odore stantio d'immondizia essiccata e legna asciugata sotto il sole.

L'ultimo a entrare sprangò la porta e, sapendo di essere al sicuro dalla luce abbagliante, tirarono un sospiro di sollievo. Qualcuno accese una fiaccola. Tutti presero a muoversi nel tenue chiarore giallo e rossiccio per trovare un posto comodo in cui dormire. Kaira fu sballottata qua e là finché Ruadh non si assicurò un angolo per sé e i suoi compagni. La giovane fu spinta così forte contro di lui da ritrovarsi con la testa sulla sua spalla. Tataika era riuscita a occupare lo spazio dall'altra parte cacciando via senza tante cerimonie alcuni Selenari che l'avevano adocchiato.

Kaira provò una nuova fitta di gelosia e, anche se non era facile, tentò di avvicinarsi il più possibile a Ruadh ostentando indifferenza. Nulla sarebbe stato più penoso dell'eventualità che il vagabondo intuisse il suo desiderio. Avrebbe creduto di piacerle, e quella era l'ultima cosa che doveva pensare.

Quando il raccoglitore si accorse della sua vicinanza, non

fece nessun commento. Si girò e si rigirò finché non trovò una posizione comoda sulle assi dure e polverose, e si addormentò prima che qualcuno spegnesse la fiaccola dall'altra parte del locale. Kaira rimase sdraiata nell'oscurità col naso appiccicato alla sua manica e assaporò l'odore caldo e dolce di legna e foglie secche che saliva dalla stoffa logora. Le sue emozioni erano in subbuglio. Allungò la mano con prudenza verso la manica dell'uomo e, sotto gli spessi strati di vestiti, sentì chiaramente il forte muscolo del suo braccio.

Non aveva molta esperienza con l'altro sesso, ma ne aveva abbastanza per sapere che non si era mai sentita così. Alcuni dei ragazzi che aveva conosciuto le piacevano, ma allo stesso tempo le suscitavano paura e repulsione. Ruadh, invece, le trasmetteva calore e sicurezza. Anche se all'inizio le era sembrato strambo ed enigmatico, ora aveva l'impressione di conoscerlo da sempre. Avvertì ancora il lieve odore dei suoi indumenti, un odore che le risvegliò i ricordi dell'infanzia: legno caldo e mele in una cantina fresca. Si domandò se lo sentisse anche Tataika.

Ruadh, che dormiva già della grossa, mormorò qualcosa d'incomprensibile e si rigirò, infilando improvvisamente la mano nella sua. La ragazza si spaventò così tanto da non riuscire a muoversi, ma poi strinse le dita con cautela. La mano del raccoglitore era forte, calda e un poco ruvida. Kaira vi premette contro la guancia, si raggomitolò e chiuse gli occhi.

Fuori, le prime rabbiose dita di luce accarezzavano i muri, riscaldavano il vecchio intonaco giallo e cercavano un modo per entrare, ma questa volta Kaira non ebbe paura. Si addormentò. A turbare la sua felicità vi era solo il pensiero che forse anche Tataika stesse stringendo una mano calda e ruvida.

Kaira si svegliò quando gli altri cominciarono a muoversi, stiracchiandosi e chiacchierando a bassa voce. Aprì gli occhi e vide che qualcuno aveva acceso una fiaccola. Le ombre danzavano sulle pareti mentre i Selenari recuperavano borse e vestiti. Poi la porta si spalancò, e il dolce e confortante chiarore del Sole Notturno entrò nella stanza con una folata d'aria fredda.

Al posto della colazione bevvero solo qualche sorso d'acqua tiepida e scipita. I Selenari si accomiatarono con molti baci e abbracci, scambiandosi cenni di saluto mentre montavano sui carri. I quattro salirono sul pianale, e il veicolo imboccò la pista.

Kaira cercò un posto comodo tra i sacchi. Chiuse gli occhi e sentì il vento freddo che le accarezzava il viso. Avrebbe voluto fare molte domande, ma non ne ebbe il coraggio. Era tutto così insolito e meraviglioso che preferì tacere.

Tataika, che era meno riservata, chiese: « Come ti sei fatto quegli splendidi tatuaggi, Volpe di Fuoco? E perché si muovono? »

L'uomo esitò prima di rispondere. Era evidente che non ne parlava volentieri. Alla fine, con un notevole sforzo, spiegò: « Dai Selenari ho imparato che non esistono persone forti o deboli. La luna non è piccola né grande. Quando è piena, si riduce subito a una falce e, quando sembra scomparire completamente, ricompare poco dopo e s'ingrandisce. Ho compreso che l'opinione altrui non è importante, ma questa conoscenza è stata messa a dura prova, perché un giorno la Vecchia Signora mi ha detto: 'Per svolgere il tuo compito, devi avere il cuore sulla pelle. Tutto ciò che è dentro di te dev'essere visibile anche da fuori'. È stata la prova più difficile che abbia mai dovuto superare ».

Tataika borbottò qualcosa. Kaira non parlò, ma capiva benissimo lo stato d'animo di Ruadh, perché trovava agghiacciante il solo pensiero di mostrare tutto ciò che aveva dentro di sé, tutte le stupide idee per cui era stata derisa e criticata così spesso. Chissà che cosa sarebbe accaduto se tutti avessero potuto vederle!

« Così ogni emozione che si agitava nel mio cuore è stata esternata », continuò il raccoglitore. « I Selenari la chiamano 'pelle dell'anima'. Non è sempre visibile. Compare solo di notte, e solo in presenza di amici che ci amano e sotto la luce dell'astro che ci protegge. Infatti, osiamo mostrarci completamente nudi solo quando siamo circondati da indulgenza e comprensione. Sotto la luce del sole i disegni sono solo graffi confusi. »

La voce acuta di Thilmo aveva un tono chiaramente irritato. « Tu la chiami indulgenza, ma io direi che vi perdonate a vicenda perché ciascuno di voi ha molte cose da nascondere. »

« No », lo contraddisse Ruadh. « Non perché abbiamo qualcosa da nascondere, bensì perché sappiamo che non spetta a noi giudicare gli altri. Vedo gli ornamenti sulla pelle di un'altra persona e non faccio commenti, perché so che anche lei mi può vedere in quel modo. »

Rimasero in silenzio per qualche tempo, ascoltando il trotto regolare dei sauri e il fischio del vento. Alla fine Ruadh confessò sottovoce: « Quando sono andato per la prima volta a una riunione dei Selenari, avevo una paura terribile. Immaginavo che tutti mi avrebbero fissato a bocca aperta e avrebbero fatto osservazioni maligne sul mio conto. Anche se avevano commesso degli errori a loro volta, pensavo, nessuno era cattivo quanto me. Mi avrebbero detestato e disprezzato quanto io detestavo e disprezzavo me stesso. Quando sono salito sul masso, sono scoppiato a piangere per la vergogna. Mi sono spogliato e sono rimasto nudo sotto quegli sguardi estranei, come un criminale messo alla gogna.

« Ho visto i Nottambuli seduti intorno al fuoco e ho cercato con gli occhi la prima donna che mi avrebbe guardato con odio, il primo uomo che avrebbe inveito contro di me o mi avrebbe scagliato addosso una pietra. Invece, sono rimasti seduti ad annuire e sorridere, e ogni uomo e ogni donna che guardavo negli occhi rispondeva al mio sguardo con affetto e comprensione. Non riuscivo a capire. Per molto tempo ho creduto che non avessero afferrato il significato dei tatuaggi, che non avessero visto quanto ero colpevole. Solo in seguito ho compreso che avevano visto e capito ogni cosa, e che mi amavano tutti ».

« Stento a credere che tu abbia fatto qualcosa di davvero cattivo », mormorò Tataika. « Insomma, sei una persona che... di cui ci si può fidare. E lascia che te lo dica: io non mi fido facilmente degli uomini! »

« Mi guardi con occhi amorevoli ma offuscati, Tataika », replicò il raccoglitore. Poi tacque, e Kaira ebbe la sensazione che fosse assorto in pensieri cupi e angosciosi.

Il carro risalì un'altura e, quando riprese a scendere, la giovane vide un gruppo di edifici. Erano tutti di basalto scuro, molto più alti e massicci delle case di mattoni tipiche del deserto. Sembravano completamente abbandonati, perché non si vedeva nessuna luce.

« Che cos'è? » domandò Thilmo.

« Fort Zurram. Un avamposto dei Sundari, anche se dimenticato da tempo », rispose Ruadh. « Lo usiamo per riparaci dal sole, ma non ci piace dormire tra le rovine. Si dice che qui si facciano brutti sogni. »

« Io li faccio anche altrove », mormorò Tataika mentre scendeva dal pianale con le gambe rigide. « Ma hai ragione, non sembra molto ospitale. »

Kaira era d'accordo. Tra gli edifici sorgevano quattro alte torri a gradini che parevano ancora più sinistre delle case rettangolari, e la ragazza non poté fare a meno di pensare che, nonostante la desolazione generale, là dentro vivesse ancora qualcosa: qualcosa con cui non voleva avere nulla a che fare.

Ruadh assentì in silenzio e li spinse frettolosamente oltre la porta, di cui restavano solo alcune aste di ferro sghembe.

Ordinò loro di tenere gli occhi aperti e di raccogliere tutti i pezzettini di legno che fossero riusciti a trovare. Ben presto Kaira si rese conto che quel compito non era per nulla facile. Dove prima vi erano porte o persiane, ora vi erano solo aperture in cui il vento aveva ammucchiato la sabbia, perché nel deserto il legno era prezioso. I Selenari che si erano accampati tra le rovine avevano usato come legna da ardere ciò che gli abitanti dei villaggi vicini non avevano portato via. Scavarono tra la sabbia, esplorarono baracche mezze crollate e sinistri ingressi simili a caverne, esaminarono mucchi di spazzatura, ma impiegarono un'ora buona per racimolare una bracciata di legna, tutta schegge e trucioli. Evidentemente le casupole non erano più una base militare da tempo, perché negli angoli si accumulava l'intonaco scrostato, e al centro di una stanza giaceva lo scheletro di un animale simile a una lepre, con le ossa bianche lucide come avorio.

Era facile dedurre che l'insediamento era stato un forte modesto, perché le case non avevano decorazioni. Tuttavia, dopo aver percorso diversi corridoi, sbucarono in uno spazioso cortile illuminato dalla luna, al cui centro si ergeva una statua che rappresentava un realistico milledenti alto quindici passi e coperto di squame dorate.

Quando Kaira vide il mostro, si fermò senza volerlo, perché la bestia sembrava fissarla coi suoi occhi maligni e pieni di bagliori metallici.

Anche Ruadh si era fermato. Indicò il cranio scintillante che si stagliava sopra di loro. « Questo è l'animale araldico dei Sundari, perché, come la Stella Vorace, divora tutto ciò che è piccolo e debole, e distrugge tutto ciò che non resiste alla sua forza e alla sua furia. Guardate laggiù. » Additò una colonna di pietra al centro dello spiazzo, dotata di una trave da cui pendeva una gabbia alta quanto un uomo. « Quando i Sundari catturano un criminale, o quello che loro considerano un criminale, lo chiudono in una gabbia e lo abbandonano al sole vendicatore, che lo divora, facendolo prima morire di sete e poi disidratandolo completamente. Quando ha compiuto la sua opera, resta solo una mummia marrone e disseccata. »

Proseguì verso l'oscurità tra gli edifici, ma Kaira non poté fare a meno di lanciare un'occhiata alla gabbia e d'immaginare come sarebbe stato essere circondata dalle sbarre e sentire tutta l'acqua del suo corpo evaporare sotto la tremenda luce del sole. E chi le garantiva che quello non fosse il destino atroce cui stavano andando incontro?

Ruadh li guidò in una costruzione buia e umida. Kaira ebbe

la sensazione che nell'oscurità dimorassero esseri invisibili e silenziosi come falene, intenti a fissare gli intrusi da un'altezza vertiginosa e a parlottare con le loro vocette sottili. Tirò un sospiro di sollievo quando il raccoglitore sollevò la fiaccola e cominciò a scendere una strada stretta e ripida.

Sagome grottesche danzavano sulle pareti mentre i cinque procedevano lentamente. La luce delle torce, pallida e debole come un fuoco fatuo, non era per nulla rassicurante, anzi faceva sembrare la volta ancora più insidiosa e sinistra. Kaira immaginò che oltre alle loro ombre ve ne fossero altre - sbiadite e indistinte, accovacciate negli angoli o impegnate a fluttuare nell'aria -, ma non sapeva se quegli spettri fossero solo frutto della sua fantasia. Da quando Ruadh aveva raccontato loro le antiche leggende, aveva la testa piena di draghi, cavalieri, mostri e strane creature, perciò non si sarebbe meravigliata se alcuni di quegli esseri fossero usciti dalla sua mente e si fossero messi a svolazzarle intorno.

Il raccoglitore li condusse in una stanza in cui senza dubbio avevano alloggiato numerosi Selenari. In un angolo vi erano i resti di un fuoco il cui fumo aveva lasciato sulla parete una lunga traccia a forma di fiamma. Lungo il muro erano stese molte stuoie uguali a quelle che Kaira aveva veduto nel rifugio di Kum, e su ciascuna era posata una coperta consunta. Al centro del locale s'innalzava un muretto circolare la cui apertura era chiusa da un pesante coperchio di legno. Là sopra era appoggiato un secchio legato al bordo del pozzo con una corda arrotolata.

Non trascorse molto tempo prima che nell'angolo scoppiettasse un altro fuoco e Ruadh e Beck si accingessero a spostare la botola massiccia, che scivolò di lato facendo uscire una folata d'aria fredda e umida. Kaira udì il secchio che sbatteva contro la parete mentre Ruadh lo calava lentamente. Poi vi fu un tonfo e il contenitore risalì piano. L'uomo vi sbirciò dentro, quindi prese un poco d'acqua e l'assaggiò con prudenza. Il suo volto si rilassò. « È tutto a posto », disse.

Mentre mangiavano, Thilmo osservò: « Volevi raccontarci la tua storia, Beck. Intendi mantenere la tua promessa? »

L'altro non gradì il suo tono, ma si limitò ad annuire.

Ruadh gli posò una mano sul braccio. «Sarà straziante», sussurrò.

Beck chiuse gli occhi per un momento, come se dovesse soffocare un intenso dolore. «Lo so», disse. «Ma voglio farlo ugualmente.»

Ruadh assentì in silenzio, e l'ex Sundario cominciò a raccontare.

«Fino a pochi anni fa ero un inquisitore imperiale d'alto rango. L'imperatore Hugues, che conosceva la mia lealtà e la mia devozione al Principe del Sole, mi ha inserito in una commissione speciale incaricata d'indagare sui crimini più segreti dei Selenari e di redigere un rapporto. Mi sono messo all'opera con grande zelo... Non c'era nessuno che interrogasse così tanti prigionieri, ascoltasse così tanti testimoni e studiasse così tanti documenti. La mia rabbia e la mia repulsione verso i Nottambuli che commettevano crimini così efferati crescevano di giorno in giorno, ma poi, in una notte di luna piena, è accaduto qualcosa di strano.»

Chiuse gli occhi e parve tornare col pensiero a quella notte. Nessuno osò disturbarlo. Le due ragazze aspettarono in silenzio, e Thilmo fissò il pavimento con aria cupa. La sua espressione indicava quanta ripugnanza provasse nei confronti dell'apostata, ma non aprì bocca. Beck era un uomo che incuteva soggezione, a prescindere dal fatto che fosse un Sundario o un Selenario.

Trascorse parecchio tempo prima che continuasse il racconto. «Come a tutti i Sundari, mi era proibito lavorare durante la notte, e soprattutto durante quelle di luna piena. In seguito mi avrebbero detto che, quando avevo violato quel divieto, ero stato vittima di una maledizione... A ogni modo dovevo ancora esaminare un'intera pila di testimonianze e ho perso la cognizione del tempo. Quando ho alzato lo sguardo, ho visto che era calata l'oscurità e i raggi lunari filtravano dalla mia finestra. Sono stato sopraffatto dalla paura, ma anche da una strana malia. Ho spento la luce e sono rimasto immobile con lo sguardo puntato sull'enorme sfera che saliva lentamente nel cielo. I miei pensieri sono volati verso i luoghi più improbabili. Poi mi è venuto in mente che avevo sentito numerose testimonianze sulla perfidia dei Nottambuli, ma che nessuno aveva mai trovato la benché minima prova tangibile. Centinaia di persone - Sundari e Pezzati - mi avevano riferito che i figli della notte rapivano i Semifiniti e commettevano molti altri crimini gravi, anzi che erano tutti assassini e avvelenatori. A un tratto mi è parso sconcertante che così tante persone fossero state condannate solo sulla base delle testimonianze, senza alcuna prova convincente. Non ci crederete, ma prima non ci avevo mai pensato. Per me era incontestabile che i Nottambuli commettessero continuamente crimini gravissimi. Era sufficiente che tutti ne parlassero, che i testimoni facessero le loro dichiarazioni e che le piantagioni di boccamiele fossero piene di Selenari. Le voci contengono sempre un fondo di verità, mi ero sempre ripetuto. Ora, per la prima volta, iniziavo a dubitarne. »

Fece un'altra lunga pausa. Kaira lo immaginò mentre sedeva in una torre di vetro e guardava la sfera scintillante della luna. Lo vide rimuginare e concentrarsi su pensieri nuovi e sconosciuti... e cadere vittima del fascino esercitato dall'astro luccicante.

Beck continuò lentamente e con voce cupa: « Ho cominciato a fare ricerche. Più studiavo, e più capivo che vi erano molte prove di piccoli crimini, ma nessuna di rapimenti, avvelenamenti o sacrifici umani. Mi sono rivolto al mio superiore, uno dei più illustri inquisitori imperiali. Sono andato da lui con tutti i documenti e gli ho chiesto come fosse possibile che, nonostante le mie ricerche accurate, non avessi trovato nessun indizio su tutti quei crimini ripugnanti. Mi ha risposto che i Nottambuli erano maestri dell'inganno e conoscevano migliaia di trucchi per cancellare le loro tracce. Anzi, l'assenza di prove era la prova più schiacciante: non dimostrava forse quanto fossero perfidi e subdoli? Chi era capace di nascondere tutti quei crimini efferati doveva essere molto pericoloso.

« Poi mi ha domandato come e quando mi fosse venuto in mente di cercare le prove. Ha notato il mio imbarazzo, perché sapevo di aver violato una legge restando sveglio fino a tarda notte e ammirando la luna piena. Sia come sia, mi ha torchiato e, poiché avevo paura, ho confessato tutto. Mi ha rimproverato, ma sembrava non avere altri sospetti. Tuttavia, poco dopo mi sono accorto di essere osservato. Poi non è trascorso molto tempo prima che mi arrestassero. Non riuscivo a capire di cosa fossi accusato. Una dozzina di persone che conoscevo solo di vista ha testimoniato contro di me, incolpandomi dei crimini più incredibili. Mi hanno definito un avvelenatore, un vampiro, un rapitore di bambini e un esperto di magia nera. Hanno giurato di avermi visto mentre commettevo quei reati. Ho capito che per me era finita. Mi avrebbero dichiarato colpevole e gettato in pasto all'Animale della Giustizia, perché non mi ero macchiato solo di empietà, ma anche di alto tradimento ».

Tataika, che era impaziente di conoscere la fine della storia, chiese: « Ma allora come mai ti trovi qui? »

« Lo devo a mia moglie Nevla », rispose Beck, e per un attimo gli passò sul volto un'espressione di profondo amore e tenerezza. « Faceva la secondina nel carcere sotterraneo in cui ero tenuto in custodia preventiva, e si è innamorata di me. Mi ha aiutato a evadere ed è fuggita anche lei. Ci siamo nascosti nelle catacombe. All'inizio eravamo come due animali impauriti, perché, anche se non credevo più ai crimini diabolici dei Nottambuli, non provavo nessuna simpatia per loro e non mi aspettavo che loro ne provassero per me. Se all'epoca non avessi incontrato Volpe di Fuoco, a quest'ora sarei morto. Sapeva chi ero, ma mi ha teso la mano. »

Per un istante appoggiò la testa sulla spalla del raccoglitore, e Ruadh lo cinse col braccio e lo tirò a sé. Kaira, che non aveva mai veduto una simile dimostrazione d'affetto tra uomini, si sentì molto in imbarazzo. Era contenta che fosse buio e che nessuno dei due potesse vedere il rossore delle sue guance.

Thilmo stava per dire qualcosa, ma Ruadh lo zittì con un gesto brusco. « Non voglio sentire niente, ragazzo. Ora, voi Semifiniti, stendetevi e dormite. »

# BEPHZA

Bephza, appollaiato sull'alto palo che reggeva la gabbia, aspettava con impazienza. Era di pessimo umore. Aveva dovuto rinunciare all'inseguimento quando Viborg era arrivato a Chiritai, perché il cavaliere dormiva al chiuso ed era circondato giorno e notte dal suo seguito. Il suo lacchè dalla barba grigia dormiva ai piedi del letto, e davanti alla porta vi erano alcuni cani con la loro padrona. Ormai il drago-cadavere aveva capito che anche la sua seconda preda non sarebbe stata facile da catturare. Nel deserto era stato sul punto di colpire i tre ragazzi disarmati - ucciderli non sarebbe stato difficile -, quando era comparsa la manticora. Il villaggio gli era parso troppo affollato, e durante la riunione dei Selenari si era creata un'atmosfera intollerabile, che gli aveva impedito persino di materializzarsi.

A Fort Zurram, però, era nel suo elemento, ed era convinto che questa volta sarebbe filato tutto liscio. Sapeva che gli esseri umani preferivano urinare lontano da sguardi indiscreti e che prima o poi l'uomo sarebbe uscito da solo. Quando non l'avessero visto tornare, gli altri sarebbero andati a cercarlo, ma nel labirinto non sarebbe stato facile trovare il cadavere, e Bephza era sicuro che avrebbe avuto abbastanza tempo per scuoiarlo e decapitarlo. Ridacchiò immaginando la faccia che avrebbero fatto quando, invece del loro amico, avessero trovato un corpo senza testa e senza pelle.

Poi trasalì. I suoi sensi acuti percepirono un movimento in lontananza. Si stava avvicinando un gruppo di esseri umani: molti esseri umani, che portavano con sé alcuni cani da guerra. Si alzò in volo con un sibilo rabbioso e divenne invisibile. Era forse quella l'opportunità che aspettava? Là, nella desolazione più profonda, una schiera di Sundari armati fino ai denti vagava nella notte.

## TRADITI E VENDUTI

Kaira si era assopita accanto al fuoco. Trasalì quando si accorse che Ruadh si alzava a sedere di colpo e tendeva le orecchie. Beck fece lo stesso. I due uomini si scambiarono un'occhiata. «Che la luna ci aiuti! Non avrei mai immaginato che controllassero ancora il forte dopo tutti questi anni. Oppure qualcuno ci ha traditi?» sussurrò Beck in tono angosciato.

Ruadh non rispose. Si alzò di scatto e colpì bruscamente col piede prima Tataika e poi Thilmo. «Svegliatevi!» bisbigliò. «Abbiamo visite.»

Ora anche Kaira udì un rumore di passi pesanti al piano di sopra. Un cane abbaiò, e la ragazza saltò su, raggelata dalla paura. «Chi è?» balbettò.

«Sundari. Una pattuglia.» La preoccupazione di Ruadh era palese. «Tenete la bocca chiusa, d'accordo? Se v'interrogano, sapete che cosa dire. Tre piccoli Pezzati in viaggio verso la capitale per cercare lavoro. Beck si chiama Drumm e fa il rigattiere. Molto probabilmente ci lasceranno in pace.»

«Non possiamo fuggire?» mormorò Tataika.

«No, è troppo tardi. Fate parlare me. Più sembrate stupidi, e meglio è.»

Intanto lo scalpiccio si avvicinò e un cane latrò forte.

Kaira si premette contro il muro. Si sforzò di essere coraggiosa, ma il suo corpo non le obbediva: tremava da capo a piedi e aveva un nodo alla gola. Ripensò all'orribile gabbia in cortile. Se avesse commesso un errore – cosa di cui era sicura –, i Sundari l'avrebbero chiusa là dentro.

Sulla parete brillò una luce, prima lontana e indistinta, poi sempre più chiara, finché un grande cerchio giallo non invase la stanza e una voce urlò: «Ehi! Eccoli, Thainach!»

Si udì un gran baccano quando una dozzina di uomini si lanciò lungo i corridoi bui. I soldati, che tenevano al guinzaglio diversi cani dall'aria feroce, fecero irruzione nel locale con fiaccole così luminose che i cinque poterono solo battere le palpebre prima di essere circondati dalle punte di armi d'acciaio scintillante. La stanzetta si riempì di uomini con pettorali ed elmi sulla cui fronte spiccava il simbolo del sole. Si distribuirono lungo tutte le pareti, cosicché Kaira e gli altri si ritrovarono di colpo in un cerchio di alabarde minacciose.

« Faccia al muro, mani sopra la testa! » sbraitò una voce severa e profonda. « Controllate che non abbiano rubato dell'oro! »

Kaira era così terrorizzata che si girò vacillando. Con le braccia allargate, si lasciò cadere in avanti verso la parete, si sostenne con le mani e divaricò le gambe. Fu attorniata da un gruppo di uomini rumorosi. Col muro fuligginoso davanti al naso, non riusciva a vedere che cosa stesse accadendo, ma pareva che la borsa di Ruadh e tutto il resto della loro roba venissero svuotati ed esaminati con meticolosità. Quindi due rozze manone la afferrarono e la palpeggiarono con cura dall'alto verso il basso.

A quanto pareva, il soldato aveva pensato che sotto i vestiti informi vi fosse un giovane, perché la tastò frettolosamente. Poi, però, si accorse che era una ragazza. Kaira s'irrigidì e fu assalita dalla nausea quando le strinse i seni e glieli palpò con gusto.

In quel momento un fischio acuto soverchiò lo strepito. Le manone lasciarono Kaira, che udì un forte urlo di dolore e alcuni rumori sinistri. Sembrava che un enorme scarafaggio si fosse capovolto sulla corazza e agitasse invano le zampe nell'aria. La giovane si lanciò un'occhiata da sopra la spalla. Il tipo che l'aveva perquisita era steso sul pavimento e dimenava le gambe, cercando di proteggersi dai colpi di una frusta. A maneggiarla era una persona con l'armatura bianca e col volto nascosto dietro una mezza maschera di bronzo - il segno di un soldato d'alto rango -, probabilmente l'uomo che all'inizio avevano chiamato « Thainach ».

Le frustate cessarono. « Alzati. Fuori! Dopo il rientro, una settimana di punizione! » ordinò la voce dietro la maschera. Era severa e militare, ma apparteneva senza dubbio a una donna. Il soldato si alzò con una smorfia di dolore e uscì zoppicando, ma non senza gettare un'occhiata carica d'odio a Kaira, come se fosse tutta colpa sua.

Un altro uomo si avvicinò alla ragazza, le afferrò la catenina di rame e la esaminò con attenzione, poi fece lo stesso col suo anello. I suoi compagni perquisirono gli altri. Rovesciarono le borse e controllarono loro i bracciali e persino i lobi delle orecchie. Infine dichiararono che i sospetti non avevano con sé nessun metallo prezioso.

La capitana della pattuglia, che i suoi sottoposti chiamavano Thainach Katanja, si rivolse ai prigionieri. « Inginocchiatevi e mettete le mani dietro la testa », ordinò. Quando ebbero obbedito, i suoi occhi li fissarono a uno a uno attraverso la fessura della maschera. « Tu. Chi sei? » domandò, spingendo il manico della frusta sotto il mento di Beck, che dovette drizzare la testa con un gesto spasmodico. Aveva la faccia sudata e gli occhi sbarrati per la paura.

« Mi chiamo Drumm. Sono solo un rigattiere, eccellenza. » Sfoderò un sorriso servile. « Stavo attraversando il deserto, quando ho dato un passaggio sul mio carro a queste persone, perché andavano dalla stessa parte... I Semifiniti mi hanno fatto pena, perché la strada era ancora lunga. L'uomo voleva andare con loro nella Città Dorata e, quando li ho visti, ho pensato: *Santo cielo, quando arriveranno, saranno stanchi morti e avranno i piedi pieni di vesciche, e poi dovranno lavorare e...* »

« Chiacchiera di meno, Nottambulo. » Katanja distolse lo sguardo con espressione disgustata e puntò la frusta verso Ruadh. « Chi sei? Perché sei in compagnia di questi Semifiniti? »

L'altro rispose senza alzare lo sguardo. « Mi chiamano Ruadh, o anche Volpe di Fuoco, a seconda. I Semifiniti vengono dai villaggi del Sud-est. Li sto aiutando ad andare nella Città Dorata. Vogliono cercare lavoro e hanno bisogno di qualcuno che dia loro una mano durante il viaggio. »

« Sei un mercante di schiavi, dillo subito. » La voce della donna era gelida e sprezzante. « Ebbene? A chi vuoi venderli? Chi li farà lavorare sette giorni la settimana in cambio di cibo scadente e di un giaciglio in cantina? Chi ti pagherà per aver reclutato questi stupidi? Non hai una coscienza, maledetto Nottambulo? »

Ruadh tacque, gli occhi fissi sul pavimento.

« Allunga le mani. Coi palmi verso l'alto », ordinò la donna.

Quando il raccoglitore strinse i denti e obbedì, Katanja gli diede diverse frustate a ogni mano, con tanta violenza che lui non riuscì a trattenere un urlo di dolore.

« Dimmi, sei stato diligente, Nottambulo? Hai già insegnato loro a sgattaiolare nel deserto di notte e a raccogliere le piante pericolose con cui preparare i veleni? Hai bevuto il loro sangue? Li hai trascinati alle maledette feste che tenete durante i pleniluni nei luoghi in cui dimorano le forze del male? » domandò la donna in tono schifato.

Ruadh alzò la testa. Aveva un'espressione sofferente, col volto pallido e con gli occhi colmi di lacrime. « Nulla di tutto ciò, Thainach », rispose con voce umile ma decisa. « Non siamo corruttori né criminali. »

Katanja si voltò con uno sbuffo nauseato. Era evidente che non credeva a una sola parola. Quindi si concentrò sui tre ragazzi, parlando in tono cordiale. « Non fidatevi di chiunque, Semifiniti. Siete stati molto ingenui a seguire un Selenario. I vostri genitori non vi hanno messi in guardia? Se finora non vi è capitato nulla di male, è perché lo splendore e la maestà di Phuram vi hanno protetti. I Nottambuli sono gente diabolica, corrotti fino al midollo e pieni di cattivi propositi. Ora sparite, e la prossima volta cercate di non farvi trascinare così facilmente. »

Rivolse un cenno ai soldati. « Lasciate andare questa gentaglia. Conoscete le nuove leggi. Non hanno rubato oro, perciò qui abbiamo finito. Venite. »

Si avviò a lunghi passi verso la porta, ed era quasi uscita quando Thilmo urlò con voce tremante: « Thainach, ascoltatemi! »

Katanja si voltò. « Che cosa vuoi ancora, vermiciattolo? » domandò, irritata.

Thilmo si alzò. Era pallido per l'agitazione, ma si reggeva in piedi. Nei suoi occhi azzurri brillava un fuoco che Kaira non aveva mai veduto. « Vorrei restare con voi, Thainach. Non voglio più andare con questi uomini. Non sono Selenari comuni! Volpe di Fuoco è un raccoglitore e lavora per la Strega della Luna, e l'altro è il giudice apostata Beck!» dichiarò con voce forte e chiara.

In seguito Kaira avrebbe ricordato un senso di nausea insopportabile come quello che l'aveva assalita al sorgere del sole. Vide l'immagine sfocata dei soldati vestiti di bianco che puntavano le armi contro Ruadh e Beck. Calò un silenzio di tomba, e i due uomini si fissarono. La giovane udiva chiaramente il lieve crepitio delle fiaccole.

Poi scoppiò il pandemonio. Mentre alcuni soldati conficcavano loro le punte delle alabarde nella carne, altri iniziarono a bendare Ruadh e Beck e a legare loro le mani dietro la schiena con lacci di cuoio. Ciascuno dei due prigionieri fu preso in custodia da una coppia di guerrieri. Tataika e Kaira si aspettavano di andare incontro allo stesso destino, ma rimasero libere, per quanto si potesse chiamare «libertà» essere scortati da una dozzina di Sundari armati fino ai denti.

Thilmo si era stretto al fianco di Katanja. Kaira capì che era perfettamente consapevole delle sue azioni, che sapeva di essere responsabile dell'eventuale condanna a morte di Ruadh e Beck (e forse anche di Tataika e Kaira), ma la linea sottile delle sue labbra e la luce fredda nei suoi occhi indicavano che l'aveva messo in conto. Vi era una sola cosa che gli importasse: giacché aveva denunciato un raccoglitore e un apostata, forse gli avrebbero offerto l'opportunità di diventare un Sundario.

I soldati li condussero lungo i corridoi bui e interminabili, su per la scala e nel vicolo, in cui la sabbia rossa del deserto arrivava fino alle caviglie. All'inizio Kaira non si era resa conto di essere sconvolta, ma a un tratto cominciò a tremare, le ginocchia le diventarono molli, e dovette aggrapparsi al braccio di Tataika. L'altra la sostenne in silenzio. Kaira avrebbe voluto urlare di sofferenza e compassione quando vide Ruadh e Beck incespicare tra i guerrieri.

Raggiunsero lo spiazzo con la statua del sauro. Kaira s'irrigidì per l'orrore al pensiero che infilassero subito Ruadh nella gabbia e lo issassero sul palo, ma non accadde nulla di simile. Certo, prima dovevano interrogarlo. L'avrebbero interrogato, torturato e poi interrogato ancora, sino a fargli confessare ogni cosa, e infine l'avrebbero ucciso...

Un soldato la spinse così forte che per poco non si slogò una caviglia, ma, quando la giovane vide che Katanja guidava la sua truppa oltre il vecchio luogo di esecuzione, fu così sollevata che quasi non se ne accorse. I prigionieri furono portati fuori dal forte, nel punto in cui era parcheggiato il carro, e guardarono i soldati che ispezionavano il veicolo. Kaira desiderava disperatamente fare o dire qualcosa per salvare Ruadh e Beck, ma che cosa? Che cosa potevano fare lei e Tataika contro una dozzina di uomini armati?

Katanja chiamò Thilmo con un cenno. « Ebbene? » disse. « Racconta. Vi ha fatto qualcosa di sconveniente? »

Thilmo annuì con vigore. « Sì, Thainach, sin dalla prima notte. Mi ha ordinato di seguirlo nel deserto, dove mi ha morsicato il collo e mi ha succhiato così tanto sangue che ha cominciato a girarmi la testa. Si è fermato solo quando ha temuto che svenissi. L'ha fatto a tutti e tre, a turno, perché avessimo il tempo di riprenderci. »

Kaira lo fissò con incredulità. Benché avesse la bocca secca per la paura, urlò: « Bugiardo! Non è vero! Non ha mai fatto nulla di simile! » S'interruppe perché il soldato la tirò forte per il braccio, ma poi anche Tataika gridò: « Bugiardo! »

« Silenzio! » ordinò Katanja in tono severo. Quindi si voltò verso Thilmo, con gli occhi che scintillavano dietro i fori della maschera. « Perché ti danno del bugiardo, ragazzo? »

Thilmo non si lasciò intimidire dal suo sguardo. « Perché? Gradivano ciò che faceva loro. Non ne avevano mai abbastanza. Inoltre, il Selenario ha detto loro che era giusto essere malvagi. Hanno gradito anche questo », rispose con sfacciataggine.

« Piccolo maiale schifoso », ringhiò Tataika.

Katanja la indicò con la frusta e fece segno al soldato di punirla per quell'intervento. L'uomo le conficcò il manico dell'alabarda nelle costole. Tataika grugnì, ma fu abbastanza saggia da ricordare che l'arma aveva anche un lato appuntito.

« E tu, ragazzo, spiegami con esattezza che cos'ha detto

quando ha affermato che era giusto essere malvagi », proseguì la comandante.

Thilmo obbedì con solerzia. « Andava ancora fiero dei suoi errori. Ha detto che la dragonessa della luna gli aveva insegnato ad amare tutte le cose sbagliate, imperfette e perfide. Durante la festa hanno sfoggiato con orgoglio i loro pensieri cattivi, che si fanno persino tatuare sulla pelle per non dimenticarli. »

La donna si avvicinò a Ruadh e ordinò al soldato che lo sorvegliava di lasciarlo a torso nudo. Girò il prigioniero senza che quest'ultimo opponesse resistenza e gli esaminò la schiena, su cui si vedeva solo qualche graffio. « Questi non sono tatuaggi », osservò, lanciando un'occhiata diffidente a Thilmo.

Il giovane sorrise con tranquillità, come faceva ogni volta che gli ponevano una domanda di cui conosceva la risposta. « Non si vedono sempre, ma solo quando ricorre alla stregoneria. »

Katanja fissò Ruadh, che aspettava pazientemente. « Che cos'hai da dire, faccia di luna? » chiese in tono severo. « Il ragazzo dice la verità? Ti sei fatto tatuare davvero i pensieri cattivi sulla pelle per averli sempre sotto gli occhi? »

« Quelli cattivi e quelli buoni, Thainach », rispose il raccoglitore. « Perché convivono entrambi dentro di me. »

« E diventano visibili solo grazie alla stregoneria? »

« La stregoneria non c'entra, Thainach. Li mostriamo solo quando siamo in compagnia di persone che si vogliono bene e di cui possiamo fidarci. Siamo... »

« Baggianate », lo interruppe bruscamente la donna, rivolgendosi ancora a Thilmo. « Che cos'hai visto durante quella festa viziosa? Hanno preparato del veleno? »

« Oh, sì. Sul fuoco c'era un pentolone in cui cuoceva uno spezzatino avvelenato. L'hanno mangiato tutti, affinché il veleno non avesse nessun effetto su di loro quando l'avessero somministrato agli altri. »

« E avevano portato dei bambini piccoli per sacrificarli alla Strega della Luna? »

Thilmo esitò. Evidentemente non voleva spararle troppo grosse. « Non durante quella festa, ma sono sicuro che l'hanno fatto in altre occasioni. O almeno, così ci ha raccontato. » Si affrettò a cambiare argomento. « Ci ha detto che la Strega della Luna è contenta quando commettono azioni malvagie. Se ne vantano tra loro. Più sono perfidi, e più sono soddisfatti. »

« Non appena arriveremo a Chiritai, quei due furfanti avranno molte opportunità per parlare dei loro pensieri e dei loro gesti cattivi. I nostri torturatori sono incontentabili », dichiarò Katanja con freddezza.

Kaira si sentì male. Avrebbe voluto scagliarsi contro Thilmo, tirargli i capelli, graffiargli la faccia e sputargli negli occhi, ma aveva una paura terribile della punta d'acciaio che le sfiorava il fianco. Era minacciata di morte da tutte le parti. Le bastò guardare Ruadh per capire che erano spacciati. Il pallore del suo viso e lo sguardo dei suoi occhi indicavano che cercava di prepararsi a una morte dignitosa. La giovane cominciò a piangere amaramente. Tataika riuscì a trattenere le lacrime, ma si soffiò forte il naso nella manica.

Katanja era stizzita. « Siete più che ingenue, ragazze, se piangete per lui. Oppure siete già corrotte fino a questo punto? » osservò con asprezza.

Ruadh s'intromise nella conversazione. Parlò con cortesia, ma tutti colsero l'intensa rabbia che fremeva nella sua voce. « Thainach, questi Semifiniti non sono corrotti, e non lo sono nemmeno io, per quanti errori abbia potuto commettere. Il fatto che noi Nottambuli siamo maestri di tutti i vizi è un'invenzione dei Sundari, Thainach, che ci tolgono la dignità e feriscono il nostro pudore. Questa invenzione serve solo a giustificare la loro bassezza, giacché, se ci coprono di violenza e ignominia, possono affermare di averlo fatto perché noi amiamo la violenza e l'ignominia. »

I suoi occhi grigiazzurri la fissarono, e un rossore rabbioso gli soffuse le guance pallide e irruvidite dalle scottature. « Thainach, sono stato arrestato più di una volta dai cavalieri imperiali solo perché sono un seguace di Datura, e più di una volta ho subito umiliazioni che non riesco a dimenticare. Hanno continuato a ripetermi che era colpa mia. Ma guardate i Semifiniti! Se li avessi morsicati sul collo per succhiare loro il sangue, non si dovrebbero vedere i segni di questi maltrattamenti? Non dovrebbero essere pieni di morsi e lividi? Guardateli! Sono incolumi. Né il ragazzo né le ragazze recano le impronte dei miei denti! Guardate... »

Katanja fece un cenno al soldato, che sferrò a Ruadh un manrovescio così violento da spaccargli il labbro. Poiché aveva le mani legate, il prigioniero non poté pulirsi, così un denso rivolo di sangue prese a scorrergli sul mento e a gocciolargli sui vestiti.

Kaira, che aveva sentito rinascere la speranza quando Ruadh aveva offerto alla comandante la prova della sua innocenza, si abbassò rapidamente il colletto della giacca, ma la donna si voltò con espressione sprezzante.

« Risparmiami le tue prove d'innocenza, Nottambulo! Sappiamo fin troppo bene che le vostre arti malvagie consistono nel non lasciare nessuna traccia. Ho prove a sufficienza! Non solo i Nottambuli catturati hanno confessato tutto ciò che avevano fatto di nascosto, ma vi sono anche disertori che hanno ammesso apertamente i loro crimini », disse con voce rauca.

Thilmo riprese la parola con sollecitudine. « Thainach, dovreste guardare bene nella sua borsa, perché la magia gli permette di estrarne ciò che vuole, dall'oro al veleno. Gliel'ha regalata la Strega della Luna. L'ho veduto coi miei occhi mentre tirava fuori manciate di monete imperiali e molte altre cose. »

Katanja strizzò gli occhi con aria sospettosa. « Abbiamo già controllato la borsa. Non conteneva nulla se non un bollitore ammaccato e il lurido ciarpame che si portano dietro tutti i vagabondi. » Tuttavia, rivolse un cenno a un soldato. « Portala qui. Voglio controllarla ancora. » Prese la borsa e l'aprì. Ne uscì davvero qualcosa.

All'inizio sembrava che fosse rotolato fuori un gomitolo di filo argenteo, ma poi l'oggetto s'ingrandì e s'infittì sempre di più, tramutandosi in una rete che cadde sui soldati, sulla comandante e su Thilmo e li tenne prigionieri.

Katanja lanciò un urlo furioso e si avventò contro Ruadh come se volesse strangolarlo. « Stregone degli Inferi! Maledetto drago! » sbraitò. Lo afferrò, ma i fili l'avevano già avvolta.

Tutti gridarono e si sparpagliarono in preda al panico, ma, ovunque andassero, la rete era più veloce. Sbarrava loro la strada e li avviluppava su ogni lato. Si levò un coro di suppliche, imprecazioni furibonde e urla confuse.

Tataika rimase sconcertata per un attimo, ma poi sciolse i lacci di Ruadh e Beck con dita agili.

« Corri, corri! » sussurrò a Kaira mentre recuperava la borsa - da cui i fili d'argento continuavano a uscire come dalla mano di una tessitrice invisibile - e sosteneva il raccoglitore, intento a massaggiarsi i polsi intorpiditi. Fuggirono mentre i Sundari restavano impigliati nella rete magica come mosche in una ragnatela, senza trovare una via d'uscita.

Corsero il più rapidamente possibile, perché nessuno di loro sapeva per quanto tempo sarebbe durato l'incantesimo. Soprattutto, però, dovevano trovare un riparo dalla luce del sole, perché il nero onice del cielo iniziava già a impallidire e le stelle a spegnersi. La Vecchia Signora si abbassò dietro le montagne, e a est una leggerissima striscia verde annunciava l'aurora. Avevano a malapena il tempo di cercare un rifugio. Se non si fossero messi al sicuro entro breve, i Sundari non avrebbero dovuto faticare troppo per catturarli.

Kaira era senza fiato. I polmoni le bruciavano a ogni passo e il cuore le batteva all'impazzata. Ansimava spasmodicamente e si sentì pervadere da una tremenda spossatezza. Davanti agli occhi le brillavano scintille rosse.

Ruadh si fermò così all'improvviso che la giovane gli finì addosso. Avrebbe voluto domandargli perché si fosse bloccato, ma non ne ebbe la forza. Il suo sguardo confuso esplorò la zona circostante, ma non individuò nulla che potesse spiegare quella sosta inattesa. Poi, tuttavia, udì un lieve fischio e qualcosa che usciva frusciando dalle fitte ombre blu inchiostro delle rocce e delle piante. Era uno degli animaletti pelosi chiamati « gattini terricoli ». Si arrampicò velocemente sul petto di Ruadh, gli saltò sulla spalla e gli accostò il muso ai capelli. Questa volta non vi erano dubbi: gli sussurrò qualcosa all'orecchio. Non appena la creatura saltò giù, infatti, il raccoglitore la rincorse abbandonando la direzione in cui avevano proceduto fino a quel momento. Voltandosi, fece cenno agli altri di seguirlo.

Il gattino li precedette, evidentemente dibattuto tra l'istinto naturale di mimetizzarsi nell'oscurità e il dovere di restare visibile per gli esseri umani alle sue spalle. Percorse un tratto, quindi si drizzò sulle zampe posteriori, saltellò nervosamente, li guardò coi suoi occhi giallo fosforescente e proseguì. Ruadh gli corse dietro senza esitare nemmeno. Beck, Kaira e Tataika fecero lo stesso.

Kaira sentì che la luce solare si stava avvicinando. A est il cielo non era più una striscia verde e turchese, bensì aveva assunto una sfumatura opalescente. La pelle iniziava a tirarle, e presto le si sarebbero gonfiati i polsi e le caviglie.

Un numero sempre maggiore di ombre riempì le tenebre sempre più rade. Alcune falene dalle morbide ali piumate passarono sopra Kaira e le danzarono intorno a distanza così ravvicinata che per un istante dovette indietreggiare battendo le palpebre.

La penombra grigia tremolava sotto la minaccia dell'alba. La luce s'intensificava, diventando sempre più accecante e pericolosa. Kaira riusciva già a distinguere chiaramente il paesaggio. Il terreno era grigiazzurro, duro come pietra e solcato da profonde spaccature come una distesa di fango secco. Innumerevoli colline arrotondate si stagliavano sullo sfondo ghiacciato delle catene montuose. Tra le alture si aprivano gallerie anguste, spesso larghe solo quanto bastava perché i fuggitivi vi passassero in fila indiana. Quei tunnel zigzaganti formavano un intricato labirinto sul cui pavimento di pietra non restava nessuna orma.

A un tratto il gattino terricolo emise un fischio acuto, si girò, li guardò con espressione quasi umana e sparì fulmineamente tra i cespugli. Un uccellino cinguettò, batté le ali e volò via.

«Ci siamo.» La voce di Ruadh era sollevata. «Guardate! Qui c'è l'entrata di una caverna!»

Kaira si lanciò in quella direzione.

E all'improvviso precipitò nel buio.

La schiena le faceva molto male, ma, come constatò dopo il primo spavento, per il resto era incolume. Più giù, la gola ingombra di grossi massi penetrava sempre di più nella terra, tortuosa come una scala a chiocciola ed evidentemente molto profonda, perché ne usciva una corrente d'aria fredda e umida. Kaira chiamò i suoi compagni.

Gli altri la raggiunsero, sollevati e sfiniti. Ora che erano al sicuro, si resero conto di quanto fossero stanchi e deboli. Per poco non erano crollati vicino all'entrata, anche se là la luce li avrebbe raggiunti. Con le ultime energie incespicarono ansimando tra le rocce, sempre più giù. Alla fine arrivarono in uno spiazzo circondato da massi, il cui pavimento piatto era coperto solo di sabbia. L'ingresso della caverna era ancora visibile come un buco chiaro in un soffitto di pietra.

Beck, Tataika e Ruadh si addormentarono subito. Kaira, che era sdraiata vicino al raccoglitore, fingeva di dormire, ma in realtà rifletteva, ascoltando il respiro pesante e regolare di Ruadh.

Era sicura di essersi innamorata. Ora sapeva di essersi sentita attratta da quell'uomo misterioso sin dal primo istante, sin dal loro primo incontro in cima alla scarpata, e poi sempre di più, sempre più intensamente. Non sarebbe più riuscita a fare a meno di lui.

Al principio aveva cercato di sminuire i propri sentimenti. Si era convinta che Ruadh le fosse semplicemente simpatico, che le piacesse e le ispirasse solo gratitudine. La notte precedente, quando aveva creduto di perderlo, aveva tuttavia compiuto il passo decisivo e aveva ammesso di amarlo. Che stupida! Ruadh sopportava la sua presenza solo per via della missione che doveva portare a termine.

Si sentiva patetica. Chissà se lui ricambiava i suoi sentimenti o se la considerava solo un pesante fardello da trascinarsi dietro per ordine della sua dea.

Tutte quelle domande le affollarono la mente, insieme col ricordo dei sogni che aveva fatto dopo la festa dei Selenari e con l'immagine di Ruadh nudo, in trance sul piedistallo di pietra. Kaira aveva distolto lo sguardo dal suo pene. Lo amava come uno spirito benevolo e incorporeo, un angelo custode asessuato che la accompagnava nel deserto mortale. Tutto il resto era pericoloso, era una delle mille occasioni in cui avrebbe potuto commettere un errore.

Tuttavia, il corpo di Ruadh la attraeva moltissimo. Si girò e, come per caso, si avvicinò tanto al raccoglitore che le sarebbe bastato allungare la lingua per sfiorare il tessuto della sua giacca (di una delle sue numerose giacche). Aspirò l'odore ormai familiare, il profumo di un corpo sano, caldo e asciutto che, nonostante i bagni rari, sapeva sempre di buono. Guardò il codino ramato che, lungo una spanna, le arrivava quasi fino al naso. Probabilmente Ruadh stava facendo un sogno molto vivido, perché trasse un lungo respiro e gemette, poi si rigirò più volte e alla fine si spostò un poco, passandosi la mano guantata sul viso come se volesse scacciare una zanzara. Kaira immaginò di stringersi a lui e d'infilargli la punta del naso tra i capelli, vicino all'orecchio, come aveva fatto il gattino terricolo. A quell'idea si sentì attraversare da un brivido caldo che le fece paura. Trasalì quando l'uomo cominciò a pronunciare parole incomprensibili, rotolandosi sulla schiena con tanta energia che il suo braccio le atterrò sul petto. Era pesante, e Kaira sgusciò via anche se le dispiacque non poter assaporare più a lungo quel contatto.

Bephza era fuori di sé. Il fatto che la preda odorasse di sangue fresco gli stuzzicava l'appetito, e il nuovo fallimento gli aveva scatenato una rabbia quasi incontrollabile. Vi era un solo pensiero che lo rabboniva: poiché sarebbe bastato portare a Thamaz la testa e la pelle dell'uomo, avrebbe potuto tranquillamente mangiarne la carne e berne il sangue. Forse era addirittura una fortuna dover catturare la preda ora che gli esseri umani erano stanchi, sconvolti e feriti, perché ciò avrebbe accorciato la battaglia e impedito che gli altri corressero in suo aiuto.

L'uomo sarebbe sicuramente uscito di lì a poco - gli esseri umani non insozzavano mai il luogo in cui dormivano -, e Bephza sapeva anche dove sarebbe andato per essere allo stesso tempo lontano dall'accampamento e protetto dalla luce del sole. Accanto al buco, nella sommità della collina, si apriva una grotta abbastanza profonda affinché i raggi non vi penetrassero.

Il drago-cadavere s'infilò là dentro e diventò invisibile.

In effetti, dopo qualche tempo comparve una figura coperta dalla testa ai piedi, che percorse frettolosamente il breve tratto esposto al sole e si accovacciò in un angolo della caverna. Bephza stava per attaccare, quando vide che era l'uomo sbagliato, quello alto. Furioso, si ritirò e aspettò ancora.

Poi, finalmente, arrivò quello giusto. Si voltò con la faccia verso la parete, e il drago-cadavere, impaziente ed eccitato dall'odore del sangue, ne approfittò per attaccarlo. Si scagliò con un sibilo contro la sua vittima, tornando a materializzarsi. Non sarebbe stato necessario, ma gli piaceva l'espressione d'incredulità e terrore sul volto delle sue prede quando vedevano il mostro muffoso che affondava loro gli artigli nel collo.

L'uomo doveva avere i sensi più acuti della maggior parte degli esseri umani, perché si voltò prima che Bephza lo raggiungesse. Strabuzzò gli occhi per l'orrore, indietreggiò vacillando - evidentemente le disavventure che aveva vissuto l'avevano indebolito - e sollevò la sinistra per proteggersi dagli artigli. Bephza vide che non era armato, e cercò di colpirlo contemporaneamente col becco e con le unghie. L'altro, tuttavia, si affrettò a sfilarsi il guanto grigio.

Il drago-cadavere non avrebbe mai saputo che cosa l'aveva ucciso. Vide solo un raggio di luce abbagliante provenire dalla mano del suo avversario, come se l'uomo avesse afferrato all'improvviso un giavellotto incandescente. Quindi un dolore squarciò il suo corpo semimorto, lasciandolo insensibile. La creatura mummificata andò in mille pezzi che caddero a terra fumando, mentre il raggio di luce lacerava il tessuto del suo spirito intriso di magia e Bephza si dissolveva in una sorta di nebbia. Si alzò una nuvola puzzolente che non si sarebbe mai più dissipata. I frammenti sul pavimento bruciarono e si ridussero a un ripugnante mucchietto di polvere sottile.

L'uomo si rinfilò il guanto e uscì lentamente.

## NEL DESERTO BLU

Kaira si svegliò solo quando il sole sfiorava già l'orizzonte occidentale. Aprì gli occhi e guardò la lontana macchia luminosa che conduceva nel mondo esterno.

Anche Ruadh era sveglio. Si alzò e prese la lanterna. « Vieni, lasciamo dormire Beck e Tataika ancora per un poco e andiamo a cercare l'acqua. Temo che salteremo la colazione », sussurrò.

Scesero lentamente le spire del pozzo, fin dove arrivava la luce. Più giù regnavano il freddo e l'oscurità, ma udirono anche il gorgoglio di una sorgente. L'acqua era così gelida da intorpidire loro le labbra e la lingua, ma era pura. Kaira sentì il dolore delle contusioni che diminuiva non appena le bagnava. Ruadh sedette su una pietra e si rinfrescò il labbro spaccato premendovi contro il guanto umido.

Mentre si apprestavano a risalire, la giovane osservò: « Quando mi sono svegliata, ho pensato che fosse stato solo un sogno... il fatto che gli animali ci abbiano condotti qui. Avevi già vissuto esperienze simili? »

« Ogni tanto. Quando possiamo, noi aiutiamo loro, e loro aiutano noi. Siamo amici. »

Poi Ruadh tacque, perché l'arrampicata tra le rocce era faticosa, e Kaira udì il suo respiro affannoso. Al loro ritorno anche Beck e Tataika erano svegli e, quando seppero della sorgente, scesero a bere e a lavarsi le ferite.

Kaira si raggomitolò accanto a Ruadh, contenta di averlo tutto per sé. « Mi dispiace che sia stato uno di noi a tradire te e Beck. Dev'essere stato spaventoso », mormorò.

L'uomo guardò diritto davanti a sé. « Già », replicò. « Se non avessi avuto la luna nella pancia, avrei urlato e pianto di paura. »

« La luna nella pancia? Che cosa significa? »

« Noi Selenari abbiamo l'abitudine di celebrare un rituale nel deserto, in un luogo chiamato Città del Silenzio. Là capiamo chi siamo davvero. A quel punto nessuno può più distruggere la nostra parte più intima, nemmeno i Sundari.» Sul volto sciupato gli passò un'ombra di amarezza. «Ciò non significa che io prenda le cose alla leggera. Soffro quando mi coprono di scherno, di rimproveri e di richieste impossibili, quando fanno battute maligne sul mio conto e mi espongono al ridicolo, quando mi minacciano e m'impauriscono. Tuttavia, non sono ancora riusciti a spezzarmi il cuore. Capisci? Ho pianto per la vergogna e il dolore quando mi hanno maltrattato, e ieri ho creduto di non poter più sopportare la paura, ma non sono mai riusciti a trascinarmi nel fango.» L'amarezza scomparve, e tornò a sorridere: un sorriso fiero e raggiante.

Kaira avrebbe voluto fargli altre domande, ma s'interruppe a metà frase, perché Tataika tornò ansimando e sedette accanto a lei.

«Be', ora sto meglio», affermò. «Vorrei solo mettere le mani su quel piccolo bastardo di Thilmo e farlo a pezzi. Non ne avresti voglia anche tu, Volpe di Fuoco?»

L'altro fece un gesto che significava: basta, non aggiungere altro. «Parliamo di noi, Tataika. Parlare degli altri non serve a nulla. Thilmo va per la sua strada, e noi per la nostra. Questa notte cercheremo di raggiungere Umbra.»

«Beck ha paura di lei», mormorò la ragazza.

«Non è il solo. Umbra vive nel deserto e, se rimani laggiù abbastanza a lungo, perdi la ragione - com'è già successo a molti - oppure diventi una persona speciale. Impari a parlare con gli animali e persino con le piante e i sassi, senti gorgogliare l'acqua sotto la sabbia e leggi le costellazioni. Umbra è una donna molto particolare», concluse, e Kaira provò una fitta di gelosia.

Non appena il sole tramontò, risalirono le spire rocciose e infilarono la testa nel buco. Il labirinto di gallerie ai piedi delle colline era già ammantato da ombre viola, ma il terreno crepato emanava ancora l'intenso calore del giorno. Quando Kaira uscì dall'apertura, ebbe l'impressione di strisciare fra veli ondeggianti di afa. Ogni sasso, ogni zolla scottavano. Il silenzio era assoluto. Gli uccelli avevano smesso di cantare, e la terra non si sfaldava sotto i loro passi frettolosi. La giovane trasse un profondo respiro e tossì quando l'aria rovente le entrò nei polmoni.

Ruadh li incitò: «Sbrigatevi! Prima arriviamo da Umbra, e prima mangiamo».

Avevano percorso meno di un miglio, quando alzò la testa di scatto e tese le orecchie. Poi afferrò le due ragazze e le trascinò per terra con sé. Beck li imitò. Anche Kaira udì il rumore - uno sbattere di ali enormi - che si avvicinava da nord-est. Si lanciò un'occhiata sopra la spalla e vide un'ombra che oscurava il cielo. Nell'aria si diffuse un tanfo di marcio che le tolse il respiro. Non era un semplice fetore di decomposizione, bensì un puzzo di putridume interiore che ammorbava qualunque cosa toccasse. Prima di premere il viso contro la sabbia e di chiudere gli occhi, Kaira scorse il contorno di un essere gigantesco, senza dubbio un Drago Purpureo, ma dall'aspetto raccapricciante.

Era informe a eccezione di poche parti che sporgevano come ossa da una massa putrefatta. Erano forse zampe piegate a uncino? Pungiglioni? O le lische di uno scheletro? Kaira aveva veduto con chiarezza solo il cranio, che assomigliava alla testa di un mostruoso pesce marcio, e gli occhi - gonfi, gelatinosi e azzurrognoli - che luccicavano nel crepuscolo.

Nelle vicinanze non vi erano nascondigli, nemmeno un cespuglio dietro cui rannicchiarsi, ma la sabbia era morbida e profonda. «Presto!» bisbigliò Ruadh, come se la creatura potesse sentirlo. «Sotterratevi!» Cominciò a dimenarsi cosicché il suo corpo sprofondasse sempre di più, e si gettò manciate di polvere sulle gambe. Beck, Kaira e Tataika lo imitarono come meglio poterono. Per fortuna la sabbia cedeva facilmente, e vi affondarono sinché non furono visibili solo le spalle e le teste.

«Giù la testa e non muovetevi!» ordinò il raccoglitore.

Kaira sentì il sangue che le pulsava nelle tempie e rimase immobile con la fronte premuta contro le mani, senza quasi respirare. Le sembrò di avere il petto vuoto, completamente vuoto a eccezione del cuore martellante, il cui battito furioso le rimbombava nelle orecchie. *Ci ha visti,* pensò, *ci ha visti!* Da un momento all'altro quella massa ributtante le sarebbe piombata addosso e l'avrebbe sepolta sotto una montagna di carogne. Faticava a respirare per via del tanfo, e udiva i colpi delle ali enormi. A un tratto comprese che il mostro contribuiva a nasconderli: la sabbia sollevata dai suoi movimenti cadde su di loro come una morbida coperta e li avvolse finché non furono tutt'uno col terreno grigiazzurro.

Poi il drago si allontanò. Kaira, impietrita per la paura, lo sbirciò con gli occhi socchiusi mentre scivolava sopra le colline brulle e spariva all'orizzonte.

Ruadh saltò su e si scrollò come un passerotto finito in un cumulo di polvere. Anche gli altri uscirono dai loro nascondigli. « Che la luna ci aiuti! Che cos'era? » sussurrò Beck.

« Un drago-cadavere », rispose Ruadh. « Volava verso nord. Probabilmente Zarzunabas l'ha convocato affinché gli faccia rapporto. Venite! Da Umbra saremo al sicuro. » Si avviò a lunghi passi giù per il pendio, verso le ombre nere e blu della gola, dove i massi e gli alti cactus li avrebbero nascosti meglio.

Non appena calò l'oscurità e sorse la luna, fecero un altro incontro. Uno sciame di falene si avvicinò così tanto che Kaira temette le volassero in faccia. Ruadh allungò il braccio e gli insetti vi si posarono sopra come uccelli. Si lasciarono trasportare per qualche passo, quindi svanirono.

La luna era abbastanza luminosa da permettere loro di vedere dove mettevano i piedi. Kaira non distingueva nessun sentiero, ma Ruadh avanzava con sicurezza, come un cane da caccia che segue una pista invisibile. Era in un territorio familiare.

In una collina Kaira scorse un'apertura artificiale, simile all'entrata di una miniera. Era quadrangolare e murata tutt'intorno.

L'aveva vista anche Tataika, perché chiese: « Quel buco laggiù, Volpe di Fuoco. Che cos'è? È là che vive la donna di cui ci hai parlato? »

Lui scosse la testa con vigore. « No. Umbra vive in una casa. Quello laggiù è l'Antro dei Morti. »

Le ragazze volevano sapere perché si chiamasse così, ma

Ruadh scrollò il capo con espressione arcigna e si allontanò rapidamente.

Si erano appena arrampicati su una duna scivolosa, quando il raccoglitore ordinò loro di stendersi a terra. Kaira temette che il mostro volante stesse tornando, ma poi capì il motivo di quella richiesta: ai piedi dell'altura si muoveva un pallido chiarore giallo che senza dubbio proveniva da una lanterna. Era evidente che chi camminava là sotto cercava qualcosa. Non si trattava però di un fuggitivo, perché la luce si abbassò più volte verso il terreno per poi rialzarsi. Piuttosto, sembrava una persona intenta a raccogliere qualcosa.

Ruadh lasciò la spalla di Kaira e lanciò un lungo richiamo melodioso, il « richiamo degli amici » che la ragazza aveva udito anche quando avevano incontrato la manticora.

La lanterna si fermò a mezz'aria, e risuonò un urlo cantilenante.

Ruadh saltò su. « Quella è Umbra! Presto, seguitemi! »

# LA CASA DELLA MAGA

Scesero il pendio brullo più rapidamente che poterono e si diressero verso la luce. All'inizio videro solo una lunga colonna nera e scintillante che riempì Kaira di sconcerto. Poi l'immagine divenne più nitida, e la giovane capì che la colonna era una donna altissima avvolta in un mantello col cappuccio.

Ruadh abbracciò la maga – che lo superava di una testa –, la baciò con affetto prima sulla guancia sinistra e poi sulla destra, e indietreggiò di un passo per ammirarla. La donna ricambiò il bacio. Lo strano animale al suo fianco, simile a una lucertola gigantesca, li osservò con uno sguardo così intelligente da parere umano. Quando vide gli sconosciuti, si avvicinò a Kaira e le leccò la mano con la lunga lingua biforcuta, come un cane che annusa un estraneo. Quindi fece lo stesso con Tataika, Beck (nel cui caso starnutì con disgusto) e infine con Ruadh.

Il raccoglitore gli accarezzò il liscio cranio da rettile. «Ari!» disse. «Come sta il mio piccolino?»

La donna lanciò un'occhiata pensierosa a Beck, Tataika e Kaira. «Non avevi detto che avresti portato due ragazze e un ragazzo? Qui vedo un uomo adulto. Qualcosa è andato storto? E chi è costui?»

«È Beck, un mio amico», rispose Ruadh, al che Beck non riuscì a nascondere il suo disagio. «E ho urgente bisogno del tuo aiuto. Non sai che cos'è successo? La cavalleria imperiale non è ancora stata qui? L'incantesimo li ha trattenuti più a lungo del necessario per garantirci un vantaggio, ma sai quanto siano ostinati. Pensavo che ci avrebbero cercati ovunque.»

«È possibile che siano stati a casa mia, ma negli ultimi due giorni sono stata fuori. Sono rimasta per tutto il tempo nell'Antro dei Morti.»

«Due giorni in quel maledetto buco!» esclamò Ruadh, sbigottito. «Sei pazza!»

La donna scoppiò in una risata beffarda e alzò il secchio di legno posato ai suoi piedi. Conteneva manciate di pietre venate di rossiccio che sembravano molto preziose. « Sono scesa più in fondo di chi mi ha preceduta. È solo questione di coraggio. Chi lo perde già al primo livello, non deve stupirsi se poi torna indietro a mani vuote. »

Ruadh scosse lentamente la testa. « Non sai che cosa ci sia là sotto, Umbra. Dev'essere qualcosa di spaventoso. A me è bastato il primo livello, e non solo per i gas velenosi. Nemmeno dieci cavalli mi trascinerebbero laggiù. Quel buco puzza di morte e demonio. »

La donna gli diede una pacca sulla spalla. « Bah, sei un codardo come tutti gli uomini. Ma racconta, che cos'è successo? Possiamo parlare mentre camminiamo. » Sollevò la lanterna e si avviò.

Ruadh le riassunse gli ultimi avvenimenti. « Ci stanno sicuramente alle calcagna. Oggi gli animali ci hanno salvati, ma i Sundari non si arrenderanno tanto presto. Sai quanto siano tenaci quando si tratta di catturare un apostata e un raccoglitore. Non so che cosa fare. »

« D'accordo, Volpe di Fuoco. Sai che, quando posso, ti aiuto volentieri. Ma quell'uomo » - indicò Beck con un gesto sprezzante - « non entra in casa mia. Lo sistemerò nella stalla con l'altro. »

« Allora avevo capito bene il tuo messaggio? » domandò Ruadh. « Hai trovato uno degli eletti? »

« Trovato e comprato », rispose Umbra, ridendo. « Al mercato degli schiavi hanno preteso l'esorbitante cifra di due monete imperiali perché sa leggere e scrivere, così l'ho pagato con soldi che il mattino dopo si sono trasformati in foglie secche. Puoi vederlo subito, ma non credo che sarà di grande utilità. È un tipo piagnucoloso, anche se l'ho trattato bene. » Poi cambiò argomento. « Sai già che cos'è accaduto a Thurazim? »

« Sì, l'abbiamo sentito. »

Umbra raccontò che un cavaliere si era acquartierato a Chiritai e si era proclamato re. Ruadh reagì con veemenza inspiegabile. Barcollò, ansimò e si premette le nocche sulla bocca per soffocare un grido disperato. Beck lo guardò con stupore, ma Umbra pareva conoscere il motivo di quel comportamento.

« Calma! Controllati! » gli sussurrò con voce imperiosa, e Ruadh si riprese.

« Odio l'oro! » mormorò. Kaira ricordava che aveva detto la stessa cosa durante una conversazione con Thilmo, nello stesso tono rabbioso. Il raccoglitore non aggiunse altro, bensì s'incamminò in silenzio, ma aveva la schiena curva come se fosse gravato da un pesante fardello.

Di lì a poco la fiaccola illuminò una casetta più simile a una conigliera che a un'abitazione umana. A quanto pareva, la parte centrale era una semplice baracca, ma era irriconoscibile tra il caos di annessi che la circondavano su ogni lato. Le aggiunte erano in parte di legno e in parte di mattoni d'argilla grigia non intonacata, e qua e là sui muri e sui tetti erano inchiodate lunghe assi che tenevano insieme i diversi materiali. La costruzione non aveva finestre visibili e, cosa ancor più strana, nemmeno porte visibili.

« La casa di Umbra è molto insolita », spiegò Ruadh. « Ricordo che una volta sono arrivato qui e che, sebbene splendesse la luna, non ho visto nessuna casa, bensì solo un mucchio di sassi. Mi è comparsa improvvisamente davanti agli occhi solo quando Umbra ha sciolto l'incantesimo. »

« Andiamo prima nella stalla », ordinò la donna. Nella calda luce rossa e gialla della lanterna si avvicinarono a una veranda posteriore col tetto sfondato. Il locale era zeppo degli oggetti più incredibili, e nel cortile si riversava un fiume di ciarpame sbiadito e arrugginito dal sole. Sembrava, pensò Kaira, che la casa vomitasse senza sosta oggetti che poi restavano sparpagliati tutt'intorno.

Il cortile non era un luogo piacevole, perché in un recinto gironzolavano quattro maiali dalle macchie nere e rosa che emanavano un puzzo nauseante. Erano grassi cinghiali con le zanne giallo avorio e una cresta setolosa sulla schiena. Erano brutti persino per la loro specie, con grugni più lunghi del normale e zampe simili a bastoncini tra cui le pance flaccide sfioravano il terreno sabbioso.

« Racconta ai tuoi amici la storia dei miei maialini, Volpe di Fuoco. È molto istruttiva », ordinò Umbra in tono insieme malinconico e compiaciuto.

Il raccoglitore obbedì. Nei villaggi si mormorava che la maga avesse trasformato in maiali quattro uomini che si erano avvicinati alla sua casa con cattive intenzioni e che ora li ingrassasse per poi buttarli nel pentolone della carne infuocata. Affinché non dimenticassero il loro destino, sulla parete posteriore del recinto era appeso un coltello lungo e affilato come una scimitarra.

Kaira lanciò un'occhiata dubbiosa ai cinghiali che si muovevano grugnendo e sbuffando e guardavano i visitatori con occhietti malvagi e iniettati di sangue. Erano davvero stregati? In ogni caso erano molto simili a uomini perfidi e lascivi.

« E verranno macellati davvero? Entro breve? » chiese Tataika, cui quell'idea piaceva molto.

Come se avessero compreso le sue parole, gli animali si agitarono, raspando il terreno ed emettendo versi assordanti.

Ruadh non diede una risposta precisa, limitandosi a dire: « Umbra è una donna cui bisogna portare rispetto. Le persone intelligenti lo capiscono da sole, quelle meno intelligenti devono impararlo ».

Kaira gettò un lungo sguardo ai maiali. *Anch'io vorrei essere una donna cui bisogna portare rispetto*, pensò, e sentì che le salivano le lacrime agli occhi.

Evidentemente Beck aveva temuto di essere rinchiuso con quelle creature orribili, perché apparve molto sollevato quando Umbra aprì la porta di una rimessa e illuminò l'interno. Un urlo sommesso rivelò che dentro vi era qualcosa di vivo, poi seguì un fruscio frettoloso come quello prodotto da un animale che striscia sotto la paglia.

Kaira, incuriosita, sbirciò dentro, ma vide solo un grosso mucchio di paglia su cui era posata una pila di coperte, e un tavolino su cui erano allineate diverse brocche e ciotole. Umbra lanciò un'occhiata ai recipienti e osservò: « Be', se non altro ha mangiato e bevuto ». Quindi si rivolse a Beck. « Non ho nulla contro di te, ma non mi piace che gli uomini entrino in casa mia », disse. « Anche Volpe di Fuoco può entrare solo dopo essere stato purificato. Perciò trascorrerai il tuo soggiorno qui dentro. La paglia è fresca, e le coperte sono calde e pulite. Più tardi Volpe di Fuoco vi porterà da mangiare, e puoi ingannare il tempo cercando di tranquillizzare Jannis e di fargli coraggio. Forse sarai più convincente di me quando gli spiegherai che l'ho comprato perché compia la sua missione per Mandora, e non per cuocerlo nella zuppa.»

«Vi ringrazio per la vostra ospitalità, Umbra, e mi comporterò in modo adeguato», replicò Beck in tono cortese. Quindi entrò e sedette sulla paglia.

Umbra richiuse la porta e condusse gli altri verso l'edificio principale. Là si fermò e si rivolse a Ruadh. «Conosci la procedura.»

«Lo so, lo so. Sbrigati, queste notti del deserto sono gelide, e sto morendo di freddo.» L'uomo armeggiò coi bottoni della giacca. Kaira e Tataika lo guardarono con stupore mentre si denudava e si appoggiava alla facciata malconcia con le braccia e le gambe divaricate.

Umbra prese una piccola scopa di saggina appesa a un gancio e lo spazzolò dall'alto verso il basso, come se dovesse spazzare via la polvere e la sporcizia dalla sua pelle. Ruadh tremava forte, sussultando quando le setole ruvide lo graffiavano, ma rimase immobile. Quando Umbra glielo ordinò, si girò prima davanti e poi dietro. La donna mormorò qualcosa che Kaira non comprese, forse una formula magica. Quindi sorrise. «Ora puoi entrare.»

Ruadh si rivestì, battendo i denti per il freddo.

Kaira lanciò un lieve urlo stupito quando vide che a un tratto la casa aveva una normalissima porta di legno.

Umbra la aprì e li fece entrare. Poi li seguì con la lanterna, che posò su una cassapanca.

Kaira si guardò intorno, delusa. L'interno era afoso e polveroso, come quello delle case in cui non vengono mai aperte le finestre. La stanza in cui si trovavano era zeppa di ciarpame e, per andare da un'estremità all'altra, occorreva zigzagare tra pile di robaccia. Era tuttavia un disordine ospitale e accogliente, come quello a casa dei suoi nonni, dove i mobili e i ricordi di quattro generazioni si erano accumulati in uno spazio minuscolo.

«Non avevo mai visto un animale come Ari», disse Tataika. « Sembra una lucertola gigante, ma è molto più intelligente, vero? »

« Sì. Molto più intelligente e affettuoso. Non è una lucertola, bensì una di quelle creature che vengono chiamate 'mesri'. Vivono nel deserto e sono molto difficili da catturare, ma, quando sono addomesticate, sono assai mansuete. Ho trovato Ari quando era ancora un cucciolo, dopo che era stato ferito da un uccello rapace. L'ho curato e da allora è il mio compagno più fedele. »

« Possiamo usare la tua tinozza, Umbra? Sono passate sei settimane da quando ho fatto l'ultimo bagno caldo », intervenne Ruadh.

« Allora è indispensabile, lo riconosco. Ma devi attingere l'acqua dal pozzo, perché io non intendo andare a prendertela. »

Ruadh tirò un altro profondo sospiro. « Umbra, in cambio di un bagno non attingerei solo l'acqua, ma ti luciderei anche gli stivali e pulirei il pavimento della cucina. »

Vi era un'enorme tinozza di legno, così grande che anche un uomo avrebbe potuto immergersi fino alle ascelle. Quando fu piena di acqua calda, Umbra posò due bottiglie di cristallo sul bordo. « Lascia che prima s'immergano le ragazze, Volpe di Fuoco. Qui ho qualcosa con cui potrete lavarvi i capelli e qualcosa che vi calmerà i nervi dopo tutti gli spaventi degli ultimi giorni. » Stappò una bottiglia e versò nell'acqua un liquido rosso mattone. Si diffuse subito un odore così intenso e penetrante che Kaira cominciò a sudare. Quella roba odorava di pepe rosso, ma con una punta dolce che ricordava la vaniglia e la noce moscata.

La tinozza assunse un aspetto sinistro, perché pareva piena di sangue. Poi, tuttavia, Kaira pensò che là sotto nessuno l'avrebbe vista nuda. Si spogliò rapidamente, voltando le spalle a Ruadh, e non si preoccupò di raccogliere i vestiti, bensì li lasciò sul pavimento e scivolò nell'acqua con l'agilità di un gattino terricolo. Quando s'immerse, trasse un profondo respiro di sollievo. Si vedevano solo le ginocchia, che spuntavano bianche e aguzze come scogli da un mare insanguinato. Il profumo le aggredì le narici, le fece lacrimare gli occhi e le solleticò il naso, tanto che pensò di dover starnutire. Quindi il prurito svanì, sostituito da un'inebriante sensazione di calore, pulizia e benessere. Appoggiò la schiena, chiuse gli occhi e si rilassò.

Nel frattempo la maga era impegnata a esaminare il raccoglitore, che si era spogliato di nuovo, e a medicargli i graffi.

« Come sono ridotte le tue mani! » esclamò in tono compassionevole. « Questi sono i colpi della frusta di un soldato. Luna misericordiosa! Che maiali! I denti sono a posto? Ti darò qualcosa da masticare per mantenerli sani. Alza il braccio. Oh, questo sì che ha un brutto aspetto. Che cosa ti ha morsicato? Un millepiedi? Fammi vedere le orecchie. » Da quelle frasi Kaira dedusse che nei villaggi del deserto vi era una specie di acaro incline a infilarsi nelle orecchie delle persone e a provocare infiammazioni purulente. « Sei stato fortunato, Volpe di Fuoco. È tutto a posto. Ti darò qualcosa da spalmare sulla faccia prima di coricarti per tenere lontani gli acari. »

Ruadh proruppe in una risata fragorosa, che indicava quanto stesse bene. « L'ultimo rimedio miracoloso che mi hai rifilato ha tenuto lontani soprattutto gli altri ospiti! Puzzava così tanto che hanno minacciato di buttarmi nel cortile se non mi fossi lavato. »

Kaira batté le palpebre. Nonostante la nudità, Ruadh sedeva con noncuranza sullo sgabello ed era contento che la maga lo coprisse di premure. Quei due si punzecchiavano con la confidenza di vecchi amici. « Oh, ora è colpa della mia pomata se tu puzzi come una capra? » Umbra gli passò le dita tra i lunghi capelli ramati.

Kaira trasalì quando la voce cupa di Tataika le risuonò nell'orecchio. « Ehi, per quanto tempo vuoi restare ancora là dentro? Voglio entrare anch'io. »

« Ho finito. » Kaira infilò rapidamente la testa sott'acqua per lavarsi i capelli. Per fortuna la stanza era perlopiù immersa nell'oscurità, perché si sarebbe vergognata molto di farsi vedere nuda. Uscì dalla tinozza e si rivestì senza asciugarsi. Tataika sparì altrettanto velocemente nel liquido rosso.

« Vado in cucina », annunciò Kaira, imbarazzata.

Nessuno aveva nulla in contrario, così si rifugiò in cucina (o almeno, suppose che quella stanza caotica fosse la cucina, perché conteneva il focolare). Perlomeno c'era Ari, che si rizzò subito sulle zampe posteriori e le posò le manine sottili sugli avambracci. La giovane lo accarezzò con prudenza e gli permise di leccarle la mano. Quando sedette, l'animale si arrampicò sulle sue ginocchia, si strinse al suo petto e le fece capire che voleva altre coccole. Emetteva un lieve ronzio melodioso che ricordava il suono tremolante di una sega musicale ed era l'esatto contrario delle fusa di un gatto.

Kaira lo accarezzò con aria assente, pensando a Ruadh e alla maga. Senza dubbio il raccoglitore era già stato suo ospite e apprezzava la sua compagnia. Forse ne era persino innamorato. Perché no? Umbra era molto bella e molto cordiale con lui. Ruadh aveva assunto un'espressione come se desiderasse un suo bacio. L'avrebbe fatto se la maga non l'avesse già baciato in precedenza? E, quando aveva pernottato nella casupola, era andato a letto con lei? Sicuramente!

Ognuno di quei pensieri era come un pungiglione che le si conficcava nel cuore. Kaira sentì montare la rabbia. No, Volpe di Fuoco non era un angelo custode né uno spirito benevolo. Era solo un uomo come tutti gli altri. Be', forse non proprio come tutti gli altri, ma voleva ciò che volevano tutti. E la maga, che viveva sola nel deserto con l'unica compagnia di quel minuscolo drago dalle dita simili a zampe di ragno, non gli aveva certo detto di no. Se non l'avesse conosciuto così bene, non l'avrebbe toccato con tanta confidenza, giusto?

A quel pensiero s'infuriò così tanto che, senza volerlo, strinse Ari con troppa forza. L'animale, offeso e spaventato, sbuffò e si allontanò.

La sua ostilità la fece arrabbiare ancora di più, e per poco non gli sferrò un calcio. Nessuno le voleva bene, nemmeno quella lucertola.

«Sparisci!» gridò, risentita. «Schifoso mangiasassi!»

Il mesri si voltò e, coi suoi occhi a mandorla giallo ambra privi di pupille visibili, le lanciò uno sguardo così penetrante da farla trasalire. Aveva forse capito l'insulto?

Poco dopo arrivarono gli altri tre. La donna prese in braccio il mesri come un bambino, e l'animale le si aggrappò al collo.

Kaira non credeva che le avesse detto qualcosa, ma a un tratto Umbra le chiese, aggrottando le sopracciglia con espressione minacciosa: «Gli hai fatto male, ragazza?»

Kaira arrossì. «Non... non volontariamente», balbettò. «Voleva salirmi sulle ginocchia, e l'ho afferrato con troppa forza. Mi dispiace.»

«È stata solo maldestra, dice. Le dispiace», ripeté la donna, fissando il mesri. L'animale ricambiò lo sguardo, poi si rilassò, le strofinò la guancia contro i capelli e sollevò le zampe anteriori con disinvoltura per farsi accarezzare il petto magro.

«Devi essere prudente con lui!» riprese Umbra, ancora molto arrabbiata. «Non fargli mai male! Hai capito? Non fargli mai male!» Poi posò l'animale su un divano e fece cenno a Kaira di seguirla. «Prendi quella ciotola blu e vieni con me. Sembrate mezzi morti di fame... Vi preparo qualcosa da mangiare.» Uscì con una seconda lanterna, più piccola, e Kaira la seguì.

Non aveva mai veduto una casa così caotica e sgangherata. Angusti passaggi si aprivano su rimesse e annessi ingombri di ciarpame come l'edificio principale. Umbra aprì un'inferriata e s'infilò in una stanza con una parete obliqua.

Non appena la lanterna illuminò il locale, esplose uno schiamazzo simile a quello di un pollaio. Kaira si guardò intorno, ma non vide polli né altri animali. Su un lungo tavolo vi erano alcune gabbie, ma erano piene di piante dalle carnose foglie verde intenso, che ondeggiavano come se soffiasse un vento impetuoso.

In realtà si muovevano ed erano loro a emettere quel cicaleccio di voci sottili.

Kaira ripensò ai boccamiele e indietreggiò, inorridita. Umbra le posò una mano rassicurante sul braccio. «Non avere paura, ragazza. Sono innocue. Si chiamano 'tronte'. Fanno un gran baccano, ma non mordono.»

Kaira prese la fiaccola e si avvicinò con cautela. Sul fondo di ogni gabbia vi era una profonda bacinella piena di sabbia e terra. Le piante, ciascuna grande più o meno come un cavolo, dovevano avere radici molto elastiche e flessibili, perché si allungavano per una spanna buona su tutti i lati. La cosa più strana era tuttavia il gambo - lungo quanto un braccio, pallido e membranoso come il collo di un pollo spennato - che spuntava dalla rosetta di foglie. All'estremità superiore recava una massa che aveva la forma della testa di un pollo, anche se senza occhi e senza becco. Era quella massa a produrre la voce, annuendo solennemente come una persona che ne saluta un'altra con un inchino.

Umbra aprì una gabbia ed estrasse una pianta, che prese a dimenarsi e a strillare.

« Vieni, mi serve la ciotola. » Umbra tenne ferma la tronta sul tavolo di legno con una mano, mentre con l'altra prese da un palo una mannaia affilata. Kaira non ebbe nemmeno il tempo di chiudere gli occhi prima che si udisse un colpo sordo e le proteste della pianta cessassero all'improvviso. Il corpo simile a un carciofo penzolava floscio dal pugno di Umbra. Sul tavolo gocciolò un liquido rosa chiaro. Kaira ebbe un conato di vomito quando vide che la testa rossa diventava bluastra.

Altre cinque o sei tronte andarono incontro allo stesso destino. La maga gettò le teste in un secchio, mozzò i colli e buttò via anche quelli. Poi staccò le foglie, tagliuzzò il torsolo e trasferì il tutto nella ciotola ammaccata. Mentre Umbra sbucciava le fette, Kaira vide al loro interno una polpa rosa chiaro che sembrava molto tenera e appetitosa. Tuttavia, fu assalita dalla nausea all'idea di trovarsi nel piatto quelle rondelle. Non voleva mangiare una cosa che fino a pochi minuti prima era ancora viva, anche se si trattava solo di una pianta.

Quando tornarono, Ari si agitava già per l'impazienza. Non si staccò mai dal fianco di Umbra mentre la donna zigzagava tra pile di cianfrusaglie e armeggiava davanti a un focolare che sembrava essere stato pulito per l'ultima volta molto, molto tempo prima. La griglia su cui venivano posate le pentole era nera e incrostata di grasso. Umbra mise un tegame sul fuoco e vi versò una parte della polpa, buttando il resto in una capiente casseruola.

Ben presto si diffuse un profumo che fece venire a Kaira l'acquolina in bocca. La giovane dimenticò le tronte morte e si concentrò sull'aroma della zuppa e dei pezzetti di polpa che friggevano nel grasso abbondante.

Poi Umbra disse: « Volpe di Fuoco, tu puoi dar da mangiare ai maiali. Kaira ti darà una mano, e Tataika può apparecchiare la tavola ».

Quando uscirono nella fredda notte rischiarata da enormi stelle, Ari li seguì, ma si tenne a distanza.

Ruadh sussurrò alla ragazza: « Guardati bene dal toccarlo ancora in malo modo! Susciterai le ire di Umbra, e sai di cos'è capace ». Mentre davano da mangiare ai maiali, aggiunse: « Credo che non esista essere più sensibile e affettuoso di un mesri. Nei villaggi circolano le storie più bizzarre sul loro conto. Secondo alcuni, sono così dolci che una donna innamorata di un mesri non riesce più ad affezionarsi a un uomo ».

Kaira lanciò un'occhiata dubbiosa ad Ari, che si era sdraiato con le zampe incrociate sotto il mento tra le ombre blu della veranda e li osservava coi suoi occhi insondabili.

« Si dice che i mesri abbiano un dente velenoso con cui possono dare un morso letale, ma una volta sola. Quando una donna s'invaghisce di un mesri e quest'ultimo sente di essere vicino alla morte, le inietta il veleno per non lasciarla sola, ma anche per impedirle di concedersi a un altro. Sono creature molto curiose », continuò Ruadh.

Kaira rabbrividì. A un tratto le parve tutto sinistro: la casa malandata, i maiali ingordi, il delicato essere nel vano buio della porta posteriore. Quasi non si accorse di cosa stava facendo quando si strinse a Ruadh in cerca di protezione. L'uomo posò il secchio e l'abbracciò, accarezzandole dolcemente i capelli con la mano ruvida.

« Coraggio », bisbigliò. « Devi solo stare molto attenta e non avrai nulla da temere. »

Tornarono nel piacevole tepore della casa. Mentre Umbra cucinava, Ari saltellava qua e là e – cosa molto buffa – si rizzò più volte sulle zampe posteriori verso il focolare per vedere se la cena fosse pronta. Quando finalmente il cibo fu servito, il mesri lanciò uno strillo entusiasta. Umbra lo portò a tavola, lo adagiò su un grosso cuscino affinché arrivasse comodamente al ripiano e gli diede le stesse pietanze che offrì ai suoi visitatori: una zuppa grassa e speziata e un enorme piatto su cui erano disposte grosse fette di polpa cruda, cotta e arrostita, circondate da un anello di fumanti patate lesse giallo oro. Nell'aria afosa aleggiava un forte odore di fritto e fumo. Volpe di Fuoco fu incaricato di portare i piatti ai due uomini nella rimessa, quindi sedettero tutti a tavola.

Erano così affamati che per qualche tempo non si udì nulla a eccezione dei lievi rumori che producevano mangiando. Poiché mancavano le posate, raccoglievano i bocconi con le dita e si pulivano le mani unte in una schiacciata chiara che ricordava il pane dei cinque giorni. Ruadh dovette difendere la sua porzione da Ari, che cercava di rubargliela allungando la lingua verso il suo piatto e afferrandone il bordo con le sue spettrali mani a quattro dita.

Per il resto, il mesri sedeva come un essere umano, prendeva i pezzetti di cibo con le mani delicate e se li infilava in bocca senza sbrodolarsi. L'unica differenza era che non masticava, bensì inghiottiva i bocconi interi, a prescindere dalle loro dimensioni. La pancia gli diventò sempre più gonfia e rotonda, finché non parve che avesse mangiato una palla. Quando ebbe finito, scese pesantemente dalla sedia, barcollò fino al divano su cui si era seduto Ruadh e si preparò a schiacciare un sonnellino.

*Com'è strana la vita,* pensò Kaira. Esistevano piante che erano quasi animali, ed ecco un animale che era quasi un essere umano, anche se non sapeva parlare. Ripensò all'uomo-capra di cui aveva visto lo scheletro nel deserto. Era un animale o un essere umano? E qual era la differenza? Chi erano lei e i suoi compagni? Sedevano al tavolo di quella donna rapace, tre creature sudate e ingorde nella luce calda della fiaccola, e divoravano la polpa di esseri che fino a poco prima erano ancora vivi. Si pulivano il grasso dalle labbra e inzuppavano pezzetti di pane bianco nel sugo color sangue. Si rese conto per la prima volta che erano carnivori: predatori che mangiavano le loro prede, animali selvatici che masticavano la carne di esseri più deboli. La differenza era solo che cuocevano il loro cibo in padella anziché avventarsi su brandelli di carne fresca e sanguinolenta tra la sabbia del deserto.

In passato, quando aveva fatto le stesse riflessioni, aveva provato un senso di nausea, ma ora la polpa di tronta era squisita. A un tratto non vide più nulla di sbagliato nell'essere un animale che mangiava altri animali. Un tepore inatteso le riempì il ventre, e sentì con chiarezza la sua carne, le sue viscere calde e il battito del suo cuore. Tutto ciò aveva un che di perverso, un odore pungente di animale rapace che la ripugnò, ma poi le tornò in mente una frase pronunciata da Ruadh: *chi vuole afferrare la vita deve sporcarsi le mani.*

Quando ebbero finito, Ruadh raccontò l'accaduto a Umbra, poi domandò: « Hai ricevuto notizie? La mia lista finisce qui ».

« Ho ricevuto notizie », rispose la maga. « La regina dei Ka-Ne - come sai è un membro della sorellanza - mi ha comunicato che nel suo popolo vi è un'eletta, una certa Lulalume. Dovete andare a prenderla. Poi la regina v'indicherà la strada per raggiungere Kulabac. »

« E tu? Non vieni con noi? » chiese Ruadh con una punta di tristezza.

Era visibilmente deluso quando Umbra scrollò il capo. « No. Andrò per la mia strada con Ari, ma ci rivedremo da Kulabac. E posso accompagnarvi fino a Dundris, per risparmiarvi un poco di fatica e depistare i Sundari. »

Quindi la maga li condusse in una stanza sotterranea interamente occupata da uno spesso materasso. Quest'ultimo era coperto da tappeti variopinti e sormontato da innumerevoli cuscini e coperte, tutti intessuti in un filo multicolore. Nell'aria aleggiava un odore greve e dolciastro, mescolato a quello dell'olio che bruciava in una lampada di vetro porpora appesa sopra il giaciglio.

Ari li seguì nel locale mal illuminato, e Kaira constatò con piacere che era gelosissimo. Si stese subito con le zampe divaricate sul seno e sulla pancia di Umbra, le infilò il musetto tra i folti capelli arruffati e le annusò l'orecchio mentre le tastava il volto con le dita esili. Emetteva uno strano ronzio acuto che esprimeva una profonda soddisfazione, ma sibilava con aria minacciosa all'indirizzo di Ruadh non appena il raccoglitore si muoveva. Alla fine l'uomo dovette ritirarsi nell'angolo opposto per evitare di essere aggredito. Il mesri si mostrò assai meno ostile verso le ragazze, indicando così che sapeva distinguere tra un uomo e una donna e che capiva quale dei due sessi doveva temere come concorrente.

Kaira era contenta. Quel piccolo mostriciattolo pezzato non avrebbe mai permesso che Ruadh si stendesse accanto a Umbra, dunque si era preoccupata per niente. Almeno per il momento non aveva rivali. Di colpo tornò così di buon umore che si scusò ancora con l'animale.

« Ti prego, non avercela con me per prima. Non volevo farti male. Mi rincresce. »

Ari le leccò fugacemente la mano per indicare che l'aveva perdonata.

Kaira si rannicchiò sotto una coperta e sentì Tataika che domandava: « E se i Sundari dovessero tornare durante il giorno? Ci sorprenderanno nel sonno? »

Umbra scosse la testa. « No, non avere paura. Ho piazzato delle guardie. »

« Guardie? Allora in casa c'è qualcun altro oltre a noi? »

« No. Ma, se i Sundari si avvicinano alla mia capanna, vedranno quattro gigantesche figure grigie durante la notte e centinaia di vipere velenose e roventi come il fuoco durante il giorno. »

Le due ragazze non chiesero altro. Kaira non riuscì a decidere se le parole della maga fossero rassicuranti o spaventose. Da una parte, era un sollievo sapere che orribili fantasmi avrebbero impedito ai Sundari di strapparla dal letto. Ma chi le diceva che Umbra non avesse intenzione di stregarla?

# PARTENZA

Si alzarono al crepuscolo e fecero un'abbondante colazione. Quindi andarono alla rimessa per chiamare Beck e Jannis. La Stella Dentata era appena sparita all'orizzonte, e il terreno crepato scottava ancora, sicché sarebbe stato impossibile camminare a piedi nudi. Kaira sentiva l'afa anche attraverso gli spessi veli che la avvolgevano. A occidente una striscia rosso fuoco sfumava nel turchese, avvertendoli che il sole non era sparito per sempre e che presto sarebbe tornato con la sua luce impietosa.

Beck apparve visibilmente sollevato quando poté uscire all'aria aperta. « Vieni, Jannis! » urlò in tono allegro. « La notte è fresca, e stiamo partendo per Luifinlas! Abbiamo motivo di essere contenti. »

L'uomo che comparve alle sue spalle sembrava di diverso parere. Era un tipo sulla trentina, magro, sciupato e malaticcio, con una testa di capelli scuri e un volto così scavato che il naso pareva stranamente lungo e appuntito. Indossava il caffettano e i ruvidi pantaloni blu di coloro che venivano venduti come schiavi dopo essersi macchiati di un crimine, e aveva un'espressione molto triste benché Umbra l'avesse riscattato. Anche se disse di aver dormito bene, sembrava così stanco e debole che Kaira si domandò se non sarebbe stato solo d'intralcio. Pareva un uomo cui ci si poteva affezionare facilmente, ma che non offriva protezione, bensì la chiedeva.

La giovane provò subito una certa simpatia per lui. Nonostante l'aspetto deperito non era brutto e aveva occhi color nocciola che le toccarono il cuore. Secondo quanto Jannis aveva raccontato a Umbra, era uno degli eruditi che erano stati esiliati perché avevano appreso cose sgradite all'imperatore. Hugues aveva diffidato di tutti coloro che leggevano troppi libri antichi.

Beck gli aveva riferito che l'imperatore e l'imperatrice erano morti e che a Thurazim infuriavano violenti scontri per la successione al trono, ma Jannis si era rifiutato di credergli e aveva liquidato la notizia come propaganda menzognera dei Selenari. Forse, pensò Kaira, non riusciva semplicemente ad accettare non solo il fatto che la sua vita fosse distrutta, ma pure che fossero crollati i pilastri della società sundarica. Non aveva neppure voluto sentir parlare di un nuovo re. Su Chatundra non vi erano re, vi era solo un imperatore, aveva dichiarato. Tutti gli altri erano pazzi e imbroglioni.

Umbra entrò in uno degli annessi traballanti per prendere uno pterosauro che, imbrigliato come un cavallo, offriva posto per tutti i viaggiatori. Kaira esitò quando la maga ordinò loro di montare, di tenersi forte alla cinghia fissata alla schiena dell'animale e di muoversi il meno possibile per non fargli perdere l'equilibrio. La giovane temeva che il sauro volasse molto in alto, e si domandò che cosa sarebbe successo se fosse scivolata giù mentre sfrecciavano tra le stelle.

Le sue preoccupazioni, tuttavia, erano infondate. Il possente animale volava così basso che la ragazza lo sentiva alzarsi e abbassarsi a ogni irregolarità del terreno. La luce della lanterna illuminava dune, pietre ruvide e rocce blu o rossicce cui, nel corso dei millenni, il vento aveva conferito forme fantastiche.

L'oscurità s'infittì sempre di più mentre il sauro attraversava il deserto, seguendo una pista che solo Umbra riusciva a vedere.

PARTE TERZA

# L'OSCURAMENTO DI PHURAM

# LE FORZE DELLE TENEBRE

# IL FALÒ DI MESQUIT

Le madri e le mogli dei pescatori guardavano con preoccupazione il cielo mattutino dal molo della piccola città portuale di Mesquit, nell'estremo Nord. Come sempre, le barche erano uscite all'alba per pescare granchi e aragoste dai gelidi abissi del Mar di Diamante, e allora il mondo era com'era sempre stato, ma poi accadde qualcosa d'insolito. Le donne si stringevano nei mantelli di lana e spostavano continuamente lo sguardo tra i Toarch kin Luris, da cui soffiava un vento ghiacciato, e il sole che sorgeva a est.

«Sono solo nubi temporalesche, non credete?» domandò una giovane in tono allegro, sperando che le altre le dessero ragione.

Ma quelle scossero la testa all'unisono. «Quelle non sono nubi temporalesche», rispose la più anziana del villaggio, una donna di quasi cent'anni che aveva ancora la vista acuta e la mente lucida. «Guardate! Sembra un sacco di cenere che viene svuotato!»

In effetti pareva proprio così. Le nuvole erano più nere di quanto lo fosse mai stato un temporale e, come un gigantesco sacco capovolto, riversarono una tormenta di fiocchi neri che offuscarono il sole all'istante. Le donne urlarono tutte insieme quando quel velo sinistro nascose il volto di Phuram, spegnendo ogni luce. Su Chatundra calò una penombra grigioverde in cui il viso del sole era solo un debole baluginio.

«Le navi! Le navi in mare!» gridò la più anziana. «Accendete un fuoco che le guidi, altrimenti non ritroveranno la strada verso il porto!»

Le donne non si limitarono a raccogliere la legna. Corsero nella casa comune, che sorgeva accanto all'entrata del porto, accostarono le fiaccole al focolare e vagarono per l'intero edificio incendiando qualunque cosa trovassero: tavoli e sedie, imposte e scale, armadi e travi. Le fiamme, alimentate dagli impetuosi venti che scendevano dalle montagne, divorarono ogni cosa. Le donne ebbero appena il tempo di mettersi al sicuro mentre la costruzione si trasformava in un immenso falò.

I pescatori esultarono quando videro quel chiarore tra l'oscurità improvvisa, e tutte le barche girarono la prua in quella direzione. Poiché le raffiche soffiavano dalla terraferma verso il mare, le vele non servivano a nulla, e gli uomini cominciarono a remare con tutte le loro forze. I pescherecci raggiunsero il porto, accolti dalle donne, che ridevano e piangevano allo stesso tempo. I loro uomini erano tornati sani e salvi, ma la fine del mondo non incombeva forse su tutti loro?

Quando alzarono lo sguardo, udirono un terribile frastuono che veniva dal cielo. I pennacchi di neve all'estremità più lontana dei Toarch kin Mur - il lato rivolto verso il mare, dove la catena confinava coi Toarch kin Luris - presero la forma di draghi volanti. Si diressero verso sud, diffondendo un freddo così pungente che gli esseri umani credettero di congelare persino vicino all'edificio in fiamme. I mostri si sparpagliarono rapidamente nel cielo e presero posto sulle vette dei Monti Urlanti, per difendere il regno di Zarzunabas dalla minaccia che veniva dal Sud e per organizzare i loro schieramenti.

# L'ANTRO DEI MORTI

La Thainach Katanja era furibonda come lo era stata raramente in vita sua. Non solo i due criminali le erano sfuggiti, ma avevano anche coperto di ridicolo lei e i suoi uomini. I soldati avevano urlato e pregato, imprecato e piagnucolato quando erano rimasti imprigionati tra i cappi argentei, in cui avevano riconosciuto fin troppo chiaramente la rete della dragonessa della luna.

Ma li avrebbe catturati entrambi, li avrebbe catturati e avrebbe regolato personalmente i conti con loro prima di mandarli da re Viborg in catene.

Aveva mandato Thilmo a Chiritai sotto scorta, ma lei e la sua truppa vagavano nel deserto in cerca di tracce. L'incantesimo aveva avuto un profondo effetto anche sui cani, che si trascinavano dietro la loro padrona battendo le palpebre, con le code penzoloni. Erano così confusi che non avrebbero fiutato nemmeno un'aringa fresca sotto il loro naso, ma in qualche modo riuscirono a trovare una pista. Individuarono persino la caverna in cui i fuggitivi si erano nascosti durante il giorno. Katanja rimase delusa quando emerse che la grotta era vuota, ma sentì riaccendersi la speranza quando, dopo aver vagabondato per molte ore tra le dune, scorse l'ingresso di un pozzo. Fece qualche calcolo: i criminali dovevano essere arrivati più o meno fin là quando era spuntato il giorno, e ciò significava che non potevano essere lontani. Era dunque evidente che si trovavano nel tunnel.

Se Katanja non fosse stata così vendicativa, ci avrebbe pensato due volte prima di mettere piede là dentro. Tuttavia, era impaziente di catturare i due uomini, e lo stesso valeva per i suoi soldati. Buiko sbirciò nella caverna e si offrì di andare per primo.

« Entriamo tutti insieme », decise Katanja. « Avanti, in marcia! »

Accesero le fiaccole ed entrarono. Capirono subito di trovarsi nell'atrio di un'ampia grotta, perché arrivavano vortici d'aria da tutti i lati. Il vento fischiava e ronzava come uno sciame d'insetti fra le pietre, con un suono così alto e minaccioso che Katanja pensò a un nido di vespe. Non appena si furono allontanati dall'ingresso, l'aria divenne gelida. I soldati si avvolsero nei mantelli e si sollevarono i cappucci, stringendosi gli uni agli altri senza volerlo.

Quella era senza dubbio una caverna naturale, ma, come spesso accade, dava l'impressione di una struttura costruita dall'uomo. Vi erano corridoi e passaggi troppo simmetrici per essere stati creati dalla natura, stalattiti sottili e decorazioni così singolari che nemmeno lo scalpellino più fantasioso avrebbe potuto idearle. Gli uomini scavalcarono accumuli di sedimenti che scendevano da pareti diroccate, s'infilarono in aperture mezze ostruite e attraversarono sale antichissime. Furono assaliti da una paura che non si poteva imputare a nulla di terreno. Dall'entrata fino al primo livello non avevano veduto nessun essere vivente e non avevano udito nessun suono a eccezione del fruscio sinistro del vento.

Buiko, il primo della fila, si fermò di colpo e fece cenno agli altri di fare lo stesso. Tese le orecchie, quindi si rivolse a Katanja parlando sottovoce. « Lo senti? Qualcuno ci segue. »

La donna ascoltò, ma disse: « Non sento niente. Forse ti sbagli. Il vento e l'acqua fanno rumore ».

« No, sono sicurissimo. Questi sono passi. Sono dietro di noi. »

« I fuggitivi scapperebbero. Oppure credi che vogliano tenderci un'imboscata? »

Buiko scrollò il capo. « Queste non sono prede, Thainach, sono cacciatori. » Quindi le sussurrò all'orecchio: « Sono tarasque ».

Katanja si mise la mano sul petto per calmare il battito del cuore. « Preparatevi, soldati! » ordinò con voce calma. L'oscurità la inquietava più di quanto avrebbe fatto un esercito nemico, e ora non vi era più solo l'oscurità, ma anche la terribile minaccia che fino a quel momento aveva incontrato solo nei suoi incubi peggiori. Tese le orecchie, ma non sentì i rumori che erano stati captati dall'udito acuto del suo aiutante.

Buiko posò la fiaccola sul pavimento e si guardò intorno. La luce fioca illuminò una stanza da cui diverse aperture conducevano in gallerie buie. Un vento freddo soffiava da fessure invisibili e accarezzava i volti accaldati degli uomini. « Se i criminali si sono rifugiati qui dentro, non è più necessario cercarli. Questa grotta è più letale della cisterna in cui dimora l'Animale della Giustizia », mormorò.

Katanja prese una decisione. « Torniamo indietro. Sbrigatevi, ma guardate dove mettete i piedi. Ci manca solo che qualcuno si sloghi una caviglia. »

Gli uomini obbedirono senza nascondere il sollievo. Dare la caccia ai criminali era una cosa, ma affrontare le creature degli inferi era più di quanto si potesse pretendere da loro. Si girarono e si affrettarono a imboccare nuovamente il tunnel.

Katanja avrebbe voluto solo che non facessero tanto rumore. Se le tarasque erano vicine, dovevano averli sentiti. Non aveva idea di quanto fossero grandi. Erano alte come esseri umani? O di più? Oppure erano più piccole, tanto da riuscire a infilarsi nelle crepe della roccia? Le storie che aveva sentito non descrivevano con esattezza quelle bestiacce, limitandosi a dire che erano mostruose. Buiko aveva udito uno scalpiccio, perciò probabilmente camminavano su due zampe e, pensò la Thainach con sollievo, non erano insetti giganteschi né draghi alti quanto un uomo.

Avevano appena superato il punto da cui la galleria saliva ripidamente verso l'uscita, quando Buiko si voltò di scatto e alzò la fiaccola, lanciando un urlo. Katanja si girò. Per qualche secondo scorse una faccia oltre la curva dell'ingresso: una faccia grande, pallida e spugnosa col muso simile a quello di un maiale e con due vibranti narici rugose. Le parve di vedere qualcosa nel bagliore improvviso di un fulmine, perché la tarasque sparì subito, emettendo un verso orribile. Quando Katanja s'infilò nel tunnel, sentì qualcosa che raschiava e grattava, poi di nuovo silenzio.

Si erano fermati tutti a guardare Buiko. Era evidente che aveva il cuore in gola, e dovette fare due tentativi prima di riuscire a parlare. « Accendete tutte le torce, anche quelle di scorta. La luce è l'arma più efficace contro di loro. »

« Stai bene? » domandò Katanja.

L'aiutante annuì, ma la donna notò che non stava affatto bene. Le tarasque dovevano essere molto, molto più brutte di quanto narrassero le storie dei Selenari, perché Buiko si era spaventato a morte. Aveva il volto pallido e sudato, e gli occhi spalancati e atterriti. Prese la fiaccola di Katanja, continuando a tenere in mano la propria. A quanto pareva, non si fidava totalmente nemmeno della luce, perché il suo viso esprimeva più una disperata forza di volontà che un vero coraggio.

Katanja si domandò che cos'avesse visto, ma non ebbe il tempo di rimuginarci sopra, perché Buiko si era già incamminato e si stava arrampicando su per il sentiero scosceso con tutta la velocità consentita dal terreno scivoloso e accidentato.

Ansimavano, ma la speranza metteva loro le ali ai piedi: più sarebbero stati rapidi, e prima avrebbero lasciato quel labirinto freddo e buio. Katanja fece appello a tutte le sue energie per salire da un gradino di pietra all'altro. Le numerose sporgenze offrivano ottimi punti d'appoggio, anche se erano così affilate che le mani le dolevano nonostante i guanti di cuoio. Ben presto ebbe l'impressione di arrampicarsi su lame di coltello, ma non osò fermarsi a riprendere fiato né a massaggiarsi le dita indolenzite, perché ormai tutti udivano ciò che all'inizio aveva sentito solo Buiko: qualcuno stava loro alle calcagna.

L'aria umida si riempì a poco a poco di rumori sommessi: sassi che rotolavano, qualcosa che raschiava contro le ruvide pareti di roccia, voci lontane. Quelle voci erano il suono più sgradevole che Katanja avesse mai sentito. Il loro linguaggio si componeva di schiocchi e gorgoglii, come se le creature parlassero mentre mangiavano e deglutivano. Le parole erano inintelligibili, ma la donna non capì se dipendesse dal fatto che le tarasque usavano una lingua incomprensibile o dal fatto che erano troppo distanti. Si augurò che fosse vera la seconda ipotesi.

Poi, con uno spavento improvviso che le fece quasi fermare il cuore, distinse un altro di quegli esseri ripugnanti. Katanja aveva appena girato intorno a un massiccio pilastro di roccia e si trovava in un punto da cui poteva vedere il sentiero sottostante. La faccia che spuntò fra le pietre - una faccia grande, liscia e rosa pallido - fu visibile solo per un attimo, ma questa volta Katanja vide chiaramente la proboscide grinzosa e le guance cascanti. Vide anche due occhi deformi e abituati all'oscurità, così piatti e incolori da assomigliare a quelli di un polpo. Il mostro scomparve non appena la luce delle fiaccole lo investì. Poi, dal corridoio sottostante si levò uno stridore infernale, come se la creatura spaventata si stesse arrampicando su un mucchio di suoi simili.

I soldati s'inerpicarono su per uno scivoloso accumulo di sedimenti che mise a dura prova le loro ultime energie. Quindi raggiunsero la sommità e videro l'uscita. Fuori era già buio, e Katanja rimase sorpresa: dovevano essere rimasti là dentro molto più a lungo di quanto pensassero. In quel momento, tuttavia, l'unica cosa importante era uscire da quella maledetta caverna.

Scesero rapidamente il versante opposto del cono, poi si fermarono sulla soglia e alzarono gli occhi al cielo, sconcertati e atterriti. Dove prima splendeva il volto di Phuram, ora vi era un disco verdastro coperto da una foschia verde oliva, simile al viso di un ubriacone nell'acqua sporca.

Katanja non ebbe tempo per stupirsi. Alle loro spalle comparve una moltitudine di creature che in precedenza avevano messo piede raramente sulla superficie di Chatundra. La Thainach, tuttavia, si sbalordì soprattutto perché alla loro guida vi erano due giovani Mokabiti in abiti aristocratici, entrambi bellissimi e intenti a sguainare le spade mentre lanciavano urla di guerra.

Quella scena la riscosse dal suo torpore. Era abituata agli uomini che le si avventavano contro come furie. « Buiko! » gridò. « Quelli sono i comandanti! Uccidiamoli per primi! »

I due Mokabiti la sentirono, intuirono che era a capo della truppa nemica e le si scagliarono contro come forsennati.

Katanja indietreggiò, scartò di lato e, con un lungo balzo, conficcò il giavellotto nel petto dell'uomo bruno, facendolo cadere per terra. Si chinò per tagliargli la testa, ma l'altro la aggredì alle spalle e la trapassò con la spada al di sotto del pettorale. La donna fu colta da un senso di vertigine, cominciò a vedere solo veli di nebbia rossa e crollò senza emettere nemmeno un suono. Non vide Buiko che la vendicava decapitando l'aggressore e gettandone la testa giù per la scarpata. La morte scese su di lei, e Katanja morì come aveva sempre desiderato morire: nel bel mezzo di un combattimento.

# LA BATTAGLIA DEI DRAGHI SOPRA THURAZIM

La bella e giovane aristocratica Philanis era una delle poche donne abbienti rimaste a Thurazim. Si era infatti rifiutata di abbandonare la sua casa e il suo splendido giardino per fuggire nelle campagne. Essendo tanto ricca quanto avida, aveva sempre pensato che, se se ne fosse andata, i Pezzati si sarebbero introdotti nell'edificio e avrebbero portato via tutti gli oggetti di valore. Così aveva costretto anche i suoi schiavi a restare in città sebbene quelli si lamentassero, piagnucolassero e profetizzassero tremende sciagure.

Philanis si svegliò quando la cameriera la scrollò urlando il suo nome e strillando: «Oh, guardate, guardate!»

«Sei forse impazzita, stupida ragazza?» la insultò la donna. «Ti farò fustigare!»

L'altra, tuttavia, non udì la minaccia. Era già fuggita come tutti gli altri schiavi, che erano corsi fuori gridando e piangendo, portando sulle spalle o sulla testa fagotti contenenti lo stretto indispensabile. Intuendo che doveva essere accaduto qualcosa d'insolito, Philanis saltò giù dal letto e li vide sparire dietro l'angolo della via.

Al principio pensò che stesse arrivando un temporale, poi comprese che cos'era successo e lanciò un lungo e assordante urlo di terrore. Dunque era capitato davvero: il volto di Phuram si era oscurato. Che cosa poteva fare? E soprattutto, che cosa ne sarebbe stato dei tesori che aveva nascosto in cantina? Sarebbero stati al sicuro? Nella confusione iniziale corse su e giù per la casa, mezza nuda, chiamando gli schiavi e minacciandoli delle punizioni più atroci se non fossero tornati. Poi rinsavì.

Gli schiavi se n'erano andati, e nemmeno le minacce più spaventose li avrebbero convinti a tornare. Poco lontano sorgeva tuttavia la villa della sua amica Aniz; sarebbe andata fin là e avrebbe preso a prestito qualche schiavo per trasferire i forzieri in un nascondiglio più sicuro. Si vestì rapidamente, s'infilò i sandali e si sollevò il cappuccio sui capelli arruffati. Quindi uscì di corsa sulla strada.

Non era l'unica. Tidha tan Techta non imperversava solo nei quartieri più poveri, ma anche in quelli più signorili, dove le persone correvano qua e là come impazzite. Schiavi e padroni si precipitavano fuori e fissavano il cielo. Alcuni supplicavano Phuram di tornare a splendere, altri impugnavano le armi, altri ancora fuggivano senza sapere dove andare.

Ai tempi di Hugues, prima che l'imperatore sposasse la Mokabita e condannasse alla rovina se stesso e il suo regno, Thurazim era una città ben fortificata. Ora, tuttavia, Hugues era morto, gli aristocratici erano scappati, e i cavalieri e i sacerdoti erano impegnati nelle lotte per il potere. Regnavano il caos e l'anarchia. Quando il velo nero calò sul volto di Phuram e una semioscurità plumbea scese sul mondo, nessuno sapeva che cosa fare. La maggior parte dei Sundari si rifugiò nel tempio di Phuram, mentre i Pezzati correvano qua e là senza meta e i Selenari rimasti scendevano nelle catacombe.

Philanis raggiunse la villa della sua amica, ma capì subito che Aniz non avrebbe potuto aiutarla. Sul vialetto vi era una serie di oggetti che gli schiavi avevano perduto durante la fuga, e da una finestra aperta del piano superiore provenivano le urla isteriche della padrona di casa, che cercava invano di trattenere i fuggitivi. Quando Philanis la chiamò, si affacciò alla finestra e, continuando a strillare, corse giù per la scala e si gettò tra le sue braccia.

« Che cosa facciamo? Che cosa facciamo ora? » urlò. Le sue parole furono soverchiate da un terribile rumore.

Non appena la luce di Phuram si spense, da sud echeggiò un lungo ululato, come se si stesse avvicinando una tempesta spaventosa. Gli eserciti dei Rachmanzai, liberati dalle catene, si avventarono ruggendo di rabbia contro i loro acerrimi nemici, i Corni di Ghiaccio. All'orizzonte si profilò una nube gigantesca, nera come la notte e piena di fulmini infuocati, che si diresse controvento verso la città sventurata. Era preceduta da un'ondata di calore e da una sottile polvere bollente che penetrava nel naso e nella bocca. Il caldo era così insopportabile che

Thurazim si sarebbe incendiata con tutti i suoi abitanti se da nord non fosse arrivato un secondo schieramento.

I Corni di Ghiaccio, avvolti dalla neve e dal freddo, giunsero su nuvole bianche, stridendo, fischiando e scagliando lampi argentei.

I due eserciti si scontrarono con un violento boato e un'esplosione di urla. Il fuoco e la neve si scagliarono l'uno contro l'altra, e l'aria luccicò di scintille e cristalli di ghiaccio. Molti abitanti di Thurazim sopravvissero a quel giorno funesto solo grazie alla furia dei Draghi Purpurei, che dimenticarono gli esseri umani e si concentrarono solo sul combattimento e sulla totale distruzione del nemico. Il cielo rimbombava come un gong, l'aria sibilava, e gocce di acqua bollente ghiacciavano prima di toccare il suolo.

Philanis e Aniz fissarono il cielo a bocca aperta. A un tratto qualcosa di nero ed enorme cadde con un tonfo sordo sull'erba davanti ai loro piedi: era la zampa anteriore di un Muden Gamul, ancora sanguinante e incendiata dall'alito di un Rachmanzai vittorioso.

Le due donne fuggirono verso i giardini e raggiunsero la casa di Philanis, dove sprangarono tutte le porte e corsero in cantina. Ansimando e grondando sudore, chiusero l'uscio della camera del tesoro, tirarono il chiavistello e si guardarono.

« Phuram si è spento! Sta arrivando la fine del mondo! » gridò Aniz, torcendosi le mani. Anche in quel momento, tuttavia, Philanis riuscì a pensare solo a come proteggere i suoi tesori, che i servitori avevano trasferito là sotto negli ultimi giorni: forzieri e scrigni pieni di gioielli; mucchi di vestiti, scarpe, borse e cappelli lussuosi; sacchi colmi di monete imperiali... Sarebbe forse andato tutto perduto?

Con un urlo disperato, si lanciò verso un cumulo dei suoi abiti migliori e tirò fuori il più bello, per portarlo in un luogo più sicuro. L'abito, tuttavia, era più pesante del solito. La donna lo strattonò pensando che si fosse impigliato da qualche parte, ma il vestito si mosse, e la cosa nascosta al suo interno la fissò con occhi da polpo cerchiati di nero, soffiando dalla proboscide con fare minaccioso. Philanis fece un salto indietro e provò a fuggire, ma era troppo tardi. L'intero mucchio di abiti cominciò a muoversi; dai colletti di pizzo spuntarono larghe bocche piene di denti affilati, e da sotto le cuffiette di merletto sbucarono occhi scintillanti e rossastri. Traballando, saltellando, grugnendo, digrignando i denti e schioccando le lingue, i basilischi circondarono le due donne, che presero a urlare come forsennate.

# IL REGNO DEI BASILISCHI

Mentre gli abitanti di Thurazim fissavano con orrore le orde di draghi nel cielo, dalle cantine e dalle catacombe arrivò un nuovo pericolo. I primi ad accorgersene furono i Selenari, che all'improvviso videro arrivare schiere di tarasque e fuggirono urlando. I Sundari e i Pezzati guardavano con sconcerto le persone che si riversavano fuori dalle porte della città inferiore e correvano come impazzite tra i vicoli semibui. Tuttavia, il loro stupore non durò a lungo. Ben presto videro anch'essi che cosa saltellava su per le scale e, scossi dal ribrezzo e dal raccapriccio, scapparono a loro volta dalla città maledetta, su cui si erano abbattuti il fuoco, il ghiaccio e i mostri sbucati dalle viscere della terra.

A salvare la vita di molti abitanti di Thurazim fu l'avidità dei basilischi, che non resistettero alla tentazione di saccheggiare scrigni, forzieri e guardaroba, e dunque rinunciarono a seguire i fuggitivi per lunghi tratti. Il bersaglio principale della loro rabbia furono tuttavia le statue di Phuram. Poiché le loro membra spugnose erano troppo deboli per rovesciare le enormi sculture, entrarono nei templi e nelle case dei sacerdoti e si dedicarono a imbrattare e profanare le statue più piccole.

Dopo aver arrecato danni indescrivibili al Tempio Dorato, trascinarono fuori un'immensa scultura da una delle loro profonde caverne sotterranee e la issarono sull'altare. Nella penombra, la statua era una vista spaventosa, perché sei zampe squamose sostenevano il corpo - corazzato e costellato di aculei - di una tartaruga gigante che dietro aveva una tozza coda di drago e davanti la triplice testa di un uomo barbuto: Tarasque. Ora il suo cadavere pietrificato troneggiava sull'altare di Phuram.

I suoi discendenti danzarono in suo onore e intonarono canti che gli esseri umani non avevano mai sentito, mentre sopra i merli del tempio la feroce battaglia dei draghi infuriava come una violenta tempesta.

Fu una guerra terribile. Gli esseri umani si piegarono sotto le grondaie delle case per non essere investiti dalla ripugnante pioggia di membra congelate e pezzi di carne sanguinolenta che cadevano dal cielo scuro. Code infuocate e frammenti di ghiaccio si abbattevano su strade e edifici, incendiando le costruzioni di legno della periferia e mandando in frantumi le torri di vetro. Ovunque si vedevano persone che urlavano e non sapevano dove rifugiarsi. Quando la prima di quelle sette terribili notti calò su Thurazim, un anello di fuoco cinse la città, e il deserto circostante si riempì di disperati. Continuavano a udire il chiasso, ma, una volta sorta Datura, non riuscirono più a vedere gli eserciti dei draghi. Nel firmamento fluttuavano solo i dodici Fallum Fey che trasportavano la ragnatela argentea in cui riposava la loro padrona.

A sud gli Stregoni degli Inferi erano saliti sulla piattaforma più alta della Casa delle Mille Torri e avevano osservato lo scontro con la medesima apprensione del Principe Cadavere, che, nell'estremo Nord, puntava lo sguardo magico verso il regno dai merli del suo palazzo di ghiaccio. Entrambi gli schieramenti erano convinti che il loro esercito avrebbe annientato il nemico, e furono sopraffatti dall'orrore e dall'incredulità quando capirono che cos'era accaduto.

Nella furia implacabile della battaglia ciascuno dei due gruppi si era illuso di aver sconfitto l'altro e, nell'entusiasmo della vittoria, si era scagliato anche contro i comandanti dell'esercito avversario. Così gli Stregoni degli Inferi si lanciarono urlando giù per le loro scale a chiocciola quando videro il gelido sciame dei Muden Gamul dirigersi verso Thamaz, avvolto in una nuvola di violente bufere e intento a scagliare ghiaccio e fulmini. Allo stesso tempo Zarzunabas, imitato dal suo seguito, fuggì dalle orde infuocate che sfrecciavano sopra i passi dei Toarch kin Mur. Da entrambe le parti regnava una terribile devastazione. Thamaz, che non conosceva l'inverno da secoli, era sepolta sotto uno spesso strato di neve, mentre i merli ghiacciati del castello di alabastro si scioglievano formando rivoli d'acqua. Molti Rachmanzai congelarono per via del freddo pungente, cadendo dal cielo e sprofondando nella neve. I Muden Gamul, invece, si avvicinarono troppo ai vulcani, divennero sempre più fradici e pesanti, e precipitarono tra le fiamme dei camini, da cui salirono sibilanti nuvole di vapore alte diverse miglia.

Quando spuntò il giorno - che non era molto più luminoso della notte -, Chatundra era disseminato dei cadaveri di enormi draghi.

L'orrore dilagò. Molti abitanti di Thamaz erano assiderati sotto la neve o caduti vittime dei basilischi, che erano comparsi non appena avevano fiutato la loro debolezza e impotenza. I superstiti di quella terribile notte fuggirono nel regno dei Makakau e chiesero aiuto al re, che ascoltò le loro preghiere. I semplici cittadini poterono rimanere, ma tutti i membri della stirpe mokabita furono esiliati sull'isola di Macrecourt. Laggiù avevano acqua e frutta sufficienti per sopravvivere, e il sovrano dei Makakau mandò loro una nave carica di pane, riso e patate dolci. Quei nobili viziati e avidi di piaceri, tuttavia, non erano per nulla contenti di dover attingere l'acqua o raccogliere la legna, così trascorrevano la maggior parte del tempo a bisticciare e incolparsi della sciagura.

L'attacco dei draghi non aveva danneggiato gli spettri sotto il comando di Zarzunabas, e anche l'Immortale ne era uscito incolume, ma non poteva certo condurre una guerra servendosi dei fantasmi. Gli spiriti si erano rivelati utili quando si era trattato di sorvegliare i passi dei Toarch kin Mur e di spaventare gli abitanti delle fattorie isolate, ma non sarebbero stati in grado di assaltare nemmeno Chiritai, perché il cavaliere Viborg e i suoi soldati non si sarebbero lasciati impaurire da qualche visione.

Le tarasque, invece, trionfarono. S'impossessarono di Thurazim e la ribattezzarono Duchlaloch, « la città conquistata ». I cadaveri dei draghi e degli esseri umani sparpagliati sulle strade e tra le rovine delle case offrirono loro tanto cibo come non ne vedevano da tempo. Vi strisciavano sopra come vermi, strappavano pezzi di carne decomposta coi loro denti affilati e la masticavano sbavando e schioccando la lingua. Quando la neve di Thamaz si sciolse, diedero un nuovo nome anche a quella città: Knulaloch, « la città distrutta ». Saccheggiarono ogni edificio, dalla Casa delle Mille Torri alla baracca più povera nella malfamata Fossa del Serpente, uccidendo qualunque cosa non appartenesse alla loro specie. La città era così devastata che persino i ratti fuggirono, lasciandola in balia dei discendenti di Drydd.

# IL VIAGGIO VERSO LUIFINLAS

# LE ROVINE DI DUNDRIS

Kaira si era addormentata, e si svegliò solo quando il sauro atterrò dolcemente. Trasalì e vide che la notte volgeva al termine. A est l'orizzonte era già color opalescente, e non sarebbe trascorso molto tempo prima che Phuram sorgesse.

« Non posso condurvi oltre, altrimenti entrerete nel sole. » Umbra le fece segno di scendere e di unirsi agli altri, che erano già smontati e si stavano caricando i bagagli sulle spalle. « Siate prudenti! Ci vediamo a Luifinlas », urlò la maga, e il sauro si rialzò nell'aria.

Kaira rabbrividì e si guardò intorno, ancora insonnolita. « Umbra può viaggiare tranquillamente attraverso il sole? » domandò.

« Non nella sua vera forma, ma cambia aspetto in modo da poterlo fare », rispose Ruadh. « Noi, però, dobbiamo pensare al nostro cammino. »

Tutt'intorno, ancora seminascoste dalle tenebre, si ergevano le rovine di un'enorme città che un tempo doveva essere stata magnifica, ma di cui ora restavano solo giganteschi archi affacciati sul nulla e colonne spaccate in bilico sui loro piedistalli.

Il gruppo si trovava poco distante dal bordo di un altopiano che finiva in una scarpata scoscesa, ma non abbastanza vicino per vedere che cosa vi fosse ai piedi dei versanti. L'aria era asciutta e freddissima, e le rovine si allargavano a perdita d'occhio. Intorno alle colonne di marmo rosso erano ammucchiati i resti di muri e tetti. I timpani, su cui scintillavano ancora gli ornamenti intarsiati d'oro, erano crollati e giacevano tra i calcinacci. Il vento gelido soffiava sulle fondamenta consumate dalle intemperie.

Gli edifici erano così imponenti che non potevano essere stati eretti per gli esseri umani, e lo stile architettonico era molto singolare, con una prevalenza di strani motivi a zigzag e linee spezzate che ricordavano le rune. In alcuni casi si vedeva ancora che i muri non erano perpendicolari, bensì s'inclinavano gli uni verso gli altri formando trapezi. In lontananza si scorgevano piramidi meglio conservate, che però apparivano cupe e minacciose, come abitate da spiriti maligni. Più in là si stagliavano le vette irregolari di montagne innevate.

Kaira si voltò verso Ruadh, Tataika e Beck. Il raccoglitore si dirigeva già verso le prime rovine. « Venite! Dobbiamo trovare una strada che porti nel deserto. Se non vogliamo essere arsi vivi, abbiamo bisogno di un riparo, e subito. »

Quando Jannis intuì che il suo amato e venerato sole l'avrebbe ridotto in cenere se non si fosse nascosto in tempo, si coprì il volto con le mani e cercò invano di reprimere un singhiozzo. Beck, che lo capiva più di tutti, gli strinse il braccio e lo consolò a bassa voce. « È dura, lo so. Ma ti ci abituerai. Ci sono passato anch'io. »

Jannis abbassò le mani e intrecciò le dita magre in un gesto disperato. « Ce l'ho messa tutta », balbettò. « Ho fatto del mio meglio, ma qualunque cosa abbia intrapreso è andata storta. Era come essere su uno scivolo. Ogni giorno era peggiore del precedente. E ora... » Guardò l'alba con espressione inconsolabile. « Ora, se non fuggo, il sacro sole mi ucciderà. »

All'udire quelle parole, Kaira sentì un nodo alla gola. A est comparve una sottile striscia rossastra, piatta e diritta come il taglio sanguinante lasciato da un pugnale.

Ruadh, spazientito, si rivolse ai suoi compagni. « Sbrigatevi, amici! Possiamo chiacchierare dopo. Ciascuno di voi vada in una direzione diversa e cerchi un accesso all'interno delle rovine. »

Kaira obbedì, anche se il pensiero di allontanarsi dagli altri la riempiva di paura. Quel posto non le era piaciuto sin dall'inizio, e le piacque ancora meno quando cominciò a esplorarlo nella pallida luce dell'alba. Si arrampicò su immensi mucchi di macerie, girò intorno a imponenti colonne ed evitò i resti di scale che terminavano nel vuoto e avevano gradini altissimi. Chi le aveva costruite sapeva che non sarebbero state usate dagli esseri umani.

Guardandosi intorno, notò che la zona era completamente brulla: niente fili d'erba, niente piante del deserto, nemmeno un muschio o un lichene rampicante. Forse, pensò, la mancanza di vegetazione dipendeva dalle croste gialle e puzzolenti di zolfo che crescevano sul pavimento di pietra. Parevano così velenose che evitò accuratamente di toccarle, ed emanavano sottili fili di fumo maleodorante che appestavano l'aria limpida. Quelle esalazioni avevano un effetto stordente, e la giovane imparò ben presto a trattenere il fiato quando passava loro accanto.

Di lì a poco vide anche le ossa sparpagliate ovunque. Alcune erano grandi come quelle di un elefante, altre minuscole come quelle di un topo, e altre ancora sembravano appartenere a esseri antropomorfici. Giacevano alla rinfusa tra i blocchi di marmo venato di rosso, fra le pietre e i calcinacci. Erano tutte di un grigio opaco, scolorite dal sole impietoso e congelate dal freddo d'innumerevoli notti nel deserto, tanto che erano diventate fragili come vetro e si frantumavano sotto i suoi sandali con schiocchi che assomigliavano a risate sommesse.

Jannis fu il primo a trovare un'entrata. Lo raggiunsero di corsa e lo videro in cima a una ripida rampa che conduceva in una serie di cantine sotterranee. La casa sovrastante era ridotta a un cumulo di macerie.

Il tempo stringeva. A est il bordo superiore del disco solare si alzava sopra l'orizzonte col suo splendore accecante. Il gelo della notte svanì rapidamente. Kaira iniziò ad avere un cerchio alla testa e a sentire il calore sulla pelle. Jannis urlò di dolore e si schermò il volto con le mani quando i dardi vendicativi di Phuram lo investirono senza pietà. Cadde in ginocchio, e sarebbe rimasto paralizzato dalla paura se Beck non l'avesse tirato su con forza e non l'avesse trascinato all'ombra. Gli altri scivolarono e incespicarono giù per la rampa più velocemente che poterono.

Kaira si domandò se in quel sotterraneo freddo e umido vivessero dei ratti, ma trovò ancora più inquietante l'atmosfera sinistra che regnava là dentro. L'intuito le diceva che quel luogo era malvagio, e ciò che lo abitava doveva esserlo altrettanto.

Avevano quasi raggiunto l'ingresso mezzo sepolto di una cantina, quando un rumore improvviso squarciò il silenzio: una risata fragorosa che non sembrava umana né animale.

Nell'aria si diffuse un ributtante tanfo di marcio, come se qualcuno avesse aperto una tomba. Un'ombra scivolò sopra le pietre sfasciate, ma, quando Kaira alzò lo sguardo, non vide nulla che potesse proiettare un'ombra. Tuttavia, si sentiva osservata... osservata in modo molto ostile. Con suo grande sollievo, lo spettro sparì con la stessa velocità con cui era comparso, ma ora l'importante era scendere sotto terra. Tutti sapevano che la Stella Infuocata non era l'unico pericolo a incombere su di loro.

Tataika, che si era guardata intorno con espressione angosciata, osservò: « Si direbbe che qui vivessero persone molto alte ».

Jannis annuì. Mentre, con aria assorta, esaminava un motivo a zigzag sulla parete, spiegò: « Gli abitanti di Dundris erano Mlokisai che vissero qui per secoli prima di essere decimati all'improvviso. Secondo alcuni, dalla Peste Blu di Zarzunabas ».

Si dimostrò molto informato. Aveva studiato le antiche culture e tradizioni di Chatundra, prevalentemente quelle dei leonindaco. A poco a poco superò la paura e cominciò a esplorare i locali con gli occhi di uno scienziato. « Guardate questi simboli! Sono rune di una scrittura che oggi nessuno sa più leggere. Nessuno sa da quanto tempo Dundris sia in rovine e quando i suoi abitanti siano scomparsi da Chatundra. Doveva essere un regno sterminato, esistito secoli prima che i Sundari costruissero la loro città. » Deglutendo nervosamente, aggiunse: « Non dovrei dirlo ad alta voce. Ufficialmente i Sundari furono i primi e più antichi colonizzatori ».

Ruadh fece un sorriso triste. « Già, ufficialmente su Chatundra è tutto molto diverso da com'è in realtà. »

Kaira tirò un sospiro di sollievo quando la fresca ombra di un edificio si allargò su di loro. Se non altro, là erano al riparo dalla luce, anche se la stanza in cui si erano rifugiati non era per nulla accogliente. Le pareti erano annerite come se qualcuno avesse acceso un enorme fuoco, e l'atmosfera malsana e soffocante le ricordava le piramidi minacciose. I muri rimandavano le loro voci con un suono cupo. La giovane notò che anche gli altri esitavano, dibattuti tra la necessità di proteggersi dal sole e l'avversione per quel luogo sotterraneo. Soprattutto Jannis si guardava intorno con espressione spaventata. Kaira rammentò che i Sundari erano spesso intimoriti dalle normali cantine, e immaginò quanto quel buco dovesse risultare opprimente per lo studioso. Anche se la Stella Infuocata l'aveva ripudiato e l'avrebbe distrutto come un qualsiasi Selenario, non era certo facile dimenticare le abitudini di un'intera vita.

Con un'ostinazione che nasceva da una paura disperata, Jannis cominciò a urlare col tono piagnucoloso di un bambino che non vuole più essere trascinato qua e là: « Voglio tornare a casa, voglio tornare a Thurazim! Non venero la Strega della Luna e non servo i draghi del fuoco. Non possono darmi ordini. Io mi fermo qui ».

Ruadh scosse la testa. « Sei qui e devi proseguire, come tutti noi. Dopotutto, hai promesso a Umbra che avresti seguito la tua vocazione. »

« Non voglio. Ho accettato solo perché non ho osato dire di no. Credete che volessi farmi trasformare in maiale da quella strega del deserto? Non è stato giusto intimidirmi così, perciò non è valida neppure la mia risposta. »

« Hai detto di sì, è questo che conta. » Ruadh si accovacciò accanto all'erudito e gli posò una mano sulla spalla. « Coraggio, Jannis. Siamo tutti spaventati, ma sai benissimo che non ci si può sottrarre a una vocazione. Non hai altra scelta! »

« E non voglio nemmeno averla! » Jannis allontanò la mano di Ruadh con uno strattone rabbioso. « Non toccarmi! Sono un Sundario, non hai nessun diritto di toccarmi. »

Beck, che aveva ascoltato attentamente, scrollò il capo con un gesto che esprimeva insieme rammarico e disapprovazione. « *Eri* un Sundario, amico. Quei tempi sono passati. Non puoi tornare indietro. Non ti riaccoglierebbero, lo sai quanto me. »

A giudicare dal modo in cui Jannis impallidì, lo sapeva benissimo, ma avrebbe preferito non saperlo. « Lo dici solo perché sei un traditore. Hai commesso errori imperdonabili. Hanno fatto bene a cacciarti. Ma l'imperatore mi riaccoglierebbe. Se mi butto ai suoi piedi, gli dico che mi pento delle mie cattive azioni e lo supplico... »

Tataika lo interruppe con la sua profonda voce maschile. «Buonuomo, smettila di prendere in giro te stesso e noi. A Thurazim non c'è più nessun imperatore. L'ha divorato l'Animale della Giustizia.»

Jannis nascose il volto tra le mani e mormorò parole quasi incomprensibili. «Ho paura. Che razza di luogo maledetto è Luifinlas? Non voglio andarci. Non voglio vedere la dragonessa e non voglio aiutarla. Preferisco morire qui.»

Ruadh cercò di fargli coraggio. «Anch'io ho paura, ma, se preghiamo la Vecchia Signora, avremo la sua protezione. Non ha forse già impedito che ti vendessero come schiavo?»

«Che importanza ha, se poi mi manda sulle montagne, dove moriremo tutti assiderati?» ribatté Jannis.

Ruadh s'infuriò. «Tu insulti la luna!» sbraitò. «Ti ha fatto solo del bene, e tu la insulti!»

Anche Jannis s'infervorò. «Quale bene mi avrebbe fatto? Mi costringe ad andare su quelle orribili montagne, in una città sepolta sotto il ghiaccio! Ha...»

Ruadh lo zittì con un gesto rabbioso. Si guardò intorno, fece un passo verso la rampa e sbirciò fuori, ma poi si strinse nelle spalle con aria rassegnata. «Troppo tardi», bofonchiò. «Il sole sorgerà da un momento all'altro. Dobbiamo restare qui.»

«Che cos'era la cosa che ci è volata sopra? Avevi mai visto qualcosa di simile?» chiese Beck.

Ruadh scosse la testa. «No, e spero di non rivederla. Questo luogo è maledetto, Beck. Non lo senti? Puzza di morte, e il vento ammorba l'aria. Qui le creature di Zarzunabas hanno costruito un forte inattaccabile. Che la Vecchia Signora ci protegga!»

Kaira si strinse le braccia intorno al petto. Percepì la paura di Ruadh e anche quella di Beck. Nella luce fioca che filtrava dall'apertura, la stanza sotterranea le sembrò lugubre come una tomba.

Il locale, tuttavia, aveva svolto una funzione del tutto innocua, perché in origine era una cucina. Vi era un focolare altissimo, con un sostegno per i ceppi e una spessa asta trasversale da cui un tempo pendevano le pentole. Queste ultime esistevano ancora, benché fossero incrostate di ruggine e salnitro. Erano così grandi da contenere tranquillamente un essere umano, e così alte che Kaira non riusciva a guardare oltre il bordo arrotondato. In un angolo vi era un gigantesco tagliere segnato da innumerevoli colpi di mezzaluna, mentre in un altro era collocato un catino di pietra con le pareti scurite. Kaira distinse altri dettagli: alcuni cerchi di ruggine indicavano i punti della parete dove in passato venivano infilate le fiaccole, e in un angolo erano ammucchiati moltissimi oggetti sudici che sembravano utensili da cucina: secchi, forchettoni e pinze per griglia. Normalissimi utensili da cucina, solo che erano alti quanto Kaira.

Jannis, che aveva ricominciato a fare lo scienziato, si guardò intorno e si massaggiò la fronte con aria pensierosa. « Non ricordo che la cucina appartenesse alla cultura dei Mlokisai. Non erano carnivori. Mangiavano i germogli freschi e delicati delle cicadacee. Qui deve aver vissuto qualcun altro, qualcuno la cui cultura prescriveva di cuocere e arrostire la carne. »

Intanto Beck aveva acceso la fiaccola ed esplorava gli angoli più bui della stanza. A un tratto agitò la torcia e chiamò i suoi compagni. « Qui c'è un'apertura che conduce in un altro locale! »

Si avvicinarono tutti e sbirciarono in un vano angusto che probabilmente aveva funto da dispensa. Lungo le pareti vi erano scaffali di legno molto malconci, e in un angolo era disposta una dozzina di anfore di pietra, tutte chiuse con un turacciolo e sigillate con lunghi nastri cerati. Incuriosito, Beck forò un tappo col suo coltello, e alcuni riccioli di cera caddero sul pavimento. Dal recipiente uscì una nota.

Kaira indietreggiò così di colpo che sarebbe caduta se Jannis non l'avesse sorretta. Non si era sbagliata: da quel contenitore antichissimo proveniva un suono, un ronzio melodioso come la musica di uno scacciapensieri. Divenne sempre più forte, fino a riempire la stanza. I cinque ascoltarono, paralizzati. Il suono cambiava – ora cupo e profondo, ora soave e delicato –, ma continuava a essere dolce e ammaliante, e non riuscivano a ignorarlo.

Dopo che ebbero ascoltato per qualche tempo, la voce rauca

di Tataika ruppe l'incantesimo. « È meraviglioso, ma è tutto ciò che contengono quelle anfore? Musica? »

« Credo di sì », mormorò Jannis, affascinato. « I leonindaco amavano questo genere di cose. Avevano sensi così acuti da poter bere i suoni e mangiare le immagini. »

Al muro opposto era appoggiata un'enorme cassa che assomigliava a un contenitore per il carbone. Beck posò un piede sul manico di ferro e tirò. Spinse via il coperchio e sbirciò dentro, quindi s'irrigidì e sussurrò: « Luna misericordiosa! »

Tutti corsero a vedere e provarono il suo stesso orrore. Il contenitore era zeppo di membra gialle e disseccate.

Kaira dovette trattenere il fiato per non vomitare quando vide i teschi e un gran numero di mani e piedi mummificati. Non erano tutti umani, ma molti teschi avevano una forma umana, e molte mani erano prive di peli. Erano stati tutti mozzati con un taglio netto e preciso, e la ragazza rabbrividì ricordando il tagliere che aveva visto poco prima. Non vi erano dubbi: la cassa conteneva parti del corpo che non si prestavano a essere cucinate, e l'enorme cucina era stata usata da cannibali.

Fissò i resti muffosi e si costrinse a trarre respiri lunghi e lenti. Le tornò in mente il catino di pietra.

Ruadh chiamò Jannis con un cenno. « Tu conosci questo luogo meglio di tutti noi messi insieme. Che cosa ne pensi di questi cadaveri? »

« Questa non è opera dei Mlokisai! » esclamò lo studioso. « È impossibile! Queste mummie hanno al massimo un secolo, non di più. È davvero interessante. Comincio a credere che, dopo la scomparsa della popolazione originaria, qui abbiano alloggiato altri esseri viventi... Bestie che si cibavano di grossi bipedi, di scimmie antropomorfe e forse persino di esseri umani. Incredibile! Darei qualsiasi cosa per poter analizzare questi resti. »

Si era entusiasmato così tanto da diventare un'altra persona. Dimenticò il pericolo, dimenticò persino la sua situazione difficile e parve interessato solo a trovare le tracce dei colonizzatori misteriosi. « Incredibile! » aggiunse con gli occhi che brillavano. « Questo orienta la storiografia di Chatundra in una direzione completamente nuova! Ora la domanda più importante è: quali passi dei testi antichi si possono interpretare come riferimenti a questi bipedi? »

« Io, invece, direi che la domanda più importante è: qui vivono ancora creature che, se ci catturassero, ci farebbero a pezzi e ci arrostirebbero? » lo interruppe Ruadh, asciutto.

Quelle parole riscossero l'erudito, che nella sua mente stava già scrivendo una sensazionale opera scientifica. Si passò il dorso della mano sulla bocca e si lasciò scivolare giù dal bordo della cassa. « Sì, certo », mormorò in tono colpevole. « Che stupido. Mi dispiace. »

Erano in cerchio e si guardavano con espressione perplessa. Nessuno voleva trascorrere la giornata in quell'orribile mattatoio, ma ormai non potevano più uscire. La striscia di luce abbagliante che s'insinuava giù per la scala e iniziava già a filtrare in cucina era fin troppo visibile. L'aria era diventata molto più calda.

Jannis guardò gli altri due uomini. « Ebbene? Che cosa facciamo? » chiese timidamente. « Non vogliamo rimanere qui, giusto? » Poi la sua curiosità scientifica riprese il sopravvento. « In più, se procediamo, forse troviamo qualcos'altro d'interessante. »

Ruadh si strinse nelle spalle, prese una fiaccola e tornò in cucina. Perquisì ogni palmo della stanza, concentrandosi soprattutto sui mucchi di macerie negli angoli e vicino alle pareti.

Beck lo seguì. « Che cosa cerchi, Volpe di Fuoco? »

« Una porta, cos'altro? » sbuffò Ruadh in tono irritato. Evidentemente l'atmosfera di quel luogo gli aveva fatto saltare i nervi. « Se questa era una cucina, non era certo isolata, bensì doveva essere collegata con l'edificio principale. Dunque dev'esserci una porta. Aiutatemi a cercarla. »

Non impiegarono molto tempo per trovare il punto giusto in cui scavare, perché dietro un cumulo di calcinacci si profilava con chiarezza uno stipite. L'uscio, probabilmente di dimensioni normali per gli esseri ciclopici che un tempo avevano abitato là dentro, era alto come il portale di una chiesa. Non avrebbero mai avuto la forza di spingerlo, ma furono fortunati:

il peso delle pietre cadute aveva sfondato il battente, aprendo una fessura in cui poterono infilarsi.

Ruadh li precedette per assicurarsi che non vi fossero pericoli. Kaira guardò la fiamma della sua torcia che si spostava qua e là, poi il raccoglitore ricomparve e annunciò: « Qui c'è un corridoio lastricato... Forse conduce all'edificio principale. Probabilmente là troveremo una scala che porta in fondo alla scarpata. In ogni caso saremo protetti dal sole ».

Così s'introdussero nello spiraglio e scivolarono giù per un cumulo di macerie. Le fiaccole illuminarono una galleria disadorna, che aveva il pavimento lastricato e procedeva in leggera salita verso ovest. Il tratto vicino alla porta era crollato, ma il resto era sgombro. L'aria era viziata, ma piacevolmente fresca, e la Stella Infuocata non avrebbe più potuto raggiungerli. Quel pensiero bastò per farli tornare di buon umore. Ruadh si avviò e gli altri lo seguirono a passo spedito.

Non trascorse però molto tempo prima che si bloccassero ancora, stringendosi gli uni agli altri. Le fiaccole rivelarono una scena angosciante. Il corridoio si allargava in una sala circolare nei cui muri erano scavate celle concave dentro le quali giacevano delle catene arrugginite. La grandezza degli anelli per il collo e le caviglie indicava che erano stati forgiati per esseri di dimensioni umane, senza dubbio le sfortunate creature che avevano trovato la morte sul tagliere in cucina. In un angolo si spalancava una profonda fossa il cui fondo era coperto da uno spesso strato di ossa bianche. A terrorizzare gli intrusi furono tuttavia altre ossa.

Erano ancora ordinatamente disposte sul pavimento, sicché non era difficile riconoscere la forma dell'essere di cui avevano costituito lo scheletro. E che forma! Al centro vi erano due piastre bombate, simili alla corazza di una tartaruga gigante, ciascuna grande come un tavolo. Da quella superiore spuntava un teschio piatto con un becco adunco, anch'esso simile a quello di una tartaruga. Tutt'intorno, in parte allungati e in parte arrotolati, vi erano dodici giganteschi tentacoli, ciascuno munito di una dozzina di articolazioni doppie, cosicché la creatura potesse scegliere se strisciare come un polpo o muoversi su zampe uncinate come un ragno. Ogni tentacolo finiva con un fascio di ossa sottili che ricordavano mani dalle dita affusolate.

La caratteristica più raccapricciante di quei resti mostruosi, rifletté Kaira, era tuttavia il fatto che appartenessero a un essere pensante, o almeno a un essere che aveva conosciuto la qualità umana della vanità, perché, quando le parti molli dei tentacoli si erano decomposte, avevano fatto cadere numerosi anelli e bracciali, e intorno alla vertebra cervicale pendeva un largo collare di metallo goffrato.

La giovane ricordò con orrore l'ombra che li aveva spaventati poco prima. Che fosse solo lo spettro incorporeo di un mostro come quello? Un mostro poteva trasformarsi in fantasma?

Ruadh fu il primo a ritrovare la voce. Si avvicinò alle ossa e sollevò la fiaccola. «Sembra che sia morto avvelenato o a causa di una malattia», affermò. «Non vedo lesioni che avrebbero potuto ucciderlo.»

Jannis si era accovacciato e stava esaminando i resti con molta attenzione. «È straordinario!» esclamò, entusiasta. «Un multipede... Carnivoro. Intelligente. E senza dubbio un essere dotato di cultura.» Raccolse un bracciale. Il metallo era coperto da una patina così spessa che nascondeva qualsiasi disegno, ma, quando Jannis se lo strofinò contro la tunica, emerse un rozzo motivo di puntini disposti a formare semplici ornamenti.

Beck, che aveva osservato lo scheletro con la fronte aggrottata, borbottò: «'Essere dotato di cultura' significa forse che mangiava le sue povere vittime con coltello e forchetta, anzi con molti coltelli e forchette?»

L'erudito lo ignorò e, emozionato, aggiunse: «Sono convinto che ne troveremo altri. Fantastico! L'esistenza di questi mostri spiega senza dubbio molti passi degli antichi documenti che finora erano incomprensibili. Questa è una scoperta scientifica senza precedenti. Devo assolutamente parlarne coi massimi studiosi, ma no... Non mi rivolgerebbero neppure la parola!» A un tratto ricordò la sua situazione e fu sopraffatto da una disperazione così profonda che abbassò la fronte sulle ginocchia e lanciò un urlo.

Ruadh si avvicinò e gli passò una mano tra i capelli.

Jannis reagì a quel gesto amichevole gettandosi sulle ginocchia e abbracciando i fianchi del raccoglitore. Aggrappandosi a lui come se stesse per annegare, gridò: « Ho fatto una scoperta per cui qualsiasi scienziato si farebbe tagliare una mano, ma nessuno mi darà ascolto! Nessuno mi crederà! Tutti quei passi dei testi antichi rimarranno inspiegabili... Ho la risposta, ma non posso divulgarla... » Poi si rese conto di essere grottesco e si rialzò, tirando su col naso e assumendo un'aria imbarazzata. « Mi dispiace », si scusò, mortificato. « Non volevo perdere il controllo, ma è difficile da accettare. Se avessi scoperto queste ossa una settimana fa, a quest'ora sarei un Thainach tra gli eruditi. »

Beck, che l'aveva osservato pieno di compassione, lo contraddisse. « Credo che invece ti avrebbero gettato in pasto all'Animale della Giustizia. Devo forse ricordarti che Hugues non apprezzava chi contestava le sue idee? Se dimostri che i Sundari si sono sbagliati, ti manderanno diritto nel deserto. »

Jannis, che non era affatto stupido, dovette dargli ragione. Arrossendo per la vergogna, si scusò per il suo comportamento, e soprattutto per aver abbracciato Ruadh. Kaira rammentò che i Sundari consideravano disdicevole qualsiasi contatto fisico. Ruadh, tuttavia, lo tolse dall'imbarazzo insistendo perché si rimettessero in marcia.

« Dobbiamo essere molto cauti, altrimenti corriamo il rischio di essere aggrediti alle spalle. »

Non incontrarono tuttavia nessun essere vivente. Dopo qualche tempo la galleria si allargò ancora in una vasta sala a cupola in cui diversi scheletri erano avvinghiati tra loro, come se i multipedi avessero strisciato l'uno sull'altro per confrontarsi in una lotta mortale. Il numero delle corazze indicava quanti ve ne fossero stati. Le altre ossa, in parte polverizzate, formavano uno strato grigio e bianco sul pavimento. Kaira sperava vivamente che nel frattempo fosse morto anche il mostro responsabile di quella strage. Non voleva nemmeno immaginare la creatura capace di una simile distruzione.

Jannis era affascinato dalla nuova scoperta. Passò mentalmente in rassegna i testi antichi che aveva studiato per verificare se contenessero qualche accenno a una popolazione più tarda. « Dovevano esistere due tipi di colonizzatori che sono venuti a cercare i Mlokisai », spiegò. « Prima sono arrivati i giganteschi multipedi, e poi, dopo la loro estinzione, qualcos'altro... Qualcosa che forse vive ancora qui. »

« Caspita, tu sì che sai infondere coraggio agli altri », ringhiò Tataika, anche se non era davvero arrabbiata con lui. Kaira aveva persino l'impressione che la sua amica - di solito non molto bendisposta verso gli uomini - trovasse simpatico quell'erudito timido e nervoso, perché camminava al suo fianco e si aggrappava al suo braccio. Come se Tataika avesse bisogno di un uomo che la sostenesse e la proteggesse! Tuttavia, poiché Jannis non lo sapeva, era molto galante e le cingeva addirittura la vita col braccio affinché non incespicasse.

Poco dopo raggiunsero una scala a chiocciola. L'accesso era sbarrato da una massiccia grata, ma le sue dimensioni erano state progettate per i Mlokisai, e i cinque esseri umani passarono senza difficoltà tra le sbarre arrugginite.

Ruadh si fermò. « Credo che questa sia la strada giusta. »

Poiché le fiaccole non sarebbero durate in eterno, ordinò di tenerne accesa solo una. Li precedette con la torcia sollevata, e gli altri dovettero scendere gli scalini nella penombra ingannevole. I gradini erano irregolari: ora così alti da costringerli a sedersi e a buttare le gambe oltre il bordo, ora così bassi da permettere loro di superarli senza fatica.

Ben presto si accorsero di non essere più in un edificio. Gli scalini erano scavati nella roccia viva, una roccia così friabile da sembrare gesso. Qua e là, sulla parete, erano incisi simboli che Jannis identificò come lettere. L'epoca in cui nel Paese della Terra, del Vento e del Fuoco esisteva qualcuno in grado di decifrare la scrittura dei leonindaco di Dundris era tuttavia lontana, e i secoli avevano seppellito l'antica cultura del deserto sotto la polvere dell'oblio.

Alla fine giunsero in una stanza pericolosamente vicina alla luce del giorno, e Ruadh propose di aspettare il calare delle tenebre. Felici di potersi sedere, si appoggiarono al muro, allungarono le gambe indolenzite e bevvero il vino resinoso con cui Umbra aveva riempito le borracce. Kaira constatò che la bevanda non placava solo la sete, ma anche la fame, perché, sebbene fosse trascorso molto tempo dal suo ultimo pasto, non sentiva il bisogno di mettere qualcosa sotto i denti. Lo stesso valeva per gli altri, perché nemmeno Tataika chiese da mangiare, e ciò era significativo.

Jannis, assai più stanco degli altri due uomini, rannicchiò le ginocchia e vi lasciò penzolare in mezzo le mani. Di tanto in tanto schioccava le dita oppure giocherellava con l'anello munito di sigillo.

« Quanti segreti sono rimasti sepolti tra le ombre del tempo », disse a un tratto, sospirando con aria triste. « Sarei l'uomo più felice di Chatundra se potessi trascorrere la mia vita quaggiù a fare ricerche, ma non è questo il mio destino. » Si sfregò le mani come se volesse eliminare la sporcizia, anche se le aveva appena lavate. « Siete tutti molto gentili con me. Davvero. Molto più gentili di quanto credessi. Tuttavia... Quando si è un Sundario ripudiato, si cade veramente in basso. Tutti sanno che hai sbagliato, che hai fallito, e la cosa peggiore è un fallimento morale. È terribile doverlo ammettere. » Si tirò le dita sottili fino a far schioccare le ossa.

Beck annuì. « Ti capisco, Jannis », disse in tono insieme serio e cordiale. « Mi è capitata la stessa cosa. Ma tu non sei cattivo. Il cattivo era Hugues, e ha contagiato tutti gli altri. Hanno paura, e la paura li rende crudeli. »

Jannis strabuzzò gli occhi, indignato. « Non devi parlare così dell'imperatore, Beck. Offendi lo splendore e la maestà di Phuram! »

« E con questo? » ribatté l'altro, infuriandosi. « Che cos'ho ricevuto dal sole? Mi ha trasformato in un bugiardo e in un ipocrita. Metà della mia vita è andata in fumo sotto la sua luce! »

« Non è vero! Il sole è grande! Il sole è splendido! »

Beck avrebbe voluto rispondere, ma Ruadh intervenne dicendo che avrebbero fatto meglio a dormire fino al tramonto. « Però dobbiamo montare la guardia. Questo posto è sinistro, e temo che sia ancora abitato. Jannis, Kaira, voi fate il primo turno. »

Kaira era convinta che Ruadh l'avesse messa in coppia con Jannis perché pensava che due vigliacchi facessero una persona coraggiosa. Ruadh, Beck e Tataika erano abbastanza forti per fare la guardia da soli, ma Kaira era debole, e anche Jannis.

Sedettero sui gradini che si perdevano nell'oscurità. La fiaccola era nel mezzo, ma Ruadh aveva ordinato loro di accenderla solo se fosse stato indispensabile. Altrimenti si sarebbero dovuti accontentare della fioca luce crepuscolare che filtrava dalle finestrelle.

Per qualche tempo ascoltarono il silenzio rotto solo dai profondi respiri dei loro compagni addormentati. Poi, quando la quiete divenne insopportabile, Jannis domandò sottovoce: « Tu e la tua amica non avete avuto paura? Sapete sicuramente che Ruadh è un raccoglitore e che i raccoglitori sono i Selenari più corrotti e crudeli. Succhiano il sangue e rapiscono i bambini per estrarre pomate magiche dal loro grasso ».

« Stupidaggini », lo contraddisse Kaira, indignata. « Volpe di Fuoco è nostro amico, e non ci ha succhiato il sangue né fatto null'altro di male. E nemmeno Beck. I Selenari sono buoni e gentili. »

Jannis appoggiò il mento alle ginocchia e si abbracciò le caviglie. Non replicò, ma Kaira intuì che taceva solo per evitare un litigio. Non era convinto. Be', pensò la giovane, forse era eccessivo pretendere che cambiasse la sua visione del mondo nel giro di così poco tempo. Anche se l'avevano ripudiato, continuava a essere un Sundario. Le tornò in mente un proverbio che aveva sentito da Ruadh: « Vivi e lascia vivere ». Decise di accantonare quel tema delicato e di parlare degli argomenti preferiti di Jannis, prime tra tutti le rovine di Dundris.

Lo studioso le parlò a lungo dei Mlokisai, ma a un tratto si zittì e la prese per il braccio. « Ascolta! Lo senti anche tu? »

La ragazza raddrizzò la schiena e tese le orecchie. In effetti c'era un rumore. Sembrava del tutto innocuo - il tintinnio di un campanello, lieve e argentino - ma si avvicinava sempre di più, e che cosa ci faceva un campanello tra le rovine di Dundris? Kaira ripensò con orrore agli anelli e ai collari dei multipedi. Che uno di quei mostri stesse salendo i gradini? Il suono si approssimava rapidamente e veniva senza dubbio dalla parte della scala che conduceva all'aperto.

Jannis saltò su. « Viene da questa parte! Dobbiamo svegliare Ruadh e gli altri! »

Così si misero tutti e cinque sulla soglia della stanza e ascoltarono il tintinnio sempre più forte. Ora si udivano anche dei passi, leggeri come se l'intruso camminasse a piedi nudi.

Poi, mentre trattenevano il respiro, nel vano della porta comparve una figura come non ne avevano mai vedute.

## LULALUME

Davanti a loro vi era una donna bassa e tarchiata, grigia e nera come il cielo notturno sopra il deserto, con braccia lunghe e gambe corte e storte su cui guizzavano muscoli e tendini robusti. Il tintinnio che aveva allarmato Kaira e Jannis proveniva da anelli di rame, una dozzina per ogni polso e ogni caviglia. Ciascun cerchietto era guarnito di minuscoli campanelli.

I cinque compagni la fissarono con perplessità. La donna era arrivata dall'esterno, dove splendeva un sole cocente, eppure non indossava nessun indumento protettivo. Per essere più precisi, non indossava nulla. Il suo corpo era interamente dipinto di complicati disegni bianchi che lasciavano intravedere la pelle antracite solo in alcuni punti. I capelli scompigliati, che le ricadevano in folti ricci sulle spalle e sulla schiena, erano cosparsi di polvere grigia e bianca, probabilmente quella delle rocce cretacee. Il suo volto aveva tratti singolari, simili a quelli di un leone: un naso corto e schiacciato, labbra a forma di muso e scintillanti occhi obliqui tra il giallo e il marrone. La somiglianza coi crani disseccati della cassa era evidente. Senza subbio era una rappresentante della razza che si cibava dei multipedi.

All'inizio Jannis l'aveva guardata con orrore ed era indietreggiato sempre di più verso la parete, ma poi la curiosità prevalse sulla paura. Si avvicinò nervosamente alla visitatrice con le mani allargate, per mostrarle che era disarmato e che aveva intenzioni pacifiche. « Ka-Ne? » domandò con la voce arrochita dall'emozione.

La sconosciuta annuì con vigore, alzò l'indice destro ed emise una sfilza di suoni gutturali ma molto melodiosi, da cui i suoi interlocutori capirono solo che era una Ka-Ne e si chiamava Lulalume. Era sicuramente una messaggera incaricata di condurre i forestieri dal suo popolo, ma tutto il resto rimase incomprensibile.

Agitando le mani nell'aria, Jannis le spiegò che non comprendeva la sua lingua.

I gesti con cui la donna rispose significavano: è un vero peccato, che cosa possiamo fare?

Per dimostrare le sue intenzioni cordiali, estrasse dalla borsa variopinta alcuni pezzettini di pane croccante e quelle che parevano prugne secche, e li distribuì a tutti.

Kaira assaggiò il cibo con diffidenza. Era salato e fumoso: non prugne, bensì carne essiccata e affumicata.

Beck non resistette alla tentazione di chiederle che tipo di carne fosse.

*Bee.*

Mangiarono tutti con molto più gusto, e la sconosciuta offrì loro altro cibo.

A giudicare dal modo in cui li osservava, la donna doveva trovarli molto strani. Quando vide che Beck si sedeva allungando le gambe, scoppiò in una fragorosa risata. I suoi gesti indicavano che a suo parere quella era una posizione assai buffa e che lei preferiva stare accovacciata. La divertiva anche il loro linguaggio, che, secondo quanto espressero i movimenti delle sue mani, assomigliava al cinguettio degli uccelli. Tuttavia, la cosa che la incuriosiva di più erano i capelli rosso fuoco di Ruadh. Era evidente che non aveva mai veduto nulla di simile, perché continuava a scrollare il capo e a imitare con le mani il tremolio di una fiamma. Quando l'uomo si chinò avvicinandole involontariamente i capelli alla pelle nuda, la visitatrice si ritrasse inorridita e pronunciò una strana parola: « hulewuwu ».

Jannis le pose alcune domande sulle rovine di Dundris, e lei gli diede risposte esaurienti anche se non sempre comprensibili.

All'inizio, spiegò, quel luogo era abitato da persone alte, molto alte. Poi, moltissimo tempo prima, il vento le aveva soffiate via e, dopo un altro lungo periodo, erano arrivati gli Hau-Hau, che erano morti a loro volta. Dopo gli Hau-Hau, che avevano ucciso e mangiato molti Ka-Ne, erano comparsi animali chiamati « schomma ». Erano molto pesanti, pesanti come rocce, ma anche molto stupidi. Assomigliavano a enormi vermi o serpenti e si muovevano ruotando a spirale su se stessi. Erano commestibili e avevano un ottimo sapore. Quindi disegnò diverse piccole piramidi tra la polvere e ripeté l'invito a seguirla.

Per spiegarle che non potevano esporsi alla luce del sole, Ruadh indicò il cielo, s'infilzò più volte con gli indici, s'incrociò le mani sul petto e infine chiuse gli occhi fingendosi morto. La Ka-Ne scosse la testa e fece un gesto curioso, accennando al sole e ripetendo i movimenti di Ruadh: «Phuram muore».

Quindi si coprì la testa con le mani.

I cinque visitatori la fissarono. Si riferiva forse all'oscuramento del sole? Jannis sollevò la veste e se la gettò sul capo come un velo. Così?

Lulalume assentì con energia e pronunciò un altro fiume di parole. Pur sapendo che non la capivano, non si astenne dall'esprimere la sua opinione con dovizia di particolari. Si rivolse quasi esclusivamente a Jannis, cui parve fornire un resoconto scientifico.

Poi li esortò a seguirla con tanta foga che alla fine obbedirono. Scesero gli ultimi gradini e si ritrovarono sotto un arco chiuso da un'altra grata gigantesca, che riuscirono a superare senza problemi.

Spuntarono ai piedi di una scarpata che pareva arrivare fino al cielo, o almeno era così alta da nascondere le enormi rovine sulla sua sommità. Davanti a loro si allargava una distesa di detriti che digradava verso un paesaggio desertico: le stesse colline color ruggine, le stesse montagne irregolari sopra le cui forme bizzarre sorgeva il Sole Notturno. Quella zona, tuttavia, non era completamente sterile, e ricordava più una savana che un deserto. Qua e là crescevano ciuffi d'erba dura, o un rovo tendeva i suoi rami contorti verso il cielo. Vi erano persino alcuni alberi, o meglio una pianta alta quanto un uomo e coperta di aculei, che pareva un incrocio tra un albero e un cactus.

Esitarono a uscire, perché il sole splendeva ancora con intensità, ma poi accadde: una raffica di vento soffiò sopra l'oasi, gli alberi si piegarono scricchiolando e la luce si spense. Il caldo insopportabile si placò, e sulla terra arida si diffuse una triste penombra grigioverde, accompagnata da un sensibile raffreddamento. Ruadh allungò con prudenza la testa fuori dall'apertura e tirò un lungo sospiro.

« Ci siamo », annunciò. « Phuram è offuscato. »

Gli altri lo seguirono. Quando Jannis vide il cielo cupo, emise un lungo suono lamentoso, e le due ragazze si spaventarono. Kaira non aveva mai veduto nulla di simile. Non era proprio buio, ma sul mondo era calata una semioscurità plumbea, opprimente quanto quella che precede un violento temporale. Al posto della Stella Vorace baluginava un disco fioco e appena visibile la cui luce aveva un che di ripugnante.

Lulalume intonò un canto malinconico, accompagnandolo con passi di danza lenti e fluidi. Il ritornello recitava:

*Mandola eo ey,*
*ooh, ooh, Mandola ey...*

Non avevano percorso molta strada quando, oltre una duna, scorsero il debole chiarore di un fuoco. Poco dopo comparve l'oasi dei Ka-Ne. Due dozzine di minuscole piramidi senza finestre erano disposte intorno a una piramide assai più grande, senza dubbio la casa della regina. Accanto agli edifici vi era un recinto di rami spinosi che ospitava un gregge di capre dal pelo lungo. Gli animali erano così piccoli che al principio Kaira li scambiò per capretti, ma poi notò che anche gli esemplari adulti, e persino i caproni, non erano più grandi di gatti.

In un altro recinto riposavano due dozzine di pterosauri, animali dolci e torpidi con la testa equina e le ali piegate. Erano maculati come leopardi, perlopiù bianchi e marroni, e mangiavano placidamente mucchi di rami frondosi.

Gli abitanti del deserto dovevano aver aspettato con impazienza il ritorno della messaggera, perché corsero incontro ai visitatori e li circondarono chiacchierando con concitazione. Sembrava che non patissero il freddo più di quanto patissero il caldo intollerabile del giorno. Molti portavano sulle spalle morbide coperte color sabbia a mo' di mantello, ma le indossavano più come ornamento che come protezione, perché sotto erano completamente nudi. Erano tutti tozzi e muscolosi, e avevano capelli arruffati e cosparsi di polvere che scendevano in lunghe ciocche sulle spalle e sulla schiena. Avevano decorazioni bianche e innumerevoli cerchi di metallo impreziositi da campanelli, sicché nell'aria risuonava un tintinnio delicato e ininterrotto. Ciascuno sfoggiava i suoi disegni, raffinate combinazioni di linee, punti, zigzag e superfici bianche che risaltavano sulla pelle grigia e nera. I fabbri del luogo dovevano essere impegnati giorno e notte, perché evidentemente la richiesta di anelli, pendenti, orecchini, campanelli e collane era inesauribile.

Parvero subito incuriositi dall'aspetto dei forestieri. Ispezionarono e ammirarono i vestiti, le attrezzature, i capelli, i bracciali, gli anelli e le catenine con tanto stupore che talvolta i proprietari vennero spintonati bruscamente, perché quattro diversi Ka-Ne volevano vedere i loro gioielli nello stesso momento. Soprattutto Ruadh suscitò molto clamore per via del suo colore di capelli. Tuttavia, nessuno lo toccò. O lo consideravano tabù o temevano che una persona con fiamme luminose sulla testa fosse caldissima, perché indietreggiavano urlando non appena il raccoglitore faceva un passo nella loro direzione. A giudicare dal modo in cui confabulavano tra loro, esistevano diverse teorie sui capelli rossi. Forse la confusione sarebbe continuata ancora a lungo, ma a un tratto echeggiò un suono cupo come il rintocco di un gong, e i Ka-Ne si zittirono subito, si allontanarono e fissarono la piramide centrale. Lulalume indicò e sussurrò con deferenza: «Hulewuwu!» prima di scomparire tra la folla.

Kaira non capì se si riferisse alla piramide o alla vecchia che, curvandosi, uscì dalla bassa entrata. Ossuta e nerissima, pareva intagliata nell'ebano, e aveva folti capelli grigi e bianchi e una pelle di leopardo sulle spalle. Alla luce del fuoco i suoi occhi scintillavano rossi come segnali luminosi. I denti erano lunghi e gialli, e ne aveva così tanti che sembravano disposti in file doppie.

Evidentemente era la guida della piccola comunità, la comandante o anche la regina, perché, quando si diresse verso i forestieri, i loquaci Ka-Ne si chiusero in un silenzio ossequioso.

Kaira trasalì quando Ruadh le diede una gomitata e le fece

segno d'imitarlo mentre faceva un profondo inchino alla vecchia. Jannis era ancora più ferrato in materia. S'inginocchiò davanti alla donna, raccolse un poco di polvere ai suoi piedi e la baciò, un gesto di sottomissione che fu molto apprezzato, come dimostrò il brusio di approvazione che percorse la moltitudine. Jannis si sfilò l'anello e, sfiorando il terreno con la fronte e alzando le mani a coppa, lo offrì alla vecchia. Ruadh si affrettò a seguire il suo esempio, e gli altri fecero lo stesso, cosicché alla fine della cerimonia la regina aveva cinque bracciali, due catenine e quattro anelli. Ruadh conservò solo l'anello con la pietra lunare che portava nascosto sotto il guanto.

La donna segnalò a Jannis che accettava volentieri i doni, ma che voleva qualcos'altro. Indicò Ruadh e gli fece cenno di farsi avanti. L'uomo obbedì e s'inginocchiò con deferenza. La vecchia si chinò, gli prese il codino e spiegò che desiderava averlo.

Nessuno osò contraddirla, così una donna lo tagliò con un coltello di bronzo. Mentre Ruadh tornava al suo posto, le ciocche furono legate con un laccio di cuoio e riposte in una cassettina, il tutto con la solennità degna di un potente incantesimo.

Poi, con gesti e parole cordiali anche se incomprensibili, i visitatori furono invitati a entrare nella piramide. Li accompagnarono alcune donne, senza dubbio aristocratiche.

L'entrata era così angusta che Tataika ebbe difficoltà a superarla, e Beck, il più alto del gruppo, dovette piegarsi. Kaira s'infilò dentro e si ritrovò in una stanza al cui centro ardeva un fuoco in una buca. L'amore dei Ka-Ne per il bello, osservò, si estendeva anche alle loro dimore. Sulle pareti luccicavano decorazioni d'oro e rame, e il pavimento era coperto da tappeti color cannella. Il trono di pietra era finemente scolpito e corredato di soffici cuscini multicolori. Più in alto era appeso uno strumento musicale composto di cinque bastoncini di rame che tintinnavano piano quando l'aria si muoveva.

Subito dietro il trono, la parete era impreziosita da un bassorilievo che raffigurava le Tre Sorelle, anche se con le sembianze di tre donne Ka-Ne. Campeggiavano tra le stelle in un fiammeggiante cerchio di draghi del fuoco che rendevano loro omaggio, e più in basso vi era una moltitudine di draghi e di esseri umani che le adorava con le mani alzate.

I Ka-Ne entrarono dopo gli ospiti e si accovacciarono sul pavimento: le donne intorno al trono, gli uomini in fondo alla sala. I visitatori li imitarono, ma, quando Jannis fece per sedersi accanto a Ruadh e Beck, una donna dall'aria severa - con molta probabilità la maestra delle cerimonie - lo mandò davanti. Evidentemente i Ka-Ne credevano che fosse una donna.

Kaira non capì come potessero essere incorsi in quell'errore. Jannis non era un grande esempio di virilità, ma aveva un aspetto assolutamente maschile. Tuttavia, il gesto della maestra delle cerimonie era stato inequivocabile, così il Sundario si accomodò sul tappeto tra le due ragazze.

Non appena la vecchia si fu seduta sul trono, comparvero alcuni graziosi fanciulli che servirono da mangiare: crostate piatte e marroni, carne di capra essiccata, latte molto zuccherato e cristalli di miele solidificato. Dopo il primo morso Kaira si accorse di essere affamata e si servì abbondantemente. A quanto pareva, i Ka-Ne consideravano cortesi i gesti più ingordi, perché annuivano e sorridevano con benevolenza ogni volta che i visitatori assaggiavano qualcosa. Erano affascinati soprattutto da Tataika. Com'era deducibile dai loro gesti e dalle loro esclamazioni, non ammiravano solo la sua statura, ma anche il suo appetito.

Occorse qualche tempo prima che riuscissero a intendersi, ma Jannis si rivelò molto abile nell'esprimersi a gesti. Spiegò che li aveva mandati Umbra, che erano diretti a Luifinlas e che cercavano una donna destinata ad accompagnarli. La vecchia continuava ad annuire, imitata da tutti i presenti.

Lulalume ricomparve, e Kaira comprese subito che era l'eletta cui aveva accennato Umbra. Quattro donne la portavano con ossequiosità sulle spalle, ed era avvolta in una veste bianca dipinta di draghi stilizzati. Seguì una lunga cerimonia, probabilmente l'approvazione e la benedizione ufficiale da parte della regina.

Qualcuno stese una pelle conciata e vi disegnò la strada che avrebbero dovuto percorrere fino alla tana di Kulabac, nelle viscere dei Toarch kin Mur. Da là, il drago li avrebbe condotti a Luifinlas.

Kulabac. Il drago dall'occhio di carbonchio di cui aveva parlato Vauvenal.

Lulalume sedeva al posto d'onore, insieme fiera e impaurita, ma la regina aveva un'espressione cupa e preoccupata. A un tratto diede un ordine, e quattro giovani uomini scomparvero. Tornarono di lì a poco con un lungo sacco di cuoio chiuso da diversi giri di corda. Doveva essere molto pesante, perché i quattro ragazzi nerboruti lo trascinavano a fatica.

L'interprete spiegò a gesti: andiamo a pregare - persone molto, molto alte - morte - tante, tante, tante - abbiamo trovato questo - l'abbiamo portato al villaggio. A quella descrizione muta seguì una parola che gli ospiti non compresero: « gurguntai ». Jannis la ripeté in tono interrogativo e apprese che Gurguntai era il luogo in cui giacevano molti Mlokisai morti.

Il sacco fu posato a terra e aperto, rivelando un oggetto raccapricciante tra una zaffata di puzzo muffoso: un corpo maschile nudo e paffuto, coperto di spessi depositi salini. La struttura generale era umana, ma era come se le membra fossero state accorciate, ossificate e irrigidite da una strana malattia. La pelle era ispessita, ruvida e crepata come quella di un sauro. All'inizio Kaira pensò che indossasse una corazza di scaglie dorate, ma poi notò che le scaglie - che erano davvero d'oro - crescevano direttamente dalla pelle su ampie zone del corpo. Con molta probabilità era quella la ragione per cui il cadavere era così pesante. Da viva, la creatura doveva aver fatto molta fatica a muoversi con addosso quella spessa corazza.

Con un gesto sbrigativo, la regina impartì un ordine a una delle sue dame di corte, che si accovacciò e sciolse il legaccio intorno alla mascella dell'uomo. L'osso si abbassò con un gemito raccapricciante, rivelando una rigida lingua d'oro in una bocca dorata.

Gli osservatori si ritrassero, inorriditi, e Ruadh lanciò un urlo e si premette le nocche sulle labbra per soffocarne altri. La regina osservò il loro orrore con evidente soddisfazione e chiese all'interprete di spiegare loro quanto segue: molto tempo fa - re Kurda - molte persone potenti - oro, oro, oro (la vecchia espresse con molta chiarezza l'avidità di quegli individui, fingendo di riempirsi la bocca di metallo prezioso) - diventarono così - tutti hju-hju (ossia stregati).

Jannis era indietreggiato con aria disgustata, ma poi qualcosa attirò la sua curiosità. Oltre al cadavere, il sacco conteneva qualcos'altro: un contenitore di terracotta spaccato in due pezzi, un'anfora alta una spanna il cui interno pareva scurito da cenere o scorie vulcaniche. L'esterno era smaltato di verde e decorato con un motivo a zigzag rosso e oro, composto di una nutrita fila di volti dal naso e dagli occhi quadrangolari.

Lo studioso lanciò un grido estatico che assomigliava a un gemito d'intenso piacere, e s'inginocchiò accanto al cadavere. Le mani gli tremavano per l'emozione quando sollevò i due frammenti dell'anfora e li esaminò.

«Questa viene da Dundris!» esclamò. «Oh, sole dorato! Un'urna di Dundris... E io la sto tenendo in mano!» Era così commosso che ansimava.

Quindi chiese se potesse tenere il contenitore, ma l'interprete gli rispose agitando energicamente l'indice e raccomandandogli di non prendere nulla quando fosse stato a Gurguntai, altrimenti avrebbe fatto la stessa fine dell'uomo là davanti.

«Non vogliamo l'oro! Non vogliamo l'oro!» urlò Ruadh, in preda a un'insolita agitazione, attirandosi un aspro rimprovero dalla maestra delle cerimonie. Evidentemente i Ka-Ne preferivano che Jannis fosse l'unico a parlare. Kaira non capiva tuttavia perché l'erudito godesse di tanta stima mentre gli altri due uomini venivano quasi trattati con disprezzo.

Appresero che avrebbero potuto dormire e riposarsi mentre la nomina di Lulalume veniva festeggiata e benedetta con una cerimonia segreta a casa della regina, un rito che sarebbe durato per tutta la notte.

Kaira avrebbe voluto fare molte domande a Ruadh, ma, quando lasciarono l'edificio, vennero nuovamente divisi, con cortesia ma con decisione. Ruadh e Beck furono condotti verso una misera capanna di rami secchi da un gruppo di uomini bassi e nudi, mentre le due ragazze e Jannis furono accompagnati in una piramide da alcune donne. Furono invitati ad accomodarsi su un giaciglio di stuoie variopinte, e quattro donne sedettero alle loro spalle. I tre dovettero stendersi e furono spazzolati, pettinati e massaggiati con cura. Altre quattro donne tolsero loro gli stivali e massaggiarono i piedi degli ospiti con abilità, continuando a parlare nella loro lingua dolce e cupa senza badare al fatto che i visitatori non capivano una parola. Seguitarono inoltre a offrire piccole ghiottonerie come bacche secche, grumi di miele solidificato, carne essiccata, latte di capra e formaggio piccante.

Kaira dovette ammettere che non stava così bene da molto tempo, e lo stesso valeva per gli altri. Tataika grugniva di piacere, e Jannis appariva completamente rilassato, con la testa sulle ginocchia di una donna e i piedi nudi su quelle di un'altra. Mentre Kaira osservava il Sundario, notò che l'austera vecchia incaricata di sovrintendere alla cerimonia lo spiava con la coda dell'occhio, come se dovesse sincerarsi di qualcosa che non le dava pace. Scrollò il capo più volte, si grattò il naso e fece smorfie sospettose.

Alla fine si alzò con un movimento deciso, zoppicò verso il tappeto e si piegò sopra l'uomo. Con un gesto di scusa gli fece segno di stare calmo, perché non aveva cattive intenzioni, quindi gli alzò la tunica fino alle ascelle.

Le altre si paralizzarono. Incuriosite e sorprese, la guardarono osservare il petto piatto di Jannis, scuotere la testa e infilargli rapidamente il braccio nei pantaloni.

Lo studioso urlò di paura e dolore. La vecchia sorrise ritraendo la mano e gracchiò in tono trionfante: « La-Lau! »

Quella parola suscitò una grande confusione. Le donne saltarono su, si raggrupparono e parlottarono tra loro, continuando a lanciare occhiate incredule al Sundario spaventato. Tataika e Kaira si guardarono senza osare dire nulla. Che cos'era successo? Perché le donne si erano accalorate tanto? Erano in collera? Kaira cominciò a temere di aver violato un tabù o una legge. Alla fine, tuttavia, le Ka-Ne tornarono ai loro posti e ripresero a spazzolarli e massaggiarli. Era chiaro, però, che avevano scoperto qualcosa di sorprendente, qualcosa che non vedevano l'ora di comunicare all'intero villaggio. Continuarono ad arrivare altre Ka-Ne che infilavano la testa nella porta, guardavano Jannis con curiosità e scomparivano con espressione stupita. La vecchia che l'aveva smascherato era accanto all'entrata e riferiva l'accaduto a ogni nuova arrivata, che poi lanciava un'esclamazione incredula.

Kaira fu contenta quando finalmente rimasero soli. I Ka-Ne erano molto cordiali, ma dopo tutte le vicissitudini di quel giorno era stanchissima, e inoltre voleva capire che cosa fosse successo, sempre ammesso che Jannis fosse in grado di spiegarglielo. Spazientita, guardò l'ultima donna che, con premura, stendeva loro alcune coperte calde, posava una minuscola lampada accanto al giaciglio e augurava loro la buona notte con una profusione di gesti cortesi prima di lasciarsi cadere alle spalle il telo che chiudeva il vano della porta.

Non appena fu uscita, le due ragazze corsero dall'erudito. «Che cos'è successo? Di cosa parlavano? Sai che cos'è accaduto?»

Jannis si alzò a sedere e si gettò una coperta intorno alle spalle. Forse i Ka-Ne non pativano il freddo notturno, ma i visitatori cominciarono a sentirlo dopo che il fuoco nella buca si fu spento. Anche Kaira e Tataika si avvolsero nelle coperte.

«All'inizio ti hanno scambiato per una donna, vero? Ma perché?» domandò Tataika.

Il Sundario si passò le mani tra i capelli con aria imbarazzata. «Non so con esattezza che cosa sia capitato, ma posso fare qualche supposizione. Quando Lulalume è venuta a prenderci, sono stato soprattutto io a parlarle e a interrogarla. Ha compreso che sono un erudito. Tra i Ka-Ne, tuttavia, gli eruditi sono solo donne o personaggi illustri. Dunque la conclusione era logica: chi è istruito dev'essere una donna!»

Le Ka-Ne, spiegò Jannis, credevano di essere state dragonesse del fuoco create dalle Tre Sorelle e di aver fluttuato nel cielo depositando uova da cui sarebbero nati gli esseri umani. I loro mariti avrebbero dovuto sorvegliare e covare le uova, ma Drydd li aveva stregati e, poiché erano sciocchi e disattenti, si erano lasciati distrarre e non si erano occupati a sufficienza dei nidi. Così quasi tutte le uova si erano raffreddate troppo rapidamente e, invece di produrre esseri umani in piena regola - piccoli, color antracite e dal viso leonino -, avevano generato i semiumani deformi che poi si erano insediati da un capo all'altro della terra: pallidi come pesci morti, con occhi incolori e nasi lunghi e sottili come quelli dei formichieri. Gli uomini Ka-Ne erano stati puniti con la vita di umiliazioni e disprezzo che avevano condotto fino a quel giorno e avrebbero continuato a condurre in eterno, perché durante quel lungo periodo non erano migliorati.

Tataika ridacchiò. « La nonna ti ha strizzato per bene i gioielli, vero? Scommetto che l'ha fatto apposta. »

Kaira notò che Jannis era imbarazzato, e cambiò argomento. « Che cosa significa *hulewuwu*? Ripetono continuamente questa parola, ma non capisco che cosa voglia dire. »

« Non lo so con esattezza nemmeno io », ammise Jannis. « Suppongo che significhi sacro, tabù, particolare, magico, eletto. La regina è hulewuwu, come anche le donne sagge. La frase che la vecchia urlava alle sue vicine - *Hulewuwu La-Lau* - dovrebbe significare: 'La presunta donna saggia è un uomo!' Ma anche il cadavere che ci hanno mostrato è tabù. Ecco perché non ho potuto esaminare l'anfora. Un'anfora di Dundris, e io non sono nemmeno riuscito a guardarla bene! » Si rabbuiò.

Tataika gli gettò un'occhiata obliqua. « Lascia perdere, Jannis. L'aspetto di quel corpo dovrebbe servirci da monito. »

Punto sul vivo, l'erudito si strinse nella coperta. « Sono stanco. Mi sdraio in quell'angolo laggiù. Buona notte. »

Tataika gli rivolse una lunga occhiata cupa che lo rese visibilmente nervoso. Quindi borbottò: « Non fare il bambino! In quell'angolo congeleresti. Dormi qui con noi ».

Jannis si trovò di fronte a un conflitto interiore così profondo che cominciò ad agitarsi. « Ma l'imperatore non permette... »

« Il tuo imperatore è morto, cerca di rassegnarti », lo rimbeccò Tataika. Poi, tuttavia, sfoderò un sorriso caloroso e gentile come Kaira non gliene aveva mai visti fare. « Vieni da solo, o devo venirti a prendere io? »

Jannis preferì avvicinarsi di sua spontanea volontà, ma era assai turbato. Fino a quel momento aveva sperato che il Principe del Sole e l'imperatore lo proteggessero, ma adesso era solo. Tratteneva il fiato ogni volta che udiva un semplice fruscio.

Kaira fu contenta quando la lampada si spense e la piramide fu rischiarata solo dal debole chiarore rossastro del fuoco morente. Sbadigliò e disse: «Sono esausta... Buona notte». Si sdraiò lasciando Tataika al centro, perché, anche se Jannis non sembrava per nulla pericoloso, la vicinanza di un uomo la turbava.

Quando finalmente si addormentò, ebbe un incubo.

Come spesso le accadeva, sognò di svegliarsi. Sapeva persino che cosa l'aveva disturbata, ossia una carezza leggerissima sulla nuca, un tocco lieve come quello di una tenda ondeggiante. Che vi fossero degli insetti? Si scrollò e si passò la mano sul collo, ma non sentì nulla. Dopo essersi assicurata di non avere addosso nessuno scarafaggio, si guardò intorno. La piramide era immersa in un'oscurità quasi assoluta, e solo un fioco bagliore rossastro indicava il punto in cui era stato acceso il fuoco.

Quel chiarore, tuttavia, non era l'unica luce. Nel buio scintillava un secondo baluginio, un brillio fosforescente come quello del legno marcio. Kaira lo fissò per qualche tempo senza capire da dove provenisse, ma alla fine intuì che la sua fonte doveva essere dietro di lei. Lanciò un'occhiata noncurante da sopra la spalla e soffocò un urlo di orrore. Tataika dormiva comodamente sdraiata sulla pancia, e sulla sua schiena strisciava e si attorcigliava un orrendo mostro. La creatura, circondata da una luce gialla e crepuscolare, assomigliava a un lunghissimo millepiedi ed era dotata d'innumerevoli zampe che si agitavano come ciuffi di piume e di due chele snodate, lunghe quanto un braccio. Le chele stringevano la nuca di Tataika, e nel mezzo spuntava una proboscide delicata come quella di una farfalla. L'animale aderiva alla carne della ragazza e ne estraeva qualcosa con avidità, con la proboscide che si gonfiava e si arrotolava alternatamente. All'inizio Kaira pensò che succhiasse sangue, ma in realtà aspirava qualcos'altro, qualcosa d'incorporeo come la nebbia, ma attorniato da una vivida luce rosa. La creatura si appoggiava sulle spalle e sulle cosce di Tataika con alcune coppie di zampe sottili mentre il suo corpo flessibile si curvava e si piegava formando onde che esprimevano senza dubbio piacere e appagamento. Quindi agitò improvvisamente la parte posteriore, sfiorando Kaira con le piume. Quel contatto raccapricciante la svegliò.

Si alzò a sedere di scatto, ansimando per lo spavento, e scrutò l'oscurità. Come nel suo incubo, la piramide era quasi buia, e solo le ultime braci del fuoco emanavano una luce fievole, ma non c'era nulla. Niente millepiedi, niente chele, niente proboscidi rosa. Accanto a lei dormiva Tataika, che, disturbata dal brusco movimento della sua vicina, borbottò qualcosa in tono minaccioso, senza però svegliarsi. L'ombra indistinta dietro di lei doveva essere Jannis. L'uomo rimase immobile, ma Kaira aveva la sensazione che fosse sveglio. Pensò addirittura di chiamarlo, ma poi cambiò idea. Era così istruito che, se gli avesse raccontato il suo sogno, forse avrebbe riso di lei.

Si girò su un fianco e tentò di riaddormentarsi. Alla fine ci riuscì, ma cadde in un sonno intermittente, disturbato dalla costante sensazione di essere sfiorata da qualcosa di leggerissimo ma minaccioso. Nel dormiveglia, cercò di scacciare il mostro, ma quello continuò a tornare con fastidiosa insistenza, e la lasciò in pace solo al canto del gallo.

Kaira aprì gli occhi e per qualche istante non ricordò perché fosse stesa tra coperte e tappeti sconosciuti. Poi rammentò gli avvenimenti del giorno prima, si alzò a sedere e si guardò intorno. Tataika dormiva al suo fianco e dietro di lei, stretto al suo corpo massiccio, riposava Jannis.

S'infilò i vestiti e gli stivali e sollevò l'angolo del telo che schermava l'entrata. Ancora prima che spuntasse l'alba, diverse donne servirono loro un'abbondante colazione a base di crostata, bacche essiccate e latte di capra zuccherato. Poiché Jannis si vergognava di farsi trovare nello stesso letto delle due ragazze, si affrettò a scivolare sotto le coperte e a mettersi gli stivali. Quando sedette a colazione, Kaira notò che sembrava assai più riposato di quanto si potesse essere dopo una bella dormita. La sua pelle era molto più distesa, le rughe intorno alla bocca e agli occhi si erano attenuate e i capelli erano più lucidi. In più, non era cambiato solo il suo aspetto esteriore, perché mangiava con appetito e pareva sprizzare forza e giovinezza da tutti i pori.

Poco dopo comparvero due uomini che accompagnavano Ruadh e Beck. Il telo si riabbassò, e gli ospiti rimasero soli.

Ruadh lanciò un'occhiata al vassoio. « Ehi! A noi hanno dato solo pane e latte di capra. »

Tataika gli rivolse un sorriso sfacciato. « Siete solo uomini. Non meritate nemmeno il cibo più semplice, ma, in via del tutto eccezionale, potete approfittare del nostro banchetto. »

Mentre mangiavano, Kaira notò che Jannis si avvicinava sempre di più a Tataika, finché i due non si trovarono gomito a gomito. La ragazza non sembrava per nulla infastidita, perché gli mise il braccio intorno alle spalle e lo tirò ancora più vicino, cosa di cui lo studioso parve contento. La giovane gli permise anche di posarle la mano sull'avambraccio nudo. Per quanto potesse essere sorprendente, Tataika, che odiava gli uomini al punto di non volersi mai sposare, ne aveva trovato uno che le piaceva.

Anche Beck sembrava preoccupato da quell'atteggiamento confidenziale. Osservò attentamente l'erudito per qualche tempo, quindi disse con convinzione: « Non ci hai detto la verità sulla ragione per cui ti hanno cacciato, vero, Jannis? Sei un Vhul ».

L'altro trasalì e sbiancò. « Non è vero, mi accusi senza motivo. Io non ho fatto nulla », disse con voce tremante.

Beck scosse la testa. « Non mentire! » ribatté in tono severo. « Non ti serve a nulla, e aggiungi un'altra menzogna ai tuoi peccati. Durante la notte hai succhiato la forza alle ragazze, e hai sete della loro energia anche ora. Guardatelo! » disse, rivolgendosi a Ruadh e Kaira. « Sembra ringiovanito di dieci anni rispetto a ieri. »

In effetti era così. Jannis capì che negare e mentire sarebbe stato inutile, e cadde in preda a una paura terribile. Si guardò intorno con foga, come se stesse prendendo in considerazione la folle idea di fuggire nel deserto torrido. Ma, prima che potesse mettere in atto quel proposito suicida, Tataika domandò con la sua voce cupa: « A cosa ti riferisci, Beck? Che cos'è un Vhul? »

« Un Vhul è un essere umano che ha troppo poca forza vitale e deve prendere dagli altri ciò di cui ha bisogno. Vive come un vampiro, solo che non succhia il sangue delle sue vittime, bensì l'energia che sostenta ogni forma di vita. Queste creature riescono ad assorbire la forza vitale attraverso la pelle quando toccano un'altra persona, e la quantità di energia assorbita è tanto più grande quanto più sono numerose le superfici che entrano in contatto. Alcuni eruditi la definiscono una 'deviazione nefanda'; altri, più indulgenti, parlano di una 'grave malattia congenita'. In ogni caso nessuno vuole avere a che fare con questi individui, perché sottraggono tutta la forza vitale a chi li circonda », spiegò Beck.

I Vhul – o almeno, i più intelligenti – si sforzavano di nascondere la loro perversione o malattia, aggiunse. Si nutrivano con porzioni scarsissime per non dare nell'occhio, ma nella maggior parte dei casi raggiungevano uno stadio in cui non riuscivano più a controllare la loro ingordigia e assorbivano come spugne l'energia delle altre persone. Dopo quegli eccessi era facile smascherarli, perché ringiovanivano di colpo. Una volta scoperti, andavano incontro a un triste destino da proscritti e ripudiati.

« È così, vero? » chiese Beck all'erudito con un'occhiata penetrante.

Jannis, che teneva gli occhi bassi come un criminale colto con le mani nel sacco, non aveva più la forza né il coraggio di negare. Annuì debolmente. L'unica giustificazione che osò dare fu: « Ne ho presa pochissima... Una quantità appena sufficiente per sopravvivere. Ero già indebolito per l'agitazione e la fatica. Non è cosa da nulla essere prima ripudiati e venduti come schiavi e poi essere tenuti prigionieri in una stalla, con la paura costante di diventare carne da macello. Volevo solo un poco di forza per superare la giornata successiva. La giovane donna è così forte... Non le ho sicuramente arrecato nessun danno ».

Ruadh aveva ascoltato con attenzione, continuando a scrollare il capo con aria compassionevole. Ora si rivolse a Jannis in tono cordiale. « Voglio solo dirti... Non provo ripugnanza nei tuoi confronti. Non è colpa tua se sei nato così, sempre bisognoso della forza altrui. Senza dubbio è una malattia per cui non esiste ancora una cura, ma tieni giù le mani dalle ragazze! Io - che Datura sia ringraziata - sono forte e sano. Se hai bisogno di energia, prendila da me.» Gettò uno sguardo supplichevole a Beck. «Se ciascuno di noi gli dà un poco della sua forza, non ci succederà nulla e lo aiuteremo. Inizio io.» Si arrotolò le maniche fino ai gomiti e tese gli avambracci verso il Vhul.

Jannis, che temeva già per la sua vita, apparve visibilmente sollevato, ma anche pieno di vergogna. «Non voglio infastidirti con la mia nefandezza. È solo che... quando digiuno troppo a lungo, mi sento molto debole. Nelle ultime settimane prima dell'esilio non ho più osato succhiare energia per paura di segnare definitivamente il mio destino. Non ho osato neppure andare dalle persone che ci nutrono in cambio di soldi e che ricevono il nostro stesso disprezzo», mormorò.

Tataika aveva ascoltato attentamente. Abbracciò Jannis con dolcezza, per proteggerlo dagli sguardi e dalle parole degli altri. «Non preoccuparti», lo rassicurò. «Io ho forza sufficiente per entrambi, se è di questo che hai bisogno. Puoi prenderne quanta ne vuoi.» Così dicendo, si sbottonò la camicia e scoprì il prospero seno bianco latte.

Jannis lanciò un gridolino quando vide quella floridezza traboccante, capace di eccitare l'uomo e il vampiro che erano in lui. Non riuscendo più a dominarsi, strinse Tataika tra le braccia, affondò il volto tra i suoi seni e si saziò di forza vitale.

In seguito Tataika sembrava sempre la stessa, ma Jannis era rifiorito in modo incredibile e, date le circostanze, sinistro. Se prima era ridotto a uno straccio, adesso era un uomo dagli occhi vigili, vivaci e limpidi, e dal viso fresco e per nulla sgradevole. I capelli erano folti e avevano assunto una splendida sfumatura castana, e tutto il suo corpo - seppur sempre molto esile - sprizzava vigore e vitalità da tutti i pori. Tuttavia, era evidente che si vergognava del suo bell'aspetto, perché tutti sapevano come l'aveva ottenuto. Sedette lontano dal fuoco e, con aria colpevole, si passò il dorso della mano sulle labbra, come un bambino che ha mangiato le caramelle di nascosto.

Ruadh si rivolse a Jannis. «Per il momento sei sazio. È una

fortuna, perché avremo bisogno del tuo aiuto. Sei l'unico che s'intenda di tombe antiche. Facciamo affidamento su di te. »

Fu commovente vedere il povero Jannis rinfrancato dopo quell'elogio alle sue capacità professionali. « Ho sempre cercato di rimediare alle mie cattive azioni studiando e lavorando con impegno; pensavo che così mi avrebbero perdonato per non essere degno del sole, ma è successo l'esatto contrario. Nessuno mi ha perdonato, e mi hanno cacciato via come un cane rognoso », replicò con voce bassa e umile.

« La luna perdona, Jannis, e fa molto di più. La sua forza può darti l'energia che ti è stata tolta da un destino crudele; può compensare la tua mancanza e renderti forte come qualsiasi altro uomo », osservò Ruadh, ed era palese che voleva convertirlo.

Jannis, tuttavia, scosse la testa con riluttanza, e Ruadh lo lasciò in pace.

Poco dopo arrivarono Lulalume e altre donne, e fecero loro segno di seguirle. Li condussero nella grande piramide, dove si ripeté la scena del giorno precedente. La regina sedeva sul trono, le donne chiacchieravano nelle prime file, e gli uomini, timidi e taciturni, erano seduti in fondo. Tataika fu trattata con particolare ossequiosità, cosa che la imbarazzò molto. Solo quando indicò Jannis con insistenza, quest'ultimo tornò a essere il portavoce del gruppo, nella misura in cui si poteva applicare tale concetto a una conversazione perlopiù muta.

Quindi la vecchia impartì un ordine alla sua aiutante, che lo riferì a quattro giovani servitori. I ragazzi scomparvero, ma tornarono poco dopo, ciascuno con uno zaino di cuoio sulla spalla. Il contenuto fu rovesciato sul tappeto davanti al trono. Vi era tutto il necessario per una spedizione: due dozzine di torce a vento; due coperte calde a testa; un'abbondante quantità di formaggio, carne secca e bacche essiccate; due grossi otri in pelle di capra e una piccola brocca metallica avvolta in strisce di cuoio, di cui all'inizio Kaira non capì lo scopo. In seguito scoprì che serviva a trasportare i carboni ardenti. La regina disse loro che avrebbero potuto prendere ogni cosa, oltre ad alcuni pterosauri che portassero l'attrezzatura.

# LE GURGUNTAI

Kaira non avrebbe avuto nulla in contrario se fossero rimasti ancora per un poco dai Ka-Ne, ma partirono subito dopo la cerimonia. Gli zaini furono caricati sugli pterosauri sotto gli occhi attenti degli abitanti del villaggio, e i viaggiatori montarono in groppa agli animali. Furono salutati da urla cordiali e da molti schiocchi di dita mentre attraversavano l'insediamento e, passando accanto al recinto delle capre, imboccavano la strada verso il deserto.

I sauri volavano placidamente a poca distanza dal terreno. Assomigliavano a falene gigantesche, ma erano bianchi con macchie beige e marroni e avevano ali coperte di una peluria morbida e delicata, larghe non meno di venti passi. Tataika, Jannis e Kaira viaggiavano sulla schiena dello stesso esemplare.

Kaira inspirò a fondo l'aria fresca, mescolata al fumo della fiaccola, la cui fiamma immergeva il paesaggio cupo e desolato in una luce misteriosa. Udì parlottare Jannis e Tataika, che sedevano stretti stretti dietro di lei.

«Finché sarai con me, non avrai più fame. Mi occuperò io di te.»

«Come puoi essere così buona con una persona cattiva come me?»

«Non essere sciocco», replicò Tataika in tono brusco. «Tu non sei cattivo. Hai solo bisogno di più forza rispetto agli altri, e io ne ho a sufficienza.»

Jannis sospirò. Con molta probabilità immaginava banchetti interminabili, splendide giornate in cui sarebbe stato sazio e forte e non avrebbe dovuto temere la fame.

A un tratto lo pterosauro si abbassò un poco, e Kaira notò con orrore che avevano lasciato l'altopiano e che l'animale scendeva verso una valle. Di tanto in tanto la fiaccola illuminava pareti di roccia marrone la cui friabile arenaria era levigata in modo assai strano, come se uno scalpellino l'avesse decorata con innumerevoli colonnine e punte minuscole. Regnava un profondo silenzio, un silenzio che la giovane non aveva mai sentito. Aveva sempre pensato che il silenzio fosse l'assenza di suoni, ma là non era così. La quiete che gravava sulla valle era così opprimente che qualsiasi rumore faticava a squarciarla. Più procedevano, e più si rendevano conto che quelle colline brulle e marroni non erano affatto ospitali.

Era difficile dire che cosa vedessero o udissero, ma avevano la netta sensazione di essere osservati. Kaira continuava a pensare che un'enorme faccia – piatta come una maschera e dai lineamenti vaghi ma ostili – salisse pian piano sopra l'orizzonte alle sue spalle, mostrando la parte superiore di una bocca deforme dai denti bucherellati. Quando si voltava, la maschera spariva, per poi ricomparire quando lei tornava a guardare davanti. Si alzava con lentezza regolare e minacciosa, come lo spuntare di una stella malvagia.

Ad alimentare la sua inquietudine contribuiva anche il fatto che di tanto in tanto echeggiavano suoni capaci di annidarsi nelle orecchie e di riempirle con un ronzio e un piagnucolio raccapricciante. La cosa peggiore era che i rumori sembravano reali, come se alcune forfecchie le fossero entrate nel canale uditivo e cercassero di raggiungere il cervello. Col passare del tempo ebbe l'impressione che nella testa le formicolassero centinaia di quei mostri. Provò un profondo sollievo quando udì uno schiocco improvviso e le forfecchie svanirono. Non appena si sentì libera, tuttavia, fu assalita dalla certezza che in lontananza vi fosse una figura su una collina: nera come l'ebano, altissima, rigida ed eretta, avvolta in un lungo mantello che scendeva ad angolo retto fino al terreno, come se là vi fosse una bara aperta e sulla bara fosse posata la testa di uno sciacallo. Fu attraversata da un brivido e, guardando Lulalume, vide che si era rannicchiata e si copriva il volto con le mani.

Il sentiero correva sul fondo di una strada incassata. Al principio i terrapieni sui due lati non erano più alti dei muretti di pietra che delimitavano i campi in molte parti di Chatundra, ma di lì a poco diventarono alti quanto un uomo, e nel giro di breve tempo la strada si trasformò in una gola le cui pareti divenivano sempre più vertiginose a ogni passo, tanto che il cielo si ridusse a una striscia sottile tra i massi.

Quindi girarono intorno a uno spuntone roccioso e scorsero le gurguntai, le tombe più antiche di tutto il Paese della Terra, del Vento e del Fuoco.

Smontarono e scaricarono i bagagli. Laggiù gli pterosauri non sarebbero serviti a granché, così Lulalume girò la testa degli animali e sussurrò loro qualche parola nella sua lingua. Le creature si alzarono in volo e tornarono al villaggio.

Beck teneva la fiaccola mentre ammiravano il portale. L'oscurità oltre l'alta entrata era lugubre. La torcia ardeva con una fiamma tetra e fumosa. Il silenzio e le tenebre non avevano tuttavia nulla di sinistro. Kaira percepì la quiete di un luogo solitario, tanto quanto la città di Dundris era brulicante di vita.

Jannis pareva essersene reso conto più degli altri. «Questo luogo è spaventoso... Tuttavia fa venire voglia d'inginocchiarsi a pregare», mormorò.

Rimasero per qualche istante davanti al gigantesco portale, sopraffatti dalla soggezione e dallo stupore. Poi Ruadh disse con voce squillante: «Che la Vecchia Signora ci protegga!» Si gettò uno zaino in spalla ed entrò a passo deciso.

Gli altri lo seguirono: Beck e Tataika con gli altri due zaini, Kaira e Lulalume con due fiaccole accese, e Jannis con la scorta di torce.

Non appena ebbero varcato la soglia, Kaira ebbe la sensazione che alle loro spalle si fosse chiusa una parete solida e impenetrabile come la porta di una fortezza. Non si udiva nessun suono e nulla si muoveva, ma era convinta che ormai non sarebbero più potuti tornare indietro.

La luce tremolante della fiaccola rischiarò un alto corridoio lastricato. L'interno era fresco, e gli spifferi rivelavano che la caverna aveva una ventilazione naturale. L'aria era dunque migliore di quanto avessero immaginato. La galleria era disadorna e sembrava stranamente intatta. Sebbene di giorno quella parte della grotta fosse raggiunta dai raggi del sole, Kaira non vide nessuna traccia di vegetazione.

Dopo qualche passo s'imbatterono in una grata, ma anche questa volta passarono senza difficoltà tra le sbarre.

« State attenti a dove mettete i piedi e non toccate nulla a meno che non sia strettamente indispensabile », raccomandò Jannis. « I cimiteri antichi sono spesso pieni di trappole per scoraggiare i profanatori di tombe, e preferirei evitare di cadere in un burrone o di restare sepolto sotto una frana. »

Da quel momento si mossero tutti con estrema prudenza.

« Vorrei avere un bastone per tastare il terreno. Di solito i profanatori di tombe avevano un'asta con cui facevano scattare i trabocchetti », continuò l'erudito.

Tataika guardò Ruadh con aria interrogativa. « Avevi detto che la tua borsa ti dà tutto ciò che ti serve. Perché non dai un'occhiata? »

Il raccoglitore scosse la testa. « No, è vuota. Quando contiene qualcosa, lo sento. O troviamo l'asta in altro modo oppure non ne abbiamo bisogno. » Si tenne vicino a Kaira e continuò a guardarsi intorno per assicurarsi che non vi fosse nulla di sospetto. Quando il corridoio sfociò in un passaggio trasversale, posò la fiaccola e sbirciò con cautela prima da una parte e poi dall'altra. I due tunnel erano identici, e ciascuno aveva una larga scala che scendeva con gradini altissimi.

Su ogni scalino, accanto alla parete, vi erano due urne smaltate di verde. Su ciascun contenitore era dipinta una faccia stilizzata che fissava gli intrusi con sottili occhi romboidali e minacciosi. Le raffigurazioni erano così realistiche che Kaira fu percorsa da un brivido. Senza dubbio i recipienti avevano lo scopo di spaventare gli ospiti indesiderati, e non era piacevole pensare che contenessero le ceneri di guerrieri e schiavi incaricati di vegliare sulla pace dei loro padroni.

I gradini erano così alti che Kaira non riusciva a superarli. Ogni volta doveva sedersi, buttare le gambe oltre il bordo e scendere sullo scalino successivo un poco scivolando e un poco cadendo, facendo anche attenzione a non perdere la torcia.

La parete era rivestita di piastrelle dipinte le cui giunture erano intarsiate d'oro. Le mattonelle erano verde giada, mentre i disegni a zigzag erano rossi, tutti realizzati nello stile che avevano già osservato alle rovine. I leonindaco erano raffigurati come omini stilizzati, con un grande quadrato al posto della testa e quattro quadrati più piccoli al posto delle mani e dei piedi, ali romboidali e una lunga coda da drago composta di molti rombi. Gli alberi erano simboleggiati da quadrati con un'asta diritta, mentre gli animali erano strane combinazioni di quadrati, rettangoli e linee. A quanto pareva, i dipinti raccontavano storie progressive sulla vita dei giganteschi abitanti di quel luogo. Talvolta erano rappresentati mentre volavano, ma nella maggior parte dei casi camminavano su quattro o due zampe, spesso in gruppi che parevano impegnati in discussioni erudite, e non di rado erano raffigurati mentre masticavano placidamente le foglie di una pianta. Kaira si sentì un poco meglio all'idea che non fossero carnivori.

Jannis era entusiasta, e gli altri dovevano continuamente esortarlo a proseguire, perché voleva fermarsi a decifrare le iscrizioni. Trovò conferma della sua teoria secondo cui, all'epoca dei leonindaco, quell'area così brulla doveva essere stata ricca di vegetazione e le grandi creature si cibavano di foglie, frutti e germogli.

In fondo alla scala scoprirono qualcosa che gli strappò un grido di gioia.

«Lo sapevo!» esclamò. «Cremazione! Come avevo sempre sostenuto! Cremazione! Ma quell'idiota di Darkanis voleva contraddirmi a tutti i costi!»

Aveva trovato il forno dell'antico crematorio, un'immensa struttura di pietra nera che s'innalzava come una casetta al centro della stanza. Beck illuminò l'interno, e videro una griglia abbastanza lunga e larga da arrostirvi una dozzina di buoi. Più in basso si spalancava la buca in cui veniva acceso il fuoco, così vertiginosa che non riuscirono a vederne il fondo.

«Guardate che cosa c'è laggiù! Può esserci utile!» urlò Beck. Aveva scorto un lunghissimo attizzatoio di ferro, e Ruadh lo raccolse subito.

Scoprirono che i piani inferiori delle gurguntai erano assai più difficili da raggiungere rispetto al primo, perché dai quattro angoli della sala si dipartivano quattro scale. Senza dubbio gli astuti Mlokisai le avevano costruite solo per confondere i profanatori di tombe.

«Non so se queste cripte siano state costruite secondo lo stesso schema delle tombe già esplorate, ma è possibilissimo che non vi siano grandi differenze, e in questo caso posso dirvi più o meno dove si nascondono le brutte sorprese. Se sbagliamo una volta, non avremo una seconda occasione», spiegò Jannis.

Scelsero a casaccio una sorta di scala di servizio in fondo alla sala. Jannis andò per primo e tastò il percorso con l'attizzatoio, sbattendolo contro le pareti e verificando la solidità dei gradini.

Constatarono con sollievo che almeno su quel piano non vi erano trappole. Il pavimento era robusto, le pareti anche, e non vi erano insidie neppure nell'oscurità sopra le loro teste. Tuttavia, vi erano ancora le urne con gli occhi malevoli, e Kaira, che aveva paura delle maschere e delle facce dipinte, vi passò accanto con un senso d'angoscia.

Non era l'unica a essere intimorita. Lulalume chiudeva gli occhi non appena possibile e stringeva gli amuleti che le pendevano dal collo. Quando gli occhi romboidali si posavano su di loro, provavano tutti un'opprimente sensazione di disagio.

Inoltre, scoprirono molto presto che il percorso non era privo di difficoltà come avevano pensato. La scala sboccava in un corridoio chiuso da un'altra grata di ferro. Dopo essere passati tra le sbarre, videro che il tunnel si biforcava dopo alcune dozzine di passi e, quando imboccarono la diramazione di destra, incapparono ben presto in un altro bivio. «Indietro!» urlò Jannis, allarmato. «Indietro! Questo è un labirinto!»

Tornarono alla scala. «Che cosa facciamo adesso?» domandò Beck, confuso. «Dobbiamo risalire nella prima sala e provare le altre scale?»

Jannis scrollò il capo. «No. Conducono senza dubbio nello stesso labirinto.» Si guardò intorno, quindi si strinse nelle spalle con aria impotente. «Mi dispiace, ma non ho idea di come sia strutturato questo posto. Mi perderei come voi.»

Ruadh, che aveva ascoltato con attenzione, esclamò: «Fermi, aspettate!» S'inginocchiò accanto alla borsa e vi frugò dentro, quindi lanciò un urlo di gioia. «Ho la soluzione!» Saltò su e mostrò loro un grosso gomitolo di filo rosso. «Dobbiamo solo legarlo all'entrata e non rischieremo più di smarrirci!»

Jannis lo guardò a bocca aperta. « Che cos'hai in quella borsa? »

« Tutto ciò che mi serve », rispose Ruadh. « È un regalo della Vecchia Signora. Forza, venite! »

Fissarono un'estremità del filo alla grata e, mentre Jannis li precedeva con la torcia sollevata, Ruadh srotolava il gomitolo. Ben presto Kaira si convinse che, senza quello stratagemma, si sarebbero perduti irrimediabilmente, perché il labirinto era molto complesso. Il filo rosso, tuttavia, impedì loro di percorrere due volte la stessa strada, e poco dopo raggiunsero il punto centrale, da cui scendeva una nuova scala.

Sul primo pianerottolo vi era un'apertura che conduceva in una sala più bassa della precedente, anche se molto lunga e ampia, sul cui pavimento finemente mosaicato erano disposti gruppi di urne verdi. Erano di dimensioni gigantesche, poco più piccole delle anfore musicali di Dundris. Jannis sgusciò tra i contenitori, illuminandoli per esaminarne le decorazioni.

Beck si guardò intorno con aria stupita e bussò forte su un'urna con le nocche. Il suono sordo indicò che il recipiente era pieno. « Questi cosi sono enormi. Devono contenere le ceneri d'intere famiglie! »

Jannis lo corresse con un certo sussiego. « Le ceneri dei defunti venivano collocate con tutti i loro effetti personali... Che cos'è stato? »

Avevano udito tutti lo stesso schianto, e poco dopo parve che grossi frammenti di terracotta rotolassero giù per la scala. Ruadh alzò la fiaccola e corse verso la porta, seguito dagli altri. Individuarono subito la causa del rumore: due urne si erano spaccate e i pezzi erano caduti oltre il bordo del gradino. Davanti ai piedi di Kaira atterrò un frammento seghettato, proprio quello su cui erano dipinti gli occhi, e nel suo nervosismo la giovane ebbe l'impressione che quei rombi rossi le gettassero occhiate assassine. Le ceneri conservate dentro l'urna erano scomparse. Con molta probabilità si erano disperse nella corrente d'aria causata dai frettolosi movimenti degli esseri umani.

Ruadh illuminò la scala il più possibile. Sembrava preoccupato. « Forse è stato un animale », disse. « La porta è sempre aperta, potrebbe essere entrato un animale del deserto... Tuttavia, Beck, al tuo posto non toccherei più nulla.»

L'altro obbedì, ma Kaira aveva l'angosciante sensazione che la sciagura fosse già accaduta. Nel buio e nel silenzio solenne delle cripte aleggiava qualcos'altro, qualcosa di nuovo e minaccioso. A un tratto iniziarono a sentire cose strane: passi e voci, un tintinnio metallico. I rumori non erano chiaramente udibili. Erano abbastanza lontani da essere confusi col ronzio del sangue nelle orecchie e col lieve canto del vento nelle immense caverne, ma abbastanza forti da essere inquietanti. I visitatori continuavano a lanciarsi occhiate da sopra la spalla, con la sensazione di non essere più soli.

Non appena Kaira superò la porta, avvertì una resistenza debole ma tenace e iniziò a sudare freddo. Durò solo per pochi secondi, poi la barriera invisibile cedette, ma la ragazza si convinse che tra le tenebre si fosse materializzata una moltitudine di creature. Fluttuavano nell'aria come un banco di meduse trasparenti in un mare nero e, come i rumori, erano appena percettibili, perché il chiarore rosso e fumoso della torcia proiettava ombre bizzarre sulle pareti e conferiva un'aura sinistra anche agli oggetti solidi.

«Siamo circondati da fantasmi, Volpe di Fuoco», bisbigliò Beck.

Il raccoglitore annuì. «Lo so. Li sento anch'io. Devono essere i guardiani che prima erano nelle urne. Li abbiamo disturbati quando abbiamo toccato i contenitori.» Non sottolineò che era stato Beck a bussare sul recipiente, e Kaira pensò che fosse molto gentile da parte sua.

Mentre scendevano altri gradini, Jannis ne verificò la solidità con prudenza ancora maggiore, perché riteneva che nelle camere funerarie superiori si trovassero le urne delle persone meno illustri e che il rango dei defunti aumentasse con la profondità dei locali. Tuttavia, aumentava progressivamente anche la probabilità che le stanze fossero zeppe di trappole.

«Credo che fossero maghi molto potenti, perché ciò che ci accompagna è uscito dalle urne», osservò Beck.

Jannis assentì. Sì, era quello che si leggeva negli antichi manoscritti. I Sundari ridevano di quelle teorie; ai loro occhi erano storie di spettri narrate da esseri sottosviluppati, spauracchi che svanivano come nebbia mattutina sotto la luce del sole. Quei Sundari illuminati, tuttavia, non erano mai scesi nella fitta oscurità di quelle camere funerarie e non erano mai stati pedinati da guardiani invisibili.

Jannis ammise di aver riso anche lui dell'idea secondo cui quel popolo antichissimo aveva poteri magici, ma non era così stupido da continuare a schernirla. Non nascose la sua preoccupazione. « Non puoi fare qualcosa? » domandò a Ruadh. « Io non capisco niente di queste cose. »

Il raccoglitore esitò. « A essere sincero, questa è la prima volta che mi capita una cosa simile. Il luogo peggiore in cui sia stato finora è l'Antro dei Morti nel Deserto Blu, e non c'è paragone con questo posto. Ma possiamo fare un tentativo. » Si voltò verso gli altri. « Venite, mettetevi dietro di me. »

Dopo che ebbero obbedito, alzò la voce e si rivolse al buio in tono solenne. « Illustri defunti! Non siamo venuti a disturbare la vostra pace. Non desideriamo l'oro. Siamo qui solo per fare visita al drago Kulabac. Per favore, lasciateci compiere la nostra missione senza ostacolarci. »

Tesero le orecchie, ma non giunse nessuna risposta. L'oscurità li circondava come una serie di ragnatele fuligginose, e al centro di quelle ragnatele si muovevano ombre informi ed eteree, in parte visibili e in parte no. Di tanto in tanto Kaira credeva di vedere un luccichio di occhi rossastri, ma forse erano solo le scintille della fiaccola.

Ruadh sospirò e alzò le spalle. « Non so se servirà a qualcosa. Proseguiamo. »

Di lì a poco - dopo una fatica non indifferente, perché gli scalini diventavano sempre più stretti e alti - raggiunsero il piano successivo. Jannis spiegò che dovevano essere particolarmente cauti, perché i trabocchetti si trovavano perlopiù subito prima dell'accesso alle camere funerarie. I costruttori, disse, erano partiti dal presupposto che, una volta arrivati così vicino ai tesori, i profanatori di tombe avrebbero gettato al vento la prudenza e si sarebbero lasciati trascinare dall'avidità, cadendo vittime degli insidiosi meccanismi nascosti qua e là nelle pareti.

Capirono ben presto a cosa si riferisse. Si fermò sull'ultimo scalino sopra un pianerottolo alla cui destra si apriva la porta verso la sala successiva. Allungando il braccio, tastò i muri con l'attizzatoio e ascoltò con attenzione per sentire se il suono indicasse la presenza di una cavità. In effetti, la parete destra sembrava vuota. « Indietro! » urlò, spiccando un balzo.

In quell'istante echeggiò un rumore simile a quello di una corda che scorre attraverso anelli di ferro. Una lastra di pietra si sollevò, e davanti allo scalino volò qualcosa di gigantesco e luccicante, così rapido che nessuno capì che cosa fosse. Quando l'oggetto si schiantò contro la parete, si udì un boato e cadde una pioggia di schegge, seguita da un'altra esplosione la cui eco sorda risuonò in tutte le caverne. La violenza dell'impatto rovesciò l'oggetto, facendolo cadere con un rimbombo.

Avevano previsto che sarebbe accaduto qualcosa, ma la forza brutale del lancio li aveva spaventati così tanto che rimasero fermi con le ginocchia tremanti a fissare il proiettile atterrato sul pianerottolo. Era un ammasso di ferro, lungo circa due passi e largo uno, forgiato in una forma vagamente umana. Dal suo centro spuntava un giavellotto dello stesso materiale. Se avessero messo piede sul pianerottolo, l'arma li avrebbe trapassati.

Il comportamento dei guardiani fu ancora più inquietante. Sfrecciarono accanto agli intrusi come se fossero stati risucchiati da un vortice, senza dubbio nella speranza di trovarli morti. Quando videro che non era così, tornarono a sparpagliarsi, danzando un funesto girotondo negli angoli bui e aspettando che i forestieri venissero uccisi dalla trappola successiva.

Anche Jannis si era spaventato, ma non riuscì a nascondere un certo compiacimento per aver scoperto il trabocchetto in tempo. Indicò il colosso di ferro con l'attizzatoio. « Avevo ragione... Dunque, probabilmente anche le altre trappole saranno nei luoghi consueti. Ma, come ho detto, siate prudenti. »

Scesero sul pianerottolo in punta di piedi e girarono intorno al mostro di ferro, che li fissava con la sua faccia orrenda e grossolana. Jannis controllò le pareti dell'ingresso e infilò l'asta nell'apertura, quindi consentì agli altri di entrare.

Come il primo piano, anche il secondo ospitava centinaia di urne. Tuttavia, i contenitori erano decorati con dipinti assai più sfarzosi, a riprova che la teoria dell'erudito era esatta: nelle sale più facilmente accessibili erano custodite le ceneri dei personaggi meno importanti. Le urne dei notabili recavano strisce illustrate simili a quelle che ornavano le pareti. Probabilmente si trattava di necrologi che parlavano della vita e delle gesta dei defunti. Jannis andò in visibilio quando si accorse che le illustrazioni erano accompagnate da testi scritti: non solo vi erano alcune righe di rune a zigzag sotto ogni immagine, ma all'interno delle scene vi erano anche rettangoli contenenti alcuni caratteri. Gli tremò la voce quando spiegò agli altri che quella poteva essere la chiave per decifrare la scrittura dundrica, un'impresa fino ad allora considerata impossibile. Incantato, passò delicatamente l'indice sulle rune e sulle figure e sussurrò: « Pensate... Sono trascorsi secoli da quando è morta l'ultima persona in grado di leggere questa scrittura, e ora sarà forse possibile leggerla di nuovo. Scoprirò come viveva questo tizio » – indicò l'urna là davanti, – « come si chiamava, che lavoro faceva... È indescrivibile, indescrivibile! » Batté forte le mani, chiuse gli occhi e fu scosso da un brivido estatico, come un amante che abbraccia la sua donna.

Ruadh, invece, non mostrò nessun interesse per i leonindaco di Dundris. Esortò Jannis a continuare, e alla fine ci riuscì sottolineando che innanzitutto dovevano trovare la tana del drago.

Quando tornarono sul pianerottolo, notarono un particolare che era stato nascosto dalla violenta caduta dell'uomo di ferro. Sui gradini sopra e sotto la trappola si erano frantumate altre urne – sei in tutto –, ed era facile intuire che il loro contenuto aveva assunto una forma molto minacciosa. Forse nuovi guardiani spettrali si materializzavano ogni volta che qualcuno disturbava la pace dei morti, perché non erano più semplici ombre. L'oscurità oltre il chiarore rossastro della fiaccola pullulava di figure.

Le loro dimensioni minuscole stupirono Kaira, perché anche i servitori e i guerrieri degli abitanti di Dundris dovevano essere stati dei giganti. Dipendeva forse dal fatto che non volevano sprecare energie per dotarsi di corpi enormi? Erano tutti stranamente compressi, sicché apparivano deformati, più larghi che alti, con volti simili a ovali sdraiati, ali e code appena accennate, gambe corte e braccia che arrivavano fino alle ginocchia. Avevano la pelle color rame, occhi obliqui e scintillanti di rosso, e un'armatura finemente decorata di cui si notava soprattutto l'elmo curioso: un cappello conico con una sfera in cima. Cercavano d'intralciare l'avanzata dei visitatori allungando le armi con smorfie minacciose. Era fastidioso doverli spingere via a ogni passo, e il pericolo aumentava sempre di più. Per il momento gli spettri erano ancora troppo deboli per ferirli coi giavellotti, ma quanto tempo sarebbe trascorso prima che si spaccassero altre urne?

Arrivarono tuttavia in fondo alla scala senza incidenti. Davanti a loro si apriva un breve corridoio lastricato che conduceva alla camera funeraria più profonda. Era facile intuire che si trattava dell'atrio di un locale sacro e importante. Le pareti erano decorate di bassorilievi nei colori preferiti dei Mlokisai (rosso e verde), e ai lati dell'entrata due guardiani di pietra erano inginocchiati su alti piedistalli, a dimostrazione che l'antica cultura non aveva prodotto solo costruttori, ma anche abili scalpellini. Jannis esultò quando vide le sculture. La loro presenza indicava infatti che, oltre ai leonindaco, a Dundris avevano vissuto anche esseri dalle sembianze caprine, perché i guardiani avevano corpi da uomo e crani da capra. Ricavati da una sola pietra, stringevano corti giavellotti di ferro e avevano gemme al posto degli occhi. Per poco l'erudito non dimenticò i suoi stessi avvertimenti e non si lanciò in direzione delle statue, ma all'ultimo momento ricordò che non avevano solo una funzione ornamentale. Frenò l'entusiasmo e le guardò con diffidenza.

« Che cosa ne pensi? » chiese Ruadh. « Quali trappole si nascondono qui dentro? »

« Non lo so con esattezza. Esistono diverse varianti. Probabilmente i guardiani sono disposti in modo da rovesciarsi quando qualcuno mette piede sulla lastra di pietra nel mezzo. » Jannis indicò le due figure con l'attizzatoio. « Devi tenere presente che a questo piano non vi era un andirivieni paragonabile a quello dei livelli superiori, dove venivano collocate urne sempre nuove. Se ho ragione, al centro delle grotte funerarie riposa il progenitore dei giganti, forse il fondatore della loro città o un caposcuola religioso. Probabilmente la sua tomba è protetta da un dispositivo che impedisce l'accesso.»

Ruadh sospirò e gettò uno sguardo agli esseri caprini che li fissavano con la coda dei loro occhi luccicanti. «Dobbiamo entrare. Fatti venire in mente qualcosa.»

Jannis si rivelò molto ingegnoso. Indicò la borsa di Ruadh. «Proviamo prima con quella. Dammi la tua corda, Beck.» Srotolò la fune e ne annodò un'estremità ai manici della borsa. Quindi fece segno ai suoi compagni d'indietreggiare il più possibile e spinse avanti la borsa con l'attizzatoio, sempre più vicino alle due figure.

Il cuore di Kaira batteva all'impazzata. La giovane odiava i rumori e i movimenti improvvisi, e quel luogo pareva offrire solo quelli. L'uomo di ferro le aveva insegnato ad aspettarsi il peggio. E se il corridoio fosse crollato non appena il peso della borsa avesse fatto scattare il meccanismo segreto?

Jannis teneva d'occhio i due guardiani, in attesa di qualunque lieve movimento potesse indicare l'azionamento di una trappola. Spinse la borsa palmo dopo palmo fino allo spazio tra le sculture, sempre pronto a mettersi al sicuro con un salto.

Poi accadde. Risuonò lo stesso rumore che aveva annunciato la comparsa dell'uomo di ferro: un ronzio roco, e subito dopo il cigolio di un marchingegno nascosto. La lastra di pietra si capovolse all'indietro mentre i guardiani si piegarono in avanti finché le loro corna non si toccarono. Allo stesso tempo, nei piedistalli si aprirono alcune porticine segrete. Col passare degli anni, tuttavia, il meccanismo doveva essersi danneggiato, perché la lastra s'incastrò. Anziché ruotare di quarantacinque gradi, come sicuramente era stato previsto, rimase sospesa sulle cerniere a mo' di piano inclinato.

I tre uomini afferrarono la corda e la tirarono fino a recuperare la borsa. Non appena il peso fu sparito, la figure si raddrizzarono lentamente e la lastra si abbassò. Il congegno inceppato non le permise tuttavia di tornare nella posizione iniziale, e i guardiani rimasero piegati in avanti. Kaira vide che solo una parte delle lastre era in bilico. Intorno al piedistallo correva infatti una stretta cornice che avrebbe consentito loro di raggiungere la camera funeraria senza correre rischi.

Jannis prese una torcia e andò a esaminare la trappola. Era formata da due parti che erano state sovrapposte con precisione diabolica. Se un intruso calpestava la lastra, quest'ultima si sollevava alle sue spalle mentre i giavellotti delle statue gli trapassavano la testa o la gabbia toracica. Il trabocchetto, però, era stato costruito per i giganti, una scoperta che strappò un nuovo urlo di gioia all'erudito.

«Capite che cosa significa? Quando i leonindaco di Dundris costruirono questa struttura, nell'Ovest non esistevano ancora gli esseri umani! E gli esseri caprini erano a uno stadio evolutivo che non avrebbe permesso loro di saccheggiare le tombe. Altrimenti costruttori così meticolosi avrebbero sicuramente costruito una trappola in cui imprigionare anche le creature più piccole. Ne deduciamo dunque che questa cultura si avviava già verso il declino, perché i costruttori temevano che uno di loro profanasse questo luogo sacro. Ciò smentisce inconfutabilmente le teorie di Darkanis, e vediamo che...»

«Muoviti, Jannis, e non tediarci con queste chiacchiere!» urlò Beck, spazientito. «Ora possiamo entrare?»

«Aspetta ancora un attimo», rispose lo studioso. «Voglio assicurarmi che non vi siano altre sorprese.»

Ispezionò con curiosità le porticine e lanciò un grido. «Guardate! È incredibile!» Infilò l'attizzatoio in una delle cavità ed estrasse qualcosa che di primo acchito sembrava un sacco grigio con quattro punte. Un esame più attento rivelò che era un grasso e orribile rospo verrucoso di dimensioni straordinarie.

Quando Jannis lo colpì con l'asta, si udì uno strano rumore sordo, come se avesse percosso un pezzo di legno.

Beck fissò il cadavere ripugnante. «Com'è finito qui dentro? Si è perso?»

Jannis scosse la testa, si avvicinò all'altra porticina ed estrasse un secondo rospo. «Questi animali erano i guardiani della camera funeraria. Sono invecchiati qui dentro. Senza dubbio i giganti pensavano che fossero dotati di poteri magici. Dopo essere morti, si sono mummificati nell'aria fresca e asciutta della caverna. Esistono esemplari simili... Ehi, aspettami!»

Le ultime parole erano riferite a Ruadh, che, spazientito, gli era passato accanto per entrare nella stanza.

PARTE QUARTA

# LA SPERANZA DEI DRAGHI D'AMBRA

# ALLA LUCE DEL VULCANO

# L'ILLUSTRE SIGNOR KULABAC

Il giovane Selenario Jajn non aveva mai immaginato d'incontrare un drago in carne e ossa, e ora ne conosceva addirittura due. Vedeva Vauvenal quasi sempre nella sua forma umana, mentre Kulabac non si trasformava mai, pur essendone capace. Pigro e indolente, saliva in superficie solo in rare occasioni, perché stava molto meglio nella sua confortevole tana nelle viscere della terra.

« Non volete salire a fare un poco di movimento? » domandò Jajn, che era un ragazzo vivace e si chiedeva come il drago potesse passare le giornate a poltrire su un enorme mucchio d'oro e pietre preziose senza nemmeno sgranchirsi le ali.

« Nanerottolo, se avessi bisogno di moto, avrei a disposizione migliaia di miglia di gallerie in cui strisciare, volare, scivolare, trascinarmi e nuotare. Perché, dunque, dovrei prendermi la briga di arrampicarmi in superficie? »

Androgino, Jajn e Ninian avevano raggiunto la sua tana dopo varie vicissitudini e avevano portato a destinazione la scatola di legno. Kulabac era rimasto molto sorpreso quando Ninian aveva aperto il contenitore ed era uscito un minuscolo grillo che era cresciuto assumendo un aspetto sempre più umano.

« Vauvenal, mio caro amico! » aveva esclamato. « Dunque siete riuscito ad attraversare il deserto nonostante tutte le astuzie e le trappole del Principe Cadavere? »

« Come potete vedere, sì! » aveva risposto l'altro, che andava molto fiero del suo successo. « Ma non crediate che sia stato piacevole restare intrappolato così a lungo nel corpo di un grillo e rimanere chiuso in una scatola. »

Mentre aspettavano gli altri, Jajn si diede un gran daffare per assicurare il benessere del principe-drago, così importante per tutti loro. Kulabac lo comandava a bacchetta da mattino a sera, ordinandogli di recuperare questo o quel gioiello e spiegandogli quali illustri personaggi gliel'avevano regalato. Di tanto in tanto gli ordinava di portargli lo specchio e si guardava con attenzione, e ogni volta l'occhio di carbonchio individuava una macchiolina o un granello di polvere che andavano eliminati.

Era davvero splendido come narravano le storie antiche, e accentuava la bellezza naturale delle sue scintillanti squame rosa, albicocca e verde chiaro attorcigliandosi intorno al corpo monili e collane di perle. Come la maggior parte dei draghi, era vanitoso, ed era felice quando il ragazzo gli camminava intorno e lo ammirava dalla testa alla punta della coda.

« Avevo sempre pensato che i draghi fossero solo rossi o verdi », affermò Jajn mentre gli lucidava con zelo le squame di una zampa anteriore. « Chi avrebbe mai immaginato che avessero tutti questi colori magnifici! E che avessero anche le piume! »

Kulabac, infatti, non era un semplice animale squamato. Assomigliava piuttosto a un cavaliere con una fantastica armatura, perché sulla testa, sul mento e all'estremità della coda gli crescevano ciuffi dorati che, a differenza di quanto credeva Jajn, non erano formati solo da piume, ma anche da una peluria morbidissima e da crini lunghi come quelli della coda di un cavallo. Erano così soffici che il ragazzo non riusciva a smettere di accarezzarli, e la cosa più piacevole era il fatto che il drago emanava calore, cosicché il ragazzo non aveva mai freddo e poteva dormire comodamente tra le piume e i peli della coda.

« Vedi, il nostro vero aspetto supera la fantasia degli esseri umani », replicò Kulabac, lusingato. « Guarda, credo che qui ci sia un poco di polvere. » Allungò gli artigli, ciascuno dei quali era lungo come Jajn, luccicante come madreperla e affilato come una sciabola di Nurdim.

Jajn lo trovava assai divertente, perché conosceva più fiabe, indovinelli, poesie burlesche e storie dell'orrore di tutti i Selenari di Chatundra messi insieme, e sapeva appassionare il suo pubblico. Nei punti più avvincenti, inoltre, soffiava sempre un po' di fuoco o emetteva un ruggito che faceva tremare le stanze sotterranee.

Kaira non capiva più se fosse sveglia o se stesse sognando quando entrarono nella sala immersa in una penombra rossastra che ospitava il drago disteso sul suo letto d'oro. Temeva che l'animale sputasse fuoco e la bruciasse, ma allo stesso tempo era rapita dalla sua bellezza. Come Jajn, aveva sempre pensato che i draghi fossero rossi, se non addirittura verde sporco, e non credette ai suoi occhi quando vide la scintillante criniera dorata, la lunga barba appuntita, le corna da montone tra cui luccicava l'occhio di carbonchio e le squame rosse, albicocca e verde mela. E che gioielli magnifici indossava! Sulla testa aveva una corona di perle, il suo corpo era avvolto in fili anch'essi di perle, e tutte le sue membra erano cariche di monili. Ogni artiglio era ornato di numerosi anelli, grandi quanto bracciali.

Umbra e Ari erano già arrivati, e vi erano anche un ragazzo che sembrava il servitore del drago e un uomo vestito da studioso. Jannis e Beck lo riconobbero subito e lo chiamarono « Maestro Ninian ».

Il misterioso cantastorie sedeva su un mucchio d'oro in un angolo e li salutò con un sorriso. « Guardate! » esclamò. « Arriva Androgino! » Indicò un movimento sotto le arcate buie, e il bambino comparve. Era completamente avvolto in un telo, ma si vedeva chiaramente che le sue membra erano ancora più esili di quando l'avevano incontrato per la prima volta. Il viso pallido e scavato era segnato dalla malattia e dalla debolezza, anzi pareva che non gli restasse molto da vivere. Il suo sguardo, tuttavia, era sereno e cordiale.

« Benvenuti », disse. « Sono contento che siate arrivati. Il tempo stringe. »

Poi tacquero tutti, perché Vauvenal voleva dire qualcosa.

« Ebbene », cominciò, « non credevo che avrei ricevuto di nuovo la visita di così tanti sconosciuti... A eccezione di te, naturalmente. » Le ultime parole erano riferite a Ruadh, che non riuscì a nascondere l'imbarazzo. «Sei molto cambiato da quando ti ho visto l'ultima volta, re Kurda.»

Tranne Umbra, Ari e Vauvenal, gli altri si voltarono con espressione stupita e fissarono il raccoglitore, che era arrossito violentemente. «Mio principe, speravo di dimenticare che un tempo portavo quel nome», replicò con voce bassa e rauca.

«Un drago non dimentica mai», rispose Kulabac, compiaciuto. «Anche se è trascorso molto tempo... Quanto? Saranno già alcuni secoli, giusto?» Poiché Ruadh non rispondeva, continuò: «Dubitavo che Datura sarebbe riuscita a toglierti di dosso la maledizione, tuttavia mi sembra che ce l'abbia fatta. Ma ora passiamo alle questioni più urgenti!»

Kaira lo ascoltò distrattamente mentre spiegava loro la strada segreta per Luifinlas. Non credeva a ciò che aveva appena sentito. Anche se per lei re Kurda non era mai stato solo una figura leggendaria, l'aveva sempre considerato il personaggio di un'epoca remota, sepolto sotto la polvere come i leonindaco di Dundris, e ora Kulabac aveva chiamato con quel nome il suo amico, il suo Ruadh, la sua Volpe di Fuoco.

«Non può essere vero, giusto? Ruadh non ha nemmeno quarant'anni, e il drago ha parlato di secoli», sussurrò Tataika.

Kulabac, tuttavia, aveva finito con le spiegazioni e ordinò: «Tutti in groppa... O meglio, non tutti, l'altra metà la porterà Vauvenal. Io prendo le due ragazze, l'uomo magro, Jajn, Umbra e Ari. Vauvenal, gli altri.» Si srotolò in tutta la sua lunghezza e li fece salire. «Non temete, non farò cadere nessuno!» esclamò. «Ma tenetevi forte, ho spuntoni a sufficienza.»

Kaira salì e sedette tra due dei numerosi spuntoni arcuati come corna. Fu assalita dalla paura. Il drago voleva forse sorvolare i Monti Urlanti? Come avrebbe fatto a restargli aggrappata durante le terribili tormente che imperversavano lassù?

Tuttavia, quando confidò le sue preoccupazioni a Tataika, l'altra sibilò: «Se solo avessi ascoltato, anziché fantasticare! Non volerà sopra le montagne, bensì sotto!»

L'enorme drago si avviò, scivolando giù dal suo letto d'oro come una nave appena varata. Gli artigli e le squame sfiorarono il pavimento di roccia con un fruscio. La luce rossa dell'occhio di carbonchio illuminava l'oscurità sotterranea con un debole chiarore. Alle sue spalle Kaira udì uno sbuffo e una serie di forti rumori che non riuscì a interpretare. Solo più tardi capì che doveva essere stato Vauvenal, intento ad assumere le sue sembianze dragonesche e a far salire gli altri passeggeri. Kulabac prese a volare sempre più rapidamente, cosicché la giovane si strinse allo spuntone con le gambe e le braccia, e incassò la testa per non sbatterla contro il soffitto. Quindi il drago raggiunse una velocità che le ottenebrò la vista e l'udito, sfrecciando tra le tenebre.

Kaira registrò solo vaghe impressioni di quel viaggio. A poco a poco cominciò a fare caldo, ma non sapeva se Kulabac si fosse surriscaldato a causa dello sforzo o se le gallerie fossero torride. Il vapore le volava in faccia e le inumidiva i capelli. Non vedeva nulla tranne lo spuntone e le scintille che guizzavano tutt'intorno. Nelle orecchie le suonavano gli sbuffi dei due draghi e i battiti delle loro ali, e a tratti ebbe l'impressione di sorvolare precipizi senza fondo. In quei momenti chiuse gli occhi per evitare di guardare giù e svenire per la paura.

Kulabac rallentò e poco dopo si fermò. Kaira, mezza stordita, si ritrovò all'uscita di un tunnel rischiarato dalla penombra e pieno d'aria fresca e umidissima.

« Eccoci arrivati », disse il drago.

# L'ULTIMO ORDINE DI ZARZUNABAS

Nel suo castello di ghiaccio Zarzunabas si alzò dal trono e lanciò un urlo di rabbia furibonda quando apprese che era stato ingannato e che i viaggiatori erano arrivati a Luifinlas per vie segrete e sotterranee, mentre i suoi guardiani erano appostati sui passi e nelle gole dei Toarch kin Mur. Dal palazzo scese una tormenta che riunì tutti i semimorti e gli spettri nell'ampia sala delle udienze col suo pavimento liscio come uno specchio e con le sue colonne di ghiaccio. Spaventati dall'ira del loro padrone, vorticarono qua e là finché il principe non li zittì in tono aspro.

« Ci sono sfuggiti », annunciò. « Kulabac – un demone oltre che un vecchio scheletro azzimato – li ha portati attraverso le Gole dell'Oscurità, e ora si trovano a Luifinlas! Sbrigatevi, buoni a nulla! Fate del vostro meglio per tenerli lontani dal Toar Kadenach e dalla tomba di Mandora. Spaventateli con tutti i mezzi a vostra disposizione e, se potete, uccideteli! E ora sparite! »

Una violenta bufera uscì da tutte le porte e le finestre e si diresse come un muro bianco oltre i Toarch kin Carrachon, verso la città di Luifinlas. Zarzunabas la seguì con lo sguardo e digrignò i denti, conficcandosi le dita gelide nei palmi delle mani finché non uscì un sangue acquoso. Aveva perduto i Corni di Ghiaccio in battaglia e sapeva bene che gli spettri non gli sarebbero stati di grande utilità. A Luifinlas si erano riuniti troppi draghi decisi a proteggere la tomba delle Vergini Madri. Gli spettri erano tuttavia l'unica cosa che gli restasse.

Con una smorfia rabbiosa salì la scala che conduceva sulla guglia più alta, un semplice ago di ghiaccio che poteva ospitare una sola persona. Si avvicinò alla finestra affacciata verso Luifinlas e guardò fuori. Vide il suo orrendo esercito che cavalcava la bufera, udì i fischi e i sibili mentre passava tra le vette dei Toarch kin Carrachon, ravvicinati come gli aculei di un riccio, e lo guardò scendere sulla valle di Luifinlas come una gigantesca nuvola candida.

## LA CITTÀ DEI DRAGHI

Kaira si bloccò nell'apertura, sopraffatta dalla scena che le stava davanti. Dopo tutto ciò che aveva sentito, era riuscita a farsi solo un'idea vaga di Luifinlas, e non avrebbe mai potuto immaginare quel che vedeva ora.

Le cime dei Monti Urlanti svettavano così in alto da non farle più paura. Sotto un cielo ammantato da fili di nebbia rossastra si apriva una valle coperta di vegetazione fumante, al cui centro il Toar Kadenach si ergeva in tutta la sua maestosa bellezza. Dal camino usciva una colonna di fuoco che illuminava e riscaldava la valle nascosta. Ovunque Kaira posasse lo sguardo, vedeva una sfumatura di verde, dallo smeraldo dei ventagli di felci al verdazzurro delle cicadacee e degli equiseti incredibilmente alti e rigogliosi. Il fuoco del vulcano immergeva tutto in una luce misteriosa, insieme incantevole e inquietante, sicché alcune di quelle piante lussureggianti sembravano color porpora e altre parevano viola.

Mezze sepolte sotto la vegetazione, scorse le rovine di una città. Riusciva a distinguere solo poche pietre bianche, probabilmente i frammenti di una gigantesca cupola che si era frantumata durante il crollo dell'edificio, ma quei semplici resti erano sufficienti per comprendere quanto dovesse essere stata bizzarra quella città. Le macerie erano così contorte e arcuate da rammentarle la grossa conchiglia che un soldato aveva portato a Fort Timlach e aveva mostrato ai bambini.

Gli altri fissarono il paesaggio con altrettanto stupore, finché Kulabac non disse: « Ebbene, ora siete giunti a destinazione. È arrivato il momento che io mi ritiri ».

Jajn, che si era davvero affezionato al vecchio drago, chiese in tono triste: « Non intendete rimanere? » Gli gettò le braccia al collo e gli affondò il viso nella barba dorata.

Kulabac parve commosso, perché borbottò: « Ecco... Ho molta nostalgia della mia casa, è così confortevole... Ma tornerò sicuramente a trovarvi, ve lo prometto. Lasciami andare, nanerottolo, e smettila di frignare nella mia barba».

Così dicendo tornò nelle Gole, e Vauvenal, che aveva ripreso le sue sembianze umane, ordinò al gruppo di seguirlo. «So che Luifinlas è sorprendente, ma dovrete rimandare lo stupore a dopo, perché non avete ancora compiuto la vostra missione. Venite», disse.

Kaira obbedì, ma non credeva ai suoi occhi. Non aveva mai veduto tanta vegetazione tutta insieme. Da un lato la intimoriva, ma dall'altro era bellissima. Il sentiero si snodava sotto un baldacchino di foglie gocciolanti, ciascuna delle quali abbastanza grande da avvolgerla interamente. Ovunque scorreva acqua da cui salivano sbuffi di vapore, e Vauvenal raccomandò loro di non toccarla, perché alcuni ruscelli e sorgenti erano caldissimi.

Poi Kaira vide i primi animali: un branco di grolm variopinti che giocavano e si azzuffavano su un prato come cagnolini. Quando la ragazza lanciò un'esclamazione stupita, Vauvenal sorrise. «Sono buffi, sì, ma non sono nulla in confronto agli altri draghi che vedrete qui. I più nobili si sono riuniti quaggiù per stare vicini alla loro creatrice caduta.»

Non trascorse molto tempo prima che uno di quegli illustri esemplari comparisse nel cielo. Si spostava con battiti misurati delle sue luccicanti ali rosse e oro, uno snello drago dell'aria con le membra delicate, il muso allungato e la coda graziosa.

«I draghi che abitano qui non sono caduti vittime della corruzione che ha colpito i loro parenti nel mondo esterno», spiegò Vauvenal. «Sono ancora com'erano quando sono stati creati, a prescindere dal fatto che siano draghi della terra, dell'aria o del fuoco. Vedete le salamandre che danzano nella colonna di fuoco sopra la vetta?»

Indicò qualcosa, ma gli occhi umani erano troppo deboli per vederla. Kaira distinse solo un vortice confuso di veli rossi che turbinavano e spruzzavano scintille.

Più procedevano lungo il sentiero tra la penombra rossastra della foresta pluviale, e più s'imbattevano in cumuli di macerie. Erano tutte pietre bianche e rosa simili a marmo, che non sembravano essere state neppure scalfite dalle intemperie e apparivano lisce come se fossero state scolpite il giorno prima.

Ninian, che era andato in visibilio davanti a tutte quelle meraviglie, domandò se la maggior parte della città fosse sepolta sotto terra, e Vauvenal rispose di sì. «Sotto la superficie potete trovare interi edifici intatti.» Sorridendo, aggiunse: «Ma non ora, signor maestro. Più tardi».

Senza volerlo, si voltarono tutti verso il Toar Kadenach. La montagna s'innalzava dolcemente al centro della valle segreta, con lisci fianchi color ambra su cui scorrevano qua e là torrenti infuocati.

«Come facciamo a entrare?» chiese Tataika, corrugando la fronte.

«Esiste un ingresso. Vi condurrò fin là, ma poi potranno proseguire solo gli eletti. Ari, Ruadh, voi aspetterete qui con me.»

Per Kaira fu una brutta sorpresa scoprire che Ruadh non avrebbe potuto accompagnarli. Si era abituata a contare sempre sulla sua presenza e sul suo aiuto, all'idea di potersi aggrappare a lui in qualsiasi circostanza. «Volpe di Fuoco...» mormorò con un nodo alla gola.

Ruadh scrollò il capo e si voltò.

Anche Ari sembrava molto triste al pensiero di non poter seguire Umbra.

## ARIA FREDDA

Non appena partirono, avvenne un cambiamento improvviso. L'aria si raffreddò di colpo, e il vapore caldo sospeso sopra la foresta si tramutò in chicchi di grandine che caddero a terra con violenza. Le foglie si lacerarono e si staccarono dai rami, i grolm fuggirono urlando nelle loro caverne, e i draghi volanti atterrarono in preda al panico quando l'esercito degli spettri si avventò contro di loro. All'inizio erano tutti confusi, perché l'arte dell'illusione era una delle capacità più pericolose di Zarzunabas, e draghi ed esseri umani videro immagini terrificanti tra la neve e il vento.

Kaira ebbe l'impressione che alcuni scheletri a cavallo si scagliassero su di lei tra i veli bianchi, con corone scintillanti come fuochi di Sant'Elmo sui teschi e spade di fulmini vivi tra le dita. Si buttò per terra e si prese la testa tra le mani, convinta che gli zoccoli vuoti dei cavalli spettrali stessero per calpestarla. Puzzolenti draghi-cadavere passarono sopra di loro a breve distanza e diffusero nubi maleodoranti che stordivano chiunque le respirasse. Kaira credeva che sarebbe morta, ma nessuno zoccolo la schiacciò e nessun fulmine incendiò il suo corpo. Nonostante la profonda paura che l'aveva assalita, comprese che i loro avversari erano solo fantasmi. Non osò tuttavia alzarsi e affrontare gli scheletri ghignanti che attraversavano la valle in orde impazzite, lasciandosi dietro impronte infuocate a ogni passo. Tremando, si accovacciò sotto una pianta dalle foglie enormi mentre nell'aria echeggiavano le urla roche degli spettri: fischi e versi gracchianti che uscivano da gole bucherellate e mascelle mezze marce.

Sulla valle si era abbattuta un'ondata di terrore e sconcerto che impietrì persino i draghi più possenti. Non impiegarono tuttavia molto tempo per accorgersi che si trattava di un miraggio, al che si lanciarono con tutta la loro forza contro le illusioni del Principe Cadavere e le dispersero in tutte le direzioni. Kaira, che sbirciava con prudenza tra le foglie, vide Vauvenal che si trasformava in drago e sfoggiava tutto il suo splendore. Si gettò contro i semimorti sputando fuoco e tramutandoli in fumo e nebbia a ogni colpo delle sue enormi ali bordate d'argento, cosicché gli spettri fuggirono piagnucolando. La candida corona d'avorio gli splendeva sulla testa come la luna piena, i suoi occhi sprizzavano fulmini, e dalle fauci gli uscivano lingue di fuoco. Una dozzina di draghi d'alto rango lo imitò mentre i pochi esemplari nobili sfrecciavano in direzione dei versanti della montagna e colpivano i semimorti con le code, prendendoli a zampate e riducendoli a brandelli di foschia. Le figure informi si dissolvevano nel nulla gemendo e gracchiando. Fiumi di fuoco spruzzavano dalle fauci dorate e trasformavano la neve in pioggia che si rovesciava sulla nebbia e lavava via gli ultimi residui di energia spettrale.

Quando Kaira osò uscire dal suo nascondiglio, s'imbatté in ruscelli bollenti in cui galleggiavano ancora chicchi di grandine dalle forme bizzarre, e nell'aria umida sfavillavano sagome che assumevano l'aspetto ora di cavalli e ora di cavalieri prima di svanire.

Vauvenal riprese le sue sembianze umane. « Venite! » urlò. « Smettete di nascondervi. Sono scomparsi, e potete compiere la vostra missione. »

# LA TOMBA DI MANDORA

Non dovettero camminare a lungo. Nel fianco del Toar Kadenach vi era infatti un'alta crepa nera in cui s'infilarono l'uno dopo l'altro.

Si ritrovarono in una lunga stanza ovale dal soffitto basso. Come l'intera montagna, anche la tomba di Mandora era soffocante, ed era attraversata da un mormorio e da un tremore continui che scuotevano le pareti e il pavimento. Al centro del locale, conficcate nella roccia, vi erano tre spade incandescenti, lunghissime e munite di else d'oro col sigillo di Phuram. Kaira sentiva il sudore che le scorreva sul corpo e le vertigini che le annebbiavano la mente. Le vibrazioni del vulcano la spaventavano, e non aveva idea di cosa fare. Gli uomini erano abbastanza alti per raggiungere le impugnature delle armi, ma come avrebbero potuto toccare qualcosa di così rovente?

Notò che anche gli altri erano perplessi. Nessuno aveva detto loro che cos'avrebbero dovuto fare per ricomporre il corpo di Mandora. Sudati e confusi, sapevano solo che non avrebbero resistito a lungo in quella stanza torrida. Di lì a poco sarebbero dovuti fuggire per non soffocare, e sicuramente non avrebbero avuto una seconda occasione per entrare nel monte.

« Androgino, tu sei l'unico che possa aiutarci. Dicci che cosa dobbiamo fare! » sussurrò Ninian.

« Non lo so », replicò il bambino. « Ma sono sicuro di questo: qualunque cosa facciamo, dobbiamo farla insieme, perciò mettiamoci in cerchio intorno alle spade e prendiamoci per mano, formando così un solo corpo. Non staccatevi qualunque cosa accada. »

Giacché quello era l'unico consiglio che avevano ricevuto, lo seguirono e si presero le mani umide e tremanti. In effetti era stato un ottimo consiglio, perché, non appena si toccarono, si sentirono pervadere da una nuova forza che scorreva dall'uno all'altro.

« Più vicini, più vicini! » urlò Jannis. « Più siamo uniti, e più forte diventa l'energia! »

Strinsero il cerchio, ma, così facendo, si avvicinarono anche alle spade incandescenti. Kaira aveva la pelle che le bruciava e le doleva come la mattina in cui, nel deserto, aveva creduto che la sua carne si spappolasse e la sua pelle filasse come formaggio fuso. Si presero a braccetto e, accostandosi ancora un poco - Kaira ebbe l'impressione che i suoi capelli s'incendiassero -, posarono anche i piedi su quelli del vicino. La forza aumentava sempre di più. Il caldo le aveva ottenebrato i sensi, oppure si trattava di un incantesimo? Per qualche secondo credette di essere Jannis, poi Androgino, che era accovacciato alla sua sinistra. Avvertì la nostalgia di Beck per Nevla e il conflitto nel cuore di Maestro Ninian, che in parte moriva di paura e in parte era felice di soffrire per i Draghi d'Ambra. Ma per quanto tempo avrebbero resistito? Kaira sentiva già la pelle del volto che si tendeva dolorosamente. Di lì a poco sarebbero stati coperti di ustioni e avrebbero dovuto scegliere tra la fuga e la morte.

A un tratto Lulalume lanciò un lungo grido curioso, fece segno ai suoi vicini di chiudere il cerchio alle sue spalle e balzò su. Avvolta nella candida veste cerimoniale, cominciò a danzare battendo le mani, saltando avanti e indietro e muovendosi in tondo. Intonò un canto che all'inizio nessuno comprese e che tutti scambiarono per un'evocazione nella lingua dei KaNe, ma poi Kaira si accorse che alcune sillabe le suonavano familiari e udì Umbra che iniziava a cantare.

*Bobus phatunzilam*
*Murmaros echti,*
*glumus aburzolos*
*kebit! Agloi!*

Era il folle motivetto della testa decapitata che aveva veduto a casa della Vecchia Signora, e Kaira si rese conto di essersi sbagliata quando l'aveva giudicato un cicaleccio senza senso, perché, non appena risuonarono le prime sillabe, le tre spade cominciarono a vibrare e diventarono rosse. Kaira e Tataika si unirono al coro.

*Bunchthan marbubilos*
*Nubule pampa*
*Kor pisztum sangrabus*
*Ude kabbalo...*

Kaira non aveva idea di cosa significassero le parole, ma Maestro Ninian le riconobbe, perché gridò: « Il canto del Bûl! Questo è il canto del Bûl, la prima canzone mai cantata su Chatundra! » Intonò subito la melodia, e il coro divenne sempre più forte, perché anche Jannis aveva ricordato i versi e, dopo la seconda ripetizione, li aveva imparati pure Beck.

Le spade scricchiolarono e tremarono. Non erano più conficcate saldamente come prima, bensì parevano scosse qua e là da mani invisibili. Le fessure del pavimento in cui erano infilate le punte si allargavano sempre di più, e s'intravedeva già una spaccatura infuocata. Lulalume continuò a danzare, ma si tolse la veste e la gettò urlando sopra le spade.

Risuonò un tintinnio assordante. Le tre lame si sfilarono dalle aperture e fecero per volare in aria, senza dubbio con l'intenzione di decapitare gli eletti, ma la veste li trattenne e le trascinò con sé nella gola infuocata, da cui saliva chiaramente il battito di un enorme cuore.

*Ce l'abbiamo fatta*, pensò Kaira. Le spade erano scomparse, e dall'ingresso arrivò Volpe di Fuoco, pallido ma sorridente. Si avvicinò con le mani allargate e, quando la giovane fece per rivolgergli la parola, saltò tra le fiamme.

Urlarono tutti insieme. Kaira, sopraffatta dal dolore e dallo sgomento, si sarebbe divincolata se gli altri non l'avessero tenuta così forte. Il canto pareva averla incollata al pavimento, ma aveva la sensazione che le spade le avessero trapassato il cuore. Percepì confusamente una profonda metamorfosi che scuoteva la tomba. Il tremore della roccia si tramutò in un movimento simile a quello di un immenso corpo impegnato a stiracchiarsi. I massi scricchiolarono, e il vapore sprizzò dalla voragine. Poi il mondo fu attraversato da uno strattone che gli eletti avvertirono come se fossero un'unica entità. Il vecchio eone sprofondò nella notte infinita e ne iniziò uno nuovo. La terra tremò su tutto il pianeta, gli alberi frusciarono e gli animali gridarono. Quindi il vigoroso battito cardiaco si fermò, e con esso anche il canto e la danza. Si udì un violento scroscio quando una pioggia fitta e feconda bagnò i deserti da Luifinlas fino al regno dei Makakau.

Il cerchio si sciolse, e gli eletti si alzarono barcollando. Uscirono dal denso vapore della grotta - che ormai non era più una tomba - e rimasero sotto la pioggia, permettendole di rinfrescare e lenire le loro ustioni. Kaira si sdraiò sull'erba e pianse per Volpe di Fuoco, e Tataika pianse con lei finché Umbra non le raggiunse.

«Piangetelo pure, ma non troppo a lungo», disse la maga. «Perché oggi ha trovato la liberazione che desiderava più di qualsiasi altra cosa.»

«Gli volevo molto bene», singhiozzò Kaira.

«Anch'io», replicò Umbra. «Ma sapevo anche quanto avesse sofferto. L'ho conosciuto secoli fa, quando ha iniziato a vagare per Chatundra aspettando e pregando che l'oro in cui si era trasformato il suo corpo ridiventasse carne.»

Tataika si asciugò gli occhi e si alzò a sedere. «Allora era davvero un re?»

«Sì, e tutte le storie che circolavano sul suo conto erano vere. Quando era quasi completamente paralizzato e gli era rimasto un poco di vita solo in un minuscolo pezzettino di cuore, si rese conto della sua stoltezza e implorò pietà, e Datura gliela concesse. Tuttavia, poté solo evitargli la rovina totale, perché non aveva il potere di restituirgli la natura umana. Avrebbe dovuto ritrovarla da solo, anche se la dragonessa della luna gli aveva dato la forza per la sua ricerca.» La maga mise loro le braccia intorno alle spalle e le tirò a sé. «Non versate troppe lacrime per un uomo che oggi ha vissuto il suo momento più felice. Nulla è più bello della morte dopo una vita troppo lunga. Forza, venite a vedere che cos'è successo!»

Ancora frastornate, le ragazze la seguirono.

# IL RITORNO DELLE SORELLE

Iarwain e Gillina avevano preso molto sul serio il loro lavoro presso la moglie del principe-drago, e assolvevano i loro doveri tutti i giorni. Sedevano al capezzale della donna, le raccontavano le storie che si narravano la sera intorno al focolare nel villaggio di Mesquit, e Gillina, che aveva una bella voce, le cantava delle canzoni. Non la lasciavano mai sola e vegliavano sul suo letto tutte le notti, anche se talvolta avevano paura, perché esseri invisibili cercavano di entrare nella camera. Secondo quanto spiegò loro Balor, erano brutti sogni che cercavano d'impossessarsi dell'anima della donna per tormentarla.

Il drago felino disse pure che era stato il vile Zarzunabas a scagliare la maledizione e che nemmeno i poteri magici del suo padrone erano riusciti ad annullarla.

Dopo il timore iniziale i due servitori avevano fatto amicizia con Balor. Era burbero e graffiante come un vecchio gatto scontroso, ma, se lo si trattava con deferenza, non era niente male.

Un pomeriggio i due ragazzi sedevano al capezzale della malata. Gillina la pettinava mentre Iarwain le massaggiava con gesti abili i piedi bianchi e delicati come gigli.

Fuori si erano addensate nuvole scure, e sopra le cime dei lepidodendri si udivano tuoni che annunciavano un temporale.

Brutto tempo a parte, era un pomeriggio tranquillo e silenzioso, sicché Iarwain e Gillina si sorpresero quando udirono un terribile rumore, un cigolio come se qualcuno avesse spaccato un oggetto tenace con una forza spaventosa. La terra tremò, brocche e bicchieri caddero tintinnando, e i fiori destinati a rallegrare la malata si sparpagliarono sul pavimento. Sul mondo calò un'oscurità assoluta, poi una triplice colonna di luce si alzò nel cielo e inondò il pianeta con un intenso chiarore, come quello prodotto da un'eruzione vulcanica. Le stelle cadenti attraversarono il firmamento, fitte come fiocchi di neve e tutte colorate di rosso. Quindi la colonna di fuoco crollò su se stessa, e allo stesso tempo tre enormi astri ambrati comparvero allo zenit. Il rosso fuoco sfumò in una luce limpida quasi come quella del giorno, che tuttavia aveva un colore completamente diverso da quella del sole oscurato, della luna e del Sole Notturno. Era marrone dorato come l'acqua dei torrenti che scorrevano tra i muschi e le rocce dei Toarch kin Luris, ed emanava la stessa forza vivificatrice. Le cicadacee e le palme davanti alle finestre gemettero come se stessero per scoppiare a causa di tutta la linfa che le aveva riempite. Balor, che di solito era la compostezza fatta persona, sfrecciava qua e là tra le palme e saltava sui muri di pietra come un gatto impazzito. All'improvviso Gillina avvertì un desiderio così irresistibile che strinse a sé Iarwain. Il giovane provò la stessa sensazione e, in altre circostanze, sarebbero caduti l'uno fra le braccia dell'altra, ma i fatti che stavano accadendo erano così strani e inquietanti... Mentre la luce color miele diventava sempre più forte, la donna gemette, si girò da una parte e tastò il letto con aria confusa.

« Vostra grazia, oh, vostra grazia! » strillò Gillina, e corse a sostenerla per evitare che cadesse dal materasso. Iarwain la imitò, e di lì a poco la donna si alzò a sedere, si guardò intorno con aria confusa e mormorò: « Mio marito... dov'è? Ho fatto dei sogni così angoscianti e spaventosi... Ma ora mi sono svegliata! Adesso andrà tutto bene ».

# ESSERI UMANI E BASILISCHI A THAMAZ

A Thamaz, circa cinquanta cittadini si erano rifugiati in una torre campanaria del palazzo e si erano barricati dietro le pesanti porte di legno per non cadere vittima dei basilischi. Quando sbirciarono fuori dalle fessure delle finestre, videro una scena raccapricciante. Il cielo incombeva sulla città come un tetto di piombo. I vicoli e le case distrutte erano sepolti sotto una neve che non era bianca, bensì rossa del sangue di draghi ed esseri umani. Ovunque vi erano corpi assiderati coi volti bluastri, e i giganteschi cadaveri dei Rachmanzai e dei Corni di Ghiaccio, mezzi divorati dai basilischi, giacevano fianco a fianco.

Nonostante la penombra le tarasque strisciavano da una copertura all'altra. Se non fossero accaduti eventi così orribili, gli assediati avrebbero riso di quelle figure gobbe, dagli occhi sporgenti e dai piedi piatti, che avevano le facce grigio sporco e se ne andavano in giro avvolte in vestiti lussuosi e ornate di gioielli rubati. Si trascinavano nella penombra tra il tintinnio dei monili, tirandosi dietro strascichi di velluto e portando guanti laceri e cappelli conici guarniti di veli, e cercavano nuove prede coi loro scintillanti occhi rossastri da pesce. Erano ridicole e spregevoli, ma gli abitanti di Thamaz sapevano per esperienza quanto fossero affilati i loro denti. Compensavano la loro scarsa forza fisica attaccando in gruppo e tendendo agguati alle loro vittime. Nessuno dei cittadini rinchiusi nella torre sapeva quante tarasque si aggirassero tra le rovine. Sapevano solo che lasciare quel luogo sicuro avrebbe significato la morte. Ma quanto tempo sarebbe trascorso prima che anche rimanere là dentro significasse la morte? Non avevano più da mangiare, e potevano bere solo l'acqua ricavata dalla neve che si era accumulata su davanzali e sporgenze. I basilischi sapevano che la torre era piena di prede disperate e, all'ombra degli archi e delle macerie, aspettavano pazientemente che la fame spingesse i malcapitati a uscire dal loro nascondiglio.

Molti, accovacciati sui gradini, grugnivano, schioccavano la lingua e rosicchiavano ossa senza sapere se fossero umane o animali.

Anche gli assediati udirono un rumore sordo e spaventoso e sentirono tremare l'edificio. Coloro che, indeboliti dalla fame, si erano accasciati negli angoli semibui saltarono su. Quel suono annunciava una speranza o una nuova sciagura?

Un fulmine simile a metallo liquido si abbatté davanti alle finestre, riempiendo la torre di una luce accecante. Gli esseri umani indietreggiarono urlando di terrore, convinti che la saetta avesse incendiato l'edificio. Tuttavia, il chiarore rosso fuoco svanì e fu sostituito da una tenue luce ambrata come non ne avevano mai viste. Allo stesso tempo cominciò a scendere una fitta pioggia calda che lavò via la neve dai tetti e dai muri, trasportandola fino ai tombini e da là nei settori sotterranei di Thamaz.

Le sentinelle, che avevano tenuto d'occhio i basilischi accovacciati davanti alla porta, lanciarono un grido di gioia. I mostri arretrarono davanti alla luce e alla pioggia. Fuggirono, ma incespicarono nei vestiti troppo lunghi e s'impigliarono nei fili di perle, e le loro urla rabbiose risuonarono tra i vicoli. I cinquanta cittadini non riuscirono a vedere dove si fossero rifugiati, e non si diedero nemmeno la pena di scoprirlo. Erano così affamati che ne approfittarono per spalancare le porte e correre via più rapidamente che poterono.

Molti avevano creduto che non avrebbero avuto neppure la forza di scappare, ma ora si sentivano sorprendentemente forti. Dopo qualche tempo i più intelligenti capirono che quella forza era legata alla pioggia bollente, perché, più si bagnavano, più aumentava la loro energia. Persino i vecchi e i malati riuscirono ad abbandonare le rovine e a raggiungere l'aperta campagna.

Là li aspettava un nuovo miracolo. I deserti bruciati dal sole tornavano alla vita come non era mai successo prima. Nei periodi piovosi gli abitanti di Thamaz avevano già visto rinascere il deserto con incredibile rapidità, ma non avevano mai veduto nulla di simile. Sentirono l'erba che cresceva intorno ai loro piedi, videro le foglie che spuntavano sugli alberi disseccati e i cactus che si tramutavano in sfere verdi. Quando capirono che i frutti non erano un miraggio, molti s'inginocchiarono in segno di gratitudine e, poiché i Rachmanzai erano quasi estinti, ringraziarono i tre astri che brillavano fiocamente nel cielo e al cui centro splendeva la Figlia del Drago.

Re Viborg assistette al ritorno delle Sorelle mentre si chinava con rabbia sul cadavere della coraggiosa Katanja, che i sopravvissuti avevano portato dal campo di battaglia. Il duro guerriero non conosceva la tristezza e non aveva provato nessun affetto per la donna, ma era furioso all'idea di aver perduto una soldatessa così utile e temeraria, e la sua collera chiedeva vendetta.

« In sella! » ordinò ai suoi uomini. « Torniamo all'Antro dei Morti e annientiamo i nemici rimasti. »

L'ordine, tuttavia, non fu mai eseguito, perché Chiritai cominciò a tremare, dando il colpo di grazia a molti ruderi traballanti, e risuonò un lungo urlo disumano, accompagnato da un fracasso simile a quello prodotto da una frana. Il cielo plumbeo si tinse di rosso fuoco come se tutti i vulcani dei Toarch kin Luris avessero eruttato contemporaneamente, e calò una luce ambrata che inghiottì il sole.

« Che cosa succede? » gridò Viborg, e sfoderò la spada pur sapendo che le armi non gli sarebbero servite a nulla.

« La profezia si è compiuta, mio re. Phuram è caduto, e al suo posto sono tornate le Tre Sorelle », rispose il vecchio Tersano.

Di lì a poco ne ebbero conferma. Quando il crepuscolo si dissolse, la luce misteriosa sparì lentamente e il disco di Phuram ricomparve. Come gli esseri umani osservarono con stupore, si era ridotto alla metà delle sue dimensioni precedenti e non era più grande di Datura, che era appena sorta. Il piccolo Sole Notturno era del tutto sbiadito, tramutandosi in un fioco dischetto color ottone. Quando Phuram tramontò, comparve una nuova costellazione: tre grosse stelle giallognole formavano un triangolo equilatero al cui centro brillava la minuscola Figlia del Drago.

Quando iniziò a cadere la pioggia calda, gli abitanti di Chiritai si stupirono quanto quelli di Thamaz. Non appena quelle strane gocce toccarono la cenere vulcanica che ricopriva il terreno da secoli, la terra divenne fertile. Felci ed equiseti crebbero rapidamente e riempirono la città del profumo di foglie fresche. Non germogliarono solo l'erba e i cespugli, ma anche tutte le piante che erano state coltivate ai tempi di re Kurda. Campi brulli echeggiarono all'improvviso del chiacchiericcio delle tronte, i fiori simili ad anemoni marini sbocciarono ovunque e presero a cantare, e spuntarono i melangoli e le melagrane. Fiorì tutto così velocemente che i soldati e i civili correvano qua e là, urlando: « Guardate! Guardate là! » e facendo un salto indietro quando sotto i loro piedi sbucava una piantina che si protendeva con decisione verso la luce. Armati di fiaccole e lanterne, rimasero svegli per tutta la notte a fissare il terreno da cui cresceva ciò che il calore di Phuram aveva disseccato. Per la prima volta poterono mangiare a sazietà, e si abbuffarono di primizie, tronte arrosto e cetrioli del deserto.

Il mattino successivo, dopo una colazione abbondante e squisita, re Viborg ritenne opportuno far celebrare una messa in onore delle tre Vergini Madri, cui partecipò di persona. Durante la cerimonia fu posata la prima pietra di un enorme tempio, e molti Sundari delusi da Phuram si riunirono là intorno.

# LA RICOMPENSA DELLE SORELLE

Non era rimasto granché dei giganteschi templi e palazzi eretti dai costruttori sconosciuti di Luifinlas, ma esisteva ancora una bella sala, e Androgino, nominato sommo sacerdote dalle Tre Sorelle, vi celebrò la prima messa in loro onore.

A cadere in trance sul grosso masso che fungeva insieme da trono e da altare non fu più un bambino malaticcio. Durante la notte, infatti, Androgino si era immerso tra le fiamme dei laghi di lava, e la forza di Mandora gli aveva donato un corpo sano e una mente acuta. Ancora esile come un pesce umano, ma colmo di una luce interiore, pronunciò le parole suggeritegli dalle Tre Sorelle.

Fu una cerimonia molto solenne, perché vi parteciparono tutti i draghi di Luifinlas. Tuttavia, per quanto la sala fosse ampia, non riusciva a contenerli tutti, e molti dovettero sedere sullo spiazzo o sui fianchi del Toar Kadenach. Le loro squame luccicavano come oro e pietre preziose, e il fuoco quasi trasparente che usciva dalle loro narici danzava nell'aria ambrata.

Kaira si guardò intorno. Vauvenal si era presentato nella sua forma umana, e la sua bella moglie era sostenuta amorevolmente da un servo e una serva. Molti altri servitori dei draghi si erano precipitati a Luifinlas, perché non era più necessario percorrere la strada attraverso le Gole dell'Oscurità: il ritorno delle Sorelle aveva scacciato i sudditi di Zarzunabas dai Toarch kin Mur, e i draghi celesti potevano valicare i passi. Il viaggio, però, continuava a essere difficoltoso, perché le bufere infuriavano ancora intorno alle vette spoglie, e le valanghe scendevano giù dalle pareti a picco. Arrivò anche il vecchio Suramal, che pianse di gioia quando rivide il suo pupillo.

Poi Androgino parlò con una voce sconosciuta, una voce femminile, ma molto diversa da quelle terrene.

Kaira era così stupita che comprese il senso delle sue parole solo quando la voce domandò agli eletti che cosa desiderassero come ricompensa.

Jannis chiese (ed era così emozionato che deglutiva e balbettava senza sosta) di studiare la cultura dei Mlokisai di Dundris, e Tataika espresse la volontà di seguirlo. Beck voleva solo tornare il prima possibile da sua moglie, e Umbra voleva rientrare a casa con Ari. Maestro Ninian implorò di restare a Luifinlas e diventare un discepolo dei draghi. Lulalume desiderava essere la prima sacerdotessa delle Vergini Madri tra i Ka-Ne. Jajn voleva rimanere con Vauvenal e imparare tutte le storie e i canti dei draghi da lui e dal principe Kulabac.

Anche i due giovani servitori di Vauvenal furono invitati a chiedere qualcosa in cambio della loro fedeltà. Iarwain, il sognatore, voleva solo trascorrere la sua vita tra i draghi, ma Gillina sussurrò ad Androgino un'altra richiesta, cui il bambino rispose: « Dovrà salire sulla cima del Toar Kadenach e immergersi fino ai fianchi nel lago di fuoco che arde nel cratere, così gli sarà restituito ciò che gli è stato tolto. Non deve aver paura, perché non correrà nessun rischio ».

Nonostante quelle rassicurazioni Iarwain, che aveva ascoltato con attenzione, urlò: « No, preferirei di no. Oh, Gillina, continuiamo come abbiamo fatto finora! »

Gli altri sorrisero, e Androgino aggiunse: « Giacché hai paura del dono più grande, Iarwain, te ne farò uno più piccolo. Esci, raccogli i primi escrementi freschi di drago che trovi e cospargili sulla cicatrice. Ciò che era non sarà più, e ciò che è andato distrutto non sarà ripristinato, ma avrai vigore sufficiente per soddisfare tua moglie ».

Iarwain arrossì, ma ringraziò con le parole più cortesi che riuscì a trovare e andò in cerca degli escrementi.

« E tu, Kaira? » domandò Androgino. « Che cosa desideri? »

« Non lo so », mormorò la ragazza. « In realtà ho un desiderio, ma nessuno può realizzarlo. Amavo così tanto Volpe di Fuoco che avrei voluto trascorrere la mia vita con lui. »

Androgino scosse la testa con aria di disapprovazione. « Non è saggio, Kaira, volere che qualcuno torni dall'aldilà. »

« Lo so », replicò la giovane, imbarazzata. Per un attimo rabbrividì al pensiero che Volpe di Fuoco tornasse sotto forma di cadavere carbonizzato. « Non voglio che torni... Oh, non so che cosa voglio. Era così bello stare con lui, sentirlo parlare della sua fede nella dragonessa della luna, potersi fidare di lui... Perdonate la mia stupidità. » Scoppiò a piangere.

Ciò parve commuovere Mandora, perché la collera svanì dalla sua voce quando disse: « Posso regalarti una cosa, Kaira. Puoi diventare come Volpe di Fuoco negli ultimi tempi. Puoi imparare ciò che egli ha imparato, credere ciò che egli credeva, dare ciò che egli dava. Così vivrà sempre dentro di te, e tu sarai tutt'uno con lui ».

Kaira annuì tra un fiume di lacrime.

# LE VISIONI DI ANDROGINO

Dalla cima del Toar Kadenach Androgino lasciò vagare lo sguardo magico sul Paese della Terra, del Vento e del Fuoco, dalle Isole Vulcaniche nell'estremo Sud fino al Polo Nord. La sua mente volò come un falco su città e campagne, registrando i mutamenti avvenuti dopo il ritorno di Mandora.

Lulalume era tornata dal suo popolo e, insieme con la vecchia regina, governava un regno i cui abitanti divenivano sempre più agiati. Il deserto rigoglioso consentiva di allevare non solo le minuscole capre, ma anche pony, pecore e - a scopo decorativo e di piacere - piccoli grolm scintillanti e multicolori. Si affermò la moda di portare i pigri animaletti intorno al collo a mo' di boa o sulla testa a mo' di turbante. Lulalume possedeva cento capre, cinquanta pecore, quattro grolm, due pterosauri nonché venti tra uomini e ragazzi e, dopo la regina, era la donna più stimata del suo popolo, anche se non dimenticò mai la terribile paura che aveva provato durante la missione.

Umbra era tornata nella sua baracca col suo inseparabile compagno benché tutti l'avessero pregata di restare a Luifinlas. Voleva rimanere sola con Ari, e lui con lei.

Maestro Ninian, invece, non avrebbe lasciato per nulla al mondo il luogo in cui poteva frequentare così tanti draghi. Aveva creato una nuova collezione in una delle torri meglio conservate e trascorreva quasi tutti i giorni e le notti ad ascoltare e annotare le massime di Vauvenal e di altri draghi illustri.

Androgino rivolse lo sguardo verso le rovine di Dundris e le gurguntai. Il deserto era fiorito anche laggiù, ma quel luogo era così remoto e temuto che nessuno voleva viverci a eccezione dell'erudito Jannis e della sua fedele compagna Tataika, che lo nutriva, lo proteggeva, lo incoraggiava e, quando necessario, lo rimproverava. Per Jannis la vita era pura felicità. Studiava le rovine, disegnava schizzi, raccoglieva e catalogava, decifrava a poco a poco la scrittura dei leonindaco e spesso dedicava intere ore a mute conversazioni coi defunti. Era diventato amico di Kulabac, che aveva una memoria di ferro e poteva raccontargli molte cose. Fu sempre Kulabac a rabbonire le anime disturbate e i loro guardiani, convincendoli che lo studioso lavorava solo per rendere loro onore. Così Jannis poté procedere senza essere minacciato e perseguitato dai guardiani. Anzi, gli spiriti dei leonindaco lo aiutarono nelle ricerche, conducendolo nei luoghi in cui si trovavano le testimonianze più importanti e guidandolo nei punti in cui vi erano iscrizioni e reperti nascosti sotto le macerie.

I Ka-Ne erano sempre lieti di accogliere Jannis e Tataika, anche se solo la ragazza veniva ricevuta ufficialmente come ospite, mentre l'erudito occupava una posizione indefinita, a metà strada fra il segretario e lo schiavo. I Ka-Ne, infatti, si vergognavano ancora di aver scambiato un uomo per una donna.

Nel nuovo mondo, però, non andava tutto bene. I vecchi nemici non dimostrarono nessuna gratitudine per l'indulgenza delle Vergini Madri. Gli Stregoni degli Inferi erano ancora in esilio a Macrecourt - che i marinai avevano soprannominato Isola dei Litiganti, perché i suoi residenti si accapigliavano senza sosta - ed escogitavano nuovi piani per liberarsi dalle catene e riconquistare il potere. Terrorizzato al pensiero di un'eventuale vendetta, Zarzunabas si era rifugiato nella segreta più profonda del suo castello e sedeva negli abissi bui e gelidi del Mar di Diamante, prigioniero della sua stessa prigione, sotto la spessa calotta di ghiaccio del Polo Nord, dove aspettava un nuovo rovesciamento con la pazienza di chi è immortale. I basilischi sopravvissuti avevano strisciato nelle viscere della terra e vivevano dei licheni bianchi che crescevano sui muri e dei pesci ciechi che nuotavano nei fiumi dell'oscurità. Erano ancora scossi per aver veduto la luce del sole, ma prima o poi si sarebbero riavvicinati alla superficie.

Thamaz e Thurazim erano in rovina, e nessuno vi abitava più. Tra le torri scivolavano solo i fantasmi dei tesori, le cui anime erano incatenate all'oro. Una di quelle creature era la ricca Philanis, che aveva trovato la morte fra gli artigli delle tarasque. Dimorava ancora nella cantina in cui era morta con la sua amica Aniz, e vegliava i suoi averi. Della sua bellezza non era rimasto nulla, perché i suoi lineamenti avevano assunto le sembianze dell'avarizia e dell'avidità che dominavano il suo cuore. Piccola e informe, con le mani lunghe e sottili e gli occhi colmi di cupidigia, se ne stava accovacciata sui forzieri e, avvolta nel suo vestito più prezioso, contava le monete e si lasciava scivolare i gioielli tra le dita.

Chiritai, invece, era nata a nuova vita. Le rovine furono sostituite da nuove case, strade e nuovi ponti. Governava la città un giovane imperatore che si faceva chiamare Viborg il Grande. Ad aiutarlo vi erano i suoi favoriti, il vecchio cavaliere Tersano e un giovane cortigiano servile di nome Thilmo, che si vantava spesso delle sue origini nobili e della sua educazione raffinata.

Chiritai era diventata una città di templi e giardini. I suoi abitanti erano temerari, operosi e agiati; tutti avevano di che sfamarsi, e anche il più povero indossava abiti puliti.

Tuttavia, Androgino vide pure che il cuore dell'imperatore cominciava a cambiare: senza che nessuno se ne accorgesse, infatti, un minuscolo e insignificante angolo del suo cuore andava tramutandosi in freddo oro.

# INDICE

**Prologo. Il crepuscolo dei draghi**



**Parte prima. L'epoca degli esseri umani**

DEI DRAGHI E DEI LORO SERVITORI



NELLA CITTÀ DORATA

## Parte seconda. La fine dell'impero

NEL DESERTO OCCIDENTALE



CATTIVI AUSPICI



L'AVVENTURA DEL CAVALIERE VIBORG



L'AVVENTURA DEL RACCOGLITORE RUADH

Narrativa Nord - Volume 374 - settembre 2009
Pubblicazione periodica registrata al Tribunale di Milano in data 2/2/1980, n. 49
Direttore responsabile: Stefano Mauri

Finito di stampare
nel mese di settembre 2009
per conto della Casa Editrice Nord s.u.r.l.
da Grafica Veneta S.p.A. di Trebaseleghe (PD)
Printed in Italy